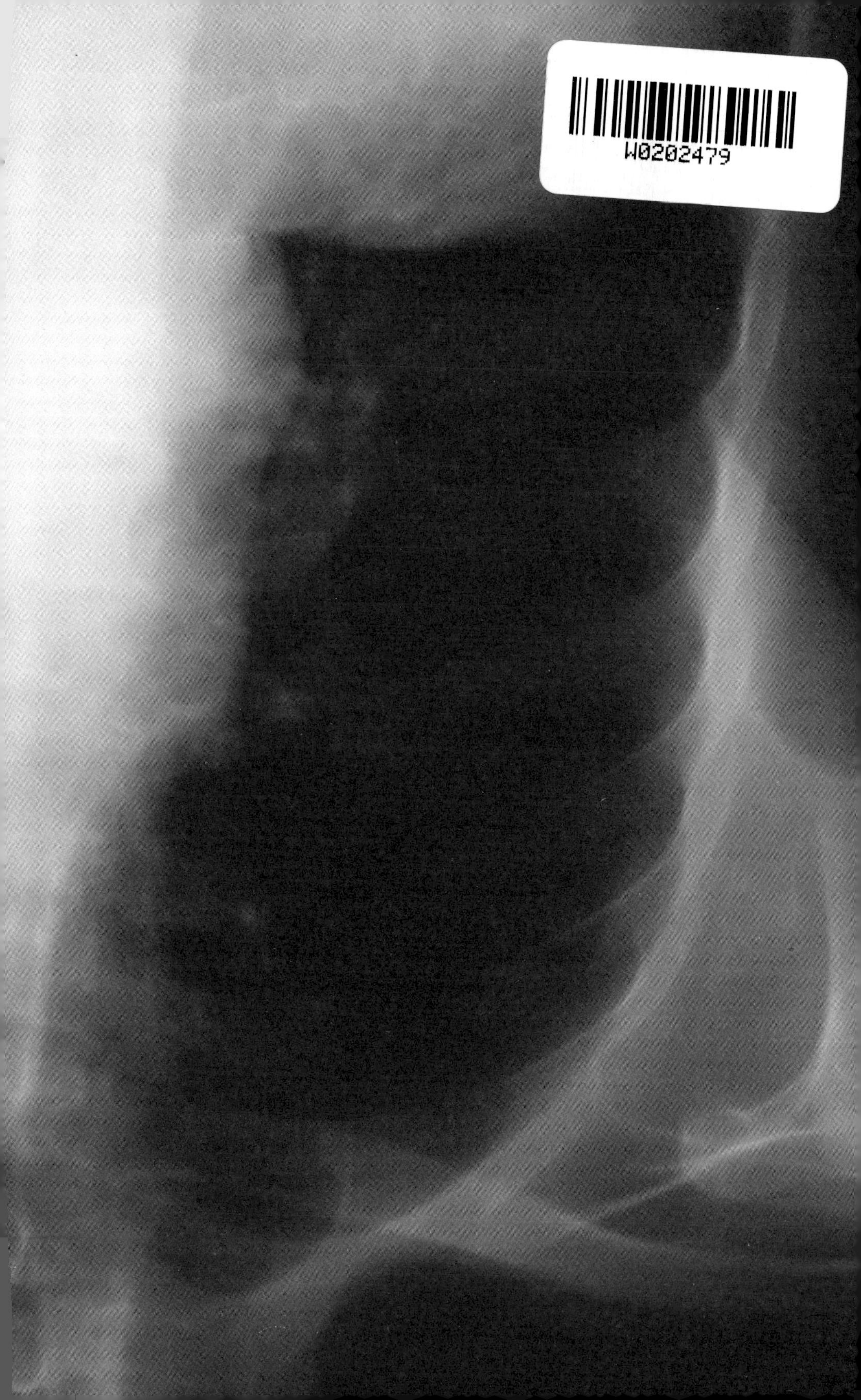

PUNTO DE FISIÓN

DAVID TORRES

PUNTO DE FISIÓN

CUARTO PREMIO LOGROÑO DE NOVELA

algaida

Un jurado presidido por Luis Mateo Díez y compuesto por Manuel Rivas, Fernando Marías, Félix J. Palma y Care Santos designó a la novela *Punto de fisión,* de David Torres, ganadora del IV Premio Logroño de Novela, convocado por el Ayuntamiento de Logroño, la Fundación Caja Rioja y Algaida Editores (Grupo Anaya).

Ayuntamiento de Logroño

Fundación cajaRioja

Primera edición: 2011

Avda. San Francisco Javier, 22
41018 Sevilla
Teléfono 95 465 23 11. Telefax 95 465 62 54
e-mail: algaida@algaida.es
Composición: Grupo Anaya
ISBN: 978-84-9877-568-6
Depósito legal: M-2.321-2011
Impresión: Huertas, I. G.
Impreso en España-Printed in Spain

ÍNDICE

Para Beatriz, siempre

El humor es una cosa muy seria.

LENIN

I

Todo pasado es imperfecto

Es difícil comenzar una historia por el fin. Sobre todo si es el fin del mundo, el final de todos los finales. Para ser precisos, esta historia debería leerse al revés, como si estuviera escrita en el espejo de otro idioma. De hecho, mientras la escribo, siento que estas palabras se van alineando en el reverso exacto de mi lengua materna. No podéis verlas pero yo siento las letras del alfabeto cirílico transparentándose al calor de cada página, igual que rayos X.

En el principio creó Dios los cielos y la tierra. En el final el hombre los arrasó. Esta historia empieza con una explosión y continúa al día siguiente con una lluvia de primavera. Dios empezó a trabajar un lunes y se tomó el domingo para descansar. Casi nadie oyó la explosión el sábado pero la lluvia nos sorprendió el domingo cuando jugábamos a la pelota en la calle.

Tiempo atrás, el maestro nos había dicho que el mundo había empezado con una explosión. Tesis: explosión. Antítesis: el vacío. Síntesis: el mundo. El Génesis, según la doctrina marxista-leninista, no consta de siete días. Alina levantó la mano y preguntó dónde estaba Dios en esa teoría. Al maestro casi se le caen las gafas de la cara.

«¿Dios? Dios no existe, Alina».

«Pero mi padre dice que Él creó los cielos y la tierra y los bosques y los campos de trigo, e incluso las patatas».

Todo el mundo sabía que el padre de Alina era un borracho que recitaba la Biblia de memoria mientras se agarraba a las farolas. «¿Ha hecho Dios estas gafas?» preguntó el maestro, quitándoselas de la cara y sosteniéndolas en su mano derecha. «Dime, ¿ha hecho el edificio donde vives? ¿Ha construido la central donde trabaja tu padre?» «Ya, pero, ¿quién ha hecho el cielo y las estrellas?» preguntó Alina. «Mejor que nadie te oiga decir esas cosas» susurró el maestro en voz baja (¿se puede susurrar en voz alta?). «Ya, pero, ¿quién ha hecho todas esas cosas? ¿Y la leche? ¿Y el verano? ¿Y los perros? ¿Y las nubes?»

Entonces Sergei, que estaba sentado en el último pupitre, castigado, aislado de todos, se echó a reír. «Eso no se hace» dijo.

«Exactamente. No se hace» dijo el maestro. Y se colocó otra vez las gafas.

Para quien conozca ahora a Sergei le será difícil creer que una vez fue el niño más enclenque de la clase, el más charlatán, el más díscolo (¿se dice díscolo? ¿O es desobediente?). Todas las cosas cambian, según la doctrina marxista-leninista, y por eso se hace difícil creer que aquel renacuajo de pelo rubio que no paraba quieto sea ahora un gigante de casi dos metros, quieto y silencioso. Tesis: Sergei uno. Antítesis: el mundo. Síntesis: Sergei dos. Me imagino que no quedan muchos que puedan recordar al primer Sergei, al enano revoltoso que tiraba de las trenzas a las chicas, jugaba al fútbol a todas horas y se sabía de carrera (¿se dice así? ¿De carrera?) la formación completa del Dínamo de Kiev.

Pripyat, nuestra ciudad, era apenas un poco más vieja que nosotros. Había crecido a las faldas de la central nuclear, para alojar a las familias de los operarios que iban a trabajar a Chernobyl cada mañana. ¿Quién hizo Pripyat? Los ingenieros, los arquitectos, los albañiles. Mi abuelo, que silbaba al tiempo que serraba y martilleaba en su taller. Mi madre, que regaba sus geranios por las noches. ¿Quién hizo Chernobyl? Dios no, eso seguro.

Gracias a su juventud, Pripyat parecía recién estrenada. Las flores, los bloques de casas, las avenidas. Los árboles aún carecían de cicatrices, el asfalto no se había agrietado. Casi no había lugar para los recuerdos, de verde que era todo. Sin embargo, recuerdo el color de las nubes aquel día, nubes grises de lluvia estampadas en un cielo de primavera. Recuerdo que cuando las gotas empezaron a caer sobre la tierra, Piotr chutó y Sergei no pudo detener la pelota. Piotr dijo que había sido gol pero Sergei, que se había estirado hasta el límite de lo que daban sus pequeños brazos, protestó. Dijo que la pelota había pasado por encima del larguero. Piotr dijo que no. Esa era una discusión bastante peliaguda (¿se dice peliaguda?) porque el larguero, en realidad, no existía. Mejor dicho, existía sólo en nuestra mente. Era un larguero imaginario sostenido por dos postes también imaginarios cuyas bases eran dos puñados de abrigos y jerséis amontonados en el suelo. El portero se movía enmarcado en esa dimensión fantasmal, ese trapecio vacilante que se achicaba en su mente y se agigantaba en la mente de los delanteros.

El camión llegó cuando el equipo de Piotr (Piotr y su primo Rania) todavía seguía discutiendo la validez del gol. La lluvia redobló a juego con las botas de los soldados repicando sobre el asfalto. Nunca habíamos visto soldados como aquellos. Para empezar, no tenían cara, sino una especie de máscara antigás, una bombona de oxígeno a la espalda, botas altas, guantes de cuero. Ni un solo trozo de piel al descubierto. «Vamos, vamos, marchaos a casa» dijo un oficial con la voz que salía exprimida desde la máscara. ¿Os he dicho ya que era domingo?

Pensándolo después, hubiese sido mejor hacer caso a los soldados. Pero, ¿cómo podíamos saberlo? ¿Cómo podíamos saber que los comisarios y altos cargos del partido se marcharon en un avión de madrugada junto con sus familias? La alarma no saltó hasta que era demasiado tarde, cuando la gente ya había subido hasta la terraza del único rascacielos de Pripyat (catorce pisos) para ver la columna de humo elevándose hacia el cielo y las llamaradas del fin del mundo. Otra multitud se había agolpado en el puente, desde donde con unos buenos prismáticos se alcanzaban a vislumbrar, decían, las ruinas del reactor y, dentro, el fuego del infierno. Algunos trabajadores de la central advirtieron del peligro pero la mayoría no hizo ningún caso y se quedó mirando el espectáculo. Fue como la discusión sobre el gol de Piotr: ¿pasó o no pasó por encima del larguero? ¿Dónde estaba el larguero? Una discusión peliaguda porque nadie podía ver ni sentir, ni siquiera dentro de su mente, la radiación que en ese mismo instante los estaba atravesando como pollos en un asador. ¿Fue gol o no fue gol?

Alguien nos mandó volver a casa. De regreso, encontramos al padre de Alina sentado en un banco del parque, hablando solo, sosteniendo una botella de vodka en sus manos. «Y el nombre de la tercera estrella es ajenjo» mascullaba, borracho perdido. ¿Sabéis lo que es el ajenjo? Yo entonces tampoco lo sabía. Una planta con la que se hace una bebida parecida a la absenta, más fuerte incluso que el vodka con que el padre de Ana, sin querer, regaba el césped de gotas a cada versículo. «Y la tercera parte de los lagos se convirtió en sangre». Negó con una mano, balbuceando, se frotó los ojos para recordar mejor y golpeó con la botella en el borde del banco. Luego eructó, rebobinó y recitó el fragmento completo:

«Y el tercer ángel tocó la trompeta, y del cielo cayó una gran estrella, ardiendo como una antorcha: cayó en la tercera parte de los ríos y en los manantiales de las aguas. Y el nombre de la estrella es ajenjo, y la tercera parte de las aguas se convirtió en ajenjo, y muchos hombres murieron a causa de esas aguas porque se habían vuelto amargas».

Entonces tampoco lo vi pero ahora veo las palabras de mi idioma materno transparentándose en la boca pastosa del padre de Alina, una profecía ucraniana escondida en los pliegues hebreos del Apocalipsis igual que rayos X a través de los siglos.

Ajenjo quiere decir Chernobyl. Y esto no es una metáfora. Es una traducción.

El nombre de la tercera estrella es Chernobyl.

1

Un hombre empieza a morir por la polla.

Matas releyó la primera frase y abandonó el manuscrito. Normalmente una primera página ya le daba muchas pistas acerca de la futura publicación del libro. Esta vez sólo con aquella frase tuvo bastante.

No, no le gustaba nada la primera frase. Matas se quitó las gafas, selló los ojos y se masajeó el puente de la nariz un rato. En aquel breve intervalo en que se pellizcaba los senos nasales podía estar escrito el destino de un futuro escritor. Un tipo que había pasado meses o quizá años de su vida buceando entre papeles, encadenando palabra tras palabra, confiando en que estaba dando al mundo una obra maestra. Al otro lado estaba él, el otro tipo, el hombre que, de apenas un vistazo, podía echar por tierra todo aquel montón de ambiciones escritas. Así de injusta era la vida, así de duro era el oficio de editor. Había que ser muy cuidadoso. Matas suspiró, se colocó las gafas y decidió darle otra oportunidad al manuscrito.

Un hombre empieza a morir por la polla.

Durante la pausa, la frase no había mejorado mucho. El masaje nasal y el minuto de concentración no le habían dado un empujoncito al estilo. Todo seguía en el mismo sitio: la absurda generalización del artículo indefinido, la aseveración gratuita, el lenguaje soez. Supongamos que fuera cierto, vale. ¿Qué hombre, qué polla? Matas repasó el entusiasta informe de lectura de Julia:

Una historia sobre la crisis de la mediana edad que ahonda con humor y estilo desenfadado en una divertida sátira de los valores masculinos.

Había tres folios más, todos en el mismo tono laudatorio. Julia apenas sugería algunos pequeños cortes y cambios. Matas no tenía nada en contra del humor, menos aún del descrédito de los valores masculinos. Pero sí lo tenía contra los tacos. Lo que le molestaba, sobre todo, era esa manera de entrar a saco en la historia, el torpe intento de agarrar al lector por las solapas, zarandearlo, decirle: venga, compra el libro, ¿a qué esperas? Todos los escritores novatos buscan eso: una primera frase brutal, una llamada de atención, un gancho de izquierda que despierte al amodorrado lector que hojea los libros en la mesa de novedades. No había nada malo en ello, excepto que luego casi todos se iban desinflando. Es natural, si comienzas en una cumbre lo más probable es que luego te despeñes cuesta abajo. Los buenos escritores hacen exactamente lo contrario, empiezan desde cualquier sitio y desde ahí tiran para arriba. Una novela es como subir una montaña.

Se tomó el pulso discretamente (65 pulsaciones) y decidió que podía permitirse un cigarrillo. Julia apareció en el umbral y golpeó con los nudillos en la puerta abierta del despacho. Llevaba pelo liso, pequeños pendientes de perla, traje chaqueta: la tercera metamorfosis en lo que iba de año. Matas se preguntó si estaría tatuándose a Ovidio.

—¿Lo has leído?

—No he podido. No puedo con la primera frase.

Julia torció la cara. Sabía de sobra lo que significaba ese veredicto. En la mueca de sus labios, Matas adivinó todo lo que se le venía encima. Podía descifrar los inocentes gestos de Julia con la misma facilidad con que valoraba novelas por una sola frase. Ella le diría que había rechazado ya media docena de manuscritos prometedores sin calar más allá de unas pocas páginas. Lo malo es que tres de ellos habían sido rápidamente publicados por editoriales rivales y habían obtenido muy buenas críticas. Uno hasta llegó a entrar en la lista de libros más vendidos.

—Ocurrió lo mismo con *Puta mierda* y con *Ahogar al osobuco*.

—No, lo mismo no. Con *Puta mierda* no pasé del título.

Lo decía por decir. En realidad, el libro le dio para un par de capítulos, aunque al final se le atragantó: el título era premonitorio. Julia cruzó los brazos sobre el pecho, en ademán defensivo, y frunció el ceño. El traje gris ya estaba fruncido en los codos y en los hombros, pero la arruga se extendió a través de la cara y le onduló todo el cuerpo. Matas sabía que ahora tocaba hablar de cifras, de la editorial que necesitaba desesperadamente un éxito, del prestigio que estaban perdiendo en todos los terrenos, de los autores que estaban dejando pasar para depositarlos tranquilamente en manos de la competencia, de la lucha por las nuevas corrientes narrativas donde, por decisión exclusivamente suya, habían decidido arrojar la toalla.

Matas cogió el manuscrito, apuntaló las gafas con un dedo y leyó en voz alta la primera frase:

—«Un hombre empieza a morir por la polla» —dijo y se dio cuenta de que en voz alta sonaba peor todavía y de que, para colmo, era un endecasílabo—. Dime dónde está la novedad porque yo no la veo por ningún sitio.

Julia cerró los ojos y alzó la barbilla al techo. En el alfabeto femenino, aquel era el signo de la santa paciencia, un jeroglífico atávico que Matas ya había leído muchas veces en la cara de Livia, su mujer.

—Hay tres líneas narrativas diferentes más una novela insertada dentro de una novela.

—Ya, ya he leído tu informe, gracias.

—El contrapunto argumental —prosiguió Julia— discurre a la manera de una trenza, sin que las tramas se toquen, hasta que en el último tercio de la novela, las voces se unen a la manera de una fuga y todos los personajes de la novela coinciden en una gran escena tragicómica.

—Y todo empieza con un gatillazo. Fascinante.

—Cristóbal, si puedes juzgar un libro solo por la primera frase, me quito el sombrero. Así nos ahorrarás un montón de trabajo a mi departamento y a mí.

—Pero entonces me quedaría sin leer tus inteligentes análisis.

Sonriendo, Matas le alargó el informe y el manuscrito, pero Julia no los recogió. Dio media vuelta y salió del despacho, balanceándose con aplomo sobre sus zapatos de tacón alto. Las medias eran translúcidas pero no tanto como para dejarle adivinar los versos que seguramente se enroscaban en sus tobillos. El manuscrito desechado campó sobre el metódico desorden de libros, lapiceros, papeles, el paquete de tabaco y el cenicero en que consistía su mesa de trabajo.

Los cigarrillos eran Camel y el cenicero una pieza de vidrio decorada con motivos de Escher, un regalo que le trajo su esposa después de visitar una exposición. A veces Matas se distraía de sus sesudas lecturas examinando las formas escherianas en los elegantes acertijos de cristal pero le gustaba más rebuscar en el intrincado pelaje del camello estampado en los paquetes de tabaco. Allí había logrado descubrir un mapa de las islas Mauricio y un bajorrelieve de Mahoma entre otros inquietantes misterios. Decían que había un hombre con una erección descomunal disfrazada en la pata delantera y un león fornicante que se ocultaba en la pata trasera del camello.

Matas volvió a tomarse con delicadeza el pulso y decidió que podía permitirse otra calada honda. Mientras experimentaba el avance del tabaco en sus pulmones, examinó por enésima vez el paquete de Camel en busca de aquella erección subliminal. ¿Cuántas décadas llevaba en pie aquel caso de priapismo exacerbado, cuántos millones de dedos habrían acariciado inocentemente aquel miembro fantasma? El autor del manuscrito no había sido capaz de tanta sutileza. Del humo blanco del cigarrillo brotaban ángeles, enredaderas, florituras medievales, rosetones, tobillos de mujer, letras góticas, turbias erecciones. Así imaginaba Matas que debería ser la representación del caos, la confusión en la cabeza de un escritor poco antes de lanzarse hacia el muro de la primera página.

2

EL DÍA EN QUE LA CIBELES PERDIÓ LA CABEZA LA MAYORÍA de cronistas y comentaristas de la capital lo tomó como una excelente metáfora. Al fin y al cabo, la Cibeles había sido el emblema más reconocible de una ciudad en la que no abundaban precisamente las buenas metáforas. Frente al Coliseo romano, el mecano de la Torre Eiffel o el carillón gigante del Big Ben a orillas del Támesis, Madrid sólo podía oponer a su modesta diosa madre sentada en un carro arrastrado por una pareja de aburridos leones. Por desgracia, la diosa ya estaba acostumbrada a semejantes sacrilegios. Como símbolo del equipo de fútbol con más solera de la capital, el Ayuntamiento no podía ni quería impedir que, durante las ingentes celebraciones que cercaban la plaza después de un campeonato de liga, un delantero zoquete trepara a lo alto del carro para colocarle a la dama de piedra una bufanda blanca.

Aparte de la cabeza, que voló hasta el tejado del Banco de España, la explosión arrancó el brazo izquierdo de la estatua, pulverizó las marquesinas de autobuses y los parabrisas de los vehículos aparcados en la zona, ametralló la fachada del Palacio de Comunicaciones y resquebrajó algunos ventanales. Milagrosamente no hubo muertos ni heridos, ni siquiera entre los conductores que circulaban a aquella hora que para Madrid era más tardía que temprana: las cinco de la mañana. El brazo izquierdo apareció empotrado en el asiento trasero de un taxi cuyo propietario, por fortuna, había ido a charlar con un colega que acababa de estacionarse en la misma parada. Al igual que los soldados que hacían guardia al otro lado de la plaza, los taxistas oyeron algo así como el ruido de un petardo y luego, casi de inmediato, el estruendo de cristales rotos, el golpe imperioso del brazo femenino al subir bruscamente al taxi.

Sucesivos gamberros habían pedido la mano de la Cibeles a lo largo de su accidentada historia, pero ninguno había logrado hacerle perder la cabeza. Los cronistas manejaron sin ningún rubor estos y otros lamentables juegos de palabras. Uno recordó a aquel grupo de idiotas borrachos que, mientras se bañaban de noche en la fuente, arrancaron una mano de piedra que luego exhibieron en una discoteca de Juan Bravo y que acabó en un contenedor de basura. En un primer momento la policía sospechó que se trataba de un acto vandálico más, obra quizá de un hincha del Alteti mosqueado después de que el Madrid ganara tres ligas seguidas. Pero esa hipótesis se descartó cuando, unos días después, también de madrugada, otra bomba arrancó la nariz de la vecina estatua de Neptuno y la envió de un puñetazo a los jardines del Ritz.

Esta vez, al parecer, tampoco nadie vio nada. Ningún taxista, ningún cliente desvelado. El único testigo directo resultó ser un mendigo beodo que dormitaba en un banco de piedra frente al Museo del Prado y al que alcanzó una esquirla de mármol centrifugada por la explosión. En la enfermería, mientras le cosían la calva remendada de ronchas, pelambre y roña, apenas pudo farfullar al policía que le interrogaba dos o tres consignas anarquistas pasadas de moda antes de que les pidiera para un vaso de vino.

Aquella segunda explosión desbarató la tesis, excitante pero endeble, de quienes apoyaban un móvil futbolístico. La plaza de Neptuno, apenas a un centenar de metros de Cibeles, hacía las veces de lugar de reunión para la hinchada atlética en las escasas ocasiones en que el equipo rojiblanco lograba arañar un título.

La noticia ocupó un par de portadas de periódico y luego se traspapeló, apisonada por la actualidad. Los atentados no fueron reivindicados, no tenían el sello de ningún grupo terrorista conocido ni habían producido más daños que cristales rotos, coches abollados y tres puntos de sutura en un don nadie borracho. Por lo demás, Madrid ya estaba más que habituada a esta clase de desaguisados. Desde la guerra civil, explosiones las había habido de todos los colores y tamaños: presidentes voladores, autobuses partidos en dos, cubos de la basura destrozados, trenes reventados con toda su carga humana dentro. Sí, desde hacía décadas, la ciudad había albergado a toda clase de exaltados y vándalos, desde forofos alcoholizados a gamberros furiosos, desde islamistas barbudos a etarras con pasamontañas. Por eso, salvo el alcalde, que cada día saludaba de tú a tú a la Cibeles decapitada desde el ventanal de su despacho, nadie prestó mucha atención a las dos estatuas rotas, amparadas bajo sendas lonas y rodeadas de vallas amarillas, como para hacer juego con el resto del paisaje urbano. A ningún concejal de urbanismo se le ocurrió que aquel viejo monarca con la nariz rota y aquella dama manca y sin cabeza parecían ahora mucho más reales que un simple decorado de postal. La truculencia de las explosiones les había concedido un repentino parentesco con la Esfinge egipcia, con las Venus mutiladas que languidecían en el asilo de los museos a la espera de otra revolución, otro cataclismo.

3

LEONARDO ZUBIRI JAMÁS PENSÓ EN ESCRIBIR HASTA QUE LE cayó un rayo encima. En realidad nunca le había gustado leer y su historial de lecturas, antes del accidente, se reducía al subrayado de unos cuantos libros de texto, a los bocadillos de una destartalada colección de tebeos de la Marvel y al reverso de los potingues y cremas de belleza de su madre cuando se aburría en el retrete. Sentado en la taza, con los pantalones por los tobillos, se distraía del lento desagüe intestinal deletreando extraños términos que sonaban a conjuro de brujería y que, de hecho, formaban el conjuro con que su madre pretendía detener el tiempo. *Glicerina*, *tetrasodium*, *benzol*, *phenoxyethanol*. Había palabras parecidas en las historias del capitán Marvel, un superhéroe venido del espacio exterior cuyo poderes nunca estuvieron muy claros y cuya misión en este mundo tampoco. Desterrados sin ningún miramiento por algún vecino y rescatados del cubo de la basura mucho tiempo atrás, los veintitantos tebeos formaban una biblioteca heterogénea en donde las historias saltaban veinte o treinta números y los personajes de unas sagas visitaban otras. El Capitán América se tomaba unas copas con Spiderman y La Masa aparecía en el apartamento de Los Cuatro Fantásticos para redecorarlo a puñetazos.

Antes de dormirse, Leo cogía un tebeo al azar y echaba un vistazo a unas cuantas páginas descuajaringadas a la espera del sueño. A veces ni siquiera leía las épicas parrafadas que soltaban superhéroes y supervillanos antes de enzarzarse a hostias: le bastaba con pasar los ojos sobre las confusas viñetas en blanco y negro. Una noche, antes de que su cabeza se rindiera a la lenta succión de la almohada, Leo repasó una escena en que el Capitán Marvel se encontraba consigo mismo al abrir una puerta en una dimensión extraña. Viajaba hacia algún otro tramo del universo sin considerar que estaba usurpando un trozo del espacio y del tiempo que había usado ya. En la siguiente viñeta aparecía el mismo personaje invertido: los mismos gestos, las mismas facciones, la misma cara de estupor al sorprenderse en un espejo. Una escena muy parecida al póster de Pink Floyd que colgaba de la pared de su cuarto: dos tipos dándose la mano en un polígono industrial mientras uno de ellos ardía en llamas. La historia terminaba ahí y Zubiri se preguntaba cómo se habría resuelto el encuentro en el siguiente número, pero no lo tenía. Era uno de los episodios que su vecino nunca compró. Tampoco le interesaba demasiado porque unos momentos después ya estaba roncando con el tebeo abierto sobre el pecho.

Entresacada de entre un montón de disparates estelares, no sabía qué sentido tenía esa escena, de dónde venía ni a dónde iba, si es que iba a algún sitio. Sin embargo, la vivió en primera persona en el momento en que salió del coma, unos días después de caer fulminado por el rayo. Lo último que recordaba era haber salido a la terraza para sujetar las contraventanas, que estaban saludando la llegada de la tormenta. Extendió la mano para alcanzar la entusiasmada hoja de metal, que aplaudía y aplaudía entre la lluvia, y entonces un chispazo lo alcanzó, cegador e instantáneo, como en una de las viñetas de la Marvel, aunque sin onomatopeyas. Su madre (beata a ratos y coleccionista de reproducciones de estampitas religiosas que colgaba de la pared de su dormitorio) habría dicho más bien que el rayo semejaba el dedo de Dios a Adán solo que sin dar tiempo al pintor para que sacara los pinceles. Fue más bien el mismo anciano iracundo pero sacándole una fotografía. Increíblemente el rayo no lo mató y Leo, humeante, encogido sobre el suelo del salón, con la camisa carbonizada y la cremallera metálica del pantalón medio fundida, pasó a engrosar las estadísticas del milagro.

Al despertar del coma en una de esas secuencias *postmortem* tan populares en la literatura apocalíptica, Leo se descubrió a sí mismo bocarriba en la cama, conectado a una máquina por unos cuantos tubos, y no sintió tanto miedo como intriga. Al lado de la cama, una enfermera leía un libro en voz alta. Las palabras escarbaban en su oído. Leo prestó más atención y descubrió que la historia hablaba precisamente de un hombre que despertaba en su cama y descubría que, durante el sueño, se había transformado en un insecto repugnante. Leo se palpó en busca de las patas y filamentos que adornaban al protagonista de la historia pero no encontró otra cosa que sus brazos y sus piernas de siempre. La enfermera alzó la vista del libro, sonrió y Leo preguntó qué estaba leyendo:

—*La metamorfosis*, de Kafka.

—¿Es un cómic?

La enfermera se echó a reír. Tenía una risa cristalina, un aliento a flores. Se puso en pie, le dijo que no cerrara los ojos, que en un momento volverían sus padres. ¿Sus padres? Leo se quedó bocarriba, parpadeando, intentando delimitar los límites de su hábitat. No reconocía las lucecitas de la máquina, ni la botella de suero, ni los tubos, ni el aparato de televisión, ni al enfermo que dormía en la otra cama. Tampoco reconoció a la pareja de viejos que entró arrastrando los pies, del brazo de la enfermera, y que lo miraba con los ojos cuajados de lágrimas.

—Hijo —dijo la mujer.

Leo paseó la mirada por toda la habitación en busca de algún crío oculto bajo la silla, pero al final tuvo que admitir que era el único que cumplía los requisitos. Sencillamente no lograba recordar nada, los recuerdos no encajaban en su cabeza. Era como una de esas escenas de cómic en las que se relataba el nacimiento de un superhéroe después de un accidente nuclear o una ducha de rayos cósmicos. A Leo le costó acostumbrarse a la cara que le saludaba en los espejos, no sabía quién era ese joven pálido que lo miraba desde otro mundo. Lo que aparecía allí era una bola lisa y calva, de ojos claros y asustados: un superviviente pelado y afeitado por el rayo.

—Nos gustaría estudiarlo durante más tiempo, pero su hijo ha tenido mucha suerte. Parece que va a salir adelante sin problemas.

—Doctor —dijo su madre—, no sé usted, pero yo lo encuentro muy raro.

—Mujer —terció su padre—, raro, lo que se dice raro, siempre fue muy raro.

El médico les aleccionó sobre los diversos efectos secundarios que podrían sobrevenir en los próximos días. Amnesia, trastornos nerviosos, problemas de locomoción, daños cerebrales. Mientras el médico exponía el catálogo de horrores, Leo se acercó hasta la persiana de la habitación y se entretuvo observando el mecanismo con que subía y bajaba. Se rascó el sobaco y después el ombligo. Se rascaba por todas partes. No se encontraba a gusto en su vieja ropa, echaba de menos la bata del hospital.

—Es lógico que observen algún cambio en su conducta. No todo el mundo sobrevive al impacto directo de un rayo.

—No esperamos que se convierta en Einstein —gruñó su padre—. Daños cerebrales ya había de sobra.

—Le aseguro que ese no es mi hijo, doctor. Ni siquiera sabe quiénes somos —gimoteaba su madre. Luego añadió, como si fuera el colmo del agravio—: Y se pasa el día leyendo.

En ese sordo goteo de reproches Leo reconocía ya la voz de la sangre. Pero era cierto que no dejaba de leer. Primero, aquel libro de Kafka que le prestó la enfermera, luego las revistas de moda que su madre traía al hospital para distraerse, cualquier prospecto médico que cayera en sus manos y hasta una circular del personal de limpieza reclamando una subida de salarios que su padre analizó punto por punto con desdén sindical. «Fíjate que ni siquiera se atreven a insinuar el derecho a la huelga» gruñó. «Menudos cagados».

—Venga, venga —dijo el médico, empujándolos despacio hacia la puerta. Se le veía ansioso por recuperar la cama—. Eso no es nada.

En el taxi que tomaron de camino a casa, Leo se entretuvo leyendo todos los anuncios de las vallas publicitarias y los letreros de las tiendas por las que pasaban. El mundo se había alfabetizado en una serie de apasionantes crucigramas: Zapatería Adonis. Onur Kebap. Viajar es el mejor regalo. Grandes ofertas en juguetes. Joyas Estela. El mejor seguro para su coche. Su padre lo espiaba de reojo por el retrovisor, de hito en hito y de semáforo en semáforo.

Ya en casa, siguió con la austera biblioteca familiar, formada por un casi desmembrado recetario de cocina, una Biblia de bolsillo, un diccionario enciclopédico en tres tomos, unas cuantas novelas de la colección Jazmín y una biografía de Trotsky encuadernada en tapas grises que nadie sabía cómo había ido a parar hasta allí. Releyó una y otra vez las notas pegadas con imanes al frigorífico y no se pudo resistir a corregir las vistosas faltas de ortografía de su padre: *16 de febrero, no olbidar cumpleaños de tía Angustias. 22 de marzo, rebisión del hurologo.* Desembaló todos los libros de texto que su madre no había regalado a la parroquia para leerlos de cabo a rabo y, en busca de más letra impresa, redescubrió una colección de revistas pornográficas escondidas en una caja, bajo la cama de sus padres. Durante la adolescencia había usado la colección paterna como material de inspiración masturbatoria y guía de iniciación ginecológica. Ahora, al hojearla, comprendió con cierto asombro que le interesaban más las descripciones, artículos, relatos e incluso las cartas de los lectores, que las páginas donde reinaban las diosas desplegables. El paraíso de la carne (aquellos pechos color miel, aquellos sexos abiertos como mariposas peludas) lo dejaba frío en comparación con las columnas de símbolos que se agolpaban entre las fotos. Le interesaba más el destino que el culo de Xenia, una dulce chica mexicana que había venido a España en busca de hombres ardientes y que engullía un plátano mientras miraba fijamente a la cámara. ¿Encontraría novio Xenia? ¿Volvería alguna vez a su país?

—Hijo, tú no estás bien —suspiró su madre antes de salir a la compra cuando lo vio agachado en el suelo de su cuarto, rodeado de carne laminada en páginas.

Encontró un cuaderno de anillas en cuya primera página encanecían unas cuantas ecuaciones. Leo usó la cuadrícula para aprisionar una historia que comenzaba con el asesinato de Trotsky en México y el robo de la piqueta con que Ramón Mercader lo había descalabrado, y continuaba, diez años después, con la ascensión al pico Lenin llevada a cabo por una intrépida alpinista mexicana llamada Aniela Cañadas, quien dejaba hincada la piqueta asesina en la cima más alta de la Unión Soviética como si la hubiese clavado en la nuca misma del padre del comunismo. La noche anterior, en el frío límpido de la tienda de campaña, Aniela había hecho el amor con un guía de montaña canadiense a quien no volvería a ver jamás (moriría poco después aplastado por una avalancha) pero que dejó sembrada en su interior la semilla de una niña llamada Xenia.

Las cuadrículas se acabaron y Leo tuvo que emerger para cambiar de cuaderno y continuar la historia. Sólo entonces cayó en la cuenta de que tenía el cuello rígido, el brazo agarrotado y la mano acalambrada, de que la luz se había apartado de la ventana para dejar caer un telón malva. Ni siquiera oyó a su madre cuando lo llamó a voces para la cena. Durante el rapto de la escritura, sentía que la furia del rayo seguía fluyendo a través de él, zigzagueando como electricidad pura por sus huesos y venas, sacudiendo su muñeca dolorida en un último esfuerzo para rematar el manuscrito: el nacimiento de Xenia, su infancia en un arrabal de México DF, sus primeros e inocentes juegos, sus estudios en un orfanato donde un malvado profesor la acababa seduciendo para embaucarla en una red de trata de blancas.

Borracho de palabras, atrapado en la telaraña de su letra minúscula y abigarrada, oyó a su madre que lo llamaba a la mesa por enésima vez. Antes de levantarse sintió algo que empujaba la mano dolorida y que trazó por él una zeta gigantesca al final del último párrafo: una firma de pintor más que de escritor, la inicial de su apellido entrelazada al autógrafo del rayo que lo había poseído. Su madre se detuvo ante la puerta del cuarto y lo vio parapetado tras el manual de cocina, la Biblia, varias noveluchas románticas, los tres tomos del diccionario enciclopédico y unas cuantas revistas pornográficas. Al levantarse Leo, una de las revistas cayó al suelo y mostró a su protagonista, Xenia, despampanante y despatarrada, comiendo su eterno plátano.

—Tú estás enfermo, hijo.

4

JULIA NO SOLÍA APARECER EN LAS ENSOÑACIONES ERÓTICAS de Matas. No ya por el peligro de mezclar el placer con el trabajo, sino porque definitivamente la chica no era su tipo. Demasiado delgada, demasiado jovencita, Julia le inspiraba más bien instintos paternales. Sus renovaciones periódicas de vestuario y maquillaje demostraban que todavía no había adquirido una personalidad propia, a menos que aquella necesidad de cambio constante fuese la marca de fábrica de su carácter. También le repelía un poco —tenía que reconocerlo— esa inteligencia capaz de expresarse en tres idiomas y de leerse un manuscrito voluminoso en un par de horas para redactar después un informe impecable en quince minutos. Las mujeres con cerebro le intimidaban. Con su esposa ya tenía bastante.

En el currículum que Julia envió para solicitar el puesto en la editorial, le impresionó que se hubiera atrevido a incluir en el apartado «idiomas» (junto con el inglés, el francés y el italiano) el latín clásico. Fue aquella audacia lo que le decidió a concederle una entrevista de trabajo. Sin embargo, la primera impresión no fue en absoluto alentadora. En lugar de la tímida estudiante con gafas que cabía esperar dado aquel gusto por las antigüedades, se encontró a una especie de cantante *punk* pasada de moda: pelo congelado en llamaradas negras, maquillaje oscuro, un aro colgando de la aleta de la nariz, ropas amplias, negras y vaporosas que encuadernaban abigarrados tatuajes en caligrafía gótica. Sólo cuando ella extendió el brazo para señalar uno de los puntos del currículum, Matas comprendió que, como se decía en la jerga del sector, estaba juzgando el libro por la cubierta. Sobre la piel láctea del antebrazo surgieron dos versos festoneados de ornamentos, filigranas y líricos ramajes:

Odi et amo. Quare id faciam, fortasse requiris.
Nescio, sed fieri sentio et excrucior.

—Catulo —dijo Matas.

—El epigrama a Lesbia. Me lo hizo un novio motero.

—¿Qué tiene en el brazo izquierdo? ¿Virgilio, Horacio?

Ella se arremangó y le mostró, encajonado en similares florituras, el primer, resplandeciente verso de *La Ilíada*:

Canta, diosa, la cólera aciaga de Aquiles Pelida

—Lo hubiera preferido en griego clásico, pero a Toni no se le podía pedir más. Además tampoco voy a ir por ahí presumiendo de un idioma que no conozco.

—El amor y la guerra —observó Matas—. La lírica y la épica ¿Qué lleva en las piernas? ¿Verlaine?

—Medias con ligueros —respondió ella con absoluta seriedad.

Aquel exceso de erudición epidérmica hubiese desalentado a muchos otros editores, pero fue precisamente lo que convenció a Matas para contratarla. Desde entonces había tenido tiempo de arrepentirse de su decisión. Por mucho que compartieran el amor a la poesía y el respeto a los clásicos, sus criterios respecto a las futuras publicaciones de la editorial eran antagónicos. Julia apostaba por todo lo que sonara a novedad, a experimentalismo, a irreverencia con la sacrosanta tradición de la novela. A Matas todo eso le sonaba muy viejo, juegos de salón literario, pirotecnias verbales y mentales de aquellos gloriosos años veinte de los que no quedaban más que harapos apolillados. Le fatigaba explicarle que, en todos los sentidos, incluido el político, la vanguardia ya sólo era retaguardia. El patético intento de renovar el tinglado artístico cada diez años, cada dos años, cada año, cada treinta segundos, hacía tiempo que se había agotado. Los novísimos habían dejado paso a los posmodernos, los posmodernos a los posmodernos novísimos, estos a los posmodernísimos, y así sucesivamente. Ya no quedaban sufijos. Le decía que habría preferido vivir en otra época, editar a Dickens o a Dostoievski, a lo que Julia replicaba que un editor como él nunca se hubiese arriesgado a publicar una novela basada en los remordimientos de un asesino llorica o en el litigio por un caserón prolongado durante décadas y décadas. No le faltaba razón. Había que reconocer que aquellos tipos decimonónicos venían muy bien recomendados. Matas podía imaginarse en el lugar de un editor ruso preguntándose qué iba a hacer con quinientas páginas dedicadas a un exterminador de viejas conversando con una puta. Tampoco estaba muy seguro de qué hubiese pensado realmente del Quijote si no fuese por varios siglos de reseñas entusiastas.

En su indumentaria, cada tantos meses, Julia repetía el tiovivo de las convulsiones artísticas. Pasó del *punk* al *heavy*, y luego del ecologismo *new-age* al traje chaqueta. Las chupas de cuero se transformaron en ponchos, la melena coloreada en rastas, las botas claveteadas en chanclas ibicencas. Después, del mismo modo que en un monumento insigne persisten los impactos de bala, sobre su cara fresca y pálida quedaban las huellas de cada revolución: agujeros de *piercing* abiertos en el lóbulo de la oreja, en los labios, en la nariz. Lo único que parecía ajeno a la rapidez y la superficialidad de sus atuendos eran las pintadas con que se decoraba la piel, versos inmortales grabados a fuego en lugar de cancioncillas de moda. Como un pergamino inapreciable que no acabara de encontrar su encuadernador.

Matas apagó la luz, recogió sus cosas y, antes de irse, pasó por el despacho de Julia para recordarle las pruebas de la biografía de Freud. La vio enfrascada en la lectura de otro manuscrito. Todavía llevaba un mohín de disgusto estampado en la cara, un colorete natural a juego con las gafas y con el pelo liso. Matas se despidió con un consejo laboral.

—Trabajas mucho, Julia.

Ella alzó los ojos mientras chupaba un bolígrafo. En el antebrazo, Matas releyó la augusta advertencia en latín: *Odi et amo*.

—¿Queda alguien en la editorial?

—Creo que no.

Matas miró la hora en su reloj: las nueve y diez. Hacía tiempo que se había retirado el último empleado. Solo quedaba luz en el despacho, una luz de flexo espesada por el humo del cigarrillo donde ella se había pasado la tarde pescando ballenas blancas. ¿Habría publicado Julia *Moby Dick* a la primera de cambio, con tanto arpón y tanto barco zozobrando? Lo dudaba mucho.

—En cuanto a lo de esta mañana, quizá tengas razón. Déjame echarle otro vistazo a la novela.

—¿Vas a leer otra frase?

—Es posible. Aunque tengo mucho trabajo. ¿Qué estás leyendo?

Julia volteó el manuscrito. Matas echó un vistazo al título, *Punto de fisión*, y vio el nombre del autor, Sergei Berkoff. Olía a pseudónimo que tiraba de espaldas. Hojeó unas páginas, picoteó aquí y allá. De pronto se detuvo.

—¿Chernobyl? ¿Una novela sobre Chernobyl?

Julia asintió. Matas se colocó las gafas y leyó el primer párrafo:

Es difícil comenzar una historia por el fin. Sobre todo si es el fin del mundo, el final de todos los finales. Para ser precisos, esta historia debería leerse al revés, como si estuviera escrita en el espejo de otro idioma. De hecho, mientras la escribo, siento que estas palabras se van alineando en el reverso exacto de mi lengua materna. No podéis verlas, pero yo siento las letras del alfabeto cirílico transparentándose al calor de cada página, igual que rayos X.

—Demasiado retórico —masculló.

—Todavía no has llegado al final. Te aseguro que poco a poco cada una de esas palabras va cobrando sentido.

—¿Me lo aseguras?

Julia se levantó y rodeó la mesa. Matas se quitó las gafas. Antes de darse cuenta, ella le estaba besando en la boca. De repente se encontró con que ella se había desabrochado la camisa para que leyera el mensaje gótico tatuado en su vientre:

Mais ou sont les neiges d'antan?

—Te lo aseguro —jadeó ella, atrayéndole contra sus pechos.

No pudo leer nada más, ni siquiera la marca del sostén. Para cuando quiso reaccionar ya tenía un pezón dentro de la boca. Cabeceó en busca de su gemelo, buscando la simetría del placer pero se le interpuso un sabor metálico: el tintineo de un aro que entrechocaba entre sus dientes. Julia se había desprendido rápidamente de la camisa y luchaba con la falda mientras él intentaba desembarazarse de su ropa: todos esos enojosos prolegómenos que los novelistas suelen saltarse en busca de nudo y desenlace. Cuando ella se bajaba las bragas, saltando sobre los zapatos de tacón, él todavía forcejeaba con su cartera, donde recordó que guardaba un par de condones. Quizá fuese la lucha contra el plástico o la visión del cuerpo de ella, hermoso aunque alicatado con tres aros —pezón izquierdo, ombligo y clítoris— lo que desinfló su deseo. La boca de Julia acudió al rescate y él intentó ayudarla con visiones complementarias de ninfas y nereidas que aún brotaban de la colilla apoyada al borde del cenicero. Sintió la caverna húmeda de la boca y la lengua erizada de tachuelas. De repente todo el horizonte del escritorio había cobrado un extraordinario fulgor realista —desde las escamas de carmín posadas sobre el filtro del cigarrillo hasta los nudos empotrados en la madera— tal vez para distraerle del repliegue que estaba teniendo lugar allá abajo.

Julia se rindió al fin y se apartó de su entrepierna. Destilando el sudor frío del fracaso, Matas leyó de nuevo el verso que festoneaba su ombligo:

Mais ou sont les neiges d'antan?

La *Balada de las Damas de Antaño.* Villon, qué apropiado. «¿Dónde están las nieves de antaño?» tradujo mentalmente Matas, mientras ella se subía la cremallera de la falda. Eso, ¿dónde estaban? Trató de recordar el resto del poema en un ejercicio mnemotécnico, un penoso intento de alejar la vergüenza, pero la estrofa se deshizo mezclada con versos de Catulo y Homero. Julia recogió la chaqueta y se marchó, murmurando una disculpa en subtítulos. No había mucho que él pudiera decir, pero su postura —los pantalones enrollados en los tobillos y los calzoncillos anclados en las rodillas— era lo bastante elocuente. Se sentía hecho de diminutivos. El sudor bajaba en riachuelos helados por su frente y sus mejillas mientras el humo de tabaco subía en nimias espirales hacia el techo.

Se sentó derrotado, blando y fláccido, sobre el cuero tibio del sillón y luego vio sorprendido cómo su mano vagaba por el escritorio, empujada no por su voluntad sino por una especie de vida propia que venía trasplantada desde la pelvis. Vio cómo la mano izquierda se detenía sobre el manuscrito, deletreaba en braille el título, *Punto de fisión*, y se iba abriendo paso a través de muros de palabras. Al tiempo, la derecha aterrizó sobre su muñeca para contar el pulso de su agitado corazón: 103, 95, 92, 94.

El mundo de los niños se hace con los rumores de los adultos. Pero en Pripyat nadie abría la boca. Nadie decía nada salvo el padre de Ana para recitar versículos borracho. Los padres se aglomeraban ante el televisor pero en los noticiarios no sucedía nada más grave que una reunión del comité del Partido en Odessa o que un agricultor que había doblado el cupo de producción. La radio seguía emitiendo música de Tchaikovsky y Rachmaninov.

Sin embargo, al lunes siguiente no hubo clases. El maestro no apareció y Katia, la profesora de ruso, nos dijo que regresáramos a casa. Todos los niños del colegio estábamos enamorados de Katia, de sus trenzas negras, sus ojos verdes, su hermosa voz que recitaba a Puskhin, sus faldas largas y estrechas que moldeaban sus piernas de sirena (¿Tienen piernas las sirenas? Depende del cuento). En los robles del parque había corazones con una K trazada a navaja y en las puertas del baño mensajes y dibujos obscenos presididos por otra K mayúscula. Todos los niños del colegio odiábamos en secreto al director, el señor Vunin, por estar casado con ella.

«¿Qué ocurrió ayer, señorita?»

«Nada. Todavía no se sabe nada».

«Mi padre dice que estalló un reactor de la central nuclear. Dice que el techo saltó en pedazos».

«Eso sólo son rumores, Iván. Marchaos a casa».

En el patio vacío todavía continuaba el domingo. Las porterías de balonmano, pintadas a listas blancas y rojas, parecían aguardar un portero y una red. Al verlas, recordé el gol indeciso (¿se dice así? ¿Indeciso?) de Piotr. Resulta muy difícil ver una portería o las rayas de un campo de fútbol cuando no están ahí.

Muy difícil saber si ha sido gol o no. Básicamente, es cuestión de fe. Tal vez por eso mucha de la gente se quedó mirando desde el puente, a ver si la muerte metía gol. Tal vez, aprovechando que estaban todos juntos, la muerte decidió lanzar un penalti. Iba trazando a balonazos las rayas del campo, deletreando los nombres de la lista: tú sí, tú no, tú sí. En muchas casas de Pripyat marcó y en otras pasó rozando el larguero.

Cuando a la mañana siguiente fuimos a ver a Piotr para que nos prestara la pelota, lo encontramos echado en la cama. Ya no tenía ganas de discutir. Balbuceaba por la fiebre, con la cara enrojecida y la piel de los brazos hirviendo de ronchas. Su madre nos dio la pelota y nos echó de allí. Apenas quedaba nadie en la ciudad. Estábamos en el segundo momento del Génesis, la antítesis, según la doctrina marxista-leninista. Después de la explosión, el vacío. Aún faltaban unos días para saber cómo sería el mundo.

Sergei y yo nos asomamos a la calle y nos pareció que la veíamos por primera vez, desnuda y reluciente, tal y como la soñaron los arquitectos que la diseñaron: una cáscara hueca, sin transeúntes ni coches, una larga perspectiva de hormigón y árboles. Los comercios tenían los cierres echados y una solitaria mancha de aceite ocupaba el lugar donde había aparcado el camión militar. El domingo se había expandido como levadura desde el patio del colegio por toda la ciudad hasta ocupar toda la mañana del lunes. Sergei llamó a las casas de unos cuantos amigos para que bajaran a jugar con nosotros, pero nadie contestó. Oculto en la rejilla del portero automático crujía un bramido oculto, como el mar al fondo de aquella caracola que mi tío Neva trajo del mar Negro. Jugamos solos, lanzando balonazos contra la pared del patio al tiempo que repetíamos en voz alta la delantera (¿se dice así? ¿delantera?) del Dínamo de Kiev. Zavarov, Blokhin, Protasov. Y también Rodenzko, Vilic, Gilkan, Solokin, Radic, Timonenko. Tú sí, tú no, tú no.

Una noche unos camiones del ejército vinieron a recoger a todas las familias del bloque. Fue muy divertido. Sergei iba acu-

rrucado junto a mi madre y mi hermana pequeña y yo bajo el brazo de su padre (¿se dice así? ¿acurrucado?). Había muy poco espacio en el camión, pero en el traqueteo del viaje, Sergei tuvo tiempo de recordar las viejas películas de guerra que daban por televisión. Jugó a esconderse conmigo y con Ludmilla entre las piernas de los vecinos, como si nos moviéramos por las entrañas de un tanque, hasta que mi madre le pegó un pescozón y le obligó a estarse quieto.

Nos detuvimos primero en un caserío abandonado y de allí nos trasladaron a las dependencias de un hospital militar, en los arrabales de Kiev. Fue allí donde muchas familias enfermaron. Ludmilla, mi hermana pequeña, vomitó nada más llegar al hospital. Mi madre empezó a encontrarse mal, se le caía el pelo a mechones de la cabeza. Le pregunté a Sergei por su padre y me dijo que había muerto poco después de llegar.

«Está muerto. No quiero hablar de eso».

«Lo siento».

«Yo también, pero da igual sentirlo o no. Lo mejor es olvidar, mirar hacia delante». Y luego añadió. «Mi padre ya está muerto. Tu madre y tu hermana también van a morir».

«No digas eso».

«De acuerdo, no lo diré».

Todas las cosas cambian, según la doctrina marxista-leninista pero algunas cambiaban demasiado deprisa. El padre de Alina se llenó de pústulas, encogió y murió. De nada le valió recitar todos los versículos y profecías de la Biblia. Después de perder el pelo, mi pobre madre extravió también las cejas y pestañas. Muchos adultos andaban por ahí transformados en bebés lloriqueantes, la piel enrojecida, sin pelo y sin dientes, como si buscaran, más que las cosas perdidas, el camino de regreso a la infancia. No había ninguna razón para que la muerte decidiera escoger a unos y no a otros. ¿Por qué Sergei y yo sobrevivimos? ¿Por qué nadie más de los nuestros se salvó? Los médicos no sabían decirlo, por eso nos daban medicinas a todos. Unas veces se libraban los más viejos, otras los más jóvenes. Tú sí, tú sí, tú no.

Las camillas y las sillas de ruedas iban y venían por los pasillos desconchados mientras aguardábamos en una sala con las paredes cubiertas de grandes carteles desvaídos. La piel de los enfermos se descascarillaba como pintura blanquecina cayéndose de las paredes. Había una multitud en aquella sala de espera y nada qué hacer, salvo mirar las listas del hospital, los anuncios de reclutamiento del ejército, los regates de la muerte en los rostros amarillentos. Hacíamos apuestas para ver quién se marcharía antes. ¿El anciano de los grandes bigotes de cosaco? ¿La señora del vestido rojo? Otras veces nos distraíamos admirando los colores de los soldados, copiando en el aire azul de la tarde cascos, fusiles y uniformes. Deletreábamos proclamas en ruso mientras recordábamos la voz grave de la señorita Katia. A-F-G-H-A-N-I-S-T-A-N decían los carteles desde su espejo cirílico, como si prometieran un destino turístico. Una camilla podía ser un tanque; una silla de ruedas, un avión.

Un día, una silueta se despegó de los carteles de reclutamiento y avanzó hacia nosotros. Un viejo soldado que caminaba renqueando con ayuda de unas muletas. Ahogué (¿lo ahogué o lo maté?) un grito de alegría en el pecho al descubrir al tío Neva, que me sonreía como siempre había sonreído el tío Neva, es decir, con la cara y los brazos e incluso los pies. Pero detrás de la sonrisa estaba el baile de los dientes, las encías sangrando, las calvas en la cabeza, el plástico derretido de los ojos. De pronto el tío Neva me pareció más frágil que un espantapájaros.

«Sobrino» dijo el tío Neva, y su voz quería ser alegre pero arrastraba el mismo crujido de la estática de los porteros automáticos de Pripyat. Siempre me preguntaba lo mismo cuando volvía de uno de sus viajes «¿Sabes de dónde vengo, sobrino?»

«¿De dónde, tío Neva?»

«Del infierno».

Y se echó a reír. Yo recordé que, en clase de literatura, la profesora Katia también nos hablaba del infierno. «En todo libro que merezca ese nombre» decía con esa voz que los mayores conjuraban tras las puertas del retrete mientras se la meneaban a toda máquina, «hay un descenso a los infiernos». El infierno no tenía por qué ser fuego y huesos crujientes: para Dostoievsky era Siberia. El infierno tampoco tenía por qué ser un lugar, aunque a los griegos les encantaba ir de vacaciones allí. Un guerrero griego bajaba para preguntar el camino de vuelta a casa y se encontraba con un mundo de sombras. Un poeta griego descendía para rescatar a su amada muerta. «Todo eso» decía la señorita Katia, «es mitología». Un estadio primitivo de la cultura humana, anterior a Lenin y al marxismo-leninismo. Aquella tarde, entre los cartelones descoloridos que cubrían las grandes manchas de humedad de las paredes, mi tío se volvió mitológico. Igual que un héroe griego, fue uno de los primeros de los miles de voluntarios que acudió a luchar contra el infierno. No se lo pensó dos veces, igual que tampoco lo pensó medio siglo atrás, cuando apenas era un muchacho que se enroló en el Ejército Rojo para combatir a la Wehrmatch.

Las historias se hacen con trozos de otras historias. Mi tío nos dijo que, mientras iba agolpado en el camión junto a otra docena de voluntarios, un bombero les contó que uno de los reactores de la central de Chernobyl había estallado. La única posibilidad de parar los escapes radiactivos consistía en levantar una estructura de hormigón capaz de contener el núcleo en llamas. «El Sarcófago» dijo mi tío Neva, esbozando la mayúscula. «Qué nombre tan apropiado». Sin embargo, antes había que recoger los trozos de grafito y combustible nuclear desperdigados entre los escombros y arrojarlos de nuevo al interior ardiente: un infierno muy poco griego y para nada ucraniano.

«¿Por qué no lo intentaron con robots, tío?»

«Lo intentaron, sobrino. Pero un robot no aguanta lo que tu tío Neva y sus amigos. Se estropeaban en seguida».

De manera que mi tío y otros cientos, miles de voluntarios tuvieron que disfrazarse de robots para intentar engañar al fuego eterno, protegidos por equipos contra incendios y burdas y pesadas corazas de plomo. Liquidadores. Así los llamaron. Los Liquidadores de Chernobyl.

«Teníamos dos minutos como máximo, sobrino. Dos minutos para recoger todo lo que pudiéramos en un capazo y luego arrojarlo al fuego».

Por un momento el plástico de sus ojos brilló igual que cuando me contaba las escaramuzas contra el ejército alemán en 1941. Los Liquidadores iban cayendo uno tras otro bajo el ardor letal de la radiación. Igual que soldados marchando a través de una lluvia de balas. Mi tío guiñó el ojo y luego sonrió. Sabía que me gustaban aquellas historias. Aunque la muerte le asomara entre las encías.

Dio unos pasos siguiendo la fila, recogiendo kilos y más kilos de veneno puro, caminando hacia un túnel que desembocaba en un sol ardiente, y de repente vio cómo el hombre que iba delante de él se quitaba la máscara protectora y se desplomaba gritando, echando sangre por la boca. Recogió su capacho, lo cargó con el suyo y siguió andando hasta que le fallaron las fuerzas. Después se levantó del suelo y anduvo un poco más. El tío Neva era un veterano de guerra que había cruzado el Volga bajo fuego alemán, pero las balas, las bombas y la metralla eran toscas hachas de la Edad de Piedra al lado de esa quemadura indescriptible que atravesaba plomo, amianto, ropa, piel, huesos. Vació los dos capachos allá donde acababa el mundo, en un hervor amarillento que nublaba los ojos.

«Vi a tu tía Kataryna, sobrino. Vi a tu padre recogiendo naranjas junto al río. Vi a mi amigo Iván saludándome, danzando desde el fondo del sol».

Tía Kataryna, mi padre, el viejo Iván. Todos muertos. Como muy pronto lo estaría mi tío Neva, Ludmilla, mi madre, todos nuestros vecinos. Nuestra infancia se iba calcinando ente-

ra y todo lo que nos quedaba de ella era una deshinchada pelota de fútbol y el esqueleto de una ciudad espectral, abandonada para los próximos milenios —bloques desnudos, avenidas de polvo por donde pasearían las bestias del futuro y los inconcebibles arqueólogos—; el armazón de las ciclópeas esculturas que se iban alzando por todas partes en recuerdo de las víctimas y héroes anónimos. Una vez abrasada su envoltura mortal, mi tío Neva se acabaría transformando en uno más de aquellos gigantes de acero instalados en las plazas de Ucrania, uno de los últimos fósiles de la era soviética.

Las historias se hacen con trozos de otras historias, del mismo modo que los médicos injertan huesos y órganos de otras personas para salvar a un convaleciente. Sergei y yo nos pasábamos recuerdos uno a otro para que no se hundieran en el pasado igual que los rostros de su padre y mi hermana y mi madre y mi tío Neva en el fuego del infierno. «¿Te acuerdas del anillo que tu madre llevaba en el dedo? ¿De qué era? ¿De turquesa?» «¿Te acuerdas de la marca de vodka que bebía el padre de Alina?» Decíamos sus nombres en voz alta una y otra vez mientras lanzábamos la pelota contra los muros del hospital —tío Neva, papá, mamá, Ludmilla, el viejo Iván—, balonazo a balonazo, hasta que alguna enfermera se asomaba por una ventana y chistaba silencio —Alina, su padre el borracho, tía Kataryna, Piotr despellejado como una naranja. Empecé a anotar todos esos recuerdos en los cuadernos de ortografía del internado de huérfanos de Kiev, donde nos llevaron cuando murieron nuestros padres. Los escribía en ucraniano y en ruso, obedeciendo el consejo de nuestra profesora Katia: «Una plegaria o un insulto en dos idiomas siempre será más eficaz que en uno».

¿Os he dicho ya que era el fin del mundo? Si pasas suficiente tiempo en un retrete, llegas a habituarte al olor. Con la muerte sucede más o menos lo mismo. Duele más la primera vez, luego te vas haciendo a la idea. Ya no le temíamos a la negativa de los médicos, la tristeza de las enfermeras cuando preguntába-

mos por alguien que no iba a volver. Tantas veces nos habíamos hecho a la idea de ver a un pariente o a un amigo al fondo de un pasillo y saber que era la última vez que lo veíamos. Ya no hacíamos apuestas sobre qué vecino desaparecería primero porque la muerte estaba en todas partes. Venía en el agua, en el aire, envuelta en el polvo que levantaban las ambulancias al arrancar, espolvoreada sobre el puré de patatas. No podías fiarte ni siquiera del Antiguo Testamento. ¿Quién había hecho la leche ahora? ¿Y el verano? ¿Y las nubes que se pudrían? ¿Y los perros que se morían por las esquinas?

«Eso no se hace» decía Sergei.

La nuestra es una tierra fronteriza. Eso es lo que nos decían en el colegio. Ucrania siempre había sido la frontera entre Oriente y Occidente, el Este y el Oeste, rusos y polacos, húngaros y turcos. Una mancha en el mapa, circundada por el mar Negro, una galleta en medio de la gran sopa roja de la Unión Soviética. Una tenue alambrada para traficantes de pieles, aves migratorias, agentes de aduana, manadas de bisontes, dictadores, ejércitos de diversos países y eras. Ahora también era la tierra de nadie entre el más acá y el más allá, las siglas entre la vida y la muerte.

Un día Sergei me vio escribiendo en el cuaderno y me preguntó sobre qué escribía. Leyó por encima de mi hombro: «Tesis: explosión. Antítesis: el vacío. Síntesis: el mundo». Me arrebató el cuaderno de las manos y leyó en voz alta un fragmento dedicado a Ludmilla. Pasó unas cuantas páginas y leyó la historia del tío Neva.

«¿Qué es esto?» preguntó.

«Una historia» dije.

«¿Historia? ¿Qué historia?»

Me encogí de hombros. Sergei, chillando, rompió el cuaderno en pedazos. Le dije que me daba igual, que volvería a escribirlo desde la primera palabra hasta la última. Entonces desapareció de mi vista y cuando volví a encontrarlo, estaba apoyado contra una pared, llorando. Nunca había llorado en todos los años del colegio, ni siquiera cuando el maestro le castigaba sin recreo o le golpeaba con la regla en la palma de las manos. No había derramado lágrimas cuando me contó la muerte de su padre; ni una sola cuando se enteró de la muerte de mi madre y de mi hermana Ludmilla. Bajaba al patio, botando la pelota, y descargaba su furia a balonazos contra el muro del hospital. Zavarov, Blokhin, Protasov. Zavarov, Protasov, Blokhin. Blokhin, Zavarov, Protasov. Horas y horas. Y luego: Rodenzko, Timonenko, Vilic, Radic Gilkani, Solokin. Y luego: tío Neva, tía Kataryna, Ludmilla, madre. Madre, tío Neva, tía Kataryna, Ludmilla.

Me acerqué despacio y le pregunté por qué lloraba. Le dije que me perdonara. Le dije que dejaría de escribir en el cuaderno si él dejaba de llorar. En silencio, me llevó hacia el fondo del pasillo, donde los enfermos se iban para no volver. Entramos en una habitación enorme, con camas a un lado y al otro. Había niños recostados, mujeres agonizantes, hombres llorosos tumbados, viejos sentados en las camas, pero Sergei me señaló a una anciana temblorosa que se apoyaba en una pared. La mujer miraba a través de una ventana enrejada y cuando se giró hacia nosotros, lo hizo muy despacio. Tenía los ojos prendidos en el aire de la tarde, la cabeza pelada y la boca sin dientes. Se hacía difícil reconocerla sin el marco de su hermoso pelo negro enmarcado en la pizarra. Ahora se parecía más bien a un monigote dibujado con tiza, uno de aquellos dibujos guarros que pintaban los chicos mayores en la puerta del retrete.

Sergei se fue corriendo, salió al patio y empezó a lanzar balonazos contra la pared: Ludmilla, tío Neva, padre, Katia. El viejo Iván, Ana, Ludmilla, Katia. Katia, Katia, Katia. Luego empezó a llorar y al principio no pude entender bien lo que decía. Bozhe moy, Bozhe moy, Bozhe moy. Estaba llamando a Dios, primero en ucraniano y luego en ruso. Gospodi, Gospodi, Gospodi. Dicen que una plegaria o un insulto es más eficaz en dos Gospodi. Dicen que una plegaria o un insulto es más eficaz en dos idiomas. Pero Dios no juega al fútbol.

5

POR EL MÁRMOL GRISÁCEO DE LA CIBELES CORRÍAN ARAñazos de humo. Mancillada por los explosivos, la diosa parecía haber sufrido no tanto un atentado sino una violación divina. Sólo se trataba de una estatua pero todo el dispositivo montado en torno a ella —las vallas, los carteles de peligro, la lona recubriendo los leones tullidos— recordaba el escenario de un crimen. Unos centenares de metros más abajo, en la siguiente glorieta, al viejo Neptuno le habían extirpado la nariz, dejándole el rostro de un púgil ciego, un viejo boxeador sonado con su corona oxidada. Mientras los especialistas trabajaban tras la lona, fuera de la vista de los curiosos —como si el océano se hubiese secado y el dios del mar hubiese tenido que recurrir a una simple ducha—, a Rodríguez le empezaron a brotar en la cabeza imágenes de decadencia y ruina, campos de soledad, Itálica famosa. Apenas entrevió los rayos de luz colándose a trasluz de la arboleda, la soleada calderilla resbalando sobre el musculoso bíceps de mármol, supo que se le venía encima un soneto. El esqueleto de palabras empezó a organizarse en su interior sin que pudiera hacer nada por evitarlo. Rinde el sol su frente ante Neptuno. Murmuró en voz baja el primer verso, contando con los dedos. Joder, diez sílabas y ni siquiera tenía acento en sexta.

—Jefe.

Podía añadir una «y» delante pero eso debilitaría el endecasílabo y tampoco habría resuelto el problema del acento en sexta. Tal vez lo mejor sería cambiar «frente» por otra palabra.

—Jefe.

—Te tengo dicho que no me llames jefe.

—Pero eres el jefe, jefe.

—Si tú lo dices.

Rodríguez se volvió hacia Peralta. Su subordinado le señalaba las largas filas de autos que esperaban detrás de las vallas amarillas y el cordón policial, en impacientes y silenciosas recuas de ganado. Habían tenido que cortar Recoletos y desviar el tráfico hacia Sol y el Retiro, pero nadie se atrevía a tocar el claxon.

—Preguntan de la central si podemos abrir la calle.

—Pues no. Antes me gustaría echar un vistazo.

Peralta transmitió la orden al agente de tráfico, quien cabeceó en señal de afirmación y repitió sus palabras al radioteléfono que llevaba colgado al hombro. Le replicó un turbio estrépito de chasquidos. Rodríguez miró al joven encasquetado bajo la gorra del Ayuntamiento y el chaleco fluorescente y durante unos instantes pensó si lo incluiría en el soneto en el papel de Hermes. Luego vio a su compañero colocándole una multa a un Audi de color blanco estacionado en doble fila.

—¿Me presta la libreta un momento?

Extrañado, el agente le entregó la libreta y el bolígrafo. Tal vez pensara que iba a corregirle la letra. La mayor parte de las veces el cuerpo de policía no era más que una continuación del colegio. Rodríguez pasó las hojas hasta llegar al final y empezó a escribir compulsivamente. Garrapateó deprisa el embrión del primer verso y unas cuantas ideas sueltas para los tercetos. ¿Tal vez una rima entre cabeza y cerveza? Arrancó la hoja y devolvió la libreta.

—Gracias —masculló.

No era el mejor momento para escribir un soneto, a las ocho de la mañana, con los operarios del Ayuntamiento trabajando y todo el tráfico del centro de Madrid paralizado después de la segunda bomba en tres días, pero no podía hacer nada para evitarlo. La musa le asaltaba en cualquier momento, yendo a comprar el pan, junto a la máquina de café de la comisaría, libre o de servicio. Rodríguez no tenía más remedio que obedecer su dictado. Dobló el papel y lo guardó en un bolsillo de la gabardina. El segundo cuarteto se fue revistiendo de palabras, imantándose a través de un núcleo de venganza encajonado en cuatro versos. El viento sacudió las ramas de los árboles y una dádiva triste de la lluvia nocturna cayó sobre el pavimento previamente alfombrado de hojas muertas. Recoletos siempre le había parecido un barrio de pega, lo mismo que su nombre: ahí no podía vivir nadie auténtico, sólo duquesas, millonarios, jeques árabes, banqueros, actores de Hollywood. El Ritz, el Palace, el Prado, todos esos palacetes de postal daban la impresión de un decorado de teatro, como si apenas diera la vuelta a la calle fuese a encontrarse con el serrín, la tramoya, los bastidores de la función. Ahora el decorado se había transformado en platea, con todo el público asomado a las ventanas. Nunca le habría gustado vivir en un barrio como aquel, aunque tampoco hubiera podido permitírselo. Sería como vivir en dos dimensiones: daba la sensación de ir a tropezarse con las pinturas del Prado en el portal, como si tuviera que saludar cada día a los héroes del Dos de Mayo que bajaban a comprar el pan, hacer una reverencia en la escalera para dejar paso a las Meninas.

Hablando de teatros, el ancho y vacío cauce de asfalto, el césped salpicado de otoño y el coro de curiosos apelotonado en la acera parecían aguardar algún acontecimiento más interesante que el baño de un dios obsoleto. Por ejemplo, el aterrizaje de la musa de Rodríguez, quien caminaba sobre la glorieta despejada de coches con aire meditabundo, militar, las manos en los bolsillos de la gabardina, los dedos contando sílabas.

—Jefe.

Rodríguez acudió de mala gana a la llamada de Peralta, renunciando al segundo endecasílabo. Uno de los agentes sujetó la lona mientras él pasaba al interior del quirófano. Casi resbaló en los basamentos de la fuente, tuvieron que echarle una mano para que subiera hasta arriba. La pista que andaba buscando la habían escrito con rotulador negro en una de las ruedas del carro neptuniano. En sus largos años como policía Rodríguez había seguido el rastro a notas de rescate, pintadas anarquistas, consignas en euskera y oraciones coránicas. Pero nada como aquella frase en apretadas mayúsculas que uno de los operarios deletreó con la misma solemnidad que si descifrara otra piedra Rosetta:

—«Es el chulo que castiga» —dijo Peralta, despacio—. ¿Qué demonios significa?

—No tengo ni puta idea —contestó Rodríguez con otro octosílabo.

6

—Me alegro. Ojalá se te caiga a trozos. Ya era hora de que Dios te castigara por la mierda de libros que publicas.

—Pensaba que no creías en Dios, Domingo.

—Y no creo. Pero hay que reconocer que es un tipo que sabe hacer las cosas. No como tú.

Matas prefirió no dar la réplica obvia. Sentado en su silla de ruedas, calvo por parcelas, flacucho, avejentado, Domingo no parecía un buen ejemplo de la diligencia divina. Iba abriéndose paso por la acera sin pudor alguno, exhibiendo su condición de lisiado, imprecando a quienes no andaban lo bastante rápidos o espabilados como para hacerse a un lado.

—¡Apártate, guarra! ¿Qué quieres? ¿Que me arrastre por la calle y te suplique?

Siempre que llevaba a Domingo de paseo, Matas pensaba que tarde o temprano acabaría ganándose una hostia por poderes. Pero aquellas piernas inmovilizadas eran una garantía de impunidad, una patente de corso que le permitía soltar cualquier barbaridad sin otra consecuencia que una mirada de lástima.

—Pensándolo bien, no estaría mal arrastrarse detrás de ese culo —dijo Domingo, torciendo la cabeza para despedirlo—. ¿Cuántas veces te ha pasado?

—¿El qué?

—El gatillazo.

Una señora que pasaba les roció visualmente con su lástima a partes iguales: mitad para las piernas muertas, mitad para la entrepierna en coma. Matas hubiese preferido una conversación más íntima pero Domingo estaba ansioso por salir a la calle y no tenía muchos amigos que se animaran a sacarlo de su cubil y empujar la silla de ruedas. Menos aun bajarla a pulso por los tres tramos de escaleras, normalmente tenía que sobornar a unos yonquis. Por otra parte, ningún urólogo de la capital sabía más de erecciones que Domingo, que se pasaba el día viendo cine porno y la noche escribiendo reseñas eruditas de películas guarras para diversos catálogos, revistas y páginas de internet. Ese era su trabajo. Matas pensaba que le venía bien el nombre, porque Domingo parecía vivir siempre en el séptimo día, en un eterno, ortopédico y árido calendario de fiesta.

—Varias veces.

—¿Seguidas?

—Sí.

—¿Con putas o con tu mujer?

Matas notaba que algunos viandantes, interesados en la conversación, se demoraban más de lo debido ante los escaparates. Susurró, procurando encogerse, replegarse, como el órgano sobre el que había ido a consultar.

—¿Importa mucho?

—Importa, importa. Como todo en la vida, el gatillazo es una cuestión de probabilidad. Depende de muchos factores, la novedad, la familiaridad, la rutina. En general, el hombre es el único mamífero que se reproduce mejor en cautividad, pero puede que no sea tu caso.

—No suelo ir de putas, Domingo.

—¿Amantes?

—No —titubeó—. Mira, fueron dos veces. Una con mi editora y otra anoche, con mi mujer.

—Ya.

Se detuvieron ante un semáforo. Domingo le pidió un cigarrillo. Matas se lo acercó y le dio fuego, operación que fue contemplada con cierto arrobamiento por una señorona con gafas que llevaba una hucha en la mano y en la pechera una pegatina de orden caballeresca.

—Una ayuda contra el cáncer, señor.

—No, señora —replicó Domingo, entre una bocanada de humo—. Yo estoy a favor.

Matas disculpó a su amigo con un gesto inefable, vagamente italiano, y aprovechó que cambiaba el disco para cruzar a toda prisa. La mujer se había quedado al otro lado, triste y estupefacta.

—Mira, Cristóbal, un par de gatillazos no son para preocuparse. Le pasa a todo el mundo más temprano o más tarde. Incluso las más grandes estrellas del porno han tenido etapas de bajón. Salvo, quizá, Ron Jeremy.

—Es un consuelo. Me pregunto cómo es que esa muchacha se abalanzó sobre mí de esa manera. Nunca había…

—Ansiedad, el síndrome de la primera vez. Hay que relajarse, ese es el truco —dijo, mordiendo el pitillo, golpeándose la sien pelada, descostrada y abollada de venas, como una vieja lata de conservas—. Dejar de pensar, dejar de darle al bolo, dejar que la cosa fluya. ¡Cabrones, abran paso! ¿No ven que soy un tullido?

Domingo nunca dejaba pasar la ocasión de anotar escrupulosamente los orgasmos fingidos de una actriz. Era muy estricto en sus críticas y más estricto aún con su empleo del lenguaje, despreciando meticulosamente eufemismos ridículos como «inválido», «minusválido» o «discapacitado». ¿Acaso él valía menos que alguien? ¿Su capacidad había sido mermada?

Desde luego, la de insultar no, como pudo comprobar una muchacha que estaba mendigando en la acera, al lado de un cartel de limosna erizado de faltas ortográficas. Su desparramada humanidad impedía el paso de la silla de ruedas.

—Pobre se escribe con b —le espetó Domingo a la cara—. Con b de borrica, con b de baliza y con b de boya.

La voluminosa joven se incorporó despacio, irguiéndose desde el interior del pañuelo que le cubría la cabeza, y abrió los ojos, despegándolos lentamente. Tenía los párpados legañosos, la cara cubierta de ronchas enrojecidas y la respiración entrecortada. Parecía tan enferma como la caligrafía de aquel cartón apoyado contra su vientre.

—Deje de fingir y busque un trabajo de verdad, ande.

La mendiga intentó hablar, tosió, carraspeó y entresacó de la garganta dos o tres frases ininteligibles que a Matas le sonaron a amenaza en el tono y a rumano en la filiación idiomática. También entresacó un gargajo que expectoró con fuerza insólita para su postración, que Domingo esquivó con reflejos inverosímiles para su decrepitud y que fue a estamparse en trayectoria ascendente contra la cara de Matas.

—*Touché*, *mon ami* —dijo Domingo.

Matas se limpió, giró la silla y decidió alejarse antes de que la mujer reuniera saliva suficiente para otro proyectil. Remontaron el camino de regreso mientras le contaba los detalles de su fracaso con Julia, interrumpido de cuando en cuando por los juramentos y chantajes con los que Domingo, al estilo de Moisés en el mar Rojo, se iba abriendo paso entre la acongojada marea humana.

—Poesía francesa, ¿eh? —comentó cuando llegaron al portal—. Eso se la baja a cualquiera.

El ascensor estaba estropeado, como siempre, y Matas sudó lo suyo y lo de su amigo subiendo la silla a puro huevo por los avejentados peldaños de madera. Aprovechó uno de los rellanos para detenerse a resoplar y Domingo le increpó por su pésima forma física. A punto estuvo de arrojar la silla con su propietario escaleras abajo pero toda su atención estaba concentrada en intentar evitar el infarto. Se limpió el sudor, se tomó discretamente el pulso (92 pulsaciones) y reemprendió la escalada de espaldas y tirando de su impedimenta con ruedas. «Una casa de mierda» rezongó Matas y se arrepintió enseguida de pensarlo. No solía utilizar palabras malsonantes ni siquiera en la intimidad de sus pensamientos. Quiso borrarla con típex mental pero no se le ocurrió ninguna alternativa. «Una casa de mierda en un barrio precioso» corrigió. El portal se abría justo enfrente de la estatua de Cascorro, que se abría paso con su antorcha encendida desde un siglo atrás a través de cafeterías, tiendas deportivas y bazares chinos.

Se detuvo a morir apoyado contra la verja del ascensor, calculando si cuando lo arreglaran podría servirle de sarcófago. Mientras tanto, Domingo peleaba con la cerradura de la puerta, amedrentándola a base de insultos y maldiciones. Durante unos momentos pareció que la puerta iba a ceder, pero estaba acostumbrada a toda clase de maltratos psicológicos y al fin tuvieron que recurrir al empleo de la silla de ruedas como ariete, táctica medieval que acabó por desalentarla.

—Hija la gran puta —sentenció Domingo.

Matas asintió con la cabeza, dio un último empujón hacia el interior y se derrumbó en un sofá para agonizar a gusto. Apenas prestó atención al meticuloso desastre que abanderaba la casa: las estanterías repletas de videos y revistas guarras, la mesa donde hibernaba una caja con un trozo de pizza paleolítica, los vasos y platos sucios que atestaban el fregadero. El suelo del salón, repleto de carátulas porno y revistas despedazadas, figuraba el atestado de un accidente: todas aquellas mujeres desnudas y despatarradas con la carne marcada por huellas de neumáticos.

Cuando pudo mirar a su alrededor, Matas tuvo que reconocer que Domingo amaba su trabajo. Firmaba como Onán y tenía fama de ser el crítico más duro y exigente de la profesión. Conocía todos los actores, todas las actrices y todos los sexos intermedios (homosexuales, travestis, transexuales y transgénicos). Era capaz de clasificar todos los géneros desde la «a» de anal hasta la «z» de zoofilia, más todas sus innumerables variaciones y matices. Matas se agachó para echar un vistazo a una página de revista atrapada bajo la pata del sofá y donde aparecía una de las críticas de su amigo. «El arte de la mamada pocas veces ha caído tan bajo» alcanzó a leer. «Antes de que la dejaran actuar, esta chica debería entrenarse primero con un biberón o una manguera». Al lado aparecía la evaluación: un miembro fláccido que a Matas le resultó dolorosamente familiar. En el particular *ranking* de pollas con que calificaba las mejores cintas del sector, Onán casi nunca pasaba de una polla, polla y media en el mejor de los casos.

—¿Por qué no alquilas un bajo? —jadeó Matas cuando recobró suficiente aliento para juntar tres palabras.

—Porque en un bajo no tendría estas vistas —dijo Domingo, dirigiéndose a la ventana—.Ven, échame una mano.

Matas se levantó y le ayudó a subir la destartalada persiana que cortaba la luz en lonchas. Las hojas de madera refunfuñaron al estilo de una anciana asmática tosiendo polvo. La luz entró en la habitación como la policía en medio de una redada, alumbrando sin pudor el desbarajuste de chicas desnudas y alimentos caducados. Domingo le señaló el patio de vecindad, las paredes descascarilladas, los alféizares atiborrados de tiestos, el canalón roto, las cuerdas de tender la ropa. No parecía un espectáculo muy emocionante.

—Fíjate en el bajo, a tu izquierda.

La terraza estaba abierta, de par en par, mostrando el esquinazo de una cama y ciertos trozos de carne entrelazados en ella. Con un poco de atención, Matas descubrió en el puzle las figuras de dos jóvenes retozando pero, entre las sábanas y la falta de perspectiva, el espectáculo parecía arrancado de las páginas de una de las revistas de Domingo o de cualquiera de sus películas.

—Es Santi, un amigo argentino. Dirige cine porno o eso se cree él —comentó Domingo, acodándose en la ventana—. Al tío le gusta follar con público.

—No debería hacerlo, sobre todo delante de un crítico profesional.

—No debería hacerlo porque folla de pena.

Domingo colocó sus manos a guisa de bocina y emitió su veredicto a voz en grito.

—¡Qué mal follas, cabrón! ¡Por lo menos quítate los calcetines!

Algunas vecinas salieron a mirar, pero muy pocas disponían del ángulo de visión suficiente como para apreciar lo certero de los reproches. El tal Santi se asomó a la terraza y miró hacia arriba. Iba completamente vestido pero, para compensar, apareció a su lado un tipo altísimo de larga melena rubia y con un botafumeiro colgando entre las piernas.

—¿Hoy estás acompañado?

—Dejalo ya, viejo. No jodás, que estamos rodando.

—¿El qué? ¿Un partido de baloncesto?

El melenudo semierecto cerró la ventana y se acabó el espectáculo. A Matas le recordaba a alguien y cosquilleó su memoria hasta que supo dónde lo había visto antes: camuflado en una cajetilla de Camel.

7

LLEVABA ESCRITAS ONCE O DOCE NOVELAS RELATANDO LAS biografías imaginarias de las chicas Playboy cuando a Leo se le ocurrió que quizá merecía la pena redactar un plan previo antes de entrar en faena. Ya no le bastaba con mezclar la biografía de Trotsky y unos versículos bíblicos, agitarlos, parafrasearlos y barajarlos con unos párrafos de la enciclopedia dedicadas a la M de México o la I de India para luego tomar aliento y hundirse en los aterciopelados ojos de una modelo ataviada únicamente con unos flecos dorados y un equipo de lanzadora de cuchillos. Las novelas de la colección Jazmín se le quedaban cortas para extraer ideas. Cuando no sabía qué hacer, hojeaba el recetario de cocina y cebaba a sus protagonistas con unos macarrones gratinados o unos escalopines de hígado de pollo. La receta del bacalao al pil-pil le dio para dos páginas. Era un milagro que siguieran conservando aquellas curvas vertiginosas después de las comilonas con que las atiborraba.

Pronto Leo descubrió que necesitaba leer más, descubrir cómo estaban construidos los libros que quería escribir, pero en casa ya no le quedaba más material de lectura. Había saqueado la Biblia para extraer argumentos y usado los nombres de los ingredientes de las cremas de belleza de su madre en una historia de espías que abarcaba tres continentes y dos siglos, combinando las vidas de varias de sus heroínas. También había exprimido una docena de bolígrafos y agotado hasta la última página de sus cuadernos escolares.

Su madre suspiró aliviada cuando le pidió dinero para la papelería. Le pasó la mano por la cabeza, lisa como un huevo, y la apartó al sentir un calambre.

—Sí, hijo, tienes que salir, que pareces un zombi.

—Querrás decir un vampiro, mamá.

—Lo que sea, hijo, pero que te dé el aire.

El espejo del ascensor le devolvió una cabezota pelada, unas facciones pálidas y depiladas que lo estudiaban con recelo. El extrañamiento volvía a ocuparle. Así debía de sentirse el Capitán Marvel exiliado de su planeta de origen y paseando por la Tierra. Así debía de sentirse Ben Grimm la primera vez que se miró en un espejo después de una ducha de rayos cósmicos, transformado en La Cosa. Algo ajeno y extranjero que usurpaba la personalidad del huésped pero que poco a poco le señalaba su verdadero destino. El Capitán Marvel vigilando la galaxia. Ben Grimm alistándose en Los Cuatro Fantásticos, listo para repartir mamporros. ¿Y quién era ese tío calvo que lo miraba desconfiado en la penumbra acuosa del ascensor? Nada más que una larva a la espera de la eclosión final. El pelo desaparecido sólo marcaba el primer signo de la metamorfosis.

En el hospital la enfermera le había prestado aquel libro titulado precisamente así: *La metamorfosis*. No era muy largo, pero sí bastante extraño: la historia de un tipo que se despertaba una mañana convertido en un insecto monstruoso, algo no muy distinto de lo que le había sucedido a La Cosa, a Spiderman o a él mismo. Sólo que en vez de adquirir músculos o habilidades prodigiosas, al pobre Gregor Samsa le crecían patas de la tripa. En lugar de salir por la ventana para ayudar al mundo, oculto tras el anonimato de una máscara, se quedaba encerrado en su casa, soportando la mala leche de su familia.

—¿Te ha gustado el libro? —preguntó la enfermera cuando Leo regresó a una de sus revisiones.

—No sé. ¿Me das la continuación? Quiero ver cómo acaba.

—¿Qué continuación? No hay ninguna continuación. Gregor muere y su hermana se hace mujer. ¿No es maravilloso?

Leo explicó que, para su gusto, faltaba el resto de la historia, el momento en que el héroe se despertaba de su muerte aparente y salía de la tumba dispuesto a luchar contra el mal. Al fin y al cabo, una metamorfosis no se completa hasta que el gusano sale del capullo y se transforma en mariposa. Y Gregor ni siquiera había salido de la cama.

—¿Hablas en serio? Es la lectura de Kafka más original que he oído en la vida.

La enfermera le traía otro libro y Leo preguntó cuál era.

—*Frankenstein* —dijo—. Te gustará. Hay otro monstruo que vuelve de la tumba.

Al regresar a casa, Leo descubrió que su padre había estado revolviendo entre sus cosas. No sólo había vuelto a llevarse las revistas sino que también había husmeado sus escritos. El viejo se sentía estafado ante la evidencia de que su hijo hubiese encontrado una vocación tardía, espoleado por un fenómeno atmosférico, y de que encima fuese algo tan improductivo como garabatear paparruchas. En una vivienda con los tabiques de hojaldre no había mucho lugar para la intimidad y a veces escuchaba las conversaciones de sus padres, en la cocina, con el contrapunto de unos boquerones rebozados en la sartén:

—Ahora le ha dado por los tebeos. Jódete.

—Pobrecito. Es un milagro que siga vivo.

—Lo que sería un milagro es que encontrara trabajo. Éste no va a dar un palo al agua en su puta vida.

—¿Qué va a ser de mi pequeñín?

—Tu pequeñín ya tiene canas en los huevos, Marisa.

Jubilado desde hacía muchos años, había encontrado en la recién descubierta afición literaria de su hijo un verdadero filón para explotar su malhumor. Antes tenía que conformarse con repartirlo entre la lluvia, el sol, la política y la tele sólo para irse poniendo en forma con vistas a la reunión trimestral de la comunidad de vecinos. Su viejo acumulaba ira al estilo de una batería de coche, entrenándose como un atleta, y bajaba al descansillo pertrechado de una larga e incoherente lista de ultrajes. Odiaba a todos los vecinos del bloque en general y a cada uno en particular por razones que iban desde los meados del perro del tercero a la música alta del chaval del quinto, al que cualquier día de éstos le iba a romper la jeta. Por suerte no desentonaba con el resto de los propietarios, quienes a lo largo de los años habían ido tejiendo una delicada e inexpugnable red de escarnios. Como la mitad de ellos eran jubilados y la otra mitad parados, no tenían nada mejor que hacer. Mientras tanto, la finca permanecía anclada en el marasmo, con todos los proyectos relegados ante la cíclica exhibición de rencor. Las goteras se estancaban. Las inquinas se incubaban como si fueran vinos. Desde hacía casi una década el hueco de la escalera aguardaba el advenimiento de un ascensor.

Leo era uno de los pocos que permanecía al margen de aquellas disputas bizantinas pero cuando oyó a la señora del segundo berreando por enésima vez porque la del sexto había colgado otra vez toda la colada mojada y había recogido sus bragas chorreando, entonces se le ocurrió que tal vez ahí se escondía el germen de una novela. En teoría, no había nada en el mundo lo bastante trivial o ridículo como para no prestarse a dar forraje a la imaginación. Había ambientado las biografías de las chicas Playboy en geografías distantes, islas paradisíacas y repúblicas decimonónicas pescadas entre las páginas de la enciclopedia, pero ahora comprendía que le bastaba asomarse al descansillo para descubrir un paisaje nunca visto. Un estremecedor panorama de puertas mordidas, fluorescentes fundidos y escaleras recién fregadas.

Aquella noche se sentó ante la tele, en el sofá, al lado de su padre, y le pareció que lo veía por primera vez. También había una historia oculta en sus silencios monumentales. Mientras su padre gruñía pasando de un canal a otro, Leo examinó la manaza aferrada al mando a distancia, curtida por largos años de trabajos. En sus arrugas y costurones estaban incrustados todavía los golpes recibidos en la cantera del Valle de los Caídos, dos años trabajando de sol a sol, acarreando piedras, sudando grava, acumulando agravios. Un día como otro cualquiera gritaron su nombre, lo sacaron de la cantera y lo llevaron hasta unas oficinas. Rebozado de polvo, ensordecido por la dinamita, sosteniendo la gorra entre las manos, al principio no se enteró de que sus días de esclavo habían terminado. Tardó un rato más en enterarse por qué: habían descubierto que a su hermano mayor, Luis, lo fusilaron los rojos en una de las últimas sacas de la capital. Una culpa lavaba la otra, podía irse, estaba en paz, una larga y cadavérica paz de cuarenta años.

Desde entonces toda la barbarie de la guerra civil cabía en sus gafas de culo de vaso. Pero su padre no hablaba de esas cosas. Se sentaba a jugar al ajedrez, solo, con el tablero encima de una silla, y lo giraba a cada movimiento para contemplar la perspectiva de sus tropas perdidas en una lucha fratricida que estaba condenado a perder hiciera lo que hiciera. Como si jugara a la guerra civil. Al final abandonaba siempre mucho antes del jaque mate, gruñendo por qué no había forma de engañarse a sí mismo. La sordera le servía de pretexto para cambiar de conversación cuando alguien —un familiar, un vecino— sacaba el tema de la dictadura, de qué bien se vivía con Franco o qué lástima que los republicanos perdieran la guerra. Entre la mano paterna, roturada de arrugas, y la suya, inmaculada y principesca, había la misma distancia que entre la España homicida de la guerra civil y la España abotargada del telediario, cuyo mapa del tiempo no aparecía para mostrar frentes de batalla ni movimientos de tropas sino para albergar soles domésticos y nubes portátiles. Mientras su padre, antes de cumplir diez años, ya se buscaba la vida en el campo (de recadero, de aprendiz, de pastor), él a los treinta y pico todavía se lo estaba pensando. En una sola generación el país había cambiado de arriba abajo. La gente podía pasar media vida viviendo en casa de sus padres, pensando dónde pasar la otra media.

Aquella noche Leo empezó a leer *Frankenstein* y, en su clarividente insomnio, iba entrelazando la lectura con fragmentos de películas que vio de niño: un pasmarote de sienes remachadas y mandíbulas atornilladas, tambaleándose torpemente al dar sus primeros pasos. O bien inerte, tendido en lo alto de una torre, a la espera del rayo que lo pusiera en marcha. Se quedó despierto hasta las tantas, hipnotizado con la historia de aquel pobre monstruo hecho con pedazos de cadáveres. Como si estuviera leyendo la vida de su padre.

8

En su mesa de trabajo, Rodríguez aporreaba el teclado del ordenador. Le gustaba trabajar a esas horas de la noche porque la comisaría estaba casi vacía y no había más ruidos que el suave golpeteo de las teclas, el zumbido de los fluorescentes, la chicharra de algún teléfono lejano. Qué le iba a hacer, a su musa le gustaba aparecerse a través del tenue resplandor de la pantalla, enmascarada entre la prosa indigesta de un atestado. Entonces Rodríguez tenía que apartarse del ordenador, buscar un papel cualquiera y entregarse de lleno a la poesía. El chorro poético no aceptaba interferencias electrónicas, se negaba a brotar sin la canalización de un bolígrafo o un lápiz. En ocasiones, cuando ambos oficios —policía y poeta— se solapaban, debía de andarse con cuidado para que los informes no le salieran en endecasílabos. El verso de once sílabas era su forma de expresión natural, aunque aquel condenado de Neptuno se le hubiese encasquillado en diez, quizá porque la explosión le había lijado la nariz.

Aquella noche, mientras redactaba el informe, su musa le asaltó de improviso para recomendarle una supresión del hipérbaton que desatascó la tubería lírica:

El sol rinde su frente ante Neptuno

Casi de inmediato, le vino a la cabeza el rostro del agente de tráfico con el que había conversado, aquel que había pensado usar como mensajero divino, y entonces afloró el resto del cuarteto en un flujo continuo de once sílabas:

y el rubio Hermes, roto por la llama
de la rosa, ante el turbio panorama
llora en Madrid su siglo veintiuno.

Rodríguez repitió la estrofa en voz alta, estudiando su prosodia, alisándose el bigote en un gesto mecánico, el mismo que solía acompañar las declaraciones de culpabilidad espontáneas y las soluciones fáciles. Tenía un don natural para la improvisación pero, quizá por eso mismo, desconfiaba de la facilidad en ambos oficios: una vez escritos, prefería revisar los sonetos palabra por palabra de igual modo que prefería sonsacar la verdad poco a poco. De repente oyó los pasos por el corredor: no tuvo tiempo más que para doblar el papel y guardarlo en un bolsillo del pantalón. El comisario Muñoz surgió al otro lado del panel de cristal. Llevaba una taza de café en la mano y una turbia mirada de homicidio en los ojos.

—Usted, Rodríguez, ¿cuántos años tiene?

—Cincuenta y tres.

—Los lleva bien. ¿Soltero o viudo?

—Divorciado. Sin hijos.

—Ya. No es que me importe mucho pero sólo a alguien a quien no le espera su mujer en casa se le ocurriría quedarse a trabajar a estas horas.

Rodríguez no le dijo que uno de sus subordinados estaba de baja y el otro de vacaciones. Menos mal que Peralta nunca le fallaba. Pero el funcionamiento interno de la unidad era uno de esos misterios ante los que no sirven explicaciones racionales. Muñoz arrastró una silla y se sentó junto a él. Dio un sorbo a la taza y Rodríguez, sin querer, olió el cóctel de dispepsia elaborado con tabaco, café de máquina, bicarbonato, bilis. El comisario echó un vistazo a la pantalla, leyendo unas líneas por encima de su hombro.

—¿Las bombas de la Cibeles? ¿Ya tiene acabado el informe?

—Más o menos. ¿Quiere que se lo imprima?

—No joda, Rodríguez, que hay que ahorrar papel. Además, no pretenderá que me ponga a leer. Hágame un resumen.

Rodríguez suspiró y volvió a alisarse el bigote.

—No hay mucho que decir. Eran aficionados.

—¿Está seguro?

—No fueron etarras ni islamistas. Ni por el tipo de explosivo ni por el modo ni por el lugar elegido. La primera vez se les fue la mano y casi pulverizan la Cibeles. La cabeza fue a parar al tejado del Banco de España y el brazo arrancado bien pudo matar a alguien. Así que la segunda redujeron la carga, con lo cual apenas lograron zarandear un poco al viejo Neptuno.

—¿Y la historia del fútbol?

—No tiene nada que ver con el fútbol. ¿Un grupo de forofos ataca la Cibeles y otro les responde con Neptuno? ¿El mismo método, el mismo explosivo, en solo tres días? No, no creo. Demasiadas coincidencias.

Muñoz sorbió despacio de la taza de café mientras seguía mirando fijamente a Rodríguez.

—Y qué más —preguntó con una ronquera que anunciaba el enfisema.

Rodríguez se revolvió incómodo en la silla. Le taladraban los mismos ojos inquisitivos que habían descorchado tantas confesiones, ese par de tachuelas grises clavadas a las pupilas.

—Hay un lema que encontramos pintado en el carro de Neptuno. No lo hemos sacado a la luz. La prensa ya se trae demasiado cachondeo con todo esto.

—¿Qué lema?

Muñoz leyó en la pantalla del ordenador, por encima de su hombro. De repente sus cejas pobladas de canas se erizaron.

—«¿Es el chulo que castiga?» ¿Qué es eso? ¿Una broma?

Rodríguez carraspeó antes de exponer la secuencia de hechos:

—Unos vándalos le arrancan de un bombazo la cabeza a la Cibeles. Y luego, unos días después, para proseguir la serie, le afeitan la nariz a Neptuno. Y debajo, en el carro, como única pista, pintan el verso de un chotis. Como broma es algo pesada.

Por suerte se mordió los labios justo cuando iba a decir que se trataba de un octosílabo. Muñoz se lo quedó mirando, disponiendo la cara en la misma expresión de abrelatas con que enfrentaba un farol al mus. Después se echó a reír despacio, una carcajada ronca que le empezó por una comisura de los labios y se fue expandiendo a todo lo ancho de los dientes. La boca se reía, pero la cara no.

—Muy bueno, hombre —dijo, posando la manaza en su hombro—. Un chotis.

El comisario se levantó, se subió los pantalones de un tirón y se marchó canturreando, bailoteando solo a lo largo del pasillo.

Pi-chi.
Chaaan-chan.
Es-el-chu-lo-que-cas-ti-ga.
Chaaan-chan.

Sobre la mesa, al lado del teclado, quedó la taza de café, humeante como una pistola recién disparada. Rodríguez suspiró. Sabía que, si se concentraba lo suficiente, la solución aparecería de repente, cincelada como uno de sus sonetos, desde el primer verso al último. Dos cuartetos y dos tercetos. ABBA ABBA CDC DCD. Rima consonante. Tenía un don para esas cosas. Lo mismo le había ocurrido cuando descubrió a la viuda negra de la Moraleja o al asesino del martillo de Móstoles. Nadie podía creer que aquella mujer tan fea hubiese podido seducir y posteriormente extenuar entre las sábanas a tres atractivos y jóvenes millonarios, pero la inspiración se abrió paso en su mente desde el momento en que contempló la increíble y translúcida esmeralda que adornaba el anillo en su dedo corazón y el gesto con que la mujer se secaba las lágrimas de la cara. Rodríguez pensó inmediatamente en una mantis religiosa: los grandes ojos verdes del insecto, el modo en que se llevaba las patas a la boca igual que una beata rezadora bisbiseando y pasando las cuentas del rosario. Le costó dos semanas de trabajo desde que atisbó la analogía hasta que pudo materializar los resultados en una acusación formal de asesinato. Tuvo que trabajar duro pero todo había surgido de un fogonazo poético, de la imagen de una mantis decapitando a una de sus presas en mitad del coito.

Oyó al comisario al otro extremo del pasillo luchando contra la máquina de café. Solo entonces cayó en la cuenta de que su patético intento de diálogo encerraba una confesión: tampoco a Muñoz lo esperaba nadie en casa. Por la comisaría corría el rumor de que su mujer había iniciado los trámites de divorcio y que él había tenido que irse a vivir a un pequeño apartamento por la zona de Tetuán. Desde entonces, el comisario apuraba hasta el límite la hora de salida, intentando remediar el vacío acumulado a su alrededor durante décadas de desdeñoso ejercicio policíaco. A punto de jubilarse, Muñoz comprendía demasiado tarde que su vida familiar se había ido a hacer gárgaras, que para sacar a pasear su soledad solo le quedaban aquellos corredores impregnados de huellas de delitos. Pero la intimidad nunca se le había dado demasiado bien y sus conversaciones enseguida degeneraban en interrogatorios. Era como un niño abusón en el patio del colegio que, unos días antes de las vacaciones, intentase hacer amigos a pescozones.

Casi diez años atrás, Rodríguez había pasado por un divorcio largo como un desierto y doloroso como una operación quirúrgica. Por eso sabía que los esfuerzos de Muñoz eran inútiles, que la vida nunca quedaba igual después de un matrimonio destrozado: siempre faltaba algún trozo, alguna esquirla, siempre aparecían las líneas de fractura, la cicatriz del pegamento después de recomponer los pedazos. Los hijos, las rutinas, las comidas, los fines de semana. Fue entonces cuando aprendió que la vejez era un lento aprendizaje de la relatividad de las cosas, que no consistía en las molestias, las arrugas o las pérdidas, sino en la manera de encajarlas. Había decidido escribir poesía por la misma razón por la que otros se daban a la bebida, a las putas o a las quinielas: una tirita para un brazo amputado. Solo que después de que lo abandonara su mujer no se sentía como si le hubieran cortado un brazo o una mano, se sentía más bien como si él fuese el brazo amputado: un puñetero miembro cercenado, un trozo de carne inútil, insensible, huérfano de cuerpo y arrojado a la basura.

Para ilustrar sus pensamientos, una mosca perdida se acercó a la pantalla del ordenador y se posó sobre su blanco muro ardiente, extasiada ante el ciego simulacro del verano. Zumbó embebida de luz del ordenador hacia el amarillento cono del flexo, de sol a sol, de estrella a estrella. Al ver sus idas y venidas, Rodríguez pensó en la fugacidad del placer, en el amor y el desamor: esos torpes espejismos con los que tropezamos. Pero la metafísica en verso se le daba fatal. Espantó a la mosca de un manotazo y se hundió otra vez en su soneto.

9

EL DÍA EMPEZÓ CON TOSES, MOCOS, ESTORNUDOS. UN vulgar resfriado, nada grave excepto para un hipocondríaco de la talla de Matas. Inmediatamente pensó en quedarse en casa, sobreviviendo a base de aspirinas y leche caliente con miel, pero le amedrentó más aún la posibilidad de pasarse el día grogui, arrebujado entre las sábanas. De manera que hizo un esfuerzo, se levantó tambaleándose y se vistió tiritando, exagerando los síntomas como los malos actores creciéndose ante un papel pequeño. Su mujer y sus hijos ya habían salido de casa y no pudieron admirar la exhibición de malestar que Matas desplegó durante el desayuno. Mejor porque lo más probable es que se rieran de él o ignorasen sus esfuerzos por seguir respirando. En cambio Anita le untó la dosis de consuelo necesaria como para seguir adelante.

—No debería ir a trabajar, don Cristóbal —dijo mientras le servía el café.

—Lo sé, lo sé —estornudó heroicamente Matas—. Pero así es la vida.

Esa mañana la vida también era una costra endurecida en la garganta y una zambomba en las sienes. Se arrancó la costra para despedirse de Anita y salió de casa. Ya en el coche se tomó discretamente el pulso (67 pulsaciones) y pensó en pedir hora con su médico particular, el doctor Elías, pero no sabía si merecía la pena gastar ese cartucho por un simple resfriado. A lo largo de innumerables y confusas epopeyas clínicas, había aporreado la puerta de su consulta con síntomas inconfundibles de ataques al corazón, bloqueo cardíaco, tromboflebitis, sífilis, cáncer de hígado, cáncer de páncreas, rabia, fiebre tifoidea, alzheimer, peritonitis, perforación de úlcera péptica, ántrax. Entre las enfermedades novedosas que podían haber pasado a la historia de la medicina con su apellido destacaban el espasmo del cinturón, el desprendimiento de sobaco y el síndrome del michelín fantasma. Elías siempre le escuchaba con una sonrisa de sorna, le mandaba unos análisis y unas radiografías, y después todo acababa en nada. Un tumor cerebral se transformaba en un tapón de cera en el oído izquierdo. Un bulto en el paladar que le atormentó durante un infinito fin de semana se resolvió en un vulgar mucocele. Un amago de angina de pecho, que le sorprendió a traición mientras subía unas escaleras, terminó varias y angustiosas horas después en un espectacular eructo que dejó el electrocardiograma convertido en sismógrafo.

Matas prestaba toda la atención del mundo a las señales que le mandaba su cuerpo en forma de temblores, dolorcillos, hormigueos, náuseas. Pensaba que marchar por la vida sin pillar una enfermedad mortal era tan difícil como caminar por Madrid sin pisar una mierda de perro. Como todos los hipocondríacos, esperaba un ataque masivo por parte de aquel traidor, aquel cobarde que era su propio cuerpo. No una ofensiva en toda regla, sino más bien una guerra de guerrillas: una cucharada de veneno en la sopa, un atentado en cualquier callejón del intestino. Porque cuando la muerte pusiera sus huevos en su interior, lo haría a traición, de puntillas, sin ningún síntoma que le hiciera sospechar su llegada, sin fanfarrias ni avisos previos. Como las grandes novelas clásicas que tanto le gustaban —Dickens, Tolstoi, Galdós— la muerte empezaría con un susurro, no con un grito.

Durante tres años Matas había dirigido una colección de literatura de terror pero nunca leyó libro más espeluznante que aquella *Enciclopedia médica* que sus padres guardaban en lo más alto de la estantería. Un mamotreto de posguerra, decorado con diagramas e ilustraciones a plumilla cuya lectura pobló muchas noches en blanco de monstruos con nombre griego. Gracias a su lectura llegó a pensar que padecía un infarto cerebral en vez de una vulgar sinusitis o pancreatitis en vez de diarrea. Matas pensó en incluirla en la colección, al lado de Lovecraft y Poe, porque ningún vampiro, ningún zombi, ningún extraterrestre venido del espacio exterior podía competir con una de esas enfermedades degenerativas capaces de comerte vivo durante años y años. Pero al final no se atrevió a exponerle la idea al señor Parrado, el dueño de la editorial, entre otras cosas porque el anciano había sobrevivido a varias de las peores enfermedades que él ni siquiera se habría atrevido a imaginar y encima se hubiese reído en su cara.

Con casi ochenta años encima, Parrado exhibía una corpulencia y una vitalidad casi impúdicas. Llevaba marcapasos; lucía un ojo de cristal; le habían extirpado el bazo, la vesícula y el riñón derecho; le habían hurgado dentro de la caja torácica para insertarle una válvula en el corazón; algunos de sus huesos tenían injertos de metal. A Matas, que llevaba toda la vida editando sus libros, le recordaba a uno de esos guerreros invencibles de una saga de ciencia-ficción, uno de esos androides (mitad carne, mitad plástico) que habían ido dejando trozos de sí mismos por toda la galaxia. Siempre llegaba el primero al edificio y cuando la señora de la limpieza se ponía a la tarea, el viejo ya llevaba un buen rato sumergido entre papeles. Trabajaba no en un ordenador sino en una máquina de escribir Underwood tan anticuada como él mismo y golpeaba las teclas con tal fuerza que se podían descifrar sus mensajes sin necesidad de leerlos, al estilo telegráfico. La rudeza y el despotismo con los que se envolvía recordaban las ásperas y austeras portadas de sus libros. Nadie sabía qué historia podía encontrarse uno detrás de las tapas. Viudo desde hacía décadas, tampoco tenía hijos y a Matas le gustaba imaginar al viejo en el papel de uno de esos ancianos monarcas nórdicos, brutales pero justos, y a sí mismo en el papel de primogénito que acabaría por heredar el barco vikingo.

Aquel lunes por la mañana, nada más llegar a la oficina, la secretaria de Parrado le avisó de que el viejo lo estaba esperando. Matas dejó la cartera sobre la mesa y acudió a su despacho. La ametralladora de letras permanecía en silencio y Matas llamó con los nudillos al recio portón que custodiaba la guarida. Un hosco gruñido le invitó a entrar.

El viejo le aguardaba con su cráneo pelado, sujetando con una de sus garras una mascarilla de oxígeno. Parapetado detrás de una pila de originales, chupaba aire detrás de la botella situada a su espalda mientras un humificador iba nublando laboriosamente el ecosistema del despacho. Matas dio los buenos días y le preguntó cómo estaba. El viejo no contestó, continuó revisando manuscritos, pero el ruido fatigoso de su respiración unido al barboteo del humificador iba rellenando las pausas.

Alzó la cabeza y se quitó la mascarilla para hablar con una voz cavernosa, a juego con las nieblas, las maderas nobles y los estantes cargados de libros. Su otra garra señalaba sendas copias de *Ahogar el osobuco* y *Puta mierda*.

—¿Por qué cojones no hemos publicado esto?

—No lo vi conveniente, Honorio.

—¿No lo viste conveniente, eh? —el viejo se detuvo a jadear y le entregó un mazo de papeles—. Pues resulta que éste lleva más de quince mil ejemplares vendidos.

—«*Puta mierda*» —Matas leyó el título en voz alta, despacio. Luego estornudó—. Sexo explícito y tacos. No había mucho más. Creí que no publicábamos esa clase de libros.

—¿No, eh? Claro, olvidaba que de un tiempo a esta parte sólo publicamos fiascos. Libros que no venden un cojón, novelas que no lee nadie.

Los tacos estallaban en los oídos de Matas, mezclados con los silbidos de la mascarilla y el murmullo del humificador. Aprovechó que el viejo se había detenido a tomar oxígeno para intentar aclarar un poco sus ideas. No entendía de dónde le venía aquel ataque y sentía la cabeza hinchada por la fiebre.

—Julia ha estado hablando contigo.

—Fuiste tú quien contrataste a esa chica, Cristóbal. No yo —el viejo guiñó su único ojo sano y su gemelo de cristal lo enfocó como un faro azul—. ¿Recuerdas lo que te dije el primer día que la vi?

—Que no te gustaba ni un pelo. Siempre dices eso de todo el mundo.

—Siempre lo digo y casi siempre acierto. Pero a ti sí te gustaba, ¿a que sí?

—Quizá debamos cambiar de línea editorial —sugirió Matas.

—Quizá debamos cambiar de editor —sugirió el viejo. Aspiró un largo trago de oxígeno antes de proseguir—. A mi editor jefe no le gusta publicar libros con tacos y sexo explícito, aunque practica el sexo explícito en su propio despacho. Con uno de mis empleados. Suena un poco hipócrita, ¿no te parece?

Matas sacó un pañuelo y se sonó la nariz, intentando encontrar una salida. Al final le dio por balbucir.

—No sé a qué te refieres.

—¿No? Pues esa chica, Julia, entró esta mañana y me costó un huevo convencerla de que no interpusiera una demanda por violación.

—¿Quién? ¿Julia? ¡Por Dios, Honorio, yo no hice nada! ¡Te juro que fue ella la que se me echó encima!

—Ya —dijo el viejo, farfullando algo semejante a una risa—. Supongo que te atacó armada con esto.

Mientras una de las garras seguía sosteniendo la mascarilla, la otra alzó un péndulo de plástico medio arrugado y decorado con unos cuantos pelos púbicos. El ojo de cristal, azul y legañoso, flotaba detrás del condón.

—¿Te parece lo bastante explícito?

—Honorio, puedo explicarte…

—Toma. Es tuyo —obediente, Matas recogió el condón y jugueteó un rato con él hasta que no se le ocurrió otra cosa que guardarlo en un bolsillo de la chaqueta—. Te pagaré hasta fin de mes pero preferiría que te largaras ya.

Matas se fue del despacho con la mano todavía metida en el bolsillo. El tacto del plástico envejecido le dio un adelanto de lo que le aguardaba en la calle: un recibimiento huraño, frío, sin amor. Un ramalazo de la cola del paro y del locutorio de la cárcel, dos lugares donde no había estado jamás pero para los que el plástico le aseguraba que había comprado entradas. Intento de violación. Tal vez Julia se conformara únicamente con su puesto en lugar de despellejarlo vivo. Después de todo, le ofreció el preservativo al viejo a cambio de su cabeza. Pero tuvo miedo de encontrársela por los pasillos y que se pusiera a chillar.

El resfriado mantenía su cerebro dentro de un campanario, aturdido a conciencia, como si lo que le acabara de suceder sólo fuese el primer golpe de badajo y todavía quedaran once en la recámara. Ni siquiera pudo reaccionar ante la acusación, sólo doblarse más y más, como su virilidad en busca del calzoncillo. Empezó a vaciar los cajones y a recoger sus cosas: bolígrafos, mecheros, un par de diccionarios, el cenicero de Escher. Estrujó un paquete vacío de Camel y lo arrojó a la papelera sin intentar siquiera descifrarlo. Después titubeó al tropezar con el manuscrito de *Punto de fisión* que se había llevado hasta su mesa, hasta que recordó que la noche anterior había leído un buen puñado de páginas, quizá para intentar arrinconar la vergüenza. Cogió el mazo de papeles y lo hundió al fondo de su cartera de cuero negro.

Cuando ya estaba en la puerta, se giró y miró su despacho por última vez: los estantes cargados de libros, el diploma enmarcado que le dio una Asociación de Libreros de Madrid, la reproducción de un lienzo de Zóbel que era como un arañazo de luz. Más de veinte años de recuerdos que el viejo Parrado había extirpado sin el menor escrúpulo, como si fuesen otra vesícula.

10

COMO APRENDIZ DE ESCRITOR, A LEO LE IMPRESIONABAN las licencias que se tomaban ciertos autores. Un tipo que se transformaba en cucaracha o un científico loco que vencía a la muerte no eran cosas que se vieran todos los días. Sin embargo, ya había aprendido en carne propia que la realidad puede permitirse lujos que no osaría ni el más desmelenado de los novelistas. ¿Quién iba a creer que el rayo no lo había matado, aunque hubiese cientos de casos documentados por todo el mundo? Más aún, no solo sobrevivió al voltaje caído de los cielos sino que también descubrió que la misma corriente eléctrica que corrió inocuamente por sus venas le había inyectado para siempre el veneno de la literatura.

Desde entonces, desde aquella tarde que fue a cerrar las ventanas en medio de una tormenta, todo lo que veía, escuchaba, recordaba o leía era susceptible de convertirse en material narrativo: las discusiones de su comunidad de vecinos, los libros de historia, un puñado de revistas pornográficas, una novela de terror decimonónica. Para Leo, el mundo entero era una biblioteca de la que surtirse y escoger lo que mejor le pareciera, de manera que se apropió de la historia del doctor Frankenstein sin el menor pudor, lo mismo que había hecho con las entrevistas a las chicas Playboy, algunas recetas de cocina o ciertos pasajes de la Biblia. Al fin y al cabo, los escritores no inventan nada, solo se pasan la pelota unos a otros. Unos lanzaban de tres puntos y otros encestaban a capón, pero la pelota ya estaba allí: no la habían inventado ellos. Ni la canasta. Ni la cancha.

De manera que aparcó todos sus otros proyectos en marcha para escribir *Franconstein*, una distopía terrorífica donde narraba la eternización de la dictadura franquista gracias a los avances de la medicina y a la revolucionaria técnica de los trasplantes. El Caudillo lograba prolongar su vida artificialmente, década tras década, gracias a los riñones, corazones, cerebros e hígados de los jóvenes díscolos que cazaba en su reserva de El Pardo y que luego los científicos iban injertando en su organismo amojamado. La novela comenzaba con una pareja de audaces reporteros que huía a la carrera por las entrañas de un bosque sin saber que también corrían por la mirilla telescópica de una escopeta de caza que sostenía un anciano tembloroso en una silla de ruedas. Sus cabezas acabarían adornando las estancias palaciegas, en una pared festoneada con panoplias de comunistas, socialistas, monárquicos y algún que otro médico incompetente, entreveradas con los clásicos trofeos de jabalíes, lobos y muflones. Porque la emoción de la cacería era (aparte del usufructo del poder absoluto) el último y rengo placer que podía permitirse el Caudillo, un hombre que nunca perdió el tiempo persiguiendo mujeres y al que tampoco entusiasmaban los placeres de la buena mesa, la bebida o el tabaco; un cadáver aplazado indefinidamente que se alimentaba a través de unos tubos con suero y caldo de pollo, y que respiraba oxígeno puro a través de un pulmón artificial incorporado a su silla de ruedas. Por desgracia, los tratamientos médicos destinados a mantenerlo con vida eran demasiado caros y el Invicto había tenido que asistir a la desaparición paulatina de esposa, hijos, nietos, amigos y correligionarios de toda índole mientras la ferocidad de aquel Régimen sostenido ortopédicamente convertía el país entero en un coto de caza privado de donde la población había huido en masa al extranjero. Más allá del Pardo solo había ciudades en ruinas, pueblos abandonados, cuarteles, cárceles saturadas y catedrales hechas cisco. Cuando le punzaba la nostalgia, el Caudillo reunía a algunos de sus antiguos generales (desenterrados de la tumba, atiborrados de Ambipur y embalsamados minuciosamente hasta que adquirían una aceptable presencia de maniquíes condecorados) para jugar a la brisca mientras recordaban juntos los tiempos gloriosos de la guerra, el oro y la sangre de las batallas. *Morito,* un viejo perdiguero que le había acompañado en numerosas cacerías y al que guardaba un sucedáneo de afecto que en su caso podía traducirse por cariño, también había logrado el privilegio de la momificación. Subido a una plataforma de rodamientos, los ojos vidriosos y la lengua fuera, corría algunas tardes tras la silla de ruedas, atado a una cuerda, mientras una cinta magnetofónica incrustada en el pellejo reproducía de cuando en cuando la sarta de alegres ladridos con que *Morito* saludaba a su amo.

Todo el país había encallado en el miedo, mera extensión geográfica de la interminable agonía del Caudillo, cuya putrefacción en vida se había extendido a las instituciones, el comercio, el clima, la naturaleza. La sequía había agostado las cosechas. Los ríos se secaron. El desierto avanzaba hacia el norte con su lenta e insaciable lengua de arena, engullendo bosques, ciudades y montañas en una digestión de décadas. Las enfermedades habían hecho pasto de la cabaña ganadera, dejando únicamente algunas hordas de cabras enloquecidas y vacas famélicas que merodeaban por los lechos secos de los embalses, antaño orgullo del Régimen y hoy nada más que monumentos absurdos, ruinas hidráulicas que conmemoraban el tiempo en que el agua era algo más que un sueño. Hacía muchos años que el clero había roto relaciones con un Estado cuyo representante máximo se había negado a cumplir la ley de Dios y dedicaba sus esfuerzos a una incesante persecución de la vida eterna mediante un abominable pacto quirúrgico. Tampoco le perdonaron que, por divertirse un rato, acudiera una mañana soleada a la Catedral de León y se dedicara a pulverizar con cartuchos de postas las vidrieras más solemnes de la cristiandad. Como en un histérico cuadro del Bosco, los signos del Apocalipsis proliferaban por todas partes: árboles carnívoros, perros antropófagos, iglesias quemadas, profetas desquiciados. Hasta el mar que bañaba las costas amuralladas de piscinas rotas y complejos hoteleros desvencijados no era más que una hirviente sopa de medusas. España era, al fin, una, grande y libre.

Sin embargo, muy pronto Leo se encontró con problemas para hacer avanzar la novela. Se había cargado a dos posibles protagonistas nada más empezar, solo para dar un tremendo golpe de efecto cuando se descubrieran sus cabezas en el salón de trofeos. Lo que le quedaba era un anciano reseco y milenario rodeado por una corte de cirujanos y mayordomos anónimos; un monstruo aburrido y despiadado, sin familia, sin amigos ni enemigos, que intentaba distraerse del tedio de la inmortalidad cazando jóvenes presas para abastecer su vivero de órganos. Ni siquiera tenía una antagonista femenina y durante algún tiempo Leo fantaseó con derivar la trama hacia una aventura pastoril protagonizada por ovejas mutantes o bien narrar las conversaciones de las cabezas disecadas que fantaseaban con un golpe de Estado.

En cierto modo *Franconstein* era la novela de su padre, la tragedia que su padre había sufrido durante décadas en un país expoliado y violado, humillado y vencido. Pero también era la primera aproximación hacia la autobiografía, la primera tentativa de explorar el misterio de su propia vida. Los vecinos seguían ahí, al otro lado del tabique, igual que sus recuerdos dentro de su cabeza, pugnando por salir y encontrar una historia que pudiera albergarlos.

11

HACIENDO JUEGO CON SU ESTADO DE ÁNIMO, EL DÍA decidió apenarse y se echó a llorar en un violento aguacero que lo empapó de arriba abajo mientras forcejeaba para abrir el coche. No eran lágrimas de consuelo. Una vez en el asiento, el motor también decidió sumarse al duelo general, carraspeó dos o tres veces y finalmente arrojó la toalla en un estertor de impotencia. Matas cerró la portezuela, abandonó el aparcamiento de la empresa y salió a la calle oteando algún faro verde en medio del chaparrón. Caminó dos manzanas calado hasta los huesos, abrazado torpemente a su cartera y sus cachivaches, antes de dar con un taxi que lo llevara a casa. Al compás del intermitente, el conductor aprovechaba los semáforos para refunfuñar:

—Justo ayer que limpié la tapicería. Hay que joderse.

Quiso disculparse pero solo podía estornudar. El resfriado iba cubriendo las cavernas de su estado de ánimo como la capota gris de las nubes avanzando por el cielo madrileño. Sin embargo, cuando el taxi se detuvo al fin, tras una pausada y costosa eternidad de atascos y embotellamientos, la lluvia amainó, dejándole apenas unos alfilerazos de recuerdo mientras pagaba la carrera. Un sol travieso le hizo burla entre la tracería verde de los árboles del jardín, cuajados de pequeñas gotas que le dieron la bienvenida a casa. Bordeó el césped mojado, el pequeño invernadero, la piscina cubierta con una lona donde se embalsaba el agua. Desde el interior de la caseta, el perro —*Dunkerque,* un viejo bull-dog somnoliento— ni siquiera salió a saludar. «Mi perro, mis árboles, mi invernadero, mi casa de tres plantas, mi jardín» pensó Matas, sombrío, preguntándose hasta cuándo podría mantener los posesivos.

Cuando Anita le abrió la puerta, recordó también su sueldo (es decir, el de Anita), el del jardinero que venía un par de veces al mes, el del chaval que limpiaba la piscina en verano. Le entregó la cartera y el abrigo mojado, y ella le dio una toalla. Matas se secó la cabeza y las manos, calculando cuántos años llevaba aquella mujer con ellos. No podía despedirla, era como de la familia. Había visto crecer a sus dos hijos, envejecer al perro, plantar sus árboles del jardín. Livia, su esposa, estaba sentada en la cocina, calentándose las manos en una taza de café. Le dijo si le gustaba su nuevo peinado. Matas asintió y se preguntó cómo podía contarle que acababan de echarlo a la calle.

—Me sentía mal —dijo, sentándose en una de las sillas—. Decidí tomarme el día libre.

Livia posó una mano helada sobre su frente.

—Parece que tienes fiebre.

—Sí, y además estoy chorreando —dijo entre estornudos, por si quedaba alguna duda—. No debería haber ido a trabajar.

—Eso ya se lo dije yo —terció Anita—. Ande, vaya arriba a descansar. Le llevaré un tazón de leche caliente.

Reconfortado por tan familiares arrumacos, Matas se levantó pesadamente, subió pesadamente los escalones, se desvistió a tirones y se metió en la cama, tiritando. Ya no le hacía falta exagerar los efectos de la fiebre: se había metido a fondo en el papel. Anita le llevó el tazón prometido, Matas se incorporó en la almohada para sorberlo y luego se hundió en un torpe y atroz duermevela donde se mezclaban todos sus infortunios. Su mujer, ignorante de la catástrofe, acostumbrada a un tren de vida que iba a descarrilar de un momento a otro. Sus dos hijos, Antonio y Laura, estancados en sendas carreras universitarias y comiendo la sopa boba en casa. La criada, diez años más joven que él, que lo seguía tratando como una madre. *Dunkerque,* a quien habían tenido que exiliar a una caseta por culpa del estruendo de sus ventosidades nocturnas retumbando por toda la casa. Parrado, el muy desagradecido, así se pudrieran en el infierno él y todos los trozos que le precedieron por el camino. Julia, Julia, la muy zorra.

No estaban permitidos los tacos pero el desplome de la censura dio paso a pesadillas y sinestesias. La fiebre no solo derribó las barreras del pudor sino que empezó a batir todos los huevos rotos en la espesa sopera de su cabeza. Julia le enseñaba un pezón adornado con la anilla de una granada de mano y los costurones de una operación quirúrgica. Tiró de la anilla y el pecho se abrió en dos para mostrar un renqueante corazón mecánico, forrado de pistones y válvulas. El corazón jadeaba con la fatiga de un viejo bull-dog flatulento, todo mollas sangrantes y cachetes caídos, masticando un bol de cereales crujientes. El perro levantó la cabezota y con una mueca eminentemente churchilliana le reprochó no haber publicado nunca novelas para perros. Parrado abrió la boca para secundar la moción pero solo pudo soltar un ladrido pegajoso y nasal que degeneró en puntos suspensivos. Iba a corregirlos con su flamante pluma de plata cuando la pluma se ablandó, cimbrándose y torciéndose entre sus dedos al estilo de un bizcocho mojado. Livia se aproximó majestuosamente, subiéndose a horcajadas sobre su regazo y recitándole a Catulo al oído. Mientras tanto, la lluvia inundaba los cristales del coche y las varillas de los limpiaparabrisas, en terca y rítmica zarabanda, iban esbozando entre los regueros de agua desmayados versos en latín. Odio y amo, odio y amo.

La otra Livia entró en la pesadilla en el preciso instante en que su doble se disponía a culminar la cópula. Matas forcejeó, intentando quitarse aquel fantasma de encima y salir del coche, pero ya no se encontraba en el coche ni entre la lluvia sino en el dormitorio marital, tiritando bajo la lápida de un edredón nórdico empapado en sudor. Livia se sentó al borde de la cama y le pasó una mano por la frente chorreante, incandescente de fiebre. Murmuró algo que sonó vagamente a latín y que incluía la palabra «termómetro». Se marchó unos instantes y regresó agitando una pequeña batuta, preparada para dirigir a una orquesta emboscada tras las cortinas. Cuando le introdujo la batuta por el sobaco, Matas experimentó un escalofrío delicioso y letal, como si aquel florete helado viniese a poner fin a su agonía. Balbució un agradecimiento que pudo ser un ladrido o tal vez un quejido catuliano. Su esposa sonrió y empezó a recoger la ropa que había tirada por el suelo. Al doblar la chaqueta, de uno de los bolsillos se escurrió y cayó al suelo una arrugada placenta de plástico. Livia se agachó, la alzó entre la pinza de los dedos y luego la observó bascular a un lado y a otro, despacio, como si marcara el ritmo a los delirios febriles que aguardaban su turno tras el telón. *Odi et amo.*

Matas despertó a media noche, muerto de sed, con el termómetro encajonado aún en la axila. Tanteó la mesilla en busca de aquel quimérico vaso de agua que estañaba su fiebre con un toque de luz. Bebió a tragos hasta que sus labios tropezaron con el condón.

¿Os he contado como conocimos a Boris, el Entrenador, Boris el Grande? No nos secuestró ni nada parecido. Fuimos nosotros quienes acudimos a él igual que otros muchos niños del hospicio, porque nos ofrecía algo más que un camastro y un plato de patatas hervidas. Un día un chico rubio de ojos azules nos vio jugando al fútbol y nos preguntó si queríamos formar parte de un equipo juvenil. Dijo que nos darían uniformes y tres comidas al día.

Fui con él hasta una especie de campamento gitano plantado en las afueras. Había tres viejas furgonetas decoradas como carromatos de circo, con tigres desteñidos, estrellas sonrientes y planetas que sacaban la lengua. Había una olla al fuego. Había media docena de mujeres tendiendo ropa al sol y un montón de niños pululando (¿se dice pululando?) alrededor de ellas. Pavel, el chico rubio, me explicó que eran las esposas y los hijos de Boris, aunque luego supimos que no eran ni una cosa ni otra.

«El mundo es algo difícil de entender» decía Boris.

El propio Boris estaba sentado en un taburete, removiendo el fuego con un palo. Tenía la cabeza afeitada, excepto encima de las orejas, y una perilla en forma de chivo. Llevaba botas militares y un abrigo de cuero gastado con multitud de bolsillos y hebillas y un suntuoso cuello de piel vuelta. Un atuendo algo raro para un entrenador de fútbol. Dos cicatrices en los párpados le achinaban los ojos. En realidad, todo su rostro parecía una tortilla de otros rostros, una amalgama extraña, recompuesta, como si hubiera sobrevivido a diversas quemaduras y accidentes de tráfico. Fumaba una pipa larga y cuando alzó la mano para saludarnos vimos que estaba tatuada de arriba abajo: calaveras en los dedos, telarañas en el dorso, cruces ortodoxas, estrellas en las muñecas.

«¿Sabes jugar al fútbol?» preguntó sin quitarse la pipa de la boca.

«Sí» dije yo. «Sergei juega de portero».

«¿Quién es Sergei?»

«Mi amigo» dije. «Mi amigo de Pripyat».

«¿Es verdad que sois de Pripyat?»

«Sí».

«¿Y conocéis bien la ciudad?»

Asentí con la cabeza. Boris apartó la pipa y sonrió.

«Entonces no os va a hacer ninguna falta jugar al fútbol».

Se levantó y me hizo pasar a la trasera de la furgoneta. «Este es mi despacho» dijo. Golpeó el borde de una enorme mesa de madera donde se amontonaban papeles y luego se sentó en un camastro que crujió bajo su peso. Echado sobre la almohada, como si estuviera durmiendo una siesta, había un busto de Lenin. Boris le dio unos golpecitos a la escayola y le pellizcó la mejilla con cariño, como para despertarlo. Entonces comprendí de donde venía la perilla, la calva a cuchillo y el aspecto chinesco de los ojos. Llevaba años intentando parecerse al gran hombre. Me contó que había contratado los servicios de un cirujano plástico en una cárcel de Kazan.

«Era el mismo que hacía los tatuajes a los presos».

«No hizo un buen trabajo» dije. «No se parece mucho».

«No» admitió Boris. «Era un chapucero. Por eso lo maté».

Hablaba un ucraniano salpicado de ruso, pero no como esos paisanos que viajan a Moscú y luego se avergüenzan de su acento. Boris lo hablaba como si lo hubiera olvidado entre los barrotes del presidio y quisiera recobrarlo. Arropó a Lenin entre las mantas mientras explicaba su teoría. Tesis: el pasado. Antítesis: la memoria. Síntesis: el futuro. Un futuro que no guardara las enseñanzas del pasado no valía nada, dijo mientras vaciaba su pipa. Hacia eso nos dirigíamos. La Unión Soviética había traicionado los gloriosos principios de la Revolución de Octubre. Se había corrompido, se había vendido, se iba a la mierda sin reme-

dio. Hombres valiosos como el propio Boris se pudrían en las cárceles del Estado mientras funcionarios sin escrúpulos (¿se dice así? ¿escrúpulos? ¿escrúpulos quiere decir cojones?) se limpiaban el culo con los ideales revolucionarios. El gran hombre —dijo señalando el camastro— se estaría revolviendo en su tumba si no fuese porque dormía el sueño eterno en un sótano del Kremlin. «¿Lo has visto?» Negué con la cabeza. «Tienes que ir algún día. Es hermoso, hermoso. Duerme como un bebé».

Para Boris la única manera de avanzar era mirando atrás. Por eso los coches llevaban retrovisor. Por eso él intentaba ponerse la cara de Lenin. Por eso la gente que había sido evacuada tras el desastre de Chernobyl acudía a él para intentar recobrar sus recuerdos. Miles de familias lo habían dejado todo atrás en un éxodo inesperado. Casas, automóviles, dinero, joyas, cuadros, libros. Todo. Había pasado más de un año desde la catástrofe y algunos campesinos regresaron a sus casas. Eran tan pobres que no tenían nada que perder y se pusieron a cultivar otra vez sus huertos en medio de la tierra abrasada por la radiación. «Mejor morir de cáncer que de hambre» decían algunos, aunque luego no se atrevieran a volver. Otros decían que el gobierno mentía, como siempre, que en aquellas tierras se podía vivir, que el ejército había instalado bases militares. Otros decían que en las aldeas abandonadas, en los campos abonados con plutonio crecían calabazas gigantes, volaban pájaros ciegos y nacían terneros de dos cabezas.

«El mundo es algo difícil de entender» decía Boris.

En realidad, a él no le interesaban aquellos rumores sobre monstruos y espantajos (¿se dice espantajos? ¿o es espantos?). Solo buscaba —decía— la manera de devolver el pasado al presente. Para eso nos necesitaba a nosotros, los críos que habíamos sobrevivido a Chernobyl, los que conocíamos el terreno, las calles y las casas, y éramos lo bastante ágiles como para sortear los controles del ejército y colarnos a través de las alambradas. Sobre la mesa del despacho se extendía un plano de Pripyat. Boris señaló una docena de edificios marcados con un círculo rojo.

«Si alguien te dejara cerca de Pripyat, ¿sabrías cómo llegar hasta estas casas?» preguntó.

«Sí».

«De acuerdo, chaval. ¿Quieres el trabajo?»

Asentí con la cabeza. Boris me cogió de la mano y empezó a subirme la manga del jersey. De un cajón de la mesa sacó una botella de vodka, un punzón y un tintero. Me dijo que tendría que hacerme un tatuaje, por si algún soldado me descubría no me confundiera con un merodeador y supiera para quién estaba trabajando. Boris pagaba bien a los soldados para que dejaran en paz a sus muchachos. Me dijo que no tuviera miedo y que bebiera un buen trago de vodka. Le dije que no tenía miedo, aunque el brazo me temblaba. «Un tatuaje no es nada, chaval» dijo riendo, y hundió el punzón en mi antebrazo, a un palmo de las venas de la muñeca. La tinta ardía mientras Boris escarbaba bajo mi piel. Miré las intrincadas telarañas que decoraban las manazas de Boris y me pregunté cuánto tardaría aquel tormento. No dejó de bromear sobre la facilidad con que en la cárcel se infectaban las heridas y luego había que amputar manos y brazos. Cuando terminó, silueteado por un aura rojiza de sangre, un Sputnik surcaba mi antebrazo.

«¿Cuántos años tienes?»

«Doce».

Agarró el cuello de la botella y echó un largo trago. Luego me la entregó y dijo: «Bebe, chaval. Que ya eres un hombre».

Cuando salí del carromato, me rodearon media docena de niños, ansiosos por ver mi brazo tatuado. Decían que era el símbolo de los exploradores, de quienes atravesaban la frontera. «Ten cuidado» advirtió Pavel. «Muchos no vuelven». Después dio media vuelta y se dirigió hacia el fuego. Otro niño me dijo que no le hiciera caso, que sólo me tenía envidia. Pavel llevaba meses intentando ingresar en el grupo de los exploradores, pero Boris no lo permitía. Era demasiado pequeño y además no cono-

cía la ciudad. Me acerqué hasta él. Estaba enfurruñado, removiendo las cenizas con un palo.

«¿Cuántos años tienes?»

«Nueve».

«Cuando cumplas once o doce, Boris te hará un tatuaje».

«No» dijo, moviendo mucho la cabeza. «Boris nunca me dejará entrar en los exploradores».

Aquella noche, cuando le enseñé el tatuaje, Sergei me dijo que estaba loco. Yo pensé que tenía envidia, igual que Pavel. Me preguntó qué se suponía que era aquella bola ensangrentada con cuatro rayajos. Le dije que era el Sputnik, el símbolo de los exploradores, la primera nave que cruzó los cielos con Gagarin a bordo.

«¿Gagarin? Gagarin no iba en el Sputnik».

«¿Ah no?»

«No. El Sputnik no iba tripulado. Era demasiado peligroso, como ese viaje que Boris pretende que hagas».

Me costó convencer a Sergei para que me acompañara. Boris se echó a reír cuando le conté sus dudas. «¿Crees que ahora mismo estamos en una zona segura? Hijo, cuando Chernobyl reventó, medio mundo quedó contaminado. Una vez que se destapó la olla todo dependía del viento. ¿Crees que tú y tus amigos corristeis lo bastante rápido? El domingo después del accidente, los detectores de radiación de una central en Suecia se salieron de madre». Sacó un mapa y dibujó con el dedo una gran hélice cuyas aspas cubrían buena parte de la URSS, Escandinavia, Polonia, Alemania, Rumania, Arabia y China. «No hay ningún lugar del mundo donde estar a salvo» dijo Boris. «Esa pobre gente necesita sus recuerdos para seguir adelante y solo se lo impiden los malditos burócratas de Moscú, los mismos que provocaron el accidente».

«Entonces, ¿por qué no va él mismo a buscar los pedidos?» preguntaba Sergei.

También eso me lo había explicado. Para empezar, Boris no conocía la ciudad. No decía que hubiera peligro sino que el riesgo no era tan alto como intentaban hacernos creer. No había tiempo para titubeos, era necesario moverse rápido, entrar y salir sin equivocaciones. Había que saltar vallas, escurrirse entre los barrotes, gatear, entrar por ventanas, y para eso era mejor un niño. «¿Y entonces, si sólo se trata de un juego, por qué no enviar a Pavel, el más pequeño de todos?»

«No lo sé» reconocí. «Quizá sea demasiado pequeño».

«No. Quizá sea demasiado guapo. Boris lo quiere para él solo».

¿Cómo podía decir algo así? Boris tenía a su disposición una docena de mujeres, algunas muy hermosas. «No se acuesta solo con mujeres. Espabila. Estuvo en la cárcel, ¿no? Puede que allí le cogiera el gusto». Yo movía la cabeza a un lado y a otro. No podía ser. Boris era un gran hombre, un guía, un líder, nos ofrecía un trabajo. Incluso se afeitó la cabeza y se operó la cara para intentar parecerse a Lenin.

«¿Lenin jodía niños?» preguntó Sergei. «Quizá no se parezca a Lenin lo suficiente».

Joder niños. ¿En español suena tan feo como en ucraniano? ¿Qué habría dicho la señorita Katia de haber oído esas palabrotas en los labios de Sergei? Algo empezaba a separarnos, algo más que mi empeño en quedarme escribiendo bajo las sábanas del hospicio a la luz de una linterna que me regaló Boris. Sergei pisaba el acelerador, yo el freno. Él era el parabrisas, yo el retrovisor. En nuestro primer viaje, arrinconados en la trasera de la furgoneta junto a los otros exploradores, me susurró que había visto a algunos de los niños que trabajaban para Boris: tenían llagas y cagaban sangre. No les permitía regresar al campamento y ahora agonizaban mendigando por las calles de Kiev. Le dije que ya habíamos visto muchas víctimas de la radiación en el hospital, que para morir no hacía falta acercarse a Chernobyl. Solo tenía envidia de mi Sputnik.

«A la mierda tu Sputnik. Eres idiota».

«Y tú un cobarde».

El Sputnik, replicó, no fue el primer satélite que lanzaron al espacio. Fue el primero que salió bien. Gagarin no fue el primer cosmonauta en órbita. Fue el primero que regresó vivo. A saber cuántos murieron apenas despegó el cohete, ahogados en la cabina, pulverizados contra la atmósfera, estrellados en algún lugar de Siberia. Cuántas perritas Laika, *cuántas pruebas fallidas. Tesis: el cohete. Antítesis: la gravedad. Síntesis: el suelo. La historia se escribe con el nombre de los pioneros pero a saber cuántos tachones y meteduras de pata se esconden entre los renglones dorados y los pies de las estatuas.*

«Puedes bajarte cuando quieras» dije.

Pero no se bajó, quizá por la vergüenza de qué pensarían de él los otros chavales. Todos iban callados, estudiando sus mapas y sus listas de objetivos, como si fueran a presentarse a un examen. Sergei se quedó a mi lado, dando bandazos entre los cachivaches que se amontonaban en la furgoneta. Viajamos todo el día y buena parte de la noche, evitando la carretera principal, metiéndonos por desvíos y caminos embarrados para sortear los controles del ejército. Un par de veces estuvimos a punto de quedarnos atascados en el fango. Cuando por fin había logrado acostumbrarme al traqueteo y me eché a dormir un rato, el brusco frenazo del vehículo me despertó. Sonaron unos pasos y luego el chirrido de la portezuela al abrirse.

«Fuera» dijo una voz.

La voz brotaba de la rejilla de un robot casero, una especie de traje de apicultor. Ni siquiera se le veía la cara. Los niños bajamos y el apicultor nos fue entregando a cada uno una mochila, un par de guantes de cuero y un uniforme pesado, reforzado con placas de metal. Era de noche, hacía mucho frío.

«Pripyat está al otro lado».

Nos señalaba una masa de árboles cuyas ramas parecían llamas fosforescentes. «Eso es el bosque rojo. No toquéis ni una rama». Añadió que más de un crío había muerto sólo por querer alcanzar uno de aquellos frutos ardientes.

«Sobre todo, no estéis mucho tiempo dentro de las casas» advirtió. «Allí es donde se acumula la radiactividad».

Mientras nos vestíamos para el trabajo, la voz de robot emitía órdenes secas y cortantes. Cómo teníamos que comportarnos en el caso de tropezarnos con alguien en la zona. Cómo debíamos regresar apenas viéramos los primeros rayos de sol. «Igual que los vampiros» murmuró un crío. A las siete de la mañana, arrancaría la furgoneta y pobre de aquel que no estuviera a bordo.

«Suerte, chavales» dijo cuando ya nos marchábamos. «Que Dios os bendiga».

Pasamos por debajo de las ramas que brillaban como regalos de Navidad, salpicadas de luciérnagas de color rojo sangre.

«El mundo es algo difícil de entender» decía Boris.

12

ERA JUEVES Y, COMO TODOS LOS JUEVES EN QUE NO TENÍA guardia ni nada mejor que hacer, Rodríguez acudió a La Caverna, un antro de Lavapiés que dedicaba aquella noche de la semana a acoger a toda clase de aficionados a la poesía y perdularios del verso. Aquel letrero de neón platónico estaba muy bien puesto: tras unas cortinas de sarga gris, rígidas por la suciedad inmemorial, se pasaba a un vestíbulo decorado con pasquines anarquistas, fotografías abstrusas y lienzos pegoteados. Todo ello presuntamente artístico, aunque la penumbra del local siempre mejoraba las perspectivas. Unas tenebrosas escaleras de caracol espesaban la penumbra hacia la oscuridad total de un sótano que se alargaba en una barra atestada de vasos y botellas. Al fondo desembocaba un estrado mínimo, agobiante, casi un cadalso de dos escalones, coronado por un atril y un micrófono, donde los poetas subían por turnos a recitar sus mandangas.

El público, formado casi exclusivamente por gente del gremio, no solía callarse durante el recital. Los versos tenían que abrirse paso a través de los silbidos y crujidos del micro, patinando sobre el auditorio hasta estrellarse al fin contra una barahúnda de conversaciones, risas, carcajadas, toses, pedorretas y pedidos de cerveza. Si tenía oportunidad, Rodríguez solía colocarse tras el parapeto de una columna, donde los rebotes caprichosos de la acústica permitían que llegasen hasta sus oídos algunas estrofas aisladas. Cada jueves aguantaba a docenas y docenas de trovadores aficionados, picapedreros del verso que creían que la belleza consistía en acumular palabras, cuanto más raras y esdrújulas mejor, y a ensartarlas una tras otra. Desperdició muchos papeles antes de darse cuenta de que el versículo y el verso libre no estaban hechos para él.

El soneto le resultó un buen campo de entrenamiento, aquel rígido fósil de dos cuartetos y dos tercetos que se mantenía incólume en el recetario de los poetas reptando de poemario en poemario desde la Edad Media. Le habría gustado aprisionar en catorce versos el terrible calvario de su divorcio, pero después de muchos intentos y más de una docena de borradores arrojados a la papelera, comprendió que no había hecho más que esbozar perogrulladas. Pues claro que sufría, no iba a sufrir. Lo difícil era conseguir con una simple combinación de palabras la sensación de un corazón destrozado. Al igual que los parroquianos habituales de los jueves en La Caverna, sus poemas daban risa cuando intentaban dar pena y viceversa. De manera que decidió irse entrenando con motivos más cotidianos, más tangibles que la niebla que habitaba su pecho: la descripción del humo de un cigarrillo, la soledad de la comisaría de noche, el brillo de la luz en los tejados. Un día, casi de golpe aparecieron sobre el papel tres versos:

> el sol cambia de traje los domingos
> en la celda un preso duerme inquieto
> igual que un diente bailando en la boca

Poco a poco fue perfeccionando su instrumento, del mismo modo que un músico duro de oído va mejorando a fuerza de ensayos. A veces se encontraba tan satisfecho de uno de sus sonetos que subía al atril a leerlo, no porque creyera que fuese a merecer otra respuesta que un coro de murmullos y unos cuantos aplausos tibios, sino para deshacerse de él, para dejar de corregirlo y pulirlo. Una vez lo leía, bajaba del atril y rompía el papel en pedazos. No guardaba ninguna copia de ellos porque sabía que no eran más que aproximaciones, pruebas, tentativas. Desde aquellos primeros y torpes intentos, jamás había dejado que el dolor de la pérdida asomara entre los barrotes del soneto. Se había quedado ahí dentro, agazapado, al acecho.

Creía que lo mejor para dejar atrás el sufrimiento era no convocarlo de ninguna manera, y mucho menos por escrito, que no recordarlo equivaldría a olvidarlo. Pero no era lo mismo, ni mucho menos. Años después del divorcio, no había compartido confidencias con ninguno de sus compañeros. Los despistados que se atrevían a preguntar se encontraban con un endecasílabo en aguda, muy poco elegante, que zanjaba la cuestión:

—Celia se ha ido y no va a volver.

Eso era todo. Su desgracia cabía perfectamente en once sílabas. No le apetecía corresponder, sentirse en deuda con amigos o colegas, ir paseando por ahí su sufrimiento como si a alguien le importara. La gente se guardaba sus enfermedades en la intimidad, nadie iba por ahí enseñando sus radiografías y sus informes médicos, no a menos que fuese un exhibicionista, un miserable mendigando compasión. ¿Por qué algunos pensaban que su corazón hecho pedazos era interesante mientras se avergonzaban de sus almorranas? ¿Por qué no tenían con sus almas el mismo pudor que con sus cuerpos? Eso era lo que le fastidiaba de muchas lecturas de La Caverna, cuando esos vates aficionados desnudaban su interior para sacar a la luz todas sus miserias. Entonces pensaba en la poca vergüenza que cabía en un renqueante verso libre y en cuánto se parecían, fonética y conceptualmente, las palabras «vate» y «váter». No soportaba los poemas que hablaban de fracasos amorosos, de mujeres abandonadas, de suicidios infinitamente demorados; esos versos mendicantes en que el dolor pretendía disfrazarse de poesía. Sólo había un motivo para ofrecer al mundo un dolor destilado en palabras como si fuese un motivo de orgullo, una ostentosa cicatriz, y era transformarlo en una obra de arte.

Pero en La Caverna el arte casi siempre estaba de vacaciones. Cuando Rodríguez llegó aquella noche, en el cadalso había un melenudo alto, de ropajes negros y claveteados de tachuelas, declamando versos pretendidamente satánicos donde Rodríguez, que no era especialmente culto, detectó plagios de Panero y de Espronceda, más un pasaje de sexo submarino que salía calcado de Lautréamont. Mientras se quitaba los pelos de la cara, el tipo declaró solemnemente que había vendido su alma al diablo, pero estaba claro que el diablo ni se lo habían presentado. Inmediatamente después subió a leer su novia, una chica maquillada al estilo cadáver, con tez de tarta y colorete de melocotón, rematada por una melena en punta que hacía pensar en una estrella de mar electrocutada. Sus versos, en cambio, no hacían pensar en nada y la escandalosa parroquia los acogió con un desinterés unánime y estoico.

Mientras la estrella de mar seguía declamando, Rodríguez se acercó a la barra. En el extremo del fondo, arrinconado por docenas de alevines líricos, descubrió a un anciano con cara de camaleón y gafas de culo de vaso que llevaba años asistiendo a las veladas de los jueves con el mismo pitillo colgado de la boca y el mismo vaso de cerveza pegado a las manos, un viejo de movimientos tan lentos y dilatados que casi nunca acertaba a verle pegar una calada al pitillo o un trago a la cerveza. Parecía escuchar atentamente pero nadie podía decir que no estuviera durmiendo tras los círculos concéntricos de las dioptrías. Lo llamaban el Poeta de Terracota, era hijo de una difunta gloria de las letras y había desperdiciado su vida en un vano y patético intento de remedar la carrera paterna. Aunque compartía con su famoso padre la resonancia mitológica del apellido y el gusto por las borracheras, hacía muchos años que su carrera literaria embarrancó en aquel taburete tabernario, rodeado por las olas tibias del alcoholismo y las palmadas condescendientes de quienes lograban publicar un volumen pagado de su propio bolsillo e iban a pedirle un prólogo a cambio de unas cuantas copas. Rodríguez, que había ojeado alguno de aquellos textos, descubrió que solían consistir en el mismo prólogo convenientemente rebozado para la ocasión, un espeso ditirambo donde solo cambiaban los nombres propios y el alicatado de ciertos adjetivos. Sospechaba que el Poeta de Terracota permanecía allí, sentado en su eterno taburete, en aquella caverna platónica plagada de sombras, como escarnio y escarmiento de las futuras generaciones de bardos insensatos, para que todos los malos poetas reconocieran a tiempo los estragos de persistir en una vocación equivocada.

Logró llamar la atención de la camarera y pidió una cerveza. La estrella de mar terminó de leer entre la abulia general y la reemplazó en el estrado un joven calvo y corpulento que recitó una especie de rap con rimas fuera de sitio y acentos dislocados. Subió a leer un tipo muy flaco y muy rubio, con cara de junco y cuerpo de junco, que recitó algo sobre juncos mientras se apartaba un flequillo de pelos transparentes de la cara. Subió a leer una mujer lúbrica y sudorosa, que recitó un poema descaradamente pornográfico mientras pasaba revista a la concurrencia en busca de más amantes potenciales. Subió a leer una especie de neandertal inca con poncho y gafas que se enfrascó en un romance asonantado lleno de agravios históricos, indios masacrados, burlas de Pizarro, reivindicaciones marxistas y plagios de Neruda. Subió a leer una muchacha preciosa, toda coletas y dientes y piernas interminables enfundadas en unos ajustados leotardos a bandas naranjas y azules, que recitó algo a lo que nadie hizo ni caso porque estaban muy ocupados escudriñando el límite de la minifalda. Al final todos, salvo la mujer sudorosa, aplaudieron. Rodríguez aprovechó el entusiasmo general para pedir otra cerveza.

Varios poetas y cervezas después pensó que se encontraba lo bastante borracho como para subir al cadalso pero antes esperó que Alipio, un viejo exiliado cubano, concluyera su enésima nostalgia de La Habana. Siempre era un problema leer después de Alipio, uno de los pocos habituales de La Caverna cuyos manuscritos servían para algo más que para envolver boquerones. Pero no se arredró, trepó al atril después de una moribunda salva de aplausos de trámite y agitó la hoja para desembarazarse de los últimos restos de cielo azul y sol caribeño que todavía flotaban junto al micro. Dobló cuidadosamente la hoja, para que nadie pudiese advertir el membrete oficial con el sello de la comisaría, y carraspeó en medio del bullicio que atronaba el antro. Tras el mesiánico resplandor del foco solo se vislumbraba un melonar descuidado, un campo sembrado de oídos sordos.

—Neptuno desnarigado —anunció, sin que le importara mucho si alguien oía o no—. Soneto:

El sol rinde su frente ante Neptuno
y el rubio Hermes, roto por la llama
de la rosa, ante el turbio panorama
llora en Madrid su siglo veintiuno.

Si en tu nariz tan torpe desayuno
deja ya una secuela de epigrama
mi lengua de soldado se derrama
y llora por tu rostro ajeno y bruno.

No ha de quedar así tanta bajeza.
La venganza me agita, aunque es un plato
que ha de tomarse frío y con cerveza,

y aunque hoy, sagrado dios, parezcas chato,
pronto deslumbrarán por tu cabeza
la gloria del barniz y el feldespato.

Bajó de la tarima y se encontró con una mano que le palmeaba el hombro. Era Alipio, con su cabellera blanca, que le sonreía mientras esgrimía el puño izquierdo cerrado con el pulgar en alto. Acto seguido, la muchacha de las coletas se adelantó entre la caterva subida a sus piernas interminables y le plantó dos sonoros besos en las mejillas. La mujer lúbrica le felicitó efusivamente, pasándole bajo el sudoroso apretón de manos un papel con su número de teléfono. Desde la barra, el plagiador satánico y su chica con cresta de gallo achicharrado también le hicieron señas de triunfo. Rodríguez se sentía mareado y borracho. El neandertal inca rebuscó entre su poncho hasta dar con una revista de poesía, impresa a dos colores y grapada a mano, en la cual —le dijo— estarían encantados de publicar su soneto. Fue hasta la barra, a pedir otra cerveza, entorpecido por el aguacero de felicitaciones. En su espalda, siguiendo el ejemplo de Alipio, se iban estampando los parabienes de varias manos anónimas, los matasellos de su pasaporte lírico. Hasta el poeta rubio y flaco de los juncos, que siempre bebía solo y nunca decía nada, lo miraba fijamente. Algo parecido a una sonrisa florecía en su boca mientras se agitaba suavemente de un lado a otro, en plan junco de río movido por la brisa.

Era la primera vez que aplaudían uno de sus poemas, después de tantos años. Rodríguez bebió un trago de la botella y en aquel sabor helado, amargo y familiar, percibió algo, un matiz que no sabía precisar: las burbujas de la victoria, la acidez del vértigo. Hacía mucho que enterró a sus padres, nunca tuvo hijos, perdió el amor y jamás intentó reemplazarlo, casi no hablaba con su hermano, no tenía más amigos que algunos compañeros de placa. Pero esta gente, esta banda de fracasados cuyos esfuerzos daban más pena que otra cosa y a los que regresaba una y otra vez cada jueves, eran su única tribu. En La Caverna iban a compartir su soledad, sus sueños de gloria métrica, el culto de una religión lírica, encadenados en las sombras. Al fin pertenecía al clan, lo habían admitido entre ellos. Nadie allí sabía nada de su vida, su trabajo, su placa de policía. Rodríguez flaqueó, mareado, le faltaba el aire. Dejó la cerveza sobre la barra, agradeció mecánicamente un par de piropos y se apartó en busca de los servicios.

Cerró la puerta a sus espaldas. El lavabo estaba sucio de generaciones y la taza del váter tenía la bocaza abierta: un poeta desdentado frente al micro. Vate, váter. Letra, letrina. La puerta de madera estaba atravesada de arriba abajo con lemas idiotas, mensajes pornográficos, números de teléfono, proclamas políticas.

juaNín, giLipoLLas

1 min. 23 seg. si cagas en menos tiempo, anótalo
1' 3"
0' 44"

656 322 188 009 TE LA DEJO SECA

Y son los planetas
nuestros corazones
Y yo te toco a ti las tetas
y tú a mi los cojones

ursula es FEA

Si quieres follar con un tío alto, guapo, musculoso, yo también

ETA por favor mata al Chancro

que es muy FEA, coño

0' 22" ¡¡¡¡CANPEÓN!!!

Rodríguez leyó despacio, de arriba abajo, buscando un sentido oculto en las secuencias numéricas, los errores ortográficos, la sucesión de tintas, rotuladores y garabatos: una criptografía que lo ayudara a fijar el vértigo. Eran catorce líneas, catorce versos, un soneto. Se agarró con fuerza al lavabo y se inclinó sobre el lavabo.

Vomitó.

13

En pijama, tumbado entre carátulas y reseñas de videos pornográficos, en un raído sofá de tela marrón que alguna vez había sido rojo, Matas meditaba y se limpiaba de vez en cuando la nariz. No era tal vez el mejor momento para meditar, rodeado de imágenes de tías en pelota, con la fiebre trepando por sus sienes y Domingo paseándose arriba y abajo en su silla de ruedas, interrogándole acerca del desastre. Una pelirroja espectacular, de cabellera llameante y labios inflamados, lo miraba directamente desde la pantalla del televisor. En la portada del video, el título, impreso en blancas y chorreantes letras en un idioma desconocido para él, goteaba sobre los pechos de la mujer y podía decir cualquier cosa. Domingo atisbó la dirección de su mirada y decidió ilustrarle:

—Porno húngaro. Las tías están como trenes pero no saben follar. Aquí en Europa no sabemos follar desde la Edad Media por lo menos.

—Vaya —exclamó Matas, cansado, pasándose una mano por la frente—. Y dónde se folla bien ahora, según tú.

—En la India, en Tailandia, en el Extremo Oriente. Allí no tienen complejos de culpa ni les alcanzaron esas tonterías del romanticismo y el amor cortés. Mira los retablos de un templo indio y compara. Petrarca, Dante, menudos pazguatos.

—Quizá necesiten un crítico que les diga cómo mejorar.

—Sí, claro, a la gente que inventó el Kamasutra. Están demasiado ocupados follando como para hacer películas porno. Y mucho menos para verlas. Salvo los japoneses, claro. Esos sí que son guarros, los tíos.

—¿No hacen porno?

—Para consumo propio solo los japoneses. Los demás lo exportan.

Domingo se giró hacia la pantalla y observó atentamente cómo los tres húngaros estajanovistas sobaban y perforaban a la pelirroja en diversas posiciones y ángulos con la terca precisión de una cadena de montaje.

—Nada, nada —comentó escéptico, anotando en su cuaderno dos o tres frases de una futura reseña—. Culpa y viagra. El polvo de las muertas vivientes.

Domingo accionó el mando a distancia y detuvo el video en el instante en que la mujer, de rodillas en el suelo, agarraba con entusiasmo los dos miembros erectos que había junto a su cara como si empuñase el manillar de una Harley. Echado junto al sofá, *Dunkerque* emergió momentáneamente de la siesta perpetua en que consistía su vida y levantó su cabezota en dirección a la tele. Dio un bostezo abisal, formando un eclipse de perro y largando dos lágrimas como dos anclas. Luego se hundió otra vez en su sepulcro. Tampoco le convencía el porno húngaro.

—Lo que no acabo de entender es cómo ese condón usado pudo acabar en tu bolsillo.

—Bueno, técnicamente no estaba usado, ya sabes.

—Eso explícaselo a tu mujer.

—No tuve tiempo. Cuando quise darme cuenta, ya estaba en la calle.

Domingo encendió un cigarrillo y Matas tosió discretamente. No podía decirle que el humo agravaba su gripe, taponándole más aún la garganta y arañándole los pulmones. Al fin y al cabo, era el único de sus amigos que se había ofrecido a darle cobijo sin pensarlo dos veces. A pesar de que sólo poseía aquella conejera indecente, no había vacilado en desparramar por el suelo de la cocina sus pilas de incunables del *bondage* (años cuarenta y cincuenta) para proporcionarle un cuartucho sin ventanas ni ventilación, solo poco mayor que un armario, donde a duras penas cabían un camastro y unos cuantos libros. Incluso había aceptado sin poner ni una pega el exilio incorporado de aquel *bull-dog* perezoso que apenas hacía otra cosa más que dormir y tirarse pedos escalofriantes. Matas se lo llevó con él después de que su mujer insinuara que el pobre animal sufría mucho y que le convenía una inyección. Negoció un extra con el taxista que aceptó llevarlo en el maletero, encima de las maletas cargadas de libros y ropa.

—Fue un error desertar de tu casa así, con lo puesto. Abandono de hogar, se llama.

—Y qué podía hacer.

—Llamar a un abogado. Vas a necesitar uno muy pronto o tu mujer te va a dejar en pañales.

Pero Matas ya estaba en pañales. La gripe le había despojado de su escaso espíritu combativo y no pudo ni supo defenderse de las acusaciones de adulterio premeditado con el agravante de traer pruebas a casa. El condón se había paseado desde las manos de su fallida amante hasta las de su mujer, pasando por las de Parrado. Un simple pedazo de plástico le había arrebatado todo: su virilidad, su dignidad, su trabajo, su matrimonio, su familia y su hogar. Para que luego hablasen del sexo seguro. Por algo Domingo odiaba que los actores porno usaran condones.

—Abogados —dijo Matas, tosiendo—. No conozco ningún abogado.

—Pues vas a necesitar uno, y rápido. Y un médico para que te mire esa tos.

Por una vez en su vida, Matas remoloneaba a la hora de acudir a la consulta. No le preocupaba tanto la tos como la indiferencia de su entrepierna, que no se había movido de su estado letárgico y su consistencia de puré de patatas ni una sola vez desde su gatillazo con Julia. No había dado señales de vida ni siquiera delante de aquellas diosas del porno con sus exhibiciones acrobáticas, obscenas y completamente explícitas. Domingo empuñó el mando a distancia y aceleró la película, dejando a la pelirroja expuesta a una especie de ametralladora genital. Después paró la acción de golpe y rebobinó: polla adelante, polla atrás. El mando le proporcionaba el espejismo de una fornicación por poderes y a Matas se le ocurrió que quizá a él también le había llegado la hora de irse comprando un vídeo y hacerse crítico porno, ayudar a su amigo en la dura tarea de desenmascarar orgasmos fingidos y eyaculaciones con leche condensada. Hay un momento —pensó—, pasados los cuarenta, en que un hombre empieza a perderlo todo. Es la muerte que viene a cobrar los recibos, que mordisquea primero la coronilla, luego los dientes, luego el sexo, aunque las desapariciones no tengan que seguir forzosamente ese orden. La muerte no era una gran dama altiva como pensaba Henry James, sino un simple chorizo, un trilero que iba escamoteando pelos, piezas dentales, sueños, erecciones. Tal vez no iba tan desencaminado aquel manuscrito que había despreciado, a lo mejor era verdad que un hombre empieza a morir por la polla.

Al día siguiente, a pesar de que apenas podía moverse de la cama, Matas decidió ir al médico. En la clínica privada, se encontró con la desagradable sorpresa de que su médico de toda la vida, el doctor Elías, se había jubilado. En su lugar había un joven fornido, con perilla y pendiente en la oreja que le auscultó concienzudamente y le pidió que se quitase la camisa. Doctor L. LUCIO, decía la placa en su bata. La mariposa helada del estetoscopio se posó sobre su espalda en un absurdo recuerdo de infancia. El doctor Lucio ya debía de estar al tanto de quién era él, un hipocondriaco profesional que a lo largo de su vida había acumulado docenas de pruebas, exploraciones y radiografías en la búsqueda de las dolencias más exóticas y variadas. Matas aguantó la respiración, jadeó y tosió obedientemente, mientras el médico se demoraba en el diagnóstico de un resfriado.

—¿Ha notado algún otro síntoma aparte del cansancio, la tos y la fiebre?

¿Es que le parecían pocos? Lucio abandonó su espalda, se quitó el estetoscopio y se dedicó a masajearle el cuello en busca de nódulos y protuberancias. Escéptico, Matas le dejó hacer: ya se había palpado él a fondo y sabía que no encontraría nada. Después le abrió los párpados y sacó una linternita de su bata para explorarle las pupilas.

—Ya que pregunta. Desde hace unos días no se me levanta.

—¿El párpado?

—No exactamente.

A aquella distancia, Matas podía observar perfectamente cada pelo de su perilla y una verruga muy fea que le crecía justo bajo el nacimiento de la oreja, quizá para hacer juego con el pendiente que se mecía en la otra. El médico no le rio la gracia, apagó la linternita y se sentó otra vez en su sillón. Garrapateó algo en un informe y luego le prescribió una radiografía de tórax y unos análisis de rutina.

—El doctor Elías me hizo dos, de sangre y de orina, hace un par de meses.

—¿Y había algo?

—Nada.

—Mejor para usted.

Aquel fantoche con bata le estaba vacilando, pero Matas no se rendía tan fácilmente. No en una consulta privada que le costaba casi cien euros mensuales.

—Habrá alguna prueba más que me puedan hacer.

—Pruebas hay a montones —dijo el doctor Lucio, sonriente tras su perilla—. Pero no voy a mandarle una prueba sólo porque sí. Le recetaré viagra.

Matas salió de la consulta de mal humor, estrujando la receta. Echaba de menos al bueno del doctor Elías mofándose de sus achaques imaginarios. Siempre que acudía a la consulta con alguno de sus ridículos síntomas (pulsaciones cronometradas, sudores nocturnos pacientemente destilados, lunares que incubaban tumores malignos), le apartaba los miedos de un manotazo y Matas salía de la consulta resucitado, con otro resplandeciente plazo de vida por delante. En realidad, el viejo galeno venía a decirle lo mismo que sus amigos, su mujer o sus hijos, pero ellos carecían de título oficial y de estetoscopio. Lo más curioso de todo es que a veces, después de las pruebas y los análisis infructuosos, se sentía secretamente decepcionado, como si en el fondo no viviera más que para buscar la enfermedad que pudiera matarlo. Llegaba a irritarlo la suficiencia con que Elías, médico personal, consejero ocasional y amigo a fuerza de pescozones y escarnios, desaprobaba sus esfuerzos por entrar en la cofradía de los moribundos. Por debajo del alivio infinito, de la felicidad impalpable de la salud recobrada, latía la frustración del artista en busca de su obra maestra.

Después de todo, Matas sabía bastante de frustraciones. Su trabajo, hasta aquel día aciago de su despido, consistía en fomentarlas, regarlas, alentarlas. Uno de sus cometidos esenciales como editor jefe era el de rechazar manuscritos, tercos mamotretos fotocopiados que brotaban en su mesa cada mañana como malas hierbas ordenadas y numeradas, con el informe de lectura correspondiente. Ya habían pasado las primeras cribas, la de los concienzudos lectores de la editorial y la de Julia, su editora de confianza, y era a él a quien le correspondía razonar los motivos por los cuales no serían publicados. En realidad, había una carta tipo que la editorial ya tenía preparada para todos aquellos ilusos aprendices de escritor, una esquela lo suficientemente aséptica y generalizadora como para que bastara rellenar la línea de puntos con el nombre del autor y el título del manuscrito. Pero le parecía que algunos de aquellos partos concienzudamente mecanografiados merecían al menos una disculpa de su puño y letra, un garabato firmado, una receta de farmacopea editorial. También él era una muerte sobre dos pies a la búsqueda de un editor que hiciese pública su defunción. También él, a veces, pasaba la prueba de la radiografía sólo para que Elías, examinándola al trasluz, le negara de nuevo su derecho a una enfermedad mortal y a una edición en ataúd de lujo.

14

EN EL PRINCIPIO ERA EL VERBO. EN ALGUNA PARTE DE LA Biblia estaba escrito eso. Dijo Dios: «Hágase la luz». Y la luz se hizo. La palabra era el motor de la creación, su combustible, su llave de contacto. Dios echó a andar el universo entero con un par de frases, sacándoselo de la manga de la nada igual que un mago saca un conejo de un sombrero.

A Zubiri le intrigaba la maquinaria secreta de la ficción. Hágase la luz y la luz se hizo. Aparentemente, no eran más que garabatos sobre un papel y, sin embargo, podían cambiar el mundo. La gente solía despreciar la literatura o considerarla una diversión inútil. En el colegio, una profesora a punto de jubilarse les advirtió del poder sobrehumano de la palabra escrita. Por ejemplo, la Declaración de los Derechos Humanos no existía antes de que unos fulanos la pusieran por escrito sobre un papel. Antes era solo un sueño pero luego, tras su publicación, se convirtió en la piedra angular de la civilización occidental.

—Cuando os pregunten para qué sirve la literatura, podéis responderles con eso —decía la anciana—. La política, el derecho, la economía, la religión, la filosofía, no son más que ficción. Más todavía: son ciencia-ficción.

Por desgracia, ese poder no siempre era beneficioso. En menos de una década —les contaba, encabalgándose las gafas a la nariz—, un visionario llamado Adolf Hitler había alterado para siempre el rumbo de la Historia, masacrado a millones de seres humanos y desencadenado la mayor catástrofe de todos los tiempos. Sin embargo, todo ese horror ya estaba cifrado en un librito que Hitler escribiera en la cárcel, después de su fallido golpe de estado. *Mein Kampf* era, en cierto modo, la antimateria del conjuro inicial del Génesis, una bárbara blasfemia de destrucción escrita con la fuerza de convicción de un tratado religioso.

A Leo le preocupaba que sus propias ficciones también pudieran llevar en su interior las semillas del caos. Un día escuchó a una vecina lamentarse por la bomba que había decapitado la Cibeles y un escalofrío le traspasó de arriba abajo. Acababa de empezar una novela en la que un grupo nacionalista chulapo orquestaba una campaña de terror colocando sendas bombas en la Cibeles y la fuente de Neptuno. En un comunicado leído con música de chotis, reivindicaban los atentados y explicaban que ya estaban hartos de ver su amada ciudad invadida de símbolos foráneos, estatuas rebozadas de mitología extranjera y dudoso gusto. Abogaban por un Madrid independiente regido por un comité bolchevique que pronto iba a poner en práctica una política de ingeniería étnica semejante a la que centrifugó la Unión Soviética en los años duros del estalinismo. «Para decirlo en castizo» concluía el comunicado: «Cada mochuelo a su olivo».

En el video que recibía la policía se veía a un grupo de enmascarados vestidos con los trajes típicos de San Isidro: los hombres con gorras de cuadros y las mujeres con pañuelos en la cabeza. Ellas con vestidos ceñidos y mantones de manila, ellos con chalecos negros, chaquetas entalladas y las manos en los bolsillos. Tal y como era tradición en las reivindicaciones de atentados terroristas, a ninguno se le veía el rostro, cubierto por una careta. Sin embargo había un problema: su tendencia natural hacia lo grotesco, con esa curiosa mezcla entre el carnaval y San Isidro, estaba a punto de tirar por tierra la novela antes de que echara a volar siquiera. En *Franconstein* el humor empujaba la silla de ruedas del Caudillo, prestando a la farsa un tono aún más terrorífico, pero en *Es el chulo que castiga*, el elemento paródico chirriaba demasiado, amenazando con devorarlo todo. En un principio Leo fantaseó con la idea de escribir la historia en clave de libreto de zarzuela, con rimas irreverentes y diálogos anacrónicos, pero en seguida comprendió que si seguía forzando el lado cómico del asunto, los terroristas ya no darían miedo en absoluto. Quería ahondar en la posibilidad de una broma que se escapaba de las manos, un grupo de chavales aburridos, repletos de ideales trasnochados y rencores homicidas que se reúnen en busca de un pasado glorioso, una identidad común. Empiezan casi en broma, hurgando en la nostalgia de un Madrid decimonónico que nunca existió salvo en los teatros, y acaban por tomarse demasiado en serio. Con sus siglas de broma y su deje de chulería, el PICHY (Partido Independentista Chulapo ¿Y?) no era más que una caricatura castiza de todas aquellas bandas revolucionarias de izquierda que pretendían arreglar el mundo: el GRAPO, las Brigadas Rojas, la Baader Meinhoff, la ETA. No eran tan solo simples hordas de mafiosos y asesinos, su lucha no podía entenderse sin ese toque mesiánico que resonaba con la misma cadencia incendiaria de los discursos de Lenin en vísperas de la revolución o los ladridos de Hitler en Nüremberg. Ambos sonaban como profetas bíblicos anunciando el Apocalipsis, prometiendo horrores y bellezas sin fin, dando el tono al diapasón del siglo XX. La vieja profesora tenía razón: la política y la religión pertenecían al mismo género literario. El poder de la palabra era impredecible. Subyugados por sus cantos de sirena, millones de insensatos cayeron como moscas bajo un hechizo que brillaba con la luz de la verdad al final de un túnel de siglos: el paraíso de los trabajadores, el Reich de los mil años.

Leo no conseguía visualizar a sus personajes más que enfundados en su vestuario de zarzuela. Sin embargo, si acentuaba más el tono cómico, sus terroristas dejarían de dar miedo. No le servía de nada consolarse con la idea de que, en los primeros años, Hitler y su bigotito ridículo parecían sacados de un vodevil de cine mudo, o de que el vociferante Lenin, subido al púlpito, tenía toda la pinta de un vendedor de crecepelo. El atrezo iba empujando la trama hacia los arrabales de una opereta con pólvora mojada, pero Leo no tenía mucho más, aparte de los trajes de chulapo. Si los arrancaba de un plumazo, sus chulapos se convertirían en unos delincuentes del montón y la novela se le caería al suelo como un espantapájaros.

Ante la imposibilidad de traspasar la niebla que los envolvía, se le ocurrió darles a sus personajes una careta de carnaval, un arrugado trozo de caucho con rendijas para ojos y boca. El detalle inquietante era que todos llevaban ahora la misma máscara, rematada arriba por una calva y abajo por una perilla. La máscara respiraba un aire familiar hasta que Leo comprendió que se trataba de una caricatura de Lenin, tal vez un recuerdo inconsciente de las clases de la vieja profesora o una reminiscencia de su primera novela, en la que una alpinista clavaba en el pico más alto de la Unión Soviética la piqueta con que desnucaron a Trotsky.

Apenas se probó la careta, uno de los personajes se adelantó y le habló no con el respetuoso temor con que se enfrenta uno a su creador sino con la familiaridad con que se manda a un empleado:

—Chaval, a ver si espabilas.

Aparte del descaro, Leo también detectó el irremediable tono de chulería de un diálogo de zarzuela. Era divertido pero también amenazador, cómico al tiempo que sombrío. Se apresuró a escribirlo antes de que se le fuera de las manos.

—¿Qué escribes ahí, guapito? ¿Una carta?

—Estoy tomando notas.

—¿Notas? ¿Para qué?

—Para una novela —dijo sin levantar la cabeza del papel, escribiendo el diálogo a medida que sucedía—. *Es el chulo que castiga.*

El súcubo castizo de Lenin se caló la gorra hasta el nacimiento de las cejas de plástico, se metió las manos en los bolsillos y avanzó con la briosa cadencia de un chotis.

—El chulo que castiga es mi menda —dijo, arrebatándole el cuaderno de las manos—. Y tú no escribes nada antes de que lo apruebe el comité, a ver si te enteras.

—Oiga, un momento —protestó Leo.

—Que te calles, listillo, que todavía cobras.

Pasándose el pulgar por la lengua que asomaba entre los labios de goma, aquel Lenin castizo iba hojeando las notas. Movía la cabeza en señal de desacuerdo mientras chascaba con la lengua en tres por cuatro, canturreando un aire de organillo.

—Aquí sobran chistes —dijo al fin, arrojándole el cuaderno a la cara. Leo lo recogió como si fuera una paloma herida—. Y faltan bombas de verdad. Faltan muertos.

—Mire, se trata de una novela cómica.

—Cómica la madre que te parió. ¿Te crees que llevamos esto para hacer chistes?

Leo iba a responder cuando otro de los chulapos del grupo se adelantó e intentó calmar a su compañero con un toquecito en el brazo.

—No hay nada malo en la risa, camarada. Lo de la Cibeles fue divertido. Y lo de Neptuno también. Nos reímos mucho.

—Pero la gente no ha aprendido la lección —refunfuñó su compañero.

—Quizá no nos toman en serio —el recién llegado se giró hacia Leo—. Y sólo hay una cosa que podamos hacer al respecto.

—¿Qué? —preguntó Leo.

—Aquí el camarada tiene razón. Faltan muertos.

—Naturaca.

Leo negó con la cabeza. No quería oír a otra vecina hablando de explosiones. No quería pasar ante un puesto de periódicos y cerrar los ojos para no encontrarse con los cadáveres de su escritura en las portadas. Antes quemaría la novela.

—Eso no es algo que esté en tu mano, chaval —dijo el chulapo alto—. Tú limítate a meter más sangre.

—Os repito que esto es una novela de humor.

—¿Humor? El humor es una cosa muy seria.

15

AL SALIR DE LOS SERVICIOS, RODRÍGUEZ SE TOPÓ DE FRENte con Luisito Sanabria, uno de los habituales de La Caverna. Iba, como siempre, intachable, es decir, chaqueta sucia, chaleco desabrochado, camisa con lamparones, pantalones arrugados. No había donde tachar más, como en cualquiera de sus poemas.

—Compañero —dijo Luisito, esbozando un abrazo falso y una sonrisa postiza.

—Luisito, cómo te va.

Rodríguez esquivó el abrazo como pudo. A Luisito daba grima tocarlo. La pelambre casposa y grasienta se asentaba sobre los escurridos hombros al estilo de volutas modernistas. Peleado con la moda, la métrica y la higiene, una barba rala y canosa le asomaba en archipiélagos por las chupadas mejillas. La pinta general de alma en pena coincidía con su escasa estatura y con el aire de daguerrotipo manchado por el tiempo. Luisito admiraba tanto a Baudelaire que había pasado a convertirse en su fantasma con siglo y medio de retraso, una fotografía velada donde a lo largo de los años no habían dejado de posarse dedos, vasos, ceniceros. Ciertamente, olía igual que si lo hubieran sacado de la tumba y, las uñas, rematadas en púas de guitarra, certificaban la leyenda de que ciertos órganos siguen creciendo después de la muerte. Rodríguez encendió un cigarrillo para apartar el mal olor.

—¿Me das uno?

—No.

—Hombre, hombre, los compañeros poetas tenemos que ayudarnos.

—Ya.

—Me han dicho, me han dicho que leíste un poema cojonudo. Cojonudo.

Luisito, aparte de otras muchas manías, tenía la obsesión del énfasis.

—Era un soneto.

—¿Me lo dejas leer?

—No.

—¿Me das un cigarrillo?

Suspirando, Rodríguez ofreció el paquete. Luisito solía ganar sus combates por cansancio: nunca se desanimaba. Si lo hiciese, no fumaría. Con sus largas uñas de guitarrista en paro extrajo dos, por supuesto, guiñando un ojo para atenuar el expolio. Se llevó un pitillo a la boca al tiempo que un apelmazado mechón de pelo se le descolgaba sobre el ojo guiñado en un gesto baudeleriano.

—¿Me das fuego?

—No tientes a la suerte, Luisito.

Dio media vuelta y se alejó por la barra, abrazando a derecha e izquierda en busca de más incautos. Se arrimó al Poeta de Terracota y al cabo de cuatro o cinco súplicas consiguió que el anciano se moviera para sacar el mechero. Quizá también consiguiera sacarle una cerveza. Rodríguez suspiró. Le daban lástima aquellos tipos trasplantados desde el siglo XIX, desde una bohemia mal entendida y peor llevada que consistía en vivir de gorra y escribir haciendo eses.

—Patético, ¿verdad?

La rubia de las coletas largas y las piernas interminables se había acodado junto a él en la barra. Rodríguez se concentró en sus ojos color miel, intentando apartar la mirada del escote.

—Antes, siempre que me veía, intentaba ligar conmigo.

—No se lo reprocho.

—Ahora me odia. Dice que va a vetarme en todas las revistas de poesía. Pobre imbécil.

Rodríguez pidió otra cerveza. Apartó el vaso y dio un largo trago a morro. La chica era muy guapa, sí, pero también podría ser su hija, en el hipotético caso de que hubiera tenido hijos a los quince años.

—Me llamo Ana —dijo con una voz que se perdía entre los estertores del poeta de turno—. Nunca te había visto subir a recitar.

—No escribo mucho —repuso Rodríguez, y luego torpemente le estrechó la mano—. Rodríguez.

—¿No tienes nombre?

Era curioso que le preguntara eso. Desde los pupitres del colegio, donde los profesores pasaban lista por el apellido, siempre había sido Rodríguez. Los colegiales lo habían adoptado como si fuese un mote, una costumbre que siguieron los compañeros de la facultad, los amigos de la academia y después los colegas de la comisaría. Hasta su hermano, en las raras ocasiones en que hablaba con él por teléfono, lo llamaba por el apellido. Únicamente para Celia había sido un nombre.

—Juan.

Lo pronunció despacio, regurgitándolo desde alguna atascada tubería del pasado. Ana sonrió y le besó en la mejilla, un roce fugaz que se le quedó grabado a la piel como una quemadura.

—Me encantó tu soneto, Juan.

—Gracias.

—Pero ese bigote es un poco como tu apellido.

—¿Qué quieres decir?

—No deja ver lo que hay debajo.

Rodríguez sonrió despacio. Ana sacó una libreta, garrapateó algo y arrancó la hoja.

—Toma, mi teléfono. Veo que no te decides a pedírmelo —se colocó la mochila a la espalda—. Ahora tengo que irme al curro. ¿Me llamarás?

—Seguro —dijo Rodríguez.

En el grácil paréntesis que ella invirtió en girar y abrirse camino entre la muchedumbre, Rodríguez pensó varias cosas. Pensó si era bailarina. Pensó en afeitarse el bigote. Pensó en el par de piernas esculpidas en aquellos leotardos a bandas naranjas y azules. Pensó si debería haber escoltado aquel par de piernas hasta la puerta de La Caverna y, una vez en la calle, acompañarla al trabajo. Pensó cuántos años, cuántas décadas, cuántas generaciones cabrían entre aquellos leotardos y sus calcetines grises.

No pudo pensar mucho más porque Luisito Sanabria había trepado hasta el atril y se desgañitaba frente al micro, derramando verso a verso una de sus borracheras por estrofas. Era difícil pensar entre los rebuznos líricos de Luisito. Aunque no hacía ni puñetero caso mientras otros leían, gorroneando a lo largo y ancho de la barra, solicitaba una atención absoluta cuando le tocaba su turno. A guisa de reclamo, daba saltos, se apartaba las greñas grasientas de la cara, ejecutaba aspavientos teatrales con los brazos, todo ello sin dejar de escupir metáforas sobre la alcachofa, que devolvía los susurros en forma de oleaje. De repente Luisito interrumpió el recitado para rebuscar entre su chaqueta, al estilo de un mago chapucero, y sacar un mendrugo de pan. Empezó a despedazarlo junto al micrófono, dejando que el estrépito amplificado de las migas amenazara con derrumbar el local.

—¡Los poetas pasamos hambre! —gritó— ¡Baudelaire pasa hambre! ¡La poesía también es un cacho pan!

—En la esquina hay un kebab —dijo el camarero, mientras cortaba la corriente al micro—. Vete a la mierda, Luisito.

—¡Esto es una censura inaceptable, compañeros! —chilló Luisito, pero ahora su voz flacucha, despojada del abrigo de decibelios, apenas rozó las primeras filas—. ¡No podrán silenciar a Baudelaire!

—Baudelaire ya murió —sentenció el camarero—. De sífilis, no de hambre. Anda, cómprate un kebab.

En torno al atril se formó un pequeño tumulto en verso libre del que salían centrifugadas interjecciones y migas de pan. Heroicamente, Luisito intentó resistir antes de que un grupo uniformado lo bajara a la fuerza junto con su mugre. En el maremágnum de cabezas, Rodríguez distinguió unos cuantos pañuelos y mantones de Manila, chaquetas y gorras a cuadros, chalecos entallados y culos ceñidos. Todos los chulapos llevaban la misma máscara, una pegajosa careta de un tipo con bigote y perilla, calvo, con pinta de actor de cine mudo. Pensó que ya había pasado el carnaval y aún faltaba bastante para San Isidro. Uno de los chulapos, alto, con capa, las manos metidas en los bolsillos del pantalón y los pulgares ondeando airosamente, se acercó al micrófono y empezó a canturrear un inconfundible aire de zarzuela. Rodríguez reconoció la música de «una morena y una rubia», pero fue la letra la que le erizó el vello de la nuca:

> —Primero fueron las Cibeles,
> después el pobre Neptunín.
> To el que es de fuera que se entere,
> que España ya no es más Madrí.

Trató de acercarse hasta el atril pero se lo impidió una marea humana que celebraba la bufonada manteando a Luisito, el cual aprovechaba cada descenso para pedir tabaco a sus captores. Entre el tiovivo de rostros que lo cercaban, el chulapo alto localizó a Rodríguez, lo miró fijamente desde los agujeros de la máscara, sonrió y se llevó el dedo índice a la oreja, girándolo con irrefrenable chulería. El gesto de quien no entiende nada, quizá, o de marcar un teléfono. Una de las chulapas arrojó un fajo de folletos al aire y el grupo entero se dispersó entre la lenta nevada de papel. Rodríguez avanzó a trompicones pero para cuando pudo llegar todo el grupo había desaparecido a través de una puerta falsa al lado de los servicios. Ascendió unos peldaños de metal que desaguaban en una pared desconchada, salpicada de humedad, y de ahí a la calle. Sintió la bofetada fría del viento en el callejón y el ruido de una furgoneta al arrancar. Rodríguez corrió, dobló la esquina pero no pudo vislumbrar el número de la matrícula que se alejaba en la trasera de un Cuatro Latas.

—Mierda —jadeó, con las manos en las rodillas—. Debería hacer más ejercicio y menos sonetos.

Sentados en el poyete de la plaza, un grupo de negros observaba su breve exhibición de atletismo. Con sus largas túnicas y sus cónicos birretes parecían recién trasplantados de África. En la noche cerrada, sin luna ni farolas, sus inmaculadas dentaduras brillaban como primitivos instrumentos de percusión. Uno empezó a aplaudir y todos lo imitaron. Mientras recobraba el resuello, Rodríguez pensó en pedirles la documentación en represalia, pero luego decidió que no merecía la pena, ni por ellos ni por él: aquel era el único sitio que le quedaba donde era algo más que una placa. Volvió sobre sus pasos y se encontró a Luisito Sanabria en la entrada de La Caverna, el mechón grasiento levitando sobre su frente y otro pitillo prestado colgando de la boca. Aplaudía también, sin ganas, mientras el humo del tabaco se le enroscaba en los ojos.

—Estás en forma, chico. *Mens sana in corpore sano.*

La media comisura y la dicción alcoholizada le dieron al latín un anacrónico baño de rumano, lo que no estaba nada mal para el batiburrillo lingüístico de Lavapiés. Rodríguez vio un papel asomando de uno de los bolsillos de la zarrapastrosa chaqueta de Luisito. Le llamaron la atención las grandes mayúsculas apaisadas sobre un fondo rojizo y lo extrajo con asco profesional. Se acercó hasta la temblorosa luz de neón de La Caverna.

PICHY
Partido Independista Chulapo ¿Y?

Recordó de inmediato el lema encontrado en la estatua de Neptuno, la firma secreta de los atentados. Es el chulo que castiga. Maldijo entre dientes.

—Parece que el *happening* nunca pasa de moda —dijo Luisito.

—¿Dónde has encontrado esto?

Luisito le señaló la entrada de La Caverna y Rodríguez regresó al interior, tropezando con la muchedumbre que salía de la lectura, leyendo los folletos y riéndose a carcajadas. Bajó las escaleras a codazos, apartando alborozados rebaños de poetas, y se encontró con La Caverna iluminada, los penúltimos parroquianos beodos y tenaces, apalancados en la barra, y al Poeta de Terracota instalado en su taburete a la espera del Juicio Final. Un camarero recogía a puñados los folletos que todavía alfombraban el suelo y los iba arrojando a una bolsa de basura. Rodríguez se agachó y se metió en el bolsillo unos cuantos xerografiados con vistosas ilustraciones de suelas de zapatos. «Aquí no va a haber quien saque una huella dactilar» masculló.

Se levantó y tropezó de nuevo con Luisito, que ya le pasaba el brazo por el lomo al Poeta de Terracota, como quien frota un árbol y aguarda a que broten cigarrillos. No había parpadeado más de dos o tres veces en toda la noche. Luisito, en cambio, le guiñó un ojo y luego se volvió hacia Rodríguez.

—¿Una última ronda los tres?

Tenía ya el no formado en los labios cuando pensó que le podía venir bien sonsacar a Luisito, que conocía a cualquiera capaz de prestarle una calada o un poco de atención. Quitó el piloto automático de la boca, se encogió de hombros y llamó al camarero. El hombre estaba harto y decapitó los tres botellines con el aire de un verdugo al que obligan a hacer muertes extra. Una de las chapas rodó a lo largo de la barra y se suicidó lanzándose hacia el suelo sucio de folletos, servilletas estrujadas y colillas. Rodríguez tomó un trago antes de preguntar:

—¿Tú conoces de algo a esta gente?

Luisito agarró su cerveza por el cuello y sonrió.

16

CON LAS PRISAS, LA VERGÜENZA DEL ULTIMÁTUM Y EL trancazo de la gripe, Matas se equivocó a la hora de hacer el equipaje. En lugar de la colección de grabados medievales que guardaba en un cajón mientras terminaban de pintar su despacho, metió en una carpeta todas las pruebas médicas que le habían prescrito a lo largo de la última década. Cuando Domingo vació la que iba a ser su habitación, retirando varias montañas de revistas guarras, quedaron a la vista cuatro paredes desnudas, enfermas de desconchados y churretones prehistóricos que Matas se apresuró a tapar para que nadie viera aquella ilustración en yeso de su estado de ánimo. Pero lo que encontró al fondo de la maleta, cuidadosamente alojadas en sobres grandes, no eran sus queridas reproducciones de Brueghel, Durero y El Bosco, sino una colección de placas, radiografías, resonancias y análisis que testimoniaban la historiografía de sus sospechas. Matas dudó solo un instante entre el ser y el no ser, entre la muerte y la nada, antes de lanzarse diligentemente a cubrir las paredes hinchadas por la psoriasis con tenebrosos fragmentos de su propio esqueleto. Cuando terminó, después de agotar un estuche entero de chinchetas, comprendió que solo había cambiado una imaginería por otra (la Edad Media por el arte abstracto) y que, al fin y al cabo, tampoco eran muy distintas. A un lado y a otro del camastro, en aquel cuartucho sin ventanas, colgaban en relámpagos de sombra lóbregas instantáneas de su cráneo, turbias fotografías de sus huesos y escalonados retratos de su espina dorsal.

—Parece un *striptease* —comentó Domingo desde la puerta, como si le hablara a su calavera—. ¿Te has muerto de todo eso? Has debido salirle por un pico a la Seguridad Social.

—Voy a una clínica privada, Domingo.

—Pues no sé con qué coño vas a pagarla cuando tu mujer te deje la cuenta pelada.

Domingo giró la silla de ruedas y volvió al salón, donde había dejado una orgía esculpida en el televisor, al estilo de un lienzo romántico lleno de escorzos y codos. Pulsó el mando a distancia y el lienzo se deshizo en la habitual cochinada con cuyas reseñas se ganaba la vida. Últimamente parecía de mal humor, quizá porque la calidad de las películas dejaba mucho que desear o quizá porque la debilidad de Matas le impedía bajarle a pulso por las escaleras para darle su paseo diario. Domingo tenía que contentarse con fumar por el balcón, admirar las filas de macetas y las exposiciones vecinales de ropa tendida, mofándose de los calenturientos rodajes pornográficos cuyos gemidos subían patio arriba.

En el duermevela de la fiebre, Matas oía los jadeos en la televisión encendida mezclados a los regüeldos de su perro y a los gruñidos de su amigo que rebobinaba el video para acelerar los diálogos idiotas entre la rubia tonta y el fontanero inepto y acceder de golpe a las escenas de cama. Pensó que en esos instantes le hubiese gustado disponer de un mando a distancia de su propia vida, un botón de marcha rápida que le permitiera suprimir toses y sudores, saltar el mal trago de la separación y los trámites de divorcio a toda velocidad hasta llegar a la gran secuencia de la reconciliación. La verdad era que no podía imaginar su futuro sin Livia. Él suplicaría, le explicaría los hechos, los malentendidos; ella le perdonaría. Su matrimonio regresaría a su cauce, encontraría otro trabajo en el mundillo editorial, recobraría su *status quo* y todo aquel intermedio pornográfico y paralítico pasaría a la categoría de anécdota, de breve pesadilla en mitad de un plácido sueño. Porque en la vida que imaginaba para sí mismo no había un segundo tomo en el destierro de ese cuchitril tapizado de radiografías: no cabía la pérdida de su casa ni de su jardín, ni mucho menos la ausencia de su mujer y sus hijos. Y sin embargo, como en los novelones decimonónicos que tanto le gustaban, las sorpresas no dejaban de sucederse, zarandeando al protagonista de un lado a otro de la trama.

Fue en la consulta, mientras el doctor Lucio examinaba el resultado de sus análisis, cuando recibió el primer aviso de lo que podía sentir una de las heroínas de Tolstoi o uno de los huerfanitos de Dickens, y tuvo que reconocer que no era muy agradable. Matas maldijo minuciosamente al matasanos que le había prescrito los análisis. ¿Por qué? ¿Por venganza? Echaba de menos a su médico de toda la vida: le gustaba Elías por su desparpajo, su costumbre de no enredarse en tecnicismos clínicos ni en complicaciones inútiles. Desconfiaba de los médicos jóvenes por la misma razón que desconfiaba de los nuevos editores que empezaban a proliferar en su antaño honorable profesión. Especialistas en economía y marketing, tipos licenciados en varias universidades y portadores de un currículum repleto de másters en el extranjero. Sospechaba que, aparte de los resúmenes y los informes de lectura redactados por sus ayudantes, no leían mucho. Preferían el cine a la novela y se habían dedicado a los libros en la creencia de que aquel era un negocio rentable obstaculizado por la presencia de viejos carcamales como él, tipos antiguos a los que todavía les gustaba leer. Preferían las cuentas, los números, los índices de rentabilidad, los sectores de mercado. ¿Eran de ciencias o de letras?

Con aquellos médicos inexpertos pasaba lo mismo. Aparentemente su trabajo estaba trufado de números, de porcentajes y estadísticas, pero luego rellenaban los informes con palabrejas rescatadas del griego y el latín, tétricas adivinanzas acabadas en -itis y en -osis. Conocían el nombre de la enfermedad, sus variantes, sus sufijos, pero no sabían nada de sus mecanismos secretos, igual que en su oficio nadie había podido deducir hasta ahora por qué unas novelas se vendían mucho y otras nada. Se refugiaban detrás de sus raras palabras y sus batas blancas del mismo modo que los jóvenes editores detrás de sus gafas de diseño y los listados de libros más vendidos. Su tensión está descompensada. Su manuscrito no encaja con nuestra línea editorial. Lo sentimos mucho.

Matas prefería a Elías y a esos otros médicos a la antigua usanza que no se andaban con rodeos a la hora de desahuciarlo a uno. Un ultimátum brutal: deje el tabaco, deje la bebida, deje de escribir, lea más, hombre. Un editor de la vieja escuela se leía él mismo los manuscritos de cabo a rabo y no encargaba el trabajo a un becario de tres al cuarto. Sin embargo, entre sus colegas, esa afición a la lectura de escritores vírgenes y anónimos no estaba de moda. Algunos excusaban su vocación de analfabetos amparándose precisamente en la enorme cantidad de manuscritos que recibían. Era como si un entrenador de fútbol se quejase por tener que dirigir entrenamientos de fútbol, ver videos de fútbol y asistir a partidos de fútbol durante las horas de trabajo. Lo cierto es que acojonaba echar un vistazo al despacho donde se almacenaban los manuscritos, la avalancha de papel que crecía y crecía en cada saca de correo. Era otra enfermedad, una plaga mundial que afectaba a buena parte del globo terrestre: la pandemia de la letra escrita. Cualquier adulto escolarizado —incluso cualquier adolescente en vías de escolarización— se consideraba un escritor en potencia, quería escribir su propia historia, la cual generalmente desaguaba, más o menos, en la autobiografía. Lo más gracioso de todo es que la mayor parte de ellos, lo mismo que sus futuros editores, no gastaban mucho tiempo en el hábito de la lectura. Ansiaban el éxito sin el trabajo y hubieran dado lo que fuese —un brazo, una pierna, la vesícula biliar— por obtener el milagro de una obra perfecta que apareciese al fin sobre su mesa por arte de birlibirloque, mecanografiada y corregida, descontando las miles de horas sentados al teclado, los enojosos trámites de las vacilaciones, las tachaduras, los folios rotos, los raptos de desesperación, las fatigosas búsquedas en el diccionario. Lo que atraía a todos aquellos aprendices de brujo era el encanto de la vida literaria, los cócteles, las presentaciones de libros, los escotes vertiginosos, las bandejas de canapés —floridas como jardines japoneses—, las firmas de ejemplares con un teléfono personal estampado al cabo de la página, las borracheras esponjosas y felices, las fotos en los suplementos literarios y, al fin, las traducciones a idiomas extranjeros. Las cuales suponían el sortilegio absoluto, el milagro definitivo: un libro publicado con su nombre al pie que brotaba en una lengua que ni siquiera hablaban.

Pero por cada centenar, quizá por cada millar de impostores, Matas sabía que había un escritor de verdad, un artesano en ciernes, un hombre o una mujer que se desollaba de noche sobre las páginas, que buceaba en la oscuridad rebuscando adjetivos, cayéndose de sueño, que se había ganado las gafas dioptría a dioptría leyendo sin cesar a Turguenev, a Mann, a Baroja, a Fitzgerald. Matas lo sabía bien porque él era uno de ellos, porque había llegado a hacerse editor tras comprender que nunca escribiría esa obra maestra con la que soñaba desde niño. El sudor no tenía nada que ver. Estaba enamorado de la literatura pero ella no le hacía ni caso. Comprendía a fondo los trucos y engranajes del oficio, todo lo que hacía funcionar una novela, pero no dominaba la maquinaria lo bastante como para fabricar una. Sólo sabía aceitarlas, cambiarles ciertas tuercas, echar combustible, dar un empujón. Paso a paso había asumido su falta de talento, reduciendo paulatinamente sus ambiciones literarias hasta el día en que se conformó con participar en el proceso creativo corrigiendo galeradas, eligiendo fotos, redactando textos para la contraportada. Estrechaba las manos de autores de la casa sin tener ni la más remota idea de cómo lograban que un párrafo tuviera vida propia, cómo hacían para que un personaje se levantara de la nada con sólo un par de frases. Era como ver entrenar un mago, descubrir sus ases en la manga y sus veloces juegos de manos, pero eso no quería decir que luego él pudiese repetir el número. Al principio, esa incapacidad lo atormentó, pero ya no le quitaba el sueño. Era un anhelo olvidado, una cicatriz, algo así como una novia imposible a la que nunca conquistó y que se fue apagando en el recuerdo. Antes le escribía cartas de amor que tiraba al fuego pero ya ni siquiera pensaba en ella.

Interrumpiendo sus meditaciones de futuro, el médico salió de la consulta con un sobre grande en la mano y se perdió por el pasillo. Ni siquiera lo saludó. Regresó al cabo de cinco minutos, con otros dos colegas de bata blanca: un tipo alto, delgado y esquemático, y una joven de pelo alborotado en cuyos rizos se adivinaban tornasoles dorados. Cerraron la puerta tras ellos y de repente Matas se puso a sudar y a toser. Hacía tiempo que se había ido el último paciente y, ensimismado en sus pensamientos, no se había dado cuenta de que estaba solo en la antesala de la consulta, flanqueado por asientos de plástico y carteles de no fumar. Con un poco de suerte, quizá se habrían olvidado de él. Pero, al cabo de diez minutos, el doctor Lucio abrió la puerta y le invitó a pasar.

Lo hizo despacio, arrastrando los pies hacia el patíbulo, con la misma cadencia desesperada con la que se había resistido a la sentencia de muerte tantas otras veces, en ese mismo despacho, aguardando el diagnóstico mortal de labios del doctor Elías: trombosis coronaria, linfoma de Hodgkin, esclerosis múltiple. Al final todo se resolvía en flatulencias o sobrecarga muscular. Pero, en el lugar de Elías, había tres médicos de pie, observando su radiografía de tórax iluminada en una especie de altar. Incluso desde esa distancia él podía vislumbrar los borrones blancos que manchaban ambos pulmones. «Dios mío, haz que sean gases» pensó. «Haz que sean gases y no volveré a pisar una consulta en mi vida».

—¿No ha tenido otros síntomas aparte de fiebre y cansancio? —preguntó la joven mientras examinaba la radiografía— ¿No ha expectorado sangre en ningún momento?

Matas fue a responder pero su médico se adelantó. Comprendió que lo habían invitado a pasar por una mera cuestión de protocolo, pero su presencia allí era simplemente testimonial, un fantasma en medio de un debate clínico. Los oía hablar desde un limbo inmaterial, sin espacio ni tiempo, en una escena que había imaginado muchas veces en sus peores pesadillas. La joven doctora se dio la vuelta y de repente pareció sorprendida de encontrarlo allí, vivo todavía. Con los ojos bajos y las manos en los bolsillos le dijo que se trataba de un carcinoma múltiple en ambos pulmones, muy extendido, y que en apariencia no había posibilidad alguna de operar. Habría que hacer más pruebas aunque el radiólogo (señaló al joven alto y flaco, que miraba hacia la ventana, como si la cosa no fuera en él) dudaba de que fuesen a encontrar nada bueno. Debería ir preparándose para lo peor, señor Matas.

—Señor Matas —una mano se posó sobre su hombro y él sintió que podía atravesarle de un lado a otro—. Señor Matas —repitió su médico—. Lo siento mucho.

Se derrumbó sobre una silla, mareado, atontado, imbuido de una sensación de irrealidad absoluta, un vacío que se propagaba a seres y objetos, rostros, batas, el estetoscopio encima de la mesa, el ordenador encendido, la radiografía con el mapa de su muerte embarazada. Sintió que podía atravesar la silla, su traje, los zapatos, hundirse a través del piso y los cimientos del edificio para encontrar alojamiento en lo más hondo de la tierra.

Echó de menos como ninguna otra cosa aquel mando a distancia que siempre llevaba Domingo entre sus manos, un mando a distancia que le permitiera rebobinar, dar marcha atrás a su vida.

II

Todo futuro es condicional

Decían que la tierra se abriría bajo nuestros pies. Decían que el infierno ardía debajo y que ardería, al menos, durante otros 24.000 años. Decían que el Sarcófago, la gran cúpula de hormigón y acero que lo revestía y había costado las vidas de tantos hombres (y de mi tío Neva), rebasaría fácilmente la edad de las catedrales, las pirámides, la muralla china y las pinturas rupestres, y que sería el único legado que el hombre dejaría a una hipotética civilización extraterrestre que descendiese a nuestro planeta milenios después de Chernobyl. Decían que la masa incandescente del reactor seguiría quemando rocas y capas geológicas hasta agujerear la corteza terrestre como un queso gruyère *y surgir en forma de chorro atómico en algún lugar del Pacífico Sur.*

Tal vez la adolescencia también fuese un efecto secundario de la radiactividad. En dos o tres años Sergei fue creciendo hasta adquirir la estatura y el porte de un pívot de baloncesto, como si se alimentara del mismo veneno que iba matando lentamente a los otros exploradores. Veíamos cómo los dientes se desprendían y la piel se les iba cayendo a trozos. No sé si teníamos más cuidado que los demás o simplemente más suerte. Uno a uno, los Sputnik de Boris iban cayendo, envueltos en llamas, mientras que Sergei y yo permanecíamos incólumes.

Durante aquellos años, en los viajes que hicimos a Pripyat, rescatamos un montón de recuerdos por los que Boris ganó una fortuna. Una vieja Luger de la Segunda Guerra Mundial. Una colección de sellos guardada al fondo de un armario. Un icono de la Virgen con una esquina medio quemada. Una edición bilingüe, español y ruso, del Quijote, las hojas deformadas por la humedad. Un espejo de mano. Una pitillera de oro con algunos cigarrillos dentro. Un juego de ajedrez que había pertenecido a Alekhine. Un maletín de médico con varios estuches e instrumental quirúrgico. Un cuchillo de monte con una leyenda en latín grabada en la hoja. Un abrigo muy caro, de nutria o tal vez de visón. Un reloj de oro con las manecillas detenidas a la una menos cinco. Joyas de familia, más joyas de familia. Un zapato ortopédico con alza de seis centímetros. Una trenza de pelo cortada. Unas gafas de pasta.

En un mercado de segunda mano la mayoría de aquellos objetos no costaría nada, pero su valor era incalculable. Su precio se medía no por la nostalgia que despertaban, sino por el riesgo que aparejaba su rescate. Se medía no en rublos ni en dólares sino en roentgen. Cuando alguno de sus clientes regateaba, por ejemplo, por un collar de bisutería, Boris aseguraba que había costado la vida de un niño.

«Ahora mea sangre y está pelado como una mandarina» decía. «No durará mucho y todo para que la zorra de tu mujer pueda ponerse otra vez su collar de boda. ¿Quieres que te lleve a verlo?»

El tipo sacaba la cartera y pagaba. Más le valía pagar al momento, porque a Boris no le gustaban los plazos. A un mecánico supersticioso que se empeñó en que le devolviéramos su caja de herramientas, le advirtió que el peso duplicaría el precio. El mecánico respondió que no importaba, que tenía dinero, aunque luego no puedo reunir tanto de una sola vez y Boris le fue devolviendo las herramientas una a una. Con el martillo le reventó una mano y con el destornillador le vació un ojo. Cuando se fue iba renqueando, tuerto y manco.

«Esa caja tuya me costó dos chavales» le gritó Boris a guisa de despedida. «Piensa que has salido ganando».

Para qué lo pediste, si luego no lo querías. Ese era el lema de Boris. Gracias a él se hizo con un montón de apartamentos y negocios en las afueras de Odessa. Las familias que acudían a él para recobrar un recuerdo de familia, luego no podían pagar y Boris se quedaba con su casa y sus posesiones como adelanto. Él prefería su carromato circense, de manera que les permitía seguir viviendo allí a cambio de un alquiler brutal.

«Por desgracia, el comunismo no durará siempre» les decía. «Hay que irse acostumbrando».

En el barrio todos lo temían. A un borracho bocazas que se atrevió a decir en voz alta que su equipo de fútbol era una mierda y que su cara leninista parecía hecha en planes quinquenales, Boris lo aguardó una tarde a la salida de la taberna y le hizo un tajo con la navaja, desde una comisura de la boca hasta la otra, pasando por los pómulos y la frente. Toda la piel del rostro se le desprendió como un babero sobre el pecho mientras el hombre se tambaleaba aullando por el dolor. Sin párpados, los ojos brillaban como una carambola de billar en un tapete ensangrentado.

«Prueba a reírte ahora» dijo Boris, cerrando la navaja.

Boris daba más miedo que Chernobyl. Ya que éramos sus principales y casi únicos Sputniks, a Sergei y a mí nos trataba bastante bien. Aparte de lo convenido por cada trabajo, nos daba propinas que iban aumentando a medida que se quedaba sin voluntarios. Los demás, uno a uno, iban pasando al otro lado, a la centelleante frontera del bosque rojo. Vladimir por culpa de un tropezón que le hizo caer al suelo y llenarse de polvo radiactivo. Yuri por la tentación de probar una lata de sardinas sacada de una alacena contaminada. Sonya por sacarse los guantes para acariciar con las manos desnudas el maniquí de una tienda de modas que era igual que su madre.

Boris nos permitía quedarnos con cualquier cosa que recogiéramos en nuestras incursiones (¿se dice así? ¿incursiones? ¿o es excursiones?) siempre y cuando la limpiáramos con una ducha química, como hacía con nosotros y con sus trofeos antes de la transacción. Aunque nos quería a su manera (a la manera bestial de un asesino sin entrañas), su favorito seguía siendo Pavel. Había crecido hasta convertirse en un delgado muchacho de melena rubia y ojos azules, tan frágil que casi parecía una muchacha. Apenas salía de la furgoneta de Boris y, cuando lo hacía, iba pavoneándose de su belleza y su condición de favorito, seguro de que nadie le pondría la mano encima.

Una de las pocas tareas que tenía asignadas Pavel era recortarle la perilla y afeitarle la calva para recomponer el retrato de Lenin. Al aire libre, sentado en una silla, con un delantal blanco sobre el pecho, Boris aguantaba en silencio mientras Pavel manejaba la misma navaja que le había desollado la cara a aquel borracho. Mucha gente se quedaba mirando el espectáculo, aunque se cuidaba mucho de hacer cualquier comentario. Al final, el propio Boris cogía una toalla para desprenderse de los restos de jabón y comprobaba el resultado en un espejo de mano que le pasaba una de sus mujeres.

«¿Sigues sin haber ido al Kremlin?» me preguntó una vez mientras estudiaba su reflejo. Asentí con la cabeza. «La última vez que fui a rendirle tributo a Lenin, lo vi luego a la salida, mendigando con una gorra. Me quedé paralizado hasta que comprendí que se trataba de un doble casi exacto. Me contaron que algunos días se reúnen hasta media docena de ellos a pedir en la Plaza Roja. Ganas me dieron de arrancarle la cara también. Tener la fortuna de parecerse al gran hombre y dedicarse solo a pasar la gorra».

En un par de años, gracias a nuestras incursiones a la zona de exclusión de Chernobyl, Boris se había hecho rico. Paso a paso sus negocios se fueron extendiendo al alquiler inmobiliario, al tráfico de drogas y al comercio de armas. El tatuaje del Sput-

nik pasó de ser la orgullosa marca de los exploradores para convertirse en el anagrama de sus pistoleros. Decía que con su fortuna contrataría los servicios de un buen cirujano plástico para conseguir al fin el rostro de Lenin. El último intento, realizado en un quirófano de campaña, había terminado con el cadáver de un comandante médico arrojado a un cubo de basura. La silicona que le inyectó no tardó en ir formando burbujas bajo la piel. Día a día sus facciones se hinchaban y deformaban, alejándose cada vez más de su modelo al estilo de una nube deshilachándose.

«Tendré que buscar a uno de esos mendigos de la Plaza Roja y quedarme su cara» murmuraba de vez en cuando, y no parecía estar bromeando.

En cambio, cuando estábamos solos, Sergei sí solía hacer bromas sobre Boris. Una vez estableció su evolución facial según la teoría marxista-leninista. «Tesis: Boris. Antítesis: Lenin. Síntesis: puré de patata». Debíamos tener cuidado, no fuese que alguien nos oyera y acabáramos como aquel borracho bocazas a quien le habían cosido la piel a puntadas y ahora parecía llevar eternamente una careta de feria. Debíamos tener cuidado, sobre todo con Pavel. Envidiaba no ya nuestro trabajo de Sputniks sino los objetos que traíamos de Pripyat. Le gustaban más los juguetes destartalados que rescatábamos en nuestros viajes que los regalos de Boris. Prefería un crucifijo de madera o una linterna estropeada a un reloj de oro comprado en el mercado negro. Al final se encaprichó de un álbum de familia que Sergei encontró en una granja abandonada de las afueras y que le acabamos regalando. Se pasaba las horas muertas repasando las fotos agrietadas de aquella pareja de desconocidos: los rostros sonrientes que asomaban por las habitaciones; el hombre que levantaba la cabeza sorprendido, mientras leía un libro; la mujer joven de pie junto a una mecedora, acariciando a un pastor alemán, sonriendo a la cámara.

«No tienen hijos» decía Pavel. «Se nota que no tienen hijos».

«¿Cómo lo sabes?» pregunté.

«Porque no hay ninguna foto de un niño».

«Quizá lo tuvieran y murió».

«Entonces tendrían más fotos. Para recordarlo».

«Quizá no quieran recordar».

«Todo el mundo necesita recuerdos».

Los huérfanos no hablan de sus familias perdidas. Sergei, desde luego, solo miraba hacia adelante mientras yo guardaba mis muertos en un cuaderno de anillas. En cuanto a Pavel, adoptó a aquella pareja anónima hojeando el álbum como si se sumergiera en un pasado en blanco y negro, una infancia alternativa con árboles y perros de dos dimensiones, lejos de Boris y sus turbios negocios. Nunca le pregunté a Pavel por sus verdaderos padres, era una historia que había sepultado debajo de aquella colección de fotografías. En cierto modo todos lo hacemos, quizá porque no nos basta con la vida que nos tocó vivir, necesitamos otra de recambio con la que llenar el vacío. Por eso hay gente que se dedica a la política, que va al teatro, lee libros o se da a la bebida. Yo escribía un cuaderno; Pavel miraba fotografías; Boris intentaba esconderse detrás de otra cara.

Sergei encontró su otra vida en una incursión invernal a Pripyat, gracias a un encargo del director del colegio, el señor Vunin. En lugar de la nieve gris y sucia que dejamos atrás en Kiev, caminábamos a través de un manto de blancura apenas punteado por huellas de animales y picoteos de pájaros. Íbamos solos Sergei y yo, de camino otra vez al colegio, jadeando bajo la luna. Durante meses, quizá años, ningún ser humano se había abierto camino antes que nosotros; ningún neumático había profanado aquella carretera. Plantadas en medio de la nada, peinadas con un flequillo de hielo, las señales de tráfico seguían en pie dando absurdas instrucciones. Pero la herrumbre se iba comiendo los signos y solo algunos árboles, algunos edificios marcaban el trayecto que habíamos hecho tantas veces unos pocos años atrás, con una pila de libros a la espalda. Ahora Pripyat parecía otro planeta, una llanura inexplorada, un mundo muerto, el paisaje encontrado por una civilización extraterrestre que hubiese descendido a la Tierra milenios después de Chernobyl. A nuestro paso surgían charcas congeladas, postes de teléfono, coches abandonados y entregados a la herrumbre, vallas de alambre, granjas desoladas, una colada de ropa tendida desde el día del desastre, descolorida por la espera. En mitad de las cuerdas heladas había camisas tiesas, pantalones agarrotados, calcetines rígidos, signos extraños de un alfabeto que aguardaban la llegada de los arqueólogos.

Tuvimos que trepar por los barrotes, descolgarnos hasta el patio del colegio, avanzar entre las canchas cubiertas de nieve, porterías florecidas de canas, aros de baloncesto cuajados de estalactitas. Todo permanecía detenido en el mismo domingo de abril, congelado en la nevera de la eternidad. Fuimos probando las llaves una a una hasta dar con la que abría las puertas del pasado. En el vaho que salía de nuestros dientes flotaban números, trazos de tiza, tablas de multiplicar, listas de héroes. Sergei sacó la linterna e iluminó la boca negra de una pizarra donde una frase medio borrada sugería un fantasma sintáctico. Junto al ventanal, la mesa del profesor; junto a la puerta, una papelera; hacia delante, un laberinto de oscuridad en el que la linterna excavaba hoyos amarillentos. Varias vidas atrás, habíamos desfilado por esos mismos pasillos, haciendo fila para entrar en clase, corriendo en masa para salir al recreo. Más allá, la sala de profesores, donde jamás entrábamos y donde ahora el círculo de luz descubrió paredes plagadas de diplomas y vitrinas repletas de trofeos deportivos. Descorrí un panel de vidrio y me guardé en la mochila un caballo dorado rematado por una corona de laurel. En la base, una placa rezaba «Vladimir Bunin. Campeonato de Ajedrez. Pripyat. 1982».

«¿Estás loco?» preguntó Sergei. «Si ni siquiera sabes jugar».

«Tal vez podamos venderla en Kiev».

«¿A quién? ¿A Vunin? ¿A Boris para que raspe el nombre en el metal y ponga el suyo? Espabila, hombre. No hemos venido a robar caballos».

Cuando, gracias a las llaves del director del colegio, entramos en las dependencias privadas, vimos que el recuerdo de Katia estaba presente por todas partes, en la nieve en miniatura que cubría los muebles, en las fotos que colgaban de las paredes, en los portarretratos del dormitorio, en los álbumes que Sergei iba guardando en su mochila. Abrió uno de ellos y la vimos el día de su boda, vestida de novia, con el pelo recogido y un ramo de flores en sus manos. La vimos con una coleta, dando un diploma a un alumno en una entrega de premios. La vimos con su melena suelta y espléndida, sonriendo, colgada del brazo del señor Vunin.

«Mira qué guapa».

«Vamos a darnos prisa» dije. «Cuanto menos tiempo estemos aquí, mejor».

Era difícil resistirse al embrujo de su pelo negro, sus ojos verdes, sus labios entreabiertos. Katia estaba viva otra vez y gracias al milagro de la fotografía había recobrado su belleza. Sergei iba pasando las hojas del álbum y a cada nueva imagen se desvanecía el recuerdo de aquel esqueleto calvo y desdentado en la sala de enfermos terminales. Preservada de la muerte en aquellos rectángulos de cartulina, la señorita Katia regresaba a casa, ensimismada, las manos en los bolsillos de la falda; caminaba por un jardín, contando flores; remaba en una barca; leía un libro recostada en la hierba, punteada de sol y de sombra. En el anverso de cada foto, una fecha y un lugar escritos con la caligrafía elástica del señor Vunin, pequeñas réplicas en negativo de sus lecciones en la pizarra: Moscú, verano de 1984. Lago M., primavera de 1981. Lvov, verano de 1983. Cracovia, luna de miel, 1980. Todo perfectamente ordenado según el método de un pedante y desabrido profesor de Historia. Sergei eligió algunas fotos en las que estaba sola y rellenó los huecos de modo que la cronología empezó a resquebrajarse, a llenarse de grietas y burbujas, como la historia de Ucrania o la cara de Boris.

«Fíjate» dijo, señalando una fiesta donde se veía al director del colegio con sus lentes redondas y su ridículo bigote. «Cómo pudo casarse con semejante pazguato».

«No lo sé, pero será mejor que dejes esas fotos o se dará cuenta».

«Me da lo mismo».

Sergei dio media vuelta y siguió buscando por toda la casa. Abrimos los armarios, registramos alacenas, vaciamos cajones, miramos las cajas de zapatos. Al final encontré el tesoro que habíamos ido a buscar en una estantería al lado del televisor. Junto a una colección de libros había un tomavistas Kodak y unas cuantas bobinas de Super-8. En las etiquetas, con la misma caligrafía pulcra y doctoral, estaba la cronología de la familia Vunin: Boda, junio de 1980. Cumpleaños de Katia, 1985. Desfile del Trabajo, 1984. Navidades, 1985. Las últimas bobinas no tenían nombre ni fecha. Las estaba guardando en la mochila cuando Sergei me quitó una de las manos, extendió un palmo de película e intentó desentrañar los fotogramas a través de la luz de la linterna.

«Estás loco» susurré, como si alguien más pudiera oírnos. «Apenas hay luz».

Maldiciendo entre dientes, Sergei guardó otra vez la cinta. Tardamos casi un mes en verla. Antes teníamos que regresar a Kiev y aguantar la bronca de Boris después de la reunión que tuvo con el señor Vunin.

«Al final solo pude sacar la mitad de lo que esperaba» dijo, mientras afilaba un palo con su navaja. «Dice que faltan varias fotos y películas caseras».

«La gente siempre miente» dije, encogiéndome de hombros. «No quieren pagar y entonces inventan excusas».

«No me parece que ese hombre estuviera mintiendo. Más bien parecía desesperado, como si no le importaran las conse-

cuencias de sus palabras. Como si no supiera que, si me estuviera mintiendo, podían encontrarlo mañana apuñalado en un callejón».

«Lo único que sé es que me jugué la vida por esas fotos».

«No te la estarás jugando ahora también, ¿verdad, chaval?»

«¿Por qué iba a hacerlo?»

Boris me apuntó con la navaja.

«Tú estudiaste en ese colegio. Eso dice el profesor listillo ese. Que conocías a su mujer. ¿Tan guapa era?»

«No estaba mal. Pero no tanto como para jugarse la cara por ella».

Boris sonrió, plegó la navaja y la guardó en uno de sus innumerables bolsillos. Yo sabía que no iba a sacrificar al mejor de sus Sputniks solo por las quejas de un cliente quisquilloso. Pero también sabía que no podía engañarle. Sopló la punta afilada del palo y luego habló sin mirarme, sin cambiar el tono ni alzar la voz. Fue como si hablara el busto de Lenin.

«Parece un lapicero, ¿a que sí? Si vuelves a mentirme, te voy a dibujar otra vez la cara».

Decían que la tierra se abriría bajo nuestros pies. Decían que el infierno ardería durante 24.000 años. Las almas de los muertos, sin embargo, no iban a durar tanto. Aquellas bobinas de Super-8 podían haber durado décadas pero estaban dañadas por el polvo radiactivo que iba borrando la imagen, espolvoreándola de ruido y nieve sucia. Lo descubrimos en la casa de Ilya, uno de los defensas del equipo de fútbol, una tarde que sus padres habían salido. Ilya echó las cortinas del salón, desplegó una sábana sobre la puerta a falta de pantalla y colocó la bobina del señor Vunin en el proyector de su padre. Casi de inmediato, entre los saltos de los fotogramas, apareció el fantasma de Katia sonriendo a la cámara. Hablaba, movía los labios pero no sonaba nada más que el traqueteo de la película y su mudez la devolvía al territorio azul de nuestra infancia. Estaba sentada al borde de la cama y parecía nerviosa mientras bajaba los ojos atusándose la frondosa cascada de pelo negro. Habló a la cámara, una pregunta sin voz, y luego empezó a desabrocharse la camisa: un salto de la cinta en el segundo botón, una raya trémula cuando surgió el sostén acunando el nacimiento de los pechos. Después se puso en pie para quitarse la falda. Un hombre corpulento salió desde un lado, la besó en la boca y le fue quitando las botas. Ella volvió a sentarse en la cama mientras otro espectro salía desde su izquierda, le abrazaba la cintura, le acariciaba los pechos.

«Madre mía» dijo Ilya, desabrochándose la bragueta. «Tenías razón. Está como un tren».

«Lo estaba» dije yo.

Sergei no decía nada, solo miraba, miraba fijamente mientras el infierno iba desarrollándose entre el traqueteo de la película. Era un infierno mudo, cutre, discontinuo, lleno de sombras y brincos. Un salto de la imagen y el fantasma de la señorita Katia estaba bajándole los pantalones a uno de los desconocidos, mientras el tipo le sujetaba el pelo para que no le tapase la cara. Una sucesión de rayas fue enmarañando el momento en que ella se puso a cuatro patas sobre la cama y repitió con todo detalle uno de los monigotes pintados en el retrete del colegio. Ilya jadeaba y su mano se movía al mismo ritmo que los dos espectros que martirizaban a la señorita Katia, profanando el único ángel que habíamos conocido, el último recuerdo inmaculado de nuestra infancia.

La película duraba unos diez minutos, tiempo de sobra para que Ilya terminara, cambiara de bobina, fuera a limpiarse al baño y se marchara un rato a la cocina. Cuando regresó con un vaso de zumo de arándanos, el señor Vunin entraba en escena para masturbarse encima de su mujer, quien seguía echada sobre la cama con una sonrisa impúdica y fatigada que nunca había asomado en sus clases sobre Pushkin. Un par de lágrimas corrían sobre la cara de Sergei, que llevaba un buen rato llorando, soltando todo el llanto retenido durante tantos años. La *imagen tembló, se onduló y comenzó a dar saltos antes de que la película se soltara girando y dando latigazos. Entonces Sergei, sin dejar de llorar, rebobinó para empezar otra vez desde el principio.*

Para qué lo pediste. Para qué lo pediste, si luego no lo querías.

17

LA SEDE DE LIBROS DE LA NADA SE ENCONTRABA INCRUSTADA en el bajo derecha de un piso de mala muerte, junto a la portería, aunque ningún cartel lo indicaba. Leo leyó y releyó la nota con la dirección que había tomado por teléfono, preguntó al portero que se encogió de hombros, salió y rastreó los portales adyacentes, por si se hubiera equivocado de número, pero no encontró el menor rastro de la editorial. Al final se resignó, regresó ante la puerta verde oliva y pulsó un timbre que sonó en algún remoto lugar de la casa. Al cabo de un minuto o dos, cuando ya estaba por marcharse, le abrió una mujer mayor armada de una fregona, le preguntó su nombre y luego le cedió el paso. Leo pasó a una salita de baldosas desiguales, de las que emanaba un agrio olor a desinfectante, y decorada con un mal gusto casi entrañable materializado en platos de cerámica toledana, un toro de peluche y un esperpento de barro cocido con la leyenda «recuerdo de Alicante».

Mientras aguardaba, sentado en una silla de paja que refunfuñaba bajo su peso, Leo admiró el indescriptible mamotreto mientras caía en la cuenta de que su madre se había traído uno igual o muy parecido de unas vacaciones en la playa. Él era muy pequeño entonces pero podía recordar que el mamotreto ocupó un lugar de honor en la pared del salón, dio lugar a discusiones interminables entre su padre (que lo aborrecía) y su madre (a quien le parecía muy alegre), cayó al suelo víctima de un codazo involuntario (o no tanto) de su padre, no se rompió del todo aunque sí perdió algunas esquirlas que su madre se apresuró a pegar con cola de contacto. Teñido de esa inexplicable nostalgia que en ocasiones empapa a ciertos objetos, Leo se acercó al esperpento con la creciente y absurda sospecha de que no solo se trataba del mismo modelo de horror folklórico en barro cocido fabricado en serie para turistas, sino exactamente del mismo recuerdo que adornaba la casa familiar. Iba a darle la vuelta para examinar las grietas y las esquirlas pegoteadas cuando una voz sonó a sus espaldas:

—¿Le interesa el arte popular?

Leo se volvió y descubrió a un tipo de estatura media con un pasamontañas enfundado en la cabeza.

—No mucho —dijo Leo—. Es que mi madre tenía uno igual.

—Por los manuscritos que nos ha enviado, yo diría que sí le interesa. La novela es el arte popular por excelencia. Todos los días alguien certifica su defunción y sin embargo ahora se leen más novelas que nunca. En el metro, en el tren, en el avión, en las salas de espera del hospital… La gente dimite de sus vidas durante unas horas para embarcarse en una aventura imaginaria, un viaje hecho de palabras.

Leo no supo qué decir. El enmascarado le hizo una seña para que lo siguiera.

—La novela ha contaminado todas las demás formas de expresión —dijo y a Leo le pareció ver una sonrisa curvando el pasamontañas—. El cine, las series de televisión, los tebeos, ¿qué son sino novelas? ¿Y qué nos contamos por las noches después de cerrar los ojos y olvidarnos de los problemas diurnos?

—¿Un sueño? —aventuró Leo.

—Nos contamos novelas —dijo el editor señalando una silla y sentándose él mismo en otra al otro lado de la mesa—. Sí, señor. Nos contamos novelas.

Sobre la mesa había varios de sus manuscritos inconclusos, *Es el chulo que castiga*, *Franconstein* y la saga de las chicas Playboy. Un flexo iluminaba oblicuamente la torre de folios. Aquel cono amarillento era la única luz de la habitación, el resto del despacho parecía flotar en la penumbra que emanaba del pasamontañas.

—Sin embargo, a veces no nos basta con contarnos nuestros propios sueños. A veces queremos contarlos en voz alta, contárselos a otros.

—Disculpe, ¿no tiene calor?

—¿Lo dice por esto? —dijo, tocándose el pasamontañas—. No, ya estoy acostumbrado. Siempre lo llevo puesto. Cuando uno publica libros incómodos, se arriesga a que le pasen estas cosas.

Leo asintió aunque, en realidad, él había oído otra historia. Si el editor jefe de Libros de la Nada preservaba su anonimato hasta el punto de que nadie conocía su domicilio exacto, su nombre o apellidos, y además recibía en una oficina enmascarada en una especie de portería, con un pasamontañas tapándole la cara, no era precisamente por la incomodidad de los libros que publicaba. Al igual que muchas otras pequeñas editoriales sin escrúpulos, Libros de la Nada vivía de desangrar a autores incautos y novatos que no solo no cobraban derechos de autor sino que encima tenían que pagar antes de que les publicaran sus manuscritos. Viejos jubilados que habían descubierto una tardía vocación novelística, amas de casa que guardaban celosamente sus diarios en verso, jóvenes y no tan jóvenes que ansiaban ver su nombre en la portada de un libro: todos acababan pasando por el aro, todos soltaban un dineral a cambio de su sueño en letras de molde. Al final, el sueño se transformaba en unas cuantas cajas de cartón con unos cientos de ejemplares del libro encuadernado, generalmente mal compuesto y peor maquetado: un simple trabajo de impresión que apenas si cubría el diez por ciento del dinero entregado. Por supuesto, la editorial no se hacía cargo ni de la distribución ni de la propaganda. Como mucho, montaban una fiesta de presentación en alguna cervecería o en un salón de actos perdido en el marasmo de un Ayuntamiento, un acto que corría también a cargo del homenajeado y donde acudirían únicamente los amigos y familiares que él mismo pudiera reunir para saludar la llegada al mundo del nuevo vástago en letra impresa.

De la credulidad y la vanidad de tanta pobre gente, de ilusiones fallidas en verso y en prosa, arrambladas en cajas de cartón, vivían aquellos tipos. Tipos como ese ectoplasma guerrillero que engolaba la voz y juntaba las manos al estilo episcopal. Muchos aprendices de escritor humillados tenían que haber jurado arrancarle la cabeza para que decidiera esconderla detrás de un verdugo de lana negra.

—No voy a engañarte —dijo el editor—. Nos interesan tus manuscritos. Especialmente este —añadió, posando la mano sobre *Es el chulo que castiga*—. Un grupo terrorista chulapo. ¿Cómo se te ocurrió la idea?

Leo se rascó la calva.

—No sabría decirle.

—¿Y el detalle de que todos lleven la careta de Lenin?

—¿Le molesta?

—No, qué va. Estoy pensando comprarme una —y se echó a reír—. No te molestes, pero creo que habrá que corregir una escena.

Habló muy suavemente, sugiriendo más que afirmando, para no herir la típica susceptibilidad de escritor. Ignoraba que Leo carecía de ella. Le advirtió que todos los libros, antes de salir a la luz, necesitaban un serio trabajo de edición. En aquella novela había un calco demasiado exacto de la realidad.

No sería mala idea suprimir la escena de las bombas en Cibeles y Neptuno.

—La escribí antes de que explotaran.

—¿En serio?

—En serio.

—Ya. Tienes mucha imaginación, Leonardo. ¿Puedo llamarte Leonardo? Nos gustaría que publicaras con nosotros.

—No tengo mucho dinero.

—Eso no es problema, Leo. ¿Puedo llamarte Leo?

—Prefiero Leonardo, si no le importa.

—De acuerdo. No sé qué habrás oído sobre nosotros, Leo. Somos una editorial pequeña pero seria. Desde luego, no nos dedicamos a explotar a pobres viudas. Es cierto que a veces pedimos al autor un depósito en concepto de publicación. Editar libros es un trabajo que lleva sus riesgos. Pero no es tu caso. Contigo vamos a hacer una excepción.

—¿Por qué? —preguntó Leo sin descruzar los brazos.

Mientras sus manos revoloteaban, el editor se lanzó a una larga y complicada perorata en la que alabó la dignidad de su oficio. El modo en que buscaban joyas entre montones de estiércol. El delicado trabajo de pulir los manuscritos. La agotadora labor de convencer a la prensa. Uno podía pasarse toda la vida editando libros y jamás daría con un gran escritor. Créeme, lo digo por experiencia. Escritores malos, a patadas; escritores buenos, un puñado por década; pero un escritor extraordinario es tan inaudito como la visita del cometa Halley. Sin embargo, después de leer *Es el chulo que castiga*, él tenía la certeza de que había tropezado con ese fenómeno celeste y no estaba dispuesto a dejar que se perdiera en la noche. Él —dijo señalándolo— era ese escritor, esa anomalía, esa *rara avis*. A Leo todas aquella retórica hecha de hipérboles y latinajos le sonaba a lata vieja.

—Nunca había pensado en publicar nada —dijo al fin.

—Entonces, ¿por qué acudiste a nuestra llamada?

—No sé —dijo, rascándose la calva de nuevo—. Tenía curiosidad por ver qué podía ofrecerme.

—Podemos ofrecerte lo que quieras, Leo —dijo el editor con un entusiasmo amortiguado por la lana—. Un buen contrato, miles de ejemplares vendidos, entrevistas en radio y televisión, publicidad a mansalva...

—Nada de entrevistas —interrumpió Leo.

—¿Nada de entrevistas?

El editor abrió uno de los cajones y sacó un contrato de representación. Le mostró el recuadro donde tenía que firmar. Todo aquello empezaba a oler a pacto satánico cutre con un demonio de tercera que ni siquiera enseñaba la cara.

—No me interesa nada de eso.

—¿Estás seguro? La fama tiene algunos inconvenientes, es verdad, pero las mujeres guapas que acuden al calor de los focos no son una de ellas.

El editor extrajo un bolígrafo grueso y dorado del bolsillo de su chaqueta y lo conminó a firmar. Parecía un artículo de lujo, brillante e implacable, pero Leo se fijó en las mayúsculas que chorreaban en vertical desde la capucha: CAFETERÍA DOMINGUEZ.

—Claro que si prefieres el anonimato, por nosotros no hay ningún problema. De hecho, podría ser una estrategia perfecta para vender libros. El escritor oculto en su refugio, produciendo obras maestras, mientras el editor da la cara por él. Bueno, en mi caso, la careta.

Rio su propio chiste. El bolígrafo destellaba en la penumbra con su reclamo de purpurina.

—Creo que no me entiende —dijo Leo—. O no quiere entenderme.

—Prueba a explicarte entonces.

Leo tragó saliva. Hacía muchos años que no se confesaba, tal vez desde la primera comunión. Pero el pasamontañas, tupido como la rejilla a la que las mujeres lanzaban sus pecados, le ayudó a soltar la lengua.

—Verá, a mí nunca me ha gustado escribir. Ni siquiera me gustaba leer. Entonces, un día, no hace mucho, tuve un accidente. Me cayó un rayo en la cabeza. Sobreviví. Perdí todo el pelo.

El editor movía la cabeza, animándole a seguir. El bolígrafo permanecía inmóvil en sus dedos, a un palmo del papel.

—Fue el único efecto secundario del accidente. ¿Puede creerlo? Eso y un irrefrenable hambre de palabras. Me leí todos los libros que encontré en el hospital, que no eran muchos, luego seguí con los de casa. Leo todo lo que cae en mis manos. Todo. Y al mismo tiempo que leo, siento un montón de historias pululando dentro de mí, luchando por salir, historias que tengo que contarme.

—Estas historias, sí.

—Necesito saber por qué me ha dado por ahí. Usted es editor, conoce a muchos escritores aficionados.

—Ninguno tan bueno como tú, Leo.

—Deje de hacerme la pelota.

—Es cierto que conozco a muchos escritores —dijo el editor, jugueteando con el bolígrafo entre los dedos—. ¿Por qué escriben? Por dinero, supongo, por qué si no.

—No es mi caso.

—Hay unos que buscan la gloria, otros simplemente quieren dejar un rastro de su paso por el mundo. Pero todos o casi todos, sean malos o buenos, se ven empujados por una fuerza mayor que ellos mismos, una especie de fe que les exige sacrificar horas y más horas de sus vidas a la inútil tarea de contar historias. Eso es lo admirable, ya sea la enésima versión del Quijote o las batallitas del abuelo.

—Sí, pero ¿a cuántos conoce que los empujara un rayo?

El editor se echó hacia atrás en su asiento, mientras el pasamontañas se curvaba a la altura de la boca.

—A ninguno, es verdad. Aunque yo no me preocuparía por eso.

—No, claro.

—Lo importante es que se te ha concedido un don, Leo —sermoneó el editor, esgrimiendo el bolígrafo a guisa de batuta—. Mejor dicho, se te han concedido dos dones. La vida y la capacidad de enhebrarla en historias. Ese rayo debería haberte carbonizado y sin embargo, aquí estás, con varios manuscritos a la espalda y la cabeza hirviendo de proyectos.

—Eso es lo que me preocupa —dijo Leo—. ¿Por qué yo? ¿Por qué contar historias?

—¿Vas a preguntarle al Creador por sus planes divinos? ¿Tus personajes suelen interrogarte acerca de su papel en la historia? A veces es mejor no saber demasiado, Leo.

Prefirió no contestar. No sabía si la breve conversación que había mantenido con un par de chulapos brotados de su imaginación debía catalogarse como un arabesco de su fantasía o un claro síntoma de locura. El bolígrafo seguía destellando en la penumbra con su reclamo mercantil. Fue entonces, habituado a la oscuridad, cuando descubrió que todo lo que le rodeaba en los abigarrados estantes de madera eran libros y más libros, centenares, miles y miles de páginas escritas. Las letras lo rodeaban por todas partes. Leo alargó la mano y cogió el bolígrafo y el contrato que le ofrecían. Lo leyó por encima y estampó en la última página una de sus zetas gigantescas.

18

DESPUÉS DE VARIAS HORAS SEGUIDAS VIENDO PORNO DURO en la televisión, Matas iba cobrando nuevas perspectivas sobre la naturaleza humana. Al cabo de cierto tiempo de contemplar cuerpos desnudos, espolvoreados de lencería y sudor, encajando en diferentes posiciones y acrobacias, el acto físico del amor dejaba de parecer algo placentero para mostrar toda su cruda brutalidad orgánica. Músculos batientes, bocas fruncidas, nudos de entrañas: todo formaba parte de un espectáculo sin otro sentido que su propia, absurda prolongación. El eterno teatro de la alegría y el dolor repetido y triturado en una simple mecánica genital. El cáncer que lo estaba masticando por dentro pertenecía al mismo elenco de células furiosas por duplicarse, partirse, perpetuarse. Al fin y al cabo, el sexo y la muerte, más que parte del juego, eran el juego mismo: no había más que fijarse en esos bellos cuerpos revestidos de juventud y vigor que se anudaban en la pantalla de televisión para comprender que sólo eran cadáveres. Los pintores medievales tenían razón cuando hacían que burlones esqueletos y hermosas doncellas danzaran cogidos de la mano en sus abigarradas congas de la muerte.

En lo más íntimo de sus convicciones, aquellas que no se confesaba ni siquiera a sí mismo, Matas creía que el hecho de ser hipocondríaco lo salvaguardaba de la mala suerte. Ya era bastante insoportable fatigar a toda clase de especialistas, catalogando dolencias y síntomas, como para tropezar de golpe con una muerte en toda regla. Hay un principio táctico de ajedrez (juego al que Matas se aficionó hasta el punto de que alguna vez pensó en editar una colección de novelas y biografías relacionadas con el tema) que dice: «la amenaza siempre es peor que la ejecución de la amenaza». Es mucho peor sentir tu reina amenazada por la coz de un caballo enemigo que ver su cabeza rodando por el suelo. Una amenaza cumplida al menos deja las manos libres. Matas siempre había creído que cuando le diagnosticaran la enfermedad mortal, la que estaba destinado a matarlo, se relajaría al fin y cabalgaría al encuentro del final tranquilo, sereno, con las piezas de la partida recogidas y el tablero de ajedrez bajo el brazo, igual que Max von Sydow en la película de Bergman.

No fue así. Ni siquiera acudió a la cita con el oncólogo. Le acojonaba la perspectiva de la quimioterapia, el dolor brutal, las últimas medidas desesperadas. «A veces ocurren los milagros» le dijo el doctor Lucio al despedirlo de la consulta. Con previsora resignación, Matas se afeitó la cabeza, para evitar el triste espectáculo de sus mechones de pelo cayendo en un otoño desenfrenado, y acudió a su cita en el hospital con una gorra que disimulaba su calva. Pero apenas llegó a la antesala abarrotada de enfermos, amigos y familiares, y contempló aquellos rostros desahuciados, algo en su interior se encogió y comprendió que prefería la amenaza a la ejecución. No fue sólo por el miedo al tratamiento (el abominable tiovivo de vómitos y náuseas) sino por su negativa a formar parte de aquella danza de la muerte, aquel convoy de moribundos en apariencia intactos, estrechando manos condenadas, compartiendo experiencias, intercambiando agonías. Cuando la muerte pasara lista, prefería que no lo pillara en aquella sala. Se caló la gorra hasta los ojos y pasó de largo. Luego dobló un recodo, bajó las escaleras hasta la primera planta y se perdió por uno de esos largos y gélidos pasillos salpicados de cristaleras y puertas, adornados con pacientes sentados en sillas de ruedas o cojeando dócilmente en muletas. Extrañamente, lo tranquilizó descubrir que el mal podía venir de fuera y no de dentro de uno, abalanzarse en forma de moto, puño, avalancha de piedras o piano de cola izado hacia un sexto piso con una cuerda deshilachada.

Un anciano cojo se acercó a pedirle un cigarrillo. Matas le pasó un par que el viejo se guardó en un bolsillo de la bata y luego le preguntó si no tendría también cerillas. Sacó el mechero que le regaló su mujer en su último cumpleaños y que siempre llevaba encima: un lujoso Dupont de plata que restallaba al abrirse con un chasquido metálico. Pensó que no le iban a quedar muchas oportunidades de utilizarlo después de que le prohibieran el tabaco por los siglos de los siglos.

—Tenga, para usted.

El anciano agradeció guiñando un ojo y Matas aprovechó para informarse sobre la salida de aquel laberinto. Una planta y dos pasillos más allá, un timbrazo cosquilleó su móvil. Matas miró el número parpadeando en la pantalla y pensó que se trataba de alguna enfermera que le andaba buscando: debía de tocarle ya el turno en oncología. Salió del hospital encogido, protegiéndose bajo la visera de la gorra y subiéndose las solapas de la chaqueta, como si pretendiera burlar a la muerte.

Pero no podía, la llevaba en su interior, xerografiada en sus pulmones y disuelta en el torrente sanguíneo. Llegó a casa y descubrió a Domingo enfrascado ante el televisor, tomando apuntes en una libreta. Se encerró en su cuartucho, se sentó en la cama y se echó a llorar. Su llanto se mezcló con los gritos y jadeos grabados al otro lado del tabique. Pensó que iba a morir en aquel agujero sin ventanas, rodeado de radiografías y de pornografía barata, y que aún tendría que agradecerle a su amigo que le permitiera hacerlo. Miró la última foto de sus pulmones, aquel árbol salpicado de manchas, y las lágrimas redoblaron su caída. Trabajosamente, *Dunkerque* emergió de debajo del camastro, lo vio llorar y se acercó a lamerle la mano. El perro tosió, basculó su cabezota y acabó por regurgitar una bola de celulosa en la que todavía se distinguían las palabras. El cambio de domicilio le había puesto nervioso, todo lo nervioso que podía estar un bull-dog medio sonámbulo. Le había dado por masticar papel y varias revistas pornográficas de Domingo acabaron recicladas en baba de perro. Matas le acarició el lomo, despacio, calculando su edad según ese cómputo extraño en que los años de los perros se contraen, se concentran y se llenan de decimales.

—Vivirás más que yo, viejo. Eso seguro.

Luego alisó la bola de papel y le buscó un lugar entre el montón de hojas que formaban el manuscrito de *Punto de fisión*. Todavía no acababa de entender por qué se lo había llevado de la editorial el mismo día que lo echaron. ¿Despecho, tal vez? ¿Afán de revancha? La puerta del cuarto se abrió y apareció Domingo deslizándose sobre su silla de ruedas. Enfocó a Matas con el mando a distancia, como si pretendiera aclarar la imagen y se fijó en la pila de papeles que tenía sobre la mesa.

—¿Qué es eso?

—Ya ves. Parece que me traje trabajo a casa.

—¿En serio? Lo que parece es que lo hubiera vomitado un perro.

—No te preocupes —dijo Matas, secándose la cara con la manga de la camisa—. No nos quedaremos mucho tiempo más.

—A mí no me molestáis lo más mínimo. Ni siquiera ese montón de pulgas.

—No me refiero a eso.

Entonces le contó todo (su sentencia de muerte, su visita al hospital, su desamparo, su miedo) en frases cortas y sencillas.

Mientras lo hacía, comprendió una verdad elemental del oficio de escritor en la que nunca había reparado: que un narrador se encasquilla en problemas de estilo sólo cuando no tiene nada que decir. Domingo escuchó en silencio y después se sacó del bolsillo del pantalón un pañuelo arrugado y manchado que Matas prefirió rehusar.

—Vaya putada —masculló, guardándose otra vez el pañuelo—. Así que ni siquiera vas a ir al especialista.

—Para qué. Dicen que no voy a durar más de unos meses.

Domingo avanzó con su silla de ruedas y atrapó su mano derecha entre las suyas. A Matas aquel movimiento le tomó por sorpresa: nunca le había visto una muestra de afecto que fuese más allá de un taco.

—Escucha, tengo unos ahorros guardados desde hace años. No es gran cosa, sólo lo suficiente para capear el temporal si vienen malos tiempos.

—¿Qué quieres decir?

—Que son tuyos.

—Gracias, pero no se me ocurre nada que pueda necesitar excepto un entierro. Y te aseguro que eso irá a la cuenta de gastos de mi mujer.

—No seas idiota. Piensa en algo que te gustaría hacer antes de morir.

—¿Como qué?

—Y yo qué sé. Un viaje al Japón, una noche con una puta de dos mil euros...

—Tengo problemas de transmisión, ¿recuerdas?

—Conozco una zorra que lograría que tu parajito emprendiera un último vuelo sin el menor problema.

A Matas no le sorprendió que la conversación hubiera derivado rápidamente de la muerte hacia el sexo. Ya sabía que eran la misma cosa. Se encontró con el mando a distancia entre sus manos, contemplándolo con una atención desmesurada, obscena, como si fuese un falo mecánico que guardase en sus entrañas las miles y miles de películas guarras que había rebobinado.

—No tengo la menor idea de lo que haré —confesó al fin.

Domingo escarbó en su chaqueta para sacar el paquete de tabaco. Extrajo un cigarrillo pero, antes de encenderlo, reparó en la decoración medieval que inundaba las paredes y preguntó:

—¿Te molesta?

Matas sonrió.

—Ya no.

—Eso pensaba yo.

Domingo le ofreció un cigarrillo y Matas lo aceptó. Ya no podía hacerle más daño, pensó. Estaba vacunado. Si algo bueno tenía la muerte es que por fin iba a despreocuparse del tabaco, la bebida, las grasas, el colesterol: esa larga ristra de pamplinas que tanto amargaban la existencia. Pegó una calada honda y se imaginó el humo inundando sus bronquios, rellenando todas sus cavidades y alveolos, charlando con su cáncer tan tranquilamente como él con Domingo. Al olisquearlo, *Dunkerque* arrugó su nariz churchilliana y gruñó en un vano intento de protesta, pero era demasiado holgazán como para emitir un ladrido y más aún para salir del dormitorio. Vomitó otra bola de papel y acabó por tenderse otra vez a sus pies, rezongando.

19

EL ZUMBIDO REPICÓ EXACTAMENTE ENTRE LAS SIENES, desbaratando de golpe todos los cuartos y pasillos que decoraban su sueño. El ruido los hizo trizas y, junto con los decorados, se fueron desgranando también grandes porciones del cerebro y el cráneo. Rodríguez se incorporó en la cama y detuvo el despertador. Luego se tambaleó hasta la cocina y abrió la nevera: una luz polar le rajó los ojos. Fue tanteando entre yogures caducados y arcaicos botes de ketchup y mostaza hasta dar con una lata de cerveza fría, una vieja cura para la resaca que no usaba desde los tiempos del ejército. A juego con el recuerdo, el chasquido de la lata al abrirse rebotó amplificado en la galería de tiro de su cabeza. «Ya no aguantas la bebida como antes» gruñó mientras aquel reguero amargo le escocía el gaznate y el eco del balazo se perdía en el pasado.

Era verdad. Sentado en el borde de la cama, en calzoncillos, mientras daba cuenta de aquel frugal y amargo desayuno universitario, Rodríguez reconoció que sí, que se hacía viejo. En sus buenos tiempos podía mezclar ginebra, whisky, vino y vodka durante toda la noche y levantarse a la mañana siguiente, después de haber dormido cuatro horas, sin más signos de malestar que una ligera jaqueca. Ahora su cabeza parecía la terminal de un aeropuerto y eso que solo había tomado unas cuantas cervezas y un par de whiskies a palo seco, el combustible necesario para sonsacar a Luisito todo lo que sabía sobre aquel grupo de pirados.

Dejó la lata de cerveza sobre la mesilla y escarbó en el bolsillo del pantalón hasta dar con el folleto arrugado. PICHY Partido Independentista Chulapo ¿Y? Aquel deje de chulería interrogativa le adelantó la sorna con que el comisario iba a reírse en su cara si se le ocurría mencionar su hallazgo. Nacionalistas madrileños. ¿Podía haber algo más absurdo que un nacionalista madrileño? Tal vez, pero no mucho más absurdo que un fanático de la sardana, del queso gallego o de los deportes vascos. Qué país de puñeteros locos. Tarde o temprano a alguien tenía que ocurrírsele montar un tinglado con el hecho diferencial de la zarzuela. Luisito le contó que se habían pasado dos o tres veces por La Caverna, siempre vestidos de chulapos, hablando de todas las humillaciones sufridas por Madrid, desde Napoleón hasta la Movida pasando por el asedio de Franco.

—¿La Movida? —preguntó Rodríguez, aferrado a su whisky de garrafa.

—La Movida fue una cosa de lugareños, de paletos venidos de fuera, eso dicen —dijo Luisito. Y añadió como dato incontrovertible—. Hasta Almódovar era de La Mancha.

—Y lo sigue siendo, creo.

Rodríguez se apalancó en la barra mientras asistía impertérrito a las ramificaciones de aquel delirio por poderes. ¿Por qué Madrid tenía que acarrear con el gasto económico y el disgusto político de todas aquellas provincias díscolas? ¿Querían separarse, no? Pues que se separasen, joder, que les diesen bien por el culo. ¿Qué falta nos hacían Cataluña, el País Vasco, Andalucía o Galicia? Es más, no iba a hacer falta ni referéndum ni hostias: era Madrid quien iba a tomar la iniciativa, echando a aquellos hijos ingratos de casa con una patada en el culo. A ellos y a todos los demás desagradecidos: Castilla León, Castilla La Mancha, Baleares, Canarias... Todos los paletos fuera de Madrid, como decía aquella canción escrita precisamente por paletos. Había que empezar una buena fumigación de toda la mierda que le habían echado a Madrid encima durante siglos, todo ese rollo cultural e ideológico extranjero, empezando por la Cibeles.

—La Cibeles —repitió Rodríguez, ya un poco borracho.

—Cibeles es una diosa griega —explicó Luisito al tiempo que se limpiaba la roña de las uñas con un mondadientes—. Lo mismo que Neptuno.

—¿Hablas en serio?

—Yo no, pero ellos sí, por supuesto. Supongo que quieren instaurar la Mari Pepa en los sellos de correos.

Rodríguez rememoraba la conversación con el trasfondo de una cogorza infernal, un diálogo tan insustancial y tan imbécil como esos groseros chistes de borrachos de los que uno se avergüenza a la mañana siguiente, si es que se atreve a recordarlos. Sólo borracho perdido podía uno descifrar los balbuceos y eructos de Luisito y creer que tenían una correspondencia en el mundo real. Y sin embargo, ahí estaban la Cibeles decapitada y el Neptuno desnarigado para certificar el delirio. Era un milagro que la metralla de mármol centrifugada por la explosión no hubiese matado a nadie. Esa gentuza del PICHY, con sus faldas almidonadas y sus gorras a cuadros, parecía escapada de un circo o de la feria de San Isidro, sí, pero tenía auténtico peligro. Le preguntó a Luisito si eran de extrema derecha y, mientras apuraba el enésimo cigarrillo de gorra, el interpelado replicó que su charla le sonaba más bien a comunismo trasnochado, aunque también perseguían a golpes a los moros, ya me entiendes, esos moros cabrones que se dedican a acogotar ancianos y desvalijar extranjeros.

—Una vez vi que intentaban acojonar a un chino que vendía bocadillos en la calle —farfulló Luisito, camino de su quinto cubata—. Pero aunque ellos eran cuatro y el chino no levantaba dos palmos del suelo, se lio a hostias y se quedó solo. Dejó a dos chulapos tendidos en la acera. Parecía una película.

—Sí. Kung-fu en la zarzuela. ¿Como cuándo se dejarán caer otra vez por la taberna?

Luisito dejó el vaso sobre la barra y lo estudió de abajo arriba, como requería su estatura, mientras se soplaba el mechón aceitoso de la cara.

—¿Qué pasa? ¿Te piensas que soy su agente? —preguntó con un insólito mal trago y un punto de soberbia al que desde luego no le daban derecho los cuatro cubatas trasegados ni la media docena de cigarrillos ordeñados.

Rodríguez reculó, mordiéndose los dientes. Un tipo que vivía, fumaba y bebía de prestado podía ser muchas cosas, pero no un idiota. El que la mierda le acompañara por todos los intersticios de su traje y su persona no debía de ser considerado más que una afición privada, no un indicio de su salud mental. Rodríguez palmeó a Luisito en la espalda y pidió otro cubata más para reforzar su cobertura y alejar sospechas.

Definitivamente estaba perdiendo facultades y la de encajar el alcohol era una de ellas. La resaca que martilleaba su cabeza le envió un aviso de caducidad, un certificado de que ya se le había pasado la edad para ir de juerga, beber hasta las tantas y ligar con veinteañeras. En el espejo del cuarto de baño, los indicios de calvicie y el colgante morado de las ojeras corroboraban la sanción. ¿Cómo se le había ocurrido que podía intentar algo con aquella jovencita? ¿Cómo se llamaba? ¿Ana? Probablemente, la pésima iluminación del local le había prestado una pátina de juventud, eso y las rimas de aquel soneto tan airosamente resuelto y recitado. Si ella lo viera ahora, con la tripa en libertad, los hombros alfombrados de pelos y las canas salpicando patillas y bigote, saldría corriendo sobre sus largas piernas.

Se giró hacia el espejo y sopesó su abdomen. Bueno, no estaba mal para su edad. Ese era el problema: su edad. Pero ya cometió el error de casarse con una mujer más joven. Creyó que el tiempo iría limando las diferencias entre ambos, esos once o doce años que lo distanciaban de Celia, pero ella prefirió aferrarse a una juventud que se le escapaba de las manos en lugar de asentarse hacia el hogar, el trabajo, la pareja, los hijos, todos esos sueños que poco a poco se fueron transformando en anclas. También decía que adoraba su bigote y sus canas, que le encantaba su prestancia de hombre maduro, pero al final se lio con su profesor de aerobic, un tío cachas, bronceado y lampiño, dedicado a lucir por ahí sus bíceps de gladiador y su torso de estatua. Más de una vez, en las noches de rabia y desesperación, Rodríguez fantaseó con la idea de cerrarle el gimnasio, utilizar su placa para joderles la vida a ambos, pero la desechó en seguida, como quien aparta una mosca de la cara.

El espejo del cuarto de baño le devolvía las facciones de un cansado y escéptico inspector, un cuarentón que ya había dejado de serlo, matriculado en la sombría hermandad del medio siglo. El reflejo venía incluido en el alquiler, junto con la cocina americana, el ruidoso patio de vecinos, la vajilla arañada, la pequeña y traqueteante nevera, el incómodo jergón, las vigas de madera de la buhardilla. Nunca había pensado cambiar nada, para qué. Nunca había invitado a nadie, ni siquiera a una furcia por horas. Era un piso de soltero, una balsa salvavidas, un puerto de emergencia donde refugiarse del temporal y aguardar tiempos mejores. Pero se quedó encallado ahí años y años, y ya sospechaba que esas estrechas paredes que apenas le servían de dormitorio acabarían siendo su tumba. Fue tan idiota que hasta le dejó la casa a Celia, un amplio piso en las afueras, con terraza, jardines y libre acceso a la piscina comunitaria. En los momentos más amargos de su depresión, Rodríguez imaginaba que lo encontrarían un día tirado a mitad de camino de la cocina, inmóvil, boca abajo, destilando la podredumbre de unas cuantas semanas, igual que esos pobres viejos a los que descubrían muertos gracias a la llamada de algún vecino con olfato de *gourmet,* después de que los bomberos destrozaran la puerta a hachazos. Quizá le tocaría a Peralta dibujar su silueta con tiza en el suelo.

Rodríguez abrió el grifo, dejó correr el chorro y se sacudió el desaliento a manotazos. Afortunadamente le gustaba su trabajo y todavía faltaba mucho para la jubilación. Volvió a estudiarse en el espejo y vio su rostro esmaltado de agua, el espeso bigote entrecano destilando humedad. «La prestancia de un hombre maduro» pensó, citando a su ex. «Anda, no me jodas». Se preguntó si sería eso lo que había atraído a la jovencita de la minifalda, algún tipo de trauma paterno, un embrujo masculino localizado en el vello del labio superior. ¿Cómo dijo que se llamaba? Ana, se llamaba Ana, tenía las piernas interminables y la piel le olía a melocotones tiernos. Aquel perfume lo llevó de puntillas hasta una crema de belleza que usaba su madre y cuyo nombre evocaba el lugar de nacimiento de un gran poeta. Casi sin proponérselo, el patronímico españolizado y el recuerdo de Shakespeare se enhebraron en dos endecasílabos perfectos:

> Si el inglés del Avón dijo a su amada
> que la quería sólo por ser ella

Como si pretendiera alejar la tentación, romper el embrujo, Rodríguez abrió el armarito y cogió la espuma y la maquinilla de afeitar. Necesitó también la ayuda de unas pequeñas tijeras. El bigote fue nevando sobre el lavabo en pequeñas escamas de tiempo, arduos filamentos de su pasado que se iban escurriendo por el desagüe a golpes de grifo. Debajo de la cascada de pelos iba surgiendo su rostro rasurado, una máscara olvidada e insólita, tan irreal como las fotografías de los detenidos en la comisaría, inmortalizados en la pasarela del pasmo absoluto. Cuando terminó apenas pudo reconocerse. Aquel tipo era él, no el estudiante que dejó la carrera de letras ni el oficial que abandonó el ejército, sino el mismo inspector de policía abatido y desengañado que todavía jugaba a escribir sonetos. Sobre su boca descreída, la ausencia del bigote delimitaba un reducto de inocencia, una zona que deslumbraba con la misma palidez de la hierba aplastada cuando se levanta un pedrusco. Rodríguez repasó cuidadosamente con la maquinilla y luego examinó despacio el resultado, buscando huellas dactilares bajo la nariz.

20

Entre las obligaciones del cargo que había arrebatado a Matas, la incertidumbre al recibir una llamada del despacho de Parrado no era una de las más agradables. Nunca lograba adivinar, por su tono de voz al teléfono, si el viejo estaba de buen humor o si por el contrario le esperaba una bronca. En las pocas semanas que habían transcurrido desde su ascenso, Julia recibió unos cuantos rapapolvos caprichosos e intempestivos que prefirió pasar por alto y que atribuía a la incomodidad del viejo al tratar con una cara nueva. Después de todo, Parrado y Matas habían trabajado muchos años juntos, casi codo con codo, y en la editorial todos daban por sentado que el editor jefe acabaría por heredar el negocio. Sin embargo, el viejo no tuvo otro remedio que despedirlo a una edad en que deshacerse de un rostro conocido es como abandonar un vicio, dejar el alcohol o el tabaco, otro escalón hacia la tumba.

Probablemente tampoco le hacía gracia su aspecto, especialmente sus tatuajes, de manera que aquella mañana, cuando el teléfono sonó y Parrado la requirió en su despacho, Julia (que se había arremangado para trabajar más a gusto) se bajó y se abrochó las mangas de la camisa, sacó el espejito del bolso y dio un somero repaso a su pelo y su maquillaje. Luego, mientras iba de camino al despacho, le llamó la atención la rigidez de la secretaria de Parrado, que estaba sentada en su silla, los brazos pegados al cuerpo, tensa como un muelle a punto de saltar. Ni siquiera contestó a su saludo y esa mínima grosería en una mujer a punto de jubilarse que además era la cortesía personificada debería haberla alarmado, pero Julia ya había sufrido bastantes muestras de hostilidad en el trabajo como para tomar en cuenta una más. A nadie le cabía duda de que ella era la culpable del despido de Matas y aunque hizo correr el rumor de que intentó abusar de ella, prácticamente todos los trabajadores de la editorial se habían puesto de parte del perdedor.

Sobre todo las mujeres. Julia no caía simpática a ninguna y Matas no era conocido precisamente entre el personal femenino por coquetear, gastar bromas de mal gusto o soltar comentarios machistas y piropos. Parecía inconcebible que un tipo tan serio hubiese arriesgado su carrera por culpa de una mosquita muerta. Eso es lo que oyó un día que la llamaban, mientras estaba subiéndose las medias en uno de los retretes y dos chicas entraron en los lavabos para fumar a escondidas. Julia salió de golpe y la chica —una de las editoras de ensayo— palideció. Mosquita muerta. Palidecer. Ni siquiera sabía que semejantes expresiones siguiesen vivas. Era una vergüenza que alguien que trabajaba en una editorial las siguiera usando y Julia se prometió a sí misma, mientras le quitaba el cigarrillo de la boca, que le haría la vida imposible en la empresa.

Sin embargo, aquella mañana, después de tocar suavemente con los nudillos en la puerta de Parrado, fue ella quien palideció. Uno de los informáticos, un tipo alto y gordo, se encontraba en el suelo retorciéndose de dolor. A su lado, Néstor, el jefe de maquetación, se sujetaba la nariz de la que colgaba un hilo de sangre. Parrado, en cuclillas, se parapetaba detrás de su mesa de caoba y el resto del despacho estaba ocupado por dos y compactos tarugos. Julia pensó que había algún espejo hasta que cayó en la cuenta de que se trataba de dos gemelos idénticos: pelo corto, nariz chata y ojos muy juntos.

—Caballeros —decía Parrado—. Por favor, caballeros.

Los papeles llovían en todas direcciones. Aquel par de matones envasados al vacío no dejaba de volcar ficheros y desparramar carpetas. En medio de aquel caos, Julia acertó a oír el susurro nasal de Néstor camuflado detrás de la sangre que le tapaba la nariz.

—¿Tienes un pañuelo?

Uno de los matones se giró y le preguntó, con aceptable sintaxis e inequívoco acento eslavo, si decía algo.

—Sólo me pedía un pañuelo —dijo Julia temblando, sacando uno de papel de su bolso y entregándoselo a Néstor.

El matón la miró y Julia sintió que aquellas dos gotas azules y gélidas que tenía en el centro del rostro la atravesaban de lado a lado. Luego ladeó el cuello que crujió como una bolsa de patatas fritas. Algo verdaderamente meritorio porque ni siquiera tenía cuello.

—La giente suele pioner nierviosa cuando estamos jiuntos yo y hiermano mío. Y siempre viamos jiuntos, jiuntos en tiodas partes.

Dijo algo en otro idioma, tal vez ruso o búlgaro. Debía de ser muy gracioso porque se echó a reír a carcajadas aunque su réplica no lo secundó en absoluto. Permanecía callado observando despacio las estanterías, como si estuviera escogiendo cuidadosamente sus próximas lecturas.

—Si hiermano mío no encontrar libro prionto lo que vian a necesitar es viendas.

El hermano cogió de una de las estanterías el primer tomo del diccionario de María Moliner y lo rasgó en dos como si fuese una pizza. Luego les fue apuntando a todos con uno de los trozos aún encajonado en su manaza. Julia pensó que ya la habían amenazado antes pero nunca con un cuarto del idioma. Se fijó en que cada dedo iba decorado con el tatuaje de una calavera y que llevaba otro tatuaje más rudimentario, una especie de círculo con cuatro rayajos grabado en el antebrazo. Fue entonces cuando pensó que los conocía de antes, como si fuesen una pareja de cómicos famosos en otro tiempo, un cartel con unos artistas de circo trasnochados colgado en un callejón de la memoria.

—Violveremos. Biusquenlo bien o hiermano mío.

No acabó la frase pero tampoco hacía falta. La elipsis, aunque improvisada, resultaba lo bastante elocuente. El hermano suyo dejó caer el diccionario roto al suelo y se dirigió hacia la puerta. El despacho se ensanchó cuando ambos salieron. Parrado se puso en pie lentamente. Néstor maldijo con tono nasal. El informático seguía gruñendo desde el suelo. Julia preguntó:

—¿Qué están buscando?

—Una puñetera novela sobre Chernobyl. Dicen que alguien la envió aquí por error y ahora quieren recuperarla. ¿Usted sabe algo?

Julia recordó el manuscrito de *Punto de fisión* que había desaparecido de su mesa de trabajo. Lo había buscado por todas partes pero no sabía dónde había ido a parar. De pronto visualizó exactamente dónde lo vio por última vez: en la mesa de su despacho, junto a tres o cuatro tochos desechados.

—No. Ni la menor idea.

—Será mejor que llamen a la policía —dijo Parrado.

De pronto supo quiénes eran y dónde los había visto: en un pasaje del mismo manuscrito que buscaban, como si más que perseguir el manuscrito anduviesen detrás de su retrato. Sin embargo, cuando llegaron los agentes, decidió guardarse esa información: no creía que a la policía le interesasen las hipótesis literarias. Los demás no pudieron dar muchos datos que identificaran a los asaltantes salvo el detalle de que eran gemelos idénticos. Julia era la única que se había fijado en los tatuajes de uno de ellos y cuando estaba explicando cómo era el que llevaba en el antebrazo, cayó en la cuenta de que estaba describiendo un Sputnik.

Lo que Zoylo vio en el bosque rojo nadie lo sabe. Aún se rumorea sobre lo que pudo ser: un árbol parlante, un violinista loco, un perro infernal de tres cabezas, muertos saliendo de una tumba de hojarasca, caminando sonámbulos, brillando por la radiactividad como luciérnagas. El bosque rojo ya era un lugar maldito mucho antes de Chernobyl. ¿Cuándo y por qué empezó a llamarse el bosque rojo? ¿Fue por la sangre o por las luces de Navidad de los isótopos? Los lugareños decían que los nazis habían masacrado (¿se dice así? ¿masacrado? ¿o es mascarado?) un poblado judío que estaba oculto allí desde los tiempos de los últimos pogromos. Decían que colocaron a los judíos por parejas (marido con mujer, padre con hijo, hermano con hermana), dispuestos para un baile, y que luego les fueron pegando un tiro en la nuca. Cada bala reventaba un par de cabezas, así ahorraban munición, el ejército alemán marchaba en retirada y además, como decía siempre Boris, el plomo sirve igual de bien que el oro para establecer alianzas. Dejaron a los judíos más jóvenes y fuertes para el final, para que excavaran una zanja donde ir echando los cuerpos de sus vecinos judíos en su última danza.

«¿Viste a los judíos, Zoylo?»

«¿Recitaban la Torah?»

«¿Hablaban en yiddish?»

«¿Qué había en el bosque rojo?»

Zoylo no abría la boca. No hablaba mucho antes de su paseo por el bosque rojo pero después no volvió a abrir la boca. Nunca. Su hermano gemelo hablaba por él. Desde el día que llegaron al campamento de Boris, dejaron claro que no necesitaban a nadie más, a pesar de lo pequeños que eran. Se entrometieron en mitad de un partido de fútbol, golpearon a todo el mundo, ahuyentaron al árbitro a patadas y por último rajaron el balón con una navaja. Cuando Pavel protestó (el balón era suyo, un regalo de Boris) lo sentaron de culo de una bofetada.

«Verás cuando Boris se entere».

«Boris nos toca los cojones» dijo Moylo.

O puede que fuera Zoylo. Era casi imposible distinguirlos con sus pantalones caqui, sus botas raídas y sus jerséis de lana viejos, tan desgastados que ya no tenían color alguno. Zoylo (o puede que Moylo) dijo que aquel campo de fútbol ahora era de su propiedad. Que mañana volverían y que tendríamos que pagarles el alquiler. Cogieron la piel muerta del balón y se marcharon muy tranquilos. Era una amenaza pintoresca porque ellos eran sólo dos y nosotros una docena y además apenas levantaban un metro del suelo.

Boris regresó de viaje al día siguiente y cuando escuchó la historia de labios de Pavel no pudo creerla. Se echó a reír. Nos corrió a pescozones. Nos dijo que si no valíamos ni para defender una pelota no entendía para qué queríamos las nuestras. Aun así, la historia despertó su curiosidad hasta el punto de que decidió esperar a los hermanos en el campo de fútbol. Sentado en una piedra, al lado de Pavel, el chaquetón arrastrando por el suelo, fumando una pipa, mirando el partido de fútbol junto a unos cuantos vecinos del barrio que se habían acercado al olor de la pelea. Zoylo y Moylo se presentaron a los diez minutos del primer tiempo, pidieron su dinero, no lo obtuvieron, sacaron sus navajas.

Entonces Boris dio una voz y los dos chavales se volvieron a la vez, como si uno fuera el reflejo del otro. Apenas le llegaban por la cintura.

«¿Tú eres Boris?»

«Así es».

Corrieron hacia él y, sin mediar palabra, intentaron apuñalarlo. Boris los derribó de un par de manotazos, sin mayores problemas. Después se levantó y apartó las navajas de una patada.

«¿Qué era eso que ibais a decirme?»

«Nos tocas los cojones» dijo Moylo.

Puede que fuera Zoylo. En cualquier caso, Boris se agachó y, casi con cariño, le cruzó la cara de una bofetada. «Dilo otra vez, a ver si lo entiendo». Casi al instante, su hermano repitió desde el suelo: «Nos tocas los cojones». Boris los fue abofeteando por turnos y ellos soltaban su réplica al instante, sin amedrentarse, sin que les temblara la voz, sin que les importara la lluvia de golpes en la cara. La gente se reía pero pronto dejó de hacerlo. Los anillos que Boris tenía en los dedos iban cortando bocas, narices, pómulos, barbillas. A las carcajadas siguió un silencio tenso donde sólo se oían los chasquidos secos de los bofetones y la fanfarronada absurda, airosa y descarada. Como el mecanismo de un juguete roto. Al final fue Boris quien se cansó. Se puso en pie, se sacudió el chaquetón y dijo:

«Si volvéis por aquí, os mataré».

«¿Tú?» repuso Zoylo (o puede que Moylo). «No tienes cojones».

Boris se rascó la calva leninista mientras sus dos pequeños adversarios (jerséis rebozados en arena, rostro ensangrentado por los cortes) se alzaban del suelo como podían. Las heridas podían haber servido para identificarlos, pero nadie sabía cuál era cuál, igual que al día siguiente, cuando se presentaron en mitad del partido de fútbol (hinchados por los golpes, los tajos hechos por los anillos como pequeños labios abiertos por la cara) y reclamaron el alquiler del campo.

«Debo admitir que sois valientes» dijo Boris.

«Tú no tienes cojones» dijo uno de los dos hermanos.

Boris se quedó inmóvil. Después, despacio, empezó a reír, una carcajada feroz que se fue contagiando al árbitro, al equipo de fútbol y a los curiosos que habían acudido por si se repetía el espectáculo. Pero ni Zoylo ni Moylo se rieron.

«Venid conmigo» dijo Boris y les invitó a acompañarlos.

«¿Por qué íbamos a ir contigo? No tienes».

«Basta» cortó en seco Boris «Ya os he oído. Ahora escuchad vosotros un rato».

Subieron juntos al carromato. Nadie oyó lo que hablaron pero Boris contó después que no le importó pagar el alquiler del campo de fútbol (diez rublos y un paquete de caramelos) a cambio de adoptar a los dos nuevos huérfanos. Desde entonces Zoylo y Moylo se pusieron a trabajar para él y no tardaron en convertirse en sus mejores cobradores. Unos meses después les tatuó a cuchillo el Sputnik de los exploradores pero lo hizo en el mismo brazo, el izquierdo, con lo cual tampoco hubo manera de distinguirlos. Durante un tiempo, después de la paliza, las cicatrices de la cara sirvieron para identificarlos aunque su dura piel de lagarto no tardó en absorberlas hasta que no quedó nada. No se separaban jamás, no discutían entre ellos, dormían en la misma cama. Yuri insinuó que iban siempre juntos porque tenían miedo de ir solos. Moylo (o Zoylo) respondió que nunca se les había ocurrido andar por separado. Como si siguiesen unidos por el cordón umbilical. Moylo se adelantó en el parto; con un minuto o un minuto y medio de retraso llegó Zoylo, después de que el médico rural se enjuagara las manos y le pegara una calada al cigarrillo que se consumía al borde de la palangana. Su madre murió en el parto. Su padre los abandonó en la cabaña cuando acababan de cumplir cinco años. Ellos mismos deberían haber muerto en aquel pueblucho de mierda a las afueras de Odessa, pero se dedicaron a cazar gatos, perros y ratas para sobrevivir. Saltaban las tapias de cualquier vecino para robar fruta. Entraban en las granjas para ordeñar las vacas. Un granjero los sorprendió tumbados bocarriba, chupando de las tetas de una de sus vacas, y les dio una paliza de muerte. Al día siguiente le pegaron fuego a la granja; en el incendio murieron sus dos vacas, una yegua y todas las gallinas. El hombre apenas logró salvar un caballo y tuvo suerte de que el fuego no se propagara a su propia casa.

¿Es que no sabían lo que era el miedo? Moylo y Zoylo se encogían de hombros. Nada podía asustarlos ya, desde que se en-

frentaron de niños a ratas de tres palmos en la soledad de la cabaña. Ningún dolor que la vida pudiera inventar especialmente para ellos podía compararse a las palizas que les daba su padre borracho cuando apenas daban sus primeros pasos. ¿Con qué los iban a asustar? ¿Con la cárcel? ¿Con el correccional? ¿Con la manaza de Boris? En el orfanato de Odessa desafiaron los castigos más duros y muy pronto los guardias aprendieron que no había manera de doblegarlos.

«¿Nunca os separaron?» preguntó Yuri.

«No por mucho tiempo» dijo Zoylo.

Entonces Yuri apostó a que no se atrevía a pasar solo una noche entera en el bosque rojo. Mientras su hermano nos acompañaba a Pripyat en su primer viaje, él montaría guardia bajo los árboles fosforescentes. ¿Qué? ¿Se atrevía?

«¿Qué tienen de especial esos árboles?»

Aparte de la radiactividad, estaba lo de los judíos. Se levantaban cada noche de la tierra para bailar con su pareja. Yuri se entretuvo inventando detalles como un ojo colgando de una órbita o el agujero de la bala en la cabeza, pero Zoylo no parecía muy impresionado. Seguía comiendo una manzana que compartía con su hermano, bocado a bocado. Al final preguntó con la boca llena:

«¿Nada más?»

Sí, dijo Yuri, aparte de los judíos, estaban los niños muertos. Una vez, cuando la ciudad estaba recién construida, pasó por Pripyat un violinista loco, un asesino de niños. Se llevaba a los pequeños al bosque, uno a uno, encantados por el sonido del violín, y allí los abría en canal y les sacaba las tripas.

«¿Para qué?» preguntó Zoylo, dando un bocado a la manzana.

«Para fabricar cuerdas de violín» improvisó Yuri. «Decía que nada suena tan dulce como las tripas de un niño».

Entonces Moylo se alzó del asiento y soltó un pedo. «Toma dulzura» dijo. Entre las carcajadas, Yuri intentó recobrar el ambien-

te terrorífico con la descripción de un cuchillo dentado. Nunca habían cogido al asesino y algunas noches todavía se oía el gemido del violín cantando una balada entre los árboles. Hasta nosotros mismos, los exploradores, lo habíamos oído alguna vez. ¿A que sí?

«Sería una lechuza» comentó Zoylo.

Su hermano se esforzó en producir un pedo violinístico pero le salió más bien una trompeta. Zoylo le tiró el corazón de la manzana a la cabeza. «Este chaval se ha esforzado mucho en asustarnos. Podrías tener un poco de respeto». Y aceptó la apuesta.

Así que en el siguiente viaje a Pripyat, cuando cruzábamos el bosque rojo, Zoylo se detuvo, se sentó en una piedra y se quitó la máscara para preguntar si estaba bien allí. Ya no se veían las luces del camión y la piedra que había elegido estaba al borde del camino que serpenteaba entre los árboles. Si nos parecía bien, podía internarse un poco más allá, por él no había problema. Yuri, arrepentido, le dijo que no fuese tonto, que ya había demostrado lo valiente que era. «¿Está bien aquí?» volvió a preguntar Zoylo, sentándose sobre una piedra.

Por la mañana lo encontramos sentado sobre la misma piedra, encogido, mudo, tiritando de frío.

«¿Viste a los judíos, Zoylo?»

«¿Saludaste a los niños?»

«¿Tocaban el violín?»

21

EL EDITOR TUVO QUE RECONOCER QUE LA SIGUIENTE HIStoria de Leo era rara de cojones, rara incluso para los parámetros de Leo. Empezaba con dos chinches que viven en un colchón, debajo de un tipo que pesa cien kilos. Como el tío es un gordo descuidado, ambos bichos lo pasan de miedo: su anfitrión casi nunca hace la cama y ni siquiera se da cuenta de las diminutas sangrías que salpican las sábanas. Sin embargo, un día el gordo perezoso se echa novia y entonces la cosa se complica. Como todas las mujeres, la tía tiene la obsesión de la limpieza, cambia la ropa de la cama e incluso le da por sacudir el colchón por las mañanas. La vida de las chinches se vuelve terriblemente precaria y difícil.

—Es una alegoría sobre el pueblo palestino —explicó Leo.

—Una alegoría —repitió el editor, que aquel día llevaba una careta de plástico que representaba a la Muerte—. Sobre el pueblo palestino.

—Viven de chuparle la sangre a Israel, hasta ahí bien. Pero cuando Estados Unidos se mete por en medio…

La Muerte apartó el manuscrito a un lado y repiqueteó las uñas sobre la mesa.

—Tú de política no entiendes mucho, ¿verdad?

—Poco. Lo que le oigo a mi padre.

—Se nota.

Ya que hablaba de padre, iba a darle una serie de consejos paternales. La Muerte fue enumerándolos con sus largos dedos repiqueteantes. Nada de política. Nada de historias con personajes no humanos. Nada de insectos habladores ni de camas geográficas. Nada de generalizaciones vagas: podía jurarle que había mujeres que no se dedicaban exclusivamente a pasar el plumero con un pañuelo liado en la cabeza. Y sobre todo, por favor, nada de alegorías.

—Deja que las historias signifiquen lo que les dé la gana. No marques una dirección. Que un lector pueda leer la aventura de las chinches en clave política y otro vea una historia de amor.

—¿Entre las chinches? Se supone que son dos machos.

—Entre quien sea.

Pero Leo tenía serios problemas para abandonar el modelo alegórico. De hecho, el episodio de las chinches no era más que un pequeño ramal de una novela tremendamente ambiciosa en la que pretendía contar la historia del mundo a través de los conflictos cotidianos de una comunidad de vecinos. No había que ser un genio para comprender que la historia de la humanidad consistía básicamente en una sucesión de guerras. Persas contra griegos. Macedonios contra persas. Cartagineses contra romanos. Romanos contra ostrogodos. Visigodos contra árabes. Árabes contra quien fuese. Y así sucesivamente. Leo había descubierto que el factor clave de aquella larga ristra de atrocidades no era la codicia, ni el miedo, ni siquiera la envidia, sino la vecindad. Tenía apuntes y materiales para más de mil páginas y eso que todavía no había hecho más que empezar el episodio de Roma.

—¿Roma? —preguntó la Muerte sin mucho entusiasmo. Si la máscara hubiese tenido cejas, las habría enarcado.

Roma era Rómula, la anciana de la portería que vivía inmovilizada en su cama. Gastaba un mal genio acojonante, echaba pestes de todo el mundo y mantenía en su casa a una marabunta de parientes ociosos a los que trataba a patadas y que se turnaban para cuidarla y vaciarle el orinal. Los pobres soportaban sus insultos y su mal humor con la esperanza de que les alcanzara alguna migaja de la herencia, aunque la vieja tenía la odiosa costumbre de irlos sobreviviendo a todos. Únicamente mostraba algún cariño por una pandilla de gatos piojosos a los que daba refugio en el patio y que dormitaban a la sombra de una parra, bajo el cementerio de unas jaulas desvencijadas donde, mucho tiempo atrás, habían anidado canarios y jilgueros. «Prefiero los gatos a las personas» solía decir Rómula, «aunque no demasiado».

—Los parientes son los bárbaros, evidentemente.

—Yo había pensado en los gatos —dijo Leo.

En su juventud, Rómula había sido una mujer de bandera con un montón de pretendientes a su puerta pero ella los fue rechazando a todos. El único novio que le inspiró algo más que asco fue un empleado de banca tímido y tartamudo, pero se lo arrebató la pelandusca del tercero, Juanita Cartago, una lagarta que llevaba el pelo teñido y medias de rejilla. Más por despecho que por amor, Rómula se dedicó a hacerle la vida imposible a tiempo completo con una serie de triquiñuelas infantiles quizá (campañas de difamación entre las vecinas, robo de cartas, cucarachas introducidas por la cerradura) pero que fueron minando la resistencia de su rival. Un día, enfurecida porque Juanita se había atrevido a pavonearse con su novio delante del portal, gastó un bote entero de cera en pulir el penúltimo peldaño del primer tramo de la escalera vecinal. Cuando, espiando a través de los visillos, vio que su vecina daba al oficinista los arrumacos finales, se apresuró a salir y desconectar el ascensor. Tuvo el tiempo justo de esconderse en el cuarto de la basura antes de que Juanita entrara en el portal y así, arrinconada tras el cubo de plástico, oyó el quejido de rabia cuando el ascensor no obedeció, el taconeo escaleras arriba y, por fin, el trastazo escaleras abajo sazonado de un aullido horripilante. La caída le quebró tres vértebras del cuello, dejándola condenada para siempre a una silla de ruedas.

La Muerte ojeó las páginas que seguían a las Guerras Púnicas, medio centenar de folios dedicados a riñas entre vecinos, amoríos frustrados, celos enfermizos y una tormentosa reunión en el bar de la esquina donde Rómula, manipulando a amigos y enemigos, consiguió la presidencia vitalicia de la comunidad de vecinos. Las correspondencias históricas no eran más que simples dislates pero la narración, a pesar de su tufillo costumbrista, tenía gracia y bastante desparpajo, al estilo de un Galdós de tercera completamente desquiciado.

—¿De quién? —preguntó Leo.

—Nada, olvídalo.

Añadió que pensaba publicarla en forma de serial, como los folletines decimonónicos, con el título de *Casa de vecinos*. Leo asintió, mientras pensaba cuánto le recordaba esa careta a una que había comprado en una feria cuando no era más que un crío.

Contra todo pronóstico, la serie sobre la comunidad de vecinos obtuvo un éxito inesperado. Nadie, y mucho menos el editor que la aceptó a regañadientes, podía imaginar que iba a convertirse en el título más vendido de Libros de la Nada. En muy poco tiempo tuvo que lanzar diez reimpresiones del episodio de Roma e incluso negociar un contrato para sacar una edición de kiosco. Docenas de cartas de lectores entusiasmados llegaban a su despacho cada día y el editor llamó a Leo para contarle que la mayoría pedía más aventuras de la señora Rómula.

—La Historia no se detiene —repuso Leo y el editor pudo distinguir el brillo de la mayúscula a través del teléfono—. Muere asesinada por sus parientes a la edad de ciento ocho años. La envenenan con un bote de alubias caducado.

—No lo hagas —dijo el editor—. Les encanta ese personaje.

—Lo siento. Ya está escrito.

—Pero el público adora a los malos, Leo.

—Entonces espera a que conozcan al nuevo portero del edificio, Mohamed. Es un moro cabrón al que le gusta matar gatos.

El editor iba a protestar para advertirle sobre la inconveniencia de introducir comentarios racistas en una novela, pero Leo ya había colgado.

22

EL COMISARIO MUÑOZ ESTUDIABA EL FOLLETO ROJIZO con la misma atención maníaca que prestaría a un periódico deportivo o a una quiniela con once resultados. Lo examinó de arriba abajo, le dio la vuelta, lo olió de cerca, lo observó de lejos. Al fin lo dejó sobre la mesa y dio un sorbo a su taza de café.

—En el laboratorio dicen que no hay manera de sacar una puta huella.

—Lo recogí del suelo —explicó Rodríguez—. Estaba pisoteado y había pasado por docenas de manos, incluidas las mías.

—Pues qué bien. No hay mucho donde agarrarnos, ¿eh?

—Parece que no. Pero al menos ahí tenemos el programa político de esta gente.

Muñoz volvió a coger el papel, carraspeó y lo miró como si fuera una partitura. Fue mascullando en voz alta algunas frases sueltas entresacadas del texto: comentarios racistas, enseñas libertarias, versos de zarzuela.

—«Por la libertad del pueblo madrileño» —gruñó—. «Por unas calles limpias de chinos, moros y sudacas». «PICHY: es el chulo que castiga». Como programa político es más bien una mierda.

—Sí, pero fíjese en el de ETA o en el de Bin Laden. No les va tan mal.

—Partido Independentista Chulapo —leyó, rascándose la cabeza—. Si lo publicamos en una nota de prensa, esto va a ser un cachondeo. Nos van a sacar en los telediarios con música de chotis.

—Creo que eso es precisamente lo que pretenden que hagamos. Publicidad gratis.

—¿A pesar del cachondeo?

—Si no, no habrían empezado la campaña electoral.

Muñoz dejó de nuevo el folleto sobre la mesa. Suspiró ruidosamente y se giró hacia la ventana. En la cornisa del edificio de enfrente, picoteaba una paloma. «La verbena de la paloma» pensó Rodríguez.

—¿Qué hacemos entonces?

—Seguir como hasta ahora. Insistir en la hipótesis del vandalismo callejero. Mientras tanto —dijo Rodríguez recogiendo el folleto— yo abriré el baile.

Rodríguez se levantó de la silla para abandonar el despacho y, por pura casualidad, su movimiento al levantarse coincidió con el de la paloma al alzar el vuelo. Lo interpretó como un augurio de que las pesquisas no iban a resultar nada fáciles. La paloma era un pajarraco idiota y aquellos chulapos tampoco parecían muy espabilados pero ambos iban sembrando mierda por todas partes. Tendría mucha suerte si no le salpicaba, pensó mientras regresaba a su cuchitril y se sentaba frente al ordenador.

Tecleó el sintagma «explosivo casero» en un buscador y encontró más de cinco mil entradas. Y eso sólo en español. En internet había miles de páginas web —anarquistas, maoístas, neonazis, simples irresponsables, subnormales profundos y fanáticos de las armas— que enseñaban cómo montar una bomba, fabricar un detonador y ensamblar todo el mecanismo con un reloj de cocina diseñado para cocer huevos. Parecía mucho más sencillo que escribir un soneto.

Le preguntó a Peralta si podrían rastrear el origen de la dinamita y si eso podía llevarles a alguna parte. Peralta se rascó el cogote, carraspeó y le respondió con esa voz entre nasal y arrabalera que le había valido varias misiones de infiltrado entre bandas de traficantes.

—¿Va en serio, jefe?

—El qué.

—La pregunta.

—Claro que va en serio.

Bajando la voz, Peralta le explicó que él tenía un cuñado asturiano que podía conseguirle un par de cartuchos de dinamita cuando quisiera. Que bastaba con decir que uno iba a pescar truchas en el Sella para hacerse con una partida de dinamita bajo cuerda. Y que, ya que hablaban de pesca, mejor no seguir echando el anzuelo por ese lado.

—De acuerdo —dijo Rodríguez—, no vamos a por truchas, no molestes a tu cuñado. Pero quiero que rastrees este papelito, a ver si hay suerte y puedes llegar hasta una imprenta de barrio.

Peralta desenvolvió un chicle, se lo metió en la boca y empezó a mascarlo. Luego recogió el folleto y lo examinó de arriba abajo, con un estilo policiaco que a Rodríguez le resultó familiar. No había duda de que, a pesar de su juventud, Peralta apuntaba maneras.

—¿Cuánto llevas sin fumar?

—Doce días y medio. No es por desanimar, jefe, pero esto podría haberlo hecho yo con un ordenador y una impresora.

—Es lo más probable, pero consulta con los informáticos, anda. Lo mismo descubren algo raro en el papel o en algún tipo de letra.

Peralta saludó al estilo militar y salió meneando las mandíbulas. Rodríguez se sentó ante la pantalla, sacó el paquete de tabaco y empezó a repasar las entradas una por una. Mientras iba leyendo por encima aquellos elogios a la pólvora, jugueteaba con el cigarrillo entre los dedos hasta que terminaba por destriparlo y llenarse los dedos con hebras de tabaco. Recordó a un viejo profesor de latín de la facultad que calificaba los exámenes tomando en consideración no solo la precisión de las traducciones sino la claridad de la letra, el pulso de la escritura, la llanura de los renglones. «El fondo es la forma» solía decir y Rodríguez coincidió con él en que la pobreza de los gráficos y la ramplonería de las ideas que iba dejando atrás se correspondía con la pésima gramática.

Una hora después, se retiró de la pantalla, los ojos atorados de proclamas insensatas, mareado ante tanta imbecilidad retórica. Cualquiera de aquellos revolucionarios cibernéticos podría ser el padrino espiritual del PICHY, pero no localizó ningún fanático del chotis. Guardándose el último cigarrillo en la oreja, echó de menos aquellos tiempos, no tan lejanos, en que la comisaría parecía una locomotora a toda máquina. Quizá el humo le habría ayudado en la búsqueda aunque lo dudaba mucho. Olió sus dedos impregnados de nicotina tras deshacer seis o siete cigarrillos cuyas tripas habían ido a parar a la papelera. Tal vez fue el olor turbio del tabaco o el recuerdo de las clases de latín lo que le obligó a sacar un papel de la impresora y garrapatear unos versos:

Si el inglés del Avón dijo a su amada
que la quería sólo por ser ella,
a mí, que soy del foro y de paella
los domingos me basta tu llegada.

Y si guardó Petrarca la mirada
que Laura derramó en una botella,
yo en tus coletas colgaré, doncella,
la luna de Madrid y su alborada.

Los endecasílabos fluyeron con la misma sospechosa facilidad de un motor al arrancar, los émbolos en sexta y la ironía aceitada, igual que un coche al accionar el contacto. Rodríguez los repasó, tachó una palabra, la corrigió, volvió a tacharla y luego arrugó el papel y lo tiró a la papelera, a hacer compañía a los cigarrillos desmenuzados. «Ana» murmuró. Un nombre perfecto, capicúa, una trinidad de letras. Por unos instantes coqueteó con la idea de dedicar un madrigal al nombre de la muchacha, desmenuzándolo, volviéndolo del revés y del derecho, un pasatiempo de amor cortés, rebuscado y elegante como un sacacorchos que sirviera para disfrazar su pasión al tiempo que intentaba arrancársela de la cabeza.

El timbre del teléfono rompió su ensueño provenzal. Al otro lado del tubo, la ronquera de Muñoz había adquirido tonos de apoplejía.

—Han apaleado a un rumano. Un melenudo alto. Le han pegado una paliza de muerte y ahora está en la UVI.

—¿Se sabe seguro que han sido ellos?

—No, te llamo porque no puedo vivir sin ti. Pues claro que han sido ellos, coño. Tenemos varios testigos que afirman haber visto a media docena de chulapos zurrándole con bates de béisbol al tiempo que recitaban un aire de zarzuela. Como el hijoputa ese de *La Naranja Mecánica.*

Rodríguez cerró los ojos y maldijo en silencio. Incongruentemente pensó que no deberían haber usado bates de béisbol, pero, ¿con qué iban a pegarle para lograr un linchamiento autóctono? ¿Con barquillos?

—La cosa se pone fea —gruñó el comisario—. ¿Te imaginas la que nos va a caer encima por todos lados? El Ayuntamiento, la Comunidad, las organizaciones de ayuda al inmigrante, los grupos rumanos… Esos cabrones sembraron el suelo de papelitos, para reivindicar la hazaña.

—Ya.

—Ponte en marcha. Quiero resultados cuanto antes. Llévate a Peralta para interrogar a los testigos.

—Necesitaré más hombres.

—Estamos bajo mínimos, pero te los conseguiré. Tienes prioridad absoluta.

Al fondo de la papelera, sus versos se mezclaban con filtros intactos y hebras de tabaco. Poesía sin usar. Llamó a Peralta por el móvil y le dijo que sacara el coche y lo esperara abajo. Qué desperdicio, pensó mientras se ponía la chaqueta: Luisito habría podido fumar gratis toda la noche.

23

DESPUÉS DE PASARSE TODA LA MAÑANA CATALOGANDO porno, Matas temía que la realidad empezara a cuadricularse al estilo de la pantalla del televisor. Al salir del portal se frotó los ojos. Le pareció haberse cruzado con uno de los actores de algunos videos que acababa de ver, rebobinando a toda hostia: un tipo enorme con una melena rubia de cola de caballo, que casi siempre hacía el papel de fontanero, practicante, revisor de la compañía de gas, reparador de teléfonos o cualquier otro rol secundario que le proporcionara impunidad suficiente como para llamar al timbre, empujar la puerta y tumbar sobre el sofá a la chica abierta de piernas. Mientras subía las escaleras cayó en la cuenta de que se trataba del mismo tipo que apareció desnudo a la diestra de Santi cuando Domingo hacía su crítica a voces en el patio. Le preguntó si sabía que se trataba de un profesional.

—Déjame ver —dijo Domingo examinando las carátulas—. A cualquier cosa llamas tú profesional.

Eran videos caseros, de producción española, hechos con cuatro duros, iluminación deficiente y sin apenas diálogos. De hecho, ahora recordaba que el melenudo alto ni siquiera abría la boca para hablar. Aparecía acreditado como Berkoff, Gagarin, Ulianov o cualquier otro apellido por el estilo.

—Berkoff. También conocido por el Trípode, el Comisario Genital o la Polla que Vino del Frío —puntualizó Domingo—. Menudo elemento.

—¿Sergei Berkoff? —el nombre le cosquilleó en la memoria hasta que recordó de dónde le sonaba. De la primera página del manuscrito de *Punto de fisión*.

—A saber lo que puede haber escrito Berkoff.

—¿Lo conoces?

—No en persona, pero sé quién es. Un tipo muy raro y eso es mucho decir en el mundo del porno.

Domingo le contó que había llegado a la escena madrileña después de la caída del Muro. Contactó con Santi y en seguida apareció en muchas de sus producciones. También había actuado en unos cuantos espectáculos y locales gracias al tamaño desmesurado de su miembro, pero su carrera se estancó en producciones de mala muerte.

—Como éstas. Podía haberse convertido en una estrella del porno pero le faltaba algo.

—No sería polla —dijo envidiosamente Matas, admirando las fotos cutres de la carátula.

—No. Más bien eran ganas. No le interesaba gran cosa llegar a estrella. Santi me dijo que sólo quiere producir, protagonizar y dirigir su propia película, un mediometraje de veinte minutos en el que tres tipos taladraran a una morenaza sobre una cama.

—No parece un guión muy complicado.

—No, pero las exigencias de Berkoff eran como para volverse loco.

—¿Exigencias? Ni que fuese a rodar una superproducción.

—Según Santi, buscaba una mujer morena, delgada, de pelo largo y ojos claros. No quería pelucas ni lentillas y no le convencía ninguna de las chicas que había disponibles. Desechó casi medio centenar de actrices. Tú verás.

El quejido del colchón trepaba patio arriba. Domingo fue rodando hasta la ventana, subió la persiana e hizo bocina con las manos.

—¡Cabrón! ¡Cabronazo! ¡Que tienes público! ¡A ver si aprendes a follar!

Matas suspiró, cogió un cubo de agua, jabón, una esponja, una bayeta, y bajó a la calle a limpiar el coche. No es que estuviera sucio ni que su economía hubiese caído tan bajo que no pudiera permitirse un lavado automático en una gasolinera: simplemente sintió que, antes de emprender el último viaje, había llegado el momento de bajar y limpiar el coche con sus propias manos. Era algo así como un rito. Matas había visto cumplirlo a muchos de sus vecinos el domingo por la mañana, en el jardín de su casa, en la cuesta que lleva al garaje. Por aquel tiempo esos pobres tipos le daban lástima. No podía comprender que alguien desperdiciara un buen trozo de una mañana soleada manejando una manguera, frotando el parabrisas, sacando brillo a los tapacubos. Sin embargo, sus vecinos parecían felices, lo saludaban al pasar, el trapo mojado en la mano, cumpliendo con tesón y alegría una ancestral rutina masculina.

Aquel Opel Corsa era todo lo que había podido rescatar del naufragio. Lo necesitaba para emprender el viaje definitivo. El plan era sencillo: conduciría de día hasta donde alcanzara la gasolina; escribiría de noche, contando para sí mismo (es decir, para nadie) sus últimos pasos por el mundo. Cierto que, si se limitaba a la península, no podía llegar muy lejos pero de cualquier modo tampoco pensaba ir mucho más allá: ya le habían advertido que era un milagro que el dolor no hubiese asomado aún. Cuando despertara, cuando empezara a masticar su pecho, quién sabe, quizá en el último momento, en un puerto cualquiera del norte o del sur tomaría un barco, un mercante o un trasatlántico que lo llevara hasta alta mar, hasta el centro mismo de su muerte. La estela de hojas arrancadas de su cuaderno de viaje se perdería entre la espuma de las olas. Tal vez ni siquiera necesitara el barco: se arrojaría con el coche desde lo alto de un puente.

Fue su hija quien le entregó el Opel, llave en mano, y apenas había querido cambiar con él unas pocas palabras. Todavía sentía su voz resonando en la cabeza: «Joder, papá. ¿Cómo pudiste ser tan berzas? ¿Cómo dejaste que mamá encontrara un condón usado en tus pantalones?»

Así supo que Livia se lo había contado todo. No era fácil saber por dónde va a saltar el ego de una esposa traicionada pero le sorprendía la facilidad con que, gracias al descubrimiento de aquel desdichado globo de plástico, su mujer se había transformado de golpe en una bruja abyecta, una absoluta desconocida. Ni siquiera quería ponerse al teléfono, no admitía explicaciones ni excusas de ningún tipo.

—Quizá todo se arregle —sugirió su hija—. Es difícil pero puede ser. Sobre todo, se necesita tiempo.

«Tiempo» pensó Matas. Era algo que no tenía. En realidad nadie lo tenía: se trataba de una de esas ilusiones persistentes y falaces de las que está hecha la vida. Un espejismo, un sueño, igual que el trabajo, los amigos, el cuerpo, la salud. Su hija le besó en la mejilla y Matas caviló en las pequeñas trampas del lenguaje, la arena movediza de los verbos transitivos, la sustancia huidiza del amor. El mundo no escondía nada más que una turbadora sucesión de apariencias. Nadie tenía nada.

Matas se sacudió de encima aquella lúgubre metafísica y se dispuso a lavar el coche. Nada más hundir la esponja en el cubo de agua y trazar un arco jabonoso sobre la superficie cromada del Opel Corsa, notó el contacto, algo como un acto reflejo cifrado en el código genético, una especie de vínculo hacia una profusa comunidad de domingueros. Quizá tantos años de actividad intelectual, leyendo libros y rechazando manuscritos, habían atrofiado sus instintos de macho, la natural tendencia a sentarse en un sillón, beber cerveza a morro, contemplar un partido de fútbol, soltar un eructo sin rodeos. Quizá a eso se debía el progresivo deterioro de su capacidad eréctil, la vergonzosa retracción de su hombría.

—Deberías probar con una profesional y un poco de viagra —era el dictamen profesional de Domingo—. Lo tuyo me huele a gatillazo selectivo.

Ahora tenía perspectiva suficiente para situar la impotencia en el marco general de su putrefacción. Primero se iba cayendo el pelo, después fallaban los dientes, luego los cojones. Eran las iniciativas legales, los telegramas de la compañía antes de anunciar el cierre definitivo, el corte del suministro. Hemingway, que recibió varios avisos muy joven, se había pasado la vida matando fieras, maltratando atunes y aporreando narices, intentando demostrar al mundo que todavía se le ponía dura. Otros, generalmente ingleses, se lo tomaban con más humor, invitaban a algún poeta borracho a la cama de su mujer y se quedaban mirando el espectáculo con una botella de coñac a mano. Pero la impotencia masculina era un tema terrible y muy pocos libros, por no decir ninguno, se atrevían a mirar el tabú cara a cara. Hemingway necesitaba escopetas de caza, cañas de pescar, estoques taurinos. En las novelas decimonónicas que tanto le gustaban aparecía siempre entre líneas, envuelto en insinuaciones, malentendidos y metáforas. El triste médico de pueblo con quien se casó Emma Bovary, que refrenaba su caballo cuando se ponía al trote. Ana Ozores, la pobre, atada a aquel vejestorio soplagaitas. Todas esas heroínas decimonónicas que lo más duro que habían sentido entre las piernas en toda su vida era el crujido de la ropa interior cuando a la criada se le iba la mano con el almidón.

Recordó el veredicto de Julia sobre aquella supuesta sátira de los valores masculinos que empezaba con un gatillazo. La crisis de los valores masculinos. Qué montón de palabras para no decir nada. ¿Se atrevería él a escribir sobre el último tabú, incluiría esa experiencia en su cuaderno de viaje? ¿Mencionaría la vergüenza abismal, la dificultad metafísica, el sudor frío, las ganas de morirse mientras aquello se iba desinflando y la bandera se quedaba a media asta? ¿Hablaban las mujeres de esas cosas en sus reuniones entre amigas, compartían experiencias íntimas, hacían listas de amantes fallidos, contaban chistes de pollas a la baja? La tarea mecánica de mojar la esponja y frotar la bayeta resultaba una especie de sucedáneo tranquilizador, otra metáfora inútil. Le unía vicariamente a la fraternidad de los hombres, al ruidoso coro de domingueros, entre latas de cerveza y partidos de fútbol, donde el tema jamás se mencionaba, ni siquiera existía.

A Matas le sorprendió que aquel moderado ejercicio de escurrir la esponja y pasarla sobre el capó no sólo no le resultara molesto sino que le proporcionara una agradable fatiga animal, una especie de desdoblamiento donde su mente vagaba y husmeaba libremente mientras el cuerpo seguía a lo suyo. Tal vez de ahí venía el milenario prestigio del trabajo físico, toda esa ingente bibliografía que, del cristianismo al marxismo, ha dedicado odas enteras a la glorificación del sudor. Cuando leía un libro, su cabeza no podía despegarse de la página, las reflexiones, frases, olores y sabores contenidos en el exacto rectángulo de papel escrito. Pero mientras lavaba el coche podía fantasear libremente sobre carreteras y proyectos literarios, tomar notas para diseccionar a Hemingway, planear incluso una tesis doctoral sobre la insatisfacción femenina en la novela del siglo XIX.

Entusiasmado por aquel tardío descubrimiento de las virtudes terapéuticas de la mopa, Matas decidió prolongarlo poniendo un poco de orden en la pocilga de Domingo. Era como intentar luchar contra la segunda ley de la termodinámica armado de una escoba y una fregona, pero la sensación era absurdamente placentera. Reconfortante y mortificante a la vez, como podía serlo una descarga de adrenalina, un cilicio aplicado en las ingles, una droga dura. Barrió bajo las camas, apiló un montón de números atrasados de *Penthouse* (años setenta y ochenta), fue ordenando los restos del manuscrito descuartizado, todo bajo la aburrida mirada de *Dunkerque* que dormitaba encima del sofá. Cuando hubo descubierto el suelo y una cierta estructura de vivienda bajo toneladas de papeles y estratos geológicos de basura, Matas pasó a la cocina, erizada de cacharros sucios hasta tal punto que tuvo que fregarlos en la bañera. La mierda permanecía incrustada a platos, sartenes y cacerolas con la tenacidad de fósiles apalancados firmemente a una roca y dispuestos a guerrear a muerte por su domicilio. De manera que los dejó sometidos a la coacción del agua caliente y regresó al fregadero para agarrar el estropajo e intentar ganar terreno a la entropía. Era increíble que el hombre hubiese llegado a la luna, que pudiera almacenar una biblioteca de cien mil volúmenes en un chip del tamaño de una uña y que no hubiese inventado nada más sofisticado que un filtro para el fregadero. Todos los restos de comida, los posos de café, los trocitos de fruta y cebolla se quedaban pegados ahí, del mismo modo que los grumos de grasa que atoraban sus arterias y venas. Los temores e ideas morbosas atascando su cabeza, oliendo mal durante días y días.

De pronto Matas dejó de rascar y limpiar. Se echó en el sofá, al lado del perro, reventado, abrumado por una idea que se iba abriendo camino entre las cañerías de su cerebro. Comprendió que desde que le dieron el diagnóstico mortal, todas sus demás preocupaciones se habían ido al garete. Casi le daba lo mismo haber perdido su casa, su mujer y sus hijos; le importaba muy poco que se le empalmara o no. Tener cáncer era como un cursillo acelerado de budismo zen, una sobredosis de ascetismo, la equis que despejaba todas las ecuaciones. Había que reconocerlo: morirse le estaba sentando estupendamente, ni siquiera tosía. Hasta el terror a sufrir cualquier otra enfermedad se había evaporado: el cáncer ocupaba todas las habitaciones de su mente, era el auténtico y único remedio contra la hipocondría.

De haber tenido tiempo y oportunidad, habría empezado a tomar notas para aquel libro definitivo sobre la hipocondría para el que llevaba toda la vida documentándose, pero le aterraba la idea de no poder acabarlo. Lo que sí tenía —por desgracia— era el detalle más importante para pergeñar una autobiografía de éxito: el epílogo, las radiografías, la carta de despedida antes de arrojar el coche desde un acantilado. Un punto final.

24

CUANDO LLEGÓ A LA PLAZA DE ANTÓN MARTÍN UNA TURBA de vecinos merodeaba en torno a la lechera de la policía. Rodríguez bajó del coche mientras oía la típica cantinela contra su oficio, quejas, insultos y lamentos disgregados en un contrapunto coral. Dónde están cuando se les necesita, ojalá hubiese sido el alcalde, entonces se darían más prisa, etc. Había enviado a Peralta al hospital, para ver si podía interrogar al rumano herido, mientras él se acercaba a hablar con los testigos. Vio manchas de sangre estampadas en la acera, justo en el lugar donde el chaval recibió la paliza. Una periodista discutía con uno de los agentes, pero en cuanto vio a Rodríguez (lento, tranquilo, con traje y corbata en lugar de uniforme), olfateó una presa más jugosa y se encaró a él armada de libreta y bolígrafo.

—Mariana Gil, del ABC de Madrid. ¿Puede decirnos algo de esto?

Rodríguez cogió el folleto del PICHY e hizo como que lo leía. Por la comisura de los labios le asomó una media sonrisa de guasa.

—Primera noticia —dijo, devolviéndoselo—. Hay mucho bromista suelto.

—Los testigos afirman que quienes lo apalearon iban disfrazados de chulapos. Y que además llevaban máscaras.

—Sí, y lo raro es que todavía queda para San Isidro.

Sabía que estaba lanzándose por una pendiente arriesgada pero prefería ser él quien iniciara las risas. Sin pausas la periodista le preguntó si la policía creía que la paliza tenía algo que ver con los atentados en la Cibeles y Neptuno. Rodríguez se rascó la oreja y descubrió allí el cigarrillo superviviente. Con toda naturalidad se lo puso en la boca y le prendió fuego.

—No. No creemos que tenga nada que ver.

—Se rumorea que en una de las estatuas los terroristas dejaron escrita la letra de un chotis.

Rodríguez miró a la mujer con su mejor cara de póquer, intentando disimular el farol entre el humo del tabaco. Sus ojos chocaron contra un par de gafas de pasta, de color verde y patilla ancha. Supo que no iba a colar, pero no tenía otro remedio que subir la apuesta.

—Por favor, Mariana. No saque las cosas de quicio. ¿Cree en serio lo que está sugiriendo? No son más que cosas de gamberros, hechos aislados.

Mariana le dio las gracias y empezó a escribir en la libreta. Rodríguez se apartó y llamó a uno de los agentes para que le informara. No podía añadir más detalles a lo que ya le había dicho Muñoz y cuando él mismo empezó a interrogar a los testigos, en seguida comprendió que no iba a conseguir mucho más. Ninguno pudo proporcionarle un rasgo de identificación (bigotes, barba, acentos, cicatrices) más allá de las ropas extravagantes, las máscaras de carnaval y el deje zarzuelero. El móvil sonó mientras una mujer, que ni siquiera podía especificar el número de agresores, le invitaba a subir a su casa y tomar un café.

—Disculpe, señora —era el número de Peralta—. Dime.

—El hombre está jodido. No quiere hablar. Solo he podido verlo unos minutos y no tiene muy buena pinta.

—Me lo imagino.

—Es peor de lo que te imaginas. Lleva un tatuaje en el brazo, una especie de Sputnik.

—Muy bonito. ¿Y?

—Sea lo que sea, dudo mucho de que nuestro amigo sea rumano. Es el anagrama de una banda. No tan populares como los Latin Kings pero ojalá fueran ellos.

—Dame una buena noticia, dime que son ecologistas.

—Mira, ese tatuaje me da muy mal rollo. En la oficina tengo el teléfono de un poli alemán. Ya te contaré algo.

—Ojo con los periodistas —le advirtió Rodríguez—. No se te ocurra mencionar nada de esto.

—¿Me toma por novato, jefe?

Rodríguez suspiró y guardó el móvil en la chaqueta. Peralta era una enciclopedia en cuanto a mafias y pandillas. Tiempo atrás incluso logró infiltrarse en una banda latina. De baja estatura y pelo rizado, logró dar el pego un tiempo pero ni su maestría al imitar acentos había podido evitar que lo desenmascararan. Los tenía bien puestos, Peralta, era una suerte que hubiese salido de aquella historia sólo con un hueso roto.

—¿Llamamos a la central para que envíen un dibujante? —le preguntó uno de los agentes, guardando la libreta.

Rodríguez echó un vistazo al grupo de testigos. Se fijó en que la mujer que lo había invitado a subir a su casa lo miraba descaradamente. Peralta no habría perdido el tiempo, ya estaría tomándole declaración en la cama.

—Llevaban máscaras. No creo que consiga dibujar nada más preciso que el reparto de *Doña Francisquita.*

Echó a andar sin rumbo fijo, rumiando las malas noticias. Si alguna banda de Europa del este (búlgaros o armenios) entraba en la danza, entonces todos iban a bailar algo más serio que un chotis. Dejó atrás Antón Martín y callejeó hacia Tirso de Molina, dándole vueltas al reportaje que iba a encontrarse mañana en el periódico. No debería haberse tomado la historia a chufla, aunque fuese para despistar, no con un tipo en coma. Si el supuesto rumano moría en la UVI, sus carcajadas y chistes de chulapos irían de tambor fúnebre en todas las portadas. Podría usarlas de envoltorio cuando Muñoz le masticara los huevos.

¿Qué le sucedía? Normalmente no metía la pata de esa forma. Examinando en frío el asunto, Rodríguez comprendió que había estado tonteando con la periodista y no sólo con ella, también con la testigo que le invitó a un café. Desde que, siguiendo el consejo de Ana, se había afeitado el bigote, un nuevo hombre había surgido bajo los hocicos de aquel madero taciturno y desencantado, una versión avejentada del ligón de Peralta, un ejemplar de macho más locuaz, más intrépido, más gilipollas. Todavía andaba enredándose con su vieja piel.

Las manos trasteaban los bolsillos de la chaqueta, como si pudiera encontrar al fondo algo más que la fría lámina del móvil, unas cuantas monedas, unas pelusas. Encontró un trozo de papel doblado donde Ana había garabateado su número de teléfono. Paladeó la tentación un momento, luego lo arrugó y lo tiró al suelo sin mirarlo.

Ni siquiera le quedaba tabaco. De repente alzó la cabeza y vio el cierre metálico de un local, las pintadas que lo recorrían de arriba abajo ondulándose sobre pequeñas olas grises. Era la puerta de La Caverna, pero no la había reconocido a la luz del día. Le resultó extraño haber llegado hasta allí tan sólo siguiendo el rastro de sus pasos perdidos, así que siguió husmeando hasta dar con el callejón por donde huyeron los chulapos la noche en que empezaron su campaña electoral. Una paloma picoteaba porquerías en la acera. «La verbena de la paloma» pensó Matas. Aparcado frente a la entrada trasera, taponando todo el callejón, había un Cuatro Latas, la misma furgoneta fantasmal cuya matrícula se esfumó en la noche de Lavapiés. Fue a sacar el teléfono para avisar a Peralta cuando vio que dos chulapos salían del interior del vehículo mientras otros dos surgían a su espalda para cortarle el paso. Uno de ellos se subió la visera de la gorra y Rodríguez se encontró a un súcubo de Lenin diciéndole con inconfundible acento chulesco que era un poco pronto para el recital.

25

AL POCO DE APARECER EN LAS LIBRERÍAS EL SERIAL DE Mohamed, el inmigrante moro que trabaja de portero, mata perros por deporte y acaba por tirarse a todas las vecinas del bloque, el nombre de Leo Zubiri también empezó a salpicar los titulares de los suplementos y revistas literarias. En una época donde la importancia de un libro se mide por el número de ejemplares vendidos, *Casa de vecinos* se convirtió de la noche a la mañana en un fenómeno cultural de primer orden. Los mismos críticos que alabaron las aventuras de un niño con una varita mágica y las conspiraciones de sociedades secretas muy poco secretas se rindieron al embrujo de un pastiche narrativo que intentaba novelar los principales episodios de la historia humana circunscritos al ámbito de una comunidad de vecinos. Ni Dante ni Balzac ni Joyce se habían atrevido a tanto. Era evidente que los conocimientos históricos de su autor no iban más allá de los manuales de enseñanza básica y que su dominio del arte novelístico estaba a mitad de camino entre el cómic y la telenovela, pero esos mismos defectos prestaban a sus historias un encanto naif. Un crítico escribió que su lectura era fascinante, conmovedora, como leer los *Episodios nacionales* escritos por un retrasado mental. Otro advirtió que, si hacía ya más de un siglo que los pintores habían aprendido a no pintar, a dibujar garabatos infantiles, ya iba siendo hora de que surgiera un escritor con el vocabulario, la ingenuidad y la visión de un crío de siete años. Al lado de Joyce, de Kafka y de Faulkner, Zubiri hacía palotes, pero la narrativa del siglo XXI, llena de arterias y ramificaciones, necesitaba una poda, una simplificación que la llevara directamente a las fuentes primarias de lo narrativo. La inmensa mayoría de los lectores pedía palotes y palotes es lo que les daba Zubiri.

Por supuesto, no todo eran parabienes y felicitaciones. Un sector crítico argüía que el autor de *Casa de vecinos* no sólo era un narrador defectuoso y bestia como él solo, sino que además plagiaba la mayor parte de sus historias. Desde el otro bando respondieron, con evidente exageración y cierta prosopopeya, que Zubiri no había hecho más que pasar a sucio a Mommsen y a Gibbon, aderezados con ciertos recuerdos de su infancia de barrio. Cuando un crítico quisquilloso citó como modelo un olvidado libro de Paul Theroux, *Hotel Honolulu* (una novela organizada en torno a las habitaciones y los huéspedes de un hotel hawaiano), no tardó en saltar la réplica: Theroux era un artesano de hechuras decimonónicas, un orfebre infinitamente sutil y paciente; Zubiri, un salvaje genial, un cavernícola que no sabía hacer la o con un canuto y que por eso mismo resultaba irresistible.

Las mismas revistas y suplementos que albergaban estas polémicas ardían por conseguir una entrevista con el autor, pero se toparon con una barrera infranqueable: Zubiri no hacía declaraciones. Al principio, su editor le rogó que respondiera a las preguntas por teléfono o por correo electrónico, pero al final tuvo que ceder a la terquedad de su autor favorito, una misantropía que sospechaba contagiada de timidez patológica. Al fin y al cabo, aquella negativa a mostrarse en público no hizo más que redoblar el interés por los libros y además los periodistas se vieron obligados a acudir al único nexo del autor con el mundillo literario: su editorial, una barata y dudosa factoría de papel impreso que contaba con un catálogo de desechos de tienta y cuyo dueño tenía pendiente una larga lista de demandas por fraude e incumplimiento de contrato. No menos misterioso que Zubiri, el editor respondía a las preguntas camuflado tras un pasamontañas y llegó a conceder una sesión de fotos en la que aparecía con el mismo porte amenazador y obsequioso de un terrorista en un comunicado de prensa.

—No tengo nombre —respondía con un tono orgullosamente nasal—, sólo hago libros.

—¿Por qué lleva pasamontañas?

—No me gusta la fama. En mi trabajo es un lujo que no puedo permitirme. Prefiero desaparecer detrás de mis libros.

—¿No lo hace porque alguno de sus autores ha jurado partirle las piernas?

—En absoluto.

—Dicen que detrás de ese pasamontañas se oculta el mismo Zubiri.

—Qué más quisiera yo. Zubiri es un monstruo.

—¿Cómo lo descubrió?

—No lo descubrí. Él vino a mí, como Mahoma a la montaña. Me entregó un montón de manuscritos y decidí publicarlos todos.

—¿Habrá entonces más libros de Zubiri, aparte de *Casa de vecinos*?

—Habrá un montón de libros de Zubiri, puede jurarlo. Pero nada de saturar el mercado. Mejor ir publicándolos uno a uno.

—¿Qué haría si Zubiri le pone también una demanda por incumplimiento de contrato?

—La publicaría sin dudarlo.

No lo decía por decir. Hubiese publicado cualquier cosa que saliera de la pluma de Zubiri, sobre todo ahora que había comprobado que estaba tocado por la buena estrella. No, no se refería al genio sino al éxito. El genio era otro cantar, se necesitaban décadas y a veces siglos para descubrir sus huellas en un manuscrito, y él, como lector y como editor, no disponía de tanto tiempo. En cambio, el éxito significaba pagar deudas, conseguir contratos, comprar respeto, tal vez incluso entrar en las listas de los libros más vendidos. Quién sabe, quizá algún día podría quitarse el pasamontañas.

Sin embargo, para Zubiri el éxito de *Casa de vecinos* no significaba gran cosa. Seguía sin saber para qué o para quién escribía. En casa nada había cambiado: su madre lo miraba escribir aferrada a su eterna sonrisa de lástima y su padre lo recibía con el mismo saludo huraño de siempre, un gruñido entre dientes que venía a significar cuándo coño iba a crecer, a buscarse un trabajo de verdad, a ser un hombre. Su padre seguía jugando solo al ajedrez, sorbiendo la sopa a cucharadas y leyendo el periódico como lo había hecho toda la vida: las gafas montadas casi en la punta de la nariz, moviendo despacio los labios, masticando palabras. Leo ni siquiera lo había visto hojeando uno de sus libros, a pesar de los ejemplares que su madre iba diseminando por la casa, en la mesilla del dormitorio, en la consola del recibidor, sembrándolos al descuido. Si su padre, aunque fuese una vez, hubiese alzado la cabeza, le hubiese dicho «muy bien, hijo», tal vez se habría detenido, habría dejado de escribir. Pero sabía que para su padre escribir no era un trabajo de verdad, sólo un lujo, una distracción de señoritos. Leo se sentía cada vez más solo dentro de aquella casa, como si los capítulos del serial que estaba escribiendo lo condujesen inevitablemente a la guerra civil, al despedazamiento fratricida, a la médula misma de su familia. Cuando se tropezaba con algún vecino en la escalera tenía la sensación de ir a encontrarse con alguno de sus personajes: la Inquisición, la Conquista de América, la Revolución Francesa.

—Quizá te vendría bien alquilar un apartamento, Leo —le dijo su editor—. Puedo darte un adelanto, si quieres.

No quería. No podía decirle que necesitaba el aire de su cuarto, el crujido de los tebeos en las estanterías, las viejas carpetas con apuntes, el póster de Pink Floyd que colgaba en la pared junto a su cama. Necesitaba el olor familiar de las sábanas, el viejo aroma del pasado esas noches en que su madre abría la puerta de su cuarto, cuando creía que él estaba durmiendo, y se sentaba a su lado en la oscuridad, vigilando su sueño, murmurando una nana.

—Todo va a salir bien, hijo.

26

EN LA BRUSCA CAÍDA EN LA PIRÁMIDE BIOLÓGICA QUE LE había llevado de padre de familia a paria sin hijos, de feliz propietario a mendigo y de vivo a muerto en ciernes, Matas también había descendido en el escalafón profesional. Había cambiado las decisiones editoriales y la lectura de manuscritos por la escritura de informes sobre películas porno. Domingo pensó que le vendría bien para distraerse mientras aguardaba el final, aunque no estaba muy seguro de que pudiera llevar a cabo el trabajo.

—Sólo un resumen del argumento y una somera descripción de los protagonistas —le advirtió antes de que dos de sus colegas indigentes empezaran la odisea de trasladarlo con la silla de ruedas escaleras abajo—. Tamaño de las tetas, tamaño de la polla, etc. Nada de críticas ni de valoraciones. Eso me lo dejas a mí, ¿estamos?

Sin embargo, nada podía recordarle más la idea de la muerte inminente que la pantomima de los cuerpos juntándose y separándose, esa lenta e interminable marea que ocupaba la tierra sin necesidad de ciclos lunares, esa lucha de fluidos en pos de su perpetuación. ¿Argumento? No había otro argumento, nunca lo hubo. Qué más daba que llegara un fontanero a arreglar un lavabo o una muchacha a hacer una prueba en una agencia de modelos. La pornografía desnudaba la trama de la vida hasta llegar al hueso, a la verdad pura y dura: en este mundo todo consistía en follar, dejar un hijo, un rastro en otra carne, un arañazo antes de palmar e ir a engrosar las filas del museo. De eso iba la película. Todos los demás prodigios de la civilización —juzgados, automóviles, satélites, ollas a presión, tratados de paz, trasplantes de córnea— giraban en torno a la cama.

En realidad, ni siquiera hacía falta cama. Matas estaba anotando las medidas del atleta húngaro que levantaba a la gimnasta húngara y la apuntalaba contra la pared, cuando comprobó que Domingo se había dejado la puerta abierta.

—Hola —dijo Julia—. ¿Interrumpo algo?

Matas negó con la cabeza. En cuanto a los húngaros, estaban en otra dimensión. Julia entró y echó un vistazo a la tele.

—Es polaco, ¿no? ¿O quizá húngaro?

—Húngaro, creo. No presto mucha atención a los diálogos.

Recordó que Julia tenía una extraordinaria facilidad para los idiomas, aunque en realidad los protagonistas de la película no tenían mucho que decir. Llevaba un traje chaqueta de corte clásico y zapatos de tacón, probablemente tocaba la semana de poetas universitarios, Salinas, Hughes, cosas así. Las manos cruzadas a la espalda, se dedicó a examinar el meticuloso desastre en que vivía Matas: la cocina patas arriba, los platos sin fregar, la colección de carátulas de cine porno abarrotando las estanterías, el bulldog echado en un rincón.

—¿Cómo me has encontrado?

—Tu hija me dio la dirección. Llamó a la editorial para preguntar qué había ocurrido.

—¿Le contaste que fue todo cosa tuya?

—Percibo cierta hostilidad —dijo Julia, sacando una de las cintas del estante y devolviéndola luego a su sitio.

—¿Ah sí? No me lo explico.

—Nunca supiste leer entre líneas, Cristóbal. ¿No lo entiendes? Me vestía para ti. Intenté seducirte con todos los estilos. Tú ni siquiera me veías.

Matas levantó la cabeza, admirado. Como si de repente lo hubiesen sacado a rastras de su miserable vida para zambullirlo de golpe en las páginas de una de esas novelas decimonónicas que tanto le gustaban. Se quedó embelesado, escuchando el monólogo de Julia como si se tratase de un aria de ópera.

—Todo lo que hice, lo hice por despecho. Estaba enloquecida. Yo no quería echarte del trabajo. Quería que trabajásemos juntos, que valorases mis decisiones en lugar de limpiarte el culo con ellas. Pero nunca tuviste en cuenta mis criterios, nunca escuchaste ni una sola de mis apuestas. Echaste por la borda libros que eran ganadores seguros.

—La literatura no es una carrera de caballos, Julia.

—¿Y la editorial tampoco? ¿De qué íbamos a vivir entonces? ¿De las reseñas en cuatro revistas literarias de mierda?

Matas tosió y se llevó la mano al pecho. Sintió un dolor sordo, tal vez la primera punzada del cáncer removiendo la puñalada propinada por su antigua ayudante.

—Para qué voy a explicártelo. Lo llevas tatuado en la piel.

—¿Esto? —preguntó Julia, remangándose un brazo—. Con esto no se come, Cristóbal. Por un libro de éxito que publicáramos, podíamos haber lanzado diez o quince nuevos novelistas.

—El alma sólo puede venderse una vez —dijo Matas, sintiéndose virtuosamente idiota—. Nunca publicaría una novela mala a sabiendas.

—¿Quién te dice que eran malas? —Julia casi gritó—. Si ni siquiera las leíste. Que un libro tenga éxito no quiere decir que necesariamente sea una mierda. No les diste ni una oportunidad. Como a mí.

A medida que hablaba, Julia se iba acercando hasta la mecedora donde Matas sostenía el bolígrafo y la libreta.

—Déjalo estar, Julia.

—No lo voy a dejar.

Para demostrarlo, se arremangó la falda de tubo hasta las caderas y se sentó a horcajadas encima de él. Nieves de antaño y lluvias de abril salpicaban la blancura de sus muslos. Luego le quitó la gorra de la cabeza y le manoseó la calva cubierta de fina pelusa en una caricia metonímica.

—Estás más delgado —susurró, mientras le pasaba las uñas por la nuca.

—Sí, estoy a régimen.

El roce de las uñas traspasó la piel y acampó en su cerebro. Matas se estremeció pero no de deseo. De repente la escena decimonónica se depuró hasta llegar a un guión de cine porno. De eso iba la película.

—No va a funcionar —dijo Matas, previsor—. Esto ya lo hemos vivido antes.

Enredada a su cuello, Julia besó, chupó, acarició, forcejeó y gimió. Con el traqueteo, la vieja mecedora se fue animando aunque Matas no. Cabeceando hacia delante y hacia atrás, parecía animarle a culminar el adulterio. 85 pulsaciones, cronometró Matas. Sí, sí, sí, gemían las tablas a coro, despertando a *Dunkerque* de su siesta matinal. El perrazo irguió su cabezota, olfateó el peligro y se alejó paso a paso, antes de que la mecedora se viniera abajo con sus dos ocupantes.

—Maldita sea —dijo Julia gateando sobre él.

El contacto ni siquiera despertó su entrepierna. La muerte había empezado a trabajar con él al estilo de un alfarero, fabricando un vacío donde antes latía su sexo. Daba igual porno húngaro, insinuaciones románticas o roces carnales: ahí en medio sólo había un agujero girando en manos de la muerte, dando vueltas al barro antes de que volviera al barro. Lo sentía por Domingo, que seguía empeñado en presentarle a una puta de primera clase como regalo de despedida.

—Oye, cuando te fuiste de la editorial, no te llevarías un manuscrito.

Lo dijo mientras se limpiaba el vestido, intentando que su tono fuese casual, formulando una pregunta que en realidad no lo era.

—¿Qué manuscrito?

—Ya sabes. Esa novela rara sobre Chernobyl.

Matas se levantó despacio, palpándose los huesos, esperando el primer puyazo del dolor que significaría el aviso de los títulos de crédito. Pero todavía no había ningún dolor, salvo el del costalazo en la espalda y la tristeza de contemplar la mecedora rota en medio de la habitación. Recogió la gorra del suelo, la sacudió y se la puso.

—No sé muy bien lo que me llevé del despacho. Prácticamente me echasteis de allí a patadas.

—Alguien nos hizo una visita a la editorial. No me gustaría que la repitiera.

Le contó cómo, en cuestión de segundos, un par de bestias mellizas destrozaron el despacho de Parrado, dejaron fuera de combate a uno de los informáticos y rompieron la nariz de Néstor. Pobre Néstor.

—Pero la próxima vez que me pregunten puedo darles tu dirección.

Aquella amenaza explícita despertó un mecanismo en el interior de Matas, uno que tenía oxidado desde hacía mucho tiempo y que creía desguazado para siempre. Empezó con un cosquilleo en el bajo vientre, trepó por las costillas y subió hasta la boca. ¿Una paliza? ¿Se atrevía a asustarle con una paliza?

—¿De qué te ríes? ¿Crees que tiene gracia?

Matas no podía decir nada, estaba muy ocupado sosteniéndose la barriga, revolcándose a carcajadas sobre el sofá.

Tardó algún tiempo en contestar y cuando lo hizo las palabras salieron atragantadas entre lágrimas de risa.

—Lo siento, Julia. No sé dónde está el manuscrito. De verdad.

Julia se marchó, dando un taconazo y jurando una amenaza. Al ver a su amo tan de buen humor, *Dunkerque* pareció animarse. Se estiró, bostezó y expectoró una bola de papel. Matas se agachó, la desenvolvió y la leyó como si fuese un mensaje de la fortuna. Era parte del informe de Julia: «Un cóctel a medio camino entre el disparate total y la novela picaresca con la tragedia de Chernobyl de fondo».

27

A LO LARGO DE MÁS DE VEINTE AÑOS DE OFICIO RODRÍguez conoció a asesinos de todos los calibres, desenfundó la pistola en varias ocasiones y se vio envuelto en más de un tiroteo, pero no podía decirse que se hubiese acostumbrado a la violencia. A eso no se acostumbra nadie, salvo los malnacidos. No era uno de esos policías de la tele, que disparaban con la misma frecuencia con que iban al baño, como si la pistola fuese un órgano más, una simple extensión de los dedos. Había tenido sus más y sus menos con matones búlgaros, sicarios colombianos y mafiosos chinos; por eso mismo, cuando aquellos cuatro tipos lo llevaron abajo, empujándolo en la oscuridad, lo sentaron en una silla y le ataron las manos al respaldo, pensó que era una historia que era mejor olvidar. Si salía vivo de aquella, jamás podía presumir de que lo habían raptado unos chulapos.

Uno de ellos encendió un interruptor y un fluorescente parpadeó, refunfuñando, hasta posarse sobre la tarima polvorienta de La Caverna. El lugar de su modesto triunfo poético un par de noches atrás aparecía vacío, resacoso, con el suelo todavía empapelado de folletos y las filas de botellas escorándose hacia la penumbra. Una luz cruda enharinaba las máscaras de carnaval que asomaban bajo las gorras, dando a toda la escena un aire de pesadilla cutre, de ensayo chapucero en un aula de colegio.

Con las nociones de psicología callejera practicadas en incontables detenciones, careos y ruedas de detenidos, estudió las facciones de plástico que giraban en torno a él en un castizo ajedrez de pañuelos, rayas y cuadros. No había mucho con que distinguirlos, pero Rodríguez notó de inmediato que en dos de los Lenin, rígidos y patibularios, el disfraz de zarzuela apenas lograba contener el aura de peligro, un instinto que emanaba de sus movimientos y que delataba el hábito de la violencia física. Eran un par de matones, deshechos callejeros, carne de presidio, no le cabía duda. No necesitaba verificar sus biografías para apostar que ambos habían pisado la cárcel no mucho tiempo atrás y asimilado en carne propia sus reglamentos. En cambio, los dos restantes parecían un par de niños bien metidos en una obra de teatro para aficionados. Uno de ellos se sentó en el suelo, recostó la espalda contra la pared y se quedó inmóvil. El otro, el que llevaba la batuta, se volvió hacia los dos matones y ordenó:

—Registradlo.

Dos pares de manos lo manosearon de arriba abajo, extrayéndole la cartera y la pistola reglamentaria. El chulapo jefe recogió la automática con una mezcla de asco y curiosidad, sosteniéndola por la culata, y la depositó finalmente sobre una silla vacía. Tras un ademán de cortesía, musitó «con su permiso» y abrió la cartera.

—Francisco Rodríguez Guzmán —leyó en voz alta al sacar el carné y luego pasó a la placa—: Cuerpo nacional de policía.

Los dos matones rieron torvamente. El que estaba sentado en el suelo se ajustó la careta sobre el rostro.

—Parece un chiste —dijo uno de los ex presidiarios—. Cuéntale uno de los tuyos, anda.

No se hizo de rogar. Carraspeó y le preguntó a Rodríguez:

—¿Qué son mil catalanes muertos?

Rodríguez se encogió de hombros.

—Pocos.

Las carcajadas resonaron por todo el sótano. Los dos se doblaron de risa mientras el chulapo joven seguía sentado en silencio y el jefe examinaba su carné.

—Casi no lo reconozco sin el bigote, Francisco. ¿O prefiere que le llame Paco?

—Suelen llamarme Rodríguez. ¿Con quién tengo el gusto?

—De momento, llámeme don Hilarión —dijo, y Rodríguez imaginó que su sonrisa se curvaba tras la máscara—. Para ser coherentes.

—¿Por qué no Lenin? Para ser coherente debería usted emplear ese tono chulesco de las zarzuelas.

—Tenemos un idioma común, es cuestión de cortesía.

—Por Dios, claro que tenemos un idioma común. Lo que usted llama idioma no es más que un acento folklórico extinguido.

—Vaya, chicos —Lenin se giró hacia sus colegas—. Fijaos cómo habla el poli. Qué elocuencia, qué estilo.

—Es que es poeta, jefe.

Más carcajadas soeces cruzaron el local de lado a lado, pero Rodríguez se fijó en que el chulapo sentado en el suelo no se reía. Al contrario, parecía que algo le apretaba el cuello.

—Se marcó usted un soneto estupendo la otra noche, inspector.

—Gracias.

—¿Sabe?, a nosotros nos fallan las letras. Había pensado en pedirle una para el próximo espectáculo.

—De acuerdo, dame los detalles.

—Muy listo —dijo—. Pero mejor que sea una sorpresa.

—¿Qué vais a volar ahora? ¿Un autobús? ¿Una estación de tren?

—¿Nos toma por unos etarras o por unos moros descamisados?

—Lleváis el mismo camino, hijo.

Lenin apoyó la punta del pie en la silla donde Rodríguez permanecía sentado, muy cerca de su entrepierna. Unas gotas de luz salpicaron el cuero negro del zapato.

—No me llame hijo, guripa de tres al cuarto. Si esta ciudad está llena de escoria y de asesinos, la culpa es de la poli.

—¿Guripa? Hace décadas que no oía esa palabra.

—Ustedes han dejado que toda la ciudad se llene de extranjeros, de moros, de ecuatorianos y de chinos de mierda. Este barrio, por ejemplo, parece Pekín.

—Veo que, para ser comunistas, no les tenéis mucho respeto a los chinos.

—A éstos no. Los disidentes apestan.

—Ya. Y vosotros aspiráis a un Madrid puro y limpio. Nada más que palomas y barquillos.

—Suena un poco feo como publicidad —terció uno de los matones.

—Publicidad fue arrancarle la cabeza a la Cibeles. No hay muchos moros ni chinos por esa zona, te lo aseguro. Podríais haber matado a unos cuantos madrileños de pura cepa.

—A veces hay que gritar para que te escuchen. Pero nadie sufrió ningún daño, excepto quizá el alcalde, en su orgullo. Y además le hicimos un favor decapitando a esa puñetera zorra griega. No intente soltarse. Mi amigo sabe cómo hacer un nudo.

—Supongo —jadeó Rodríguez— que aprendió en la marina.

Lenin se echó a reír. Luego se quitó el pañuelo del cuello y le secó la frente empapada en sudor. Uno de los chulapos se acercó hasta la silla, cogió la pistola, abrió el cargador, lo examinó y volvió a cerrarlo. Todo muy profesional, no era la primera vez que manejaba un arma. Pero llevaban ya un buen rato hablando y supo que se le estaba acabando el tiempo.

—Todas las revoluciones se amasan con sangre, inspector. Todos los tumores se atajan a cuchillo.

—Ya. Me imagino que por eso llevas calzado italiano.

Lenin observó atentamente la puntera de sus zapatos negros.

—¿No le gustan?

—Me encantan. Pero me imagino que, para ser coherente, deberías calzar unos hechos en Navalcarnero.

Algo se removió a sus espaldas, el ex presidiario que se tensó a la vez que montaba el arma. El chulapo jovencito se había levantado y ahora se frotaba las manos, nervioso.

—Además, esos disfraces ni siquiera son auténticos. ¿Dónde los habéis comprado? ¿En un chino?

El cañón helado de la pistola se apoyó en su nuca. Durante una pausa interminable aguardó el sonido del disparo y se preguntó si le daría tiempo a escucharlo, si habría un minúsculo retraso entre el balazo y la detonación como la pausa entre el relámpago y el trueno.

—Deja que le pegue un tiro.

Lenin negó con la cabeza y extendió el brazo para recoger la automática. La estudió despacio, admirando su limpieza de líneas.

—¿Es una H.K. reglamentaria, verdad? —Rodríguez asintió—. A mí nunca me gustaron las armas, para eso dispongo de colaboradores.

—Deja ya de jugar —interrumpió el aprendiz de verdugo que tenía a su espalda—. Ha encontrado el escondrijo, ha oído nuestras voces. Tenemos que deshacernos del madero.

Lo dijo como si él no estuviera delante, como si sólo fuese un cadáver del que había que desprenderse antes de que empezara a oler. Lenin obvió el comentario, juntó las manos y siguió perorando.

—Solo que hay veces que las armas son necesarias. Hay cosas que no nos gustan pero que es necesario hacer. Qué le voy a contar a usted, que es policía.

Hizo una seña y dos pares de brazos lo alzaron en volandas. El chulapo joven los fue siguiendo hasta el fondo del local, como un devoto reacio en una procesión. Mientras Lenin forcejeaba con un candado que clausuraba una puerta, los dos costaleros dejaron su carga sin muchos miramientos en el suelo. Un chorro frío lo atravesó cuando vio que se quitaban las máscaras. Joder, no eran más que unos críos de mierda. Uno de ellos llevaba un pendiente en la oreja. Lenin tenía los cabellos dorados y pinta de actor adolescente. Le sonrió, frunciendo una barbita rubia que parecía un homenaje a la perilla leninista. Luego se agachó y empezó a sacar y a apilar cajas de cervezas junto a la pared.

—Muchachos, pensadlo bien. Estáis a tiempo de parar todo esto. Todavía no habéis hecho nada realmente malo.

«Excepto reventar a patadas a un extranjero» pensó.

—Se equivoca, inspector —respondió Lenin levantándose y sacudiéndose las manos—. Esto ya no hay quien lo pare. Ha llegado usted demasiado lejos.

Lo decía como si fuese culpa suya. Sacó un paquete de Winston, encendió uno y dio un par de caladas. Después se lo ofreció a Rodríguez, que asintió con la cabeza y empezó a chupar ansioso. Creía que los condenados a muerte siempre fumaban el último cigarrillo con dignidad y placer, pero a él ese trago final le atoró la garganta y la boca. Le supo a mierda. Las virutas de humo le arañaron los ojos. Tosió, lagrimeó, escupió el pitillo al suelo. Ni siquiera tuvo fuerzas para animarse a hacer un chiste y preguntar por qué le daban a fumar tabaco americano. Entre toses, vio cómo uno de aquellos botarates iba sacando cartuchos de dinamita de una mochila.

—Tiene razón —murmuró una voz a sus espaldas—. No podemos hacer esto.

—Sí podemos. Ya lo verás.

El chaval dio media vuelta y echó a correr. Era el único que todavía llevaba la careta puesta. Uno de los chulapos fue a perseguirlo pero Lenin lo detuvo con un gesto.

—Déjalo. Hay cosas más importantes que hacer. Coge la dinamita restante, la mecha y los folletos. Llévatelo todo a la furgoneta.

El chulapo obedeció de mala gana. Lenin extrajo otro cigarrillo del paquete y lo encendió con una larga calada.

—No sabía que le sentaba mal el tabaco. Pero no se preocupe, ya no podrá hacerle daño.

—Los bomberos desenterrarán mi cuerpo de entre los escombros. Tan fácil como sumar dos y dos. En seguida descubrirán que el derrumbe no fue casual. Será como si me hubierais pegado un tiro.

—No se crea. *Malajo* aprendió a manejar explosivos en el ejército. Colocará las cargas justas en los lugares justos. Todo se caerá como un castillo de naipes.

Era como un médico explicando con delicadeza los pormenores de una operación. Pero *Malajo*, agachado, sudando, bregando entre cables y cartuchos, se encargó de disipar la impresión quirúrgica.

—Y una mierda. La viga maestra se encuentra justo ahí —dijo señalando el sotanillo que albergaba los refrescos—. Lo metemos dentro junto con la carga principal y el trozo más grande que podrán encontrar de él será el agujero del culo.

Lenin asintió y lanzó el cigarrillo de un papirotazo. «A qué esperamos» dijo. Lo empujaron al interior de la cavidad con silla y todo. Rodríguez asistió a su enterramiento en vida agarrotado por un estoicismo atroz, una serenidad que sólo lo visitaba en ciertas pesadillas. Respiró lenta y profundamente mientras *Malajo* colocaba la dinamita a sus pies. Luego, mientras desenrollaba los cables, casi se echó a reír al ver que, en efecto, usaba un ovoide reloj de cocina como temporizador casero.

—Aquí tendrá silencio y tranquilidad, inspector —dijo Lenin, dándole cuerda al reloj—. Vaya escribiendo una oda a Eloy Gonzalo. Debería estar lista para San Isidro aunque me temo que no tendrá usted tanto tiempo.

Malajo conectó el reloj, lo puso en marcha, cerró la puerta y una oscuridad prematura se cernió sobre él.

—Un último chiste —dijo desde el otro lado de la puerta—. ¿Sabe cómo se fabrica un catalán?

—Hijo de puta —masculló Rodríguez.

—Frío, frío. Cincuenta por ciento agua y cincuenta por ciento mierda. Pero no hay que pasarse con la mierda, no te vaya a salir un vasco.

Esta vez no hubo risas. Era terrible y al mismo tiempo cómico que aquel fuera su responso, su despedida. Dos pares de pasos se alejaron. En el vacío que siguió, sus ojos tardaron en acostumbrarse a la oscuridad, pero su oído seguía ahogado en el estruendoso tic-tac a sus pies. Su cabeza casi tocaba el techo de aquel agujero taponado con cajas de cerveza. Bajo la puerta latía una rendija de luz, la suficiente para que pudiera vislumbrar aquel trasto absurdo que se usaba para cocer huevos y el diminuto gajo de tiempo que avanzaba y avanzaba. Cinco minutos: eso era todo lo que le quedaba.

28

—UN MOMENTO, UN MOMENTO. ESTO NO PUEDE continuar.

—¿Por qué no?

—La última vez que colocasteis una bomba le arrancasteis la cabeza a una estatua.

—Naturaca.

—Y ahora pretendéis volar en pedazos a un policía.

—Esa es la idea.

—Un policía inocente.

—Venga ya. Ningún poli es inocente.

Zubiri se rascó la calva. Sumido en la penumbra imprecisa de la ficción, el chulapo repiqueteaba la punta del zapato sobre el suelo sucio del sótano, al estilo de un bailarín impaciente por empezar la danza. Un zapato negro, reluciente, perfectamente lustrado. Un zapato italiano. El poli tenía razón: era un detalle incongruente, lo mismo que la máscara de Lenin.

—No logro entender cómo el mecanismo de una bomba colocada en una novela puede detonar en la realidad.

—La realidad ya no es lo que era.

—Se supone que sois monigotes, criaturas de mi imaginación.

—La imaginación tampoco es lo que era. Sobre todo la tuya, calvorota.

¿Ocurría a menudo eso de que una fantasía grotesca desembocase en el mundo real? ¿Les pasaba a otros escritores eso de que los personajes se amotinasen y tomasen el mando del relato? ¿Les insultaban también? ¿Tampoco les guardaban el menor respeto ni les hacían puñetero caso? Eran preguntas que tendría que hacerle a su editor pero mejor que fuese rápido. Oyó los chillidos de aquel pobre hombre al otro lado de la puerta del almacén, empujándola, golpeándola con la silla. El olor a cerveza rancia y serrín mojado le estaba poniendo enfermo.

—Soltadlo —ordenó Zubiri, sin mucha convicción.

—Escríbelo, anda —gesticuló con descaro el chulapo—. A ver qué pasa.

—Te digo que lo soltéis.

—¿O qué? ¿Qué vas a hacer, calvorota? ¿Llamar a la policía? ¿Sacar la goma de borrar?

El chulapo se dobló de risa, exagerando los efectos del chiste. Zubiri iba a replicar cuando de la oscuridad salió una mujerona oronda y renqueante. Iba limpiando el suelo con una fregona y la precedía un vago olor a repollo cocido.

—Me vais a dejar todo perdido.

—Usted se calla, señora. Que nadie le ha dado vela en este entierro.

—Qué poca educación. A ver si te deslomo.

La vieja alzó la fregona en señal de amenaza y Zubiri reconoció a Rómula, la portera autoritaria de *Casa de vecinos*. ¿Qué diablos hacía allí? Lamentaba darle la razón al chulapo, pero tenía que imponer un poco de orden. No podía ser que sus personajes hicieran lo que les daba la gana.

—Perdona, Rómula, pero ésta es una discusión privada.

—Ni privada ni leches. Y a mí usted no me tutea, qué confianzas son ésas.

—Lamento decirle que se ha equivocado de novela.

—Qué novela ni qué niño muerto. Lo que hay es muy poca educación con los mayores.

—Desde luego —dijo otra voz.

La voz venía tapada por el ronquido del motor de una silla de ruedas. Más que una voz, era un murmullo trémulo, nasal, avícola: el histórico murmullo capaz de helar un país entero. Zubiri vio el perfil de peseta y la mano temblona, una atroz marioneta que se había hecho cargo del guiñol durante décadas.

—Españoles, ¿otra vez envueltos en enfrentamientos fratricidas? ¿No habéis aprendido nada? ¿No os basta la paz que os he dado en mi paciente labor de gobierno?

—Que te pires —dijo el chulapo.

—¿Cómo dice, joven?

—Que tu tiempo ya pasó. Que estás mojama, finiquito, caduco. Que te planchen las arrugas.

—Lo siento, joven. No le entiendo. ¿No me estará usted hablando en vasco?

—Diga que sí —terció la portera—. Esta juventud ya no tiene el menor respeto.

Zubiri asistió, impotente y atónito, a un debate a tres voces tan ruidoso e inútil como una reunión de una comunidad de vecinos. Retórica franquista, chulerías de zarzuela, quejas de portería. Le dolía la cabeza. De las sombras del fondo (o tal vez de entre los pliegues de su mente) surgió una mujer con mochila, casco de escalada, botas recias y una cuerda al hombro. Entre los mechones de pelo rubio brillaban filamentos de hielo. Era Aniela Cañadas, la madre de Xenia, la alpinista de su primera novela, aunque Leo no la recordaba tan atractiva ni tan alta. Rómula maldijo mientras pasaba la fregona sobre el charco de agua que iban dejando sus botas. El chulapo silbó admirativamente y se caló la gorra.

—Guapa, si quieres escalar, me empino.

—No mames, buey.

—Señorita, por favor, no hable en vasco. Que para eso gané una guerra.

El perfil de moneda decrépita cabeceó, como en tantos discursos del pasado. El chulapo encendió un cigarrillo, se volvió hacia Zubiri y le sopló el humo a la cara. Manoteó, tosiendo, arrepintiéndose de no haber colgado una advertencia de prohibido fumar en todas sus novelas. Antes de que el humo se disipara, la escena adquirió la velocidad y la energía de un sueño: de repente Aniela sacó el piolet de su cinturón, lo alzó en el aire y lo descargó contra la nuca del Caudillo, dos, tres veces, y cada vez que el piolet ascendía, trozos de seso y cuajarones rojos saltaban hasta salpicar una enorme y siniestra zeta hecha de tres trazos sobre la pared desnuda del sótano. Con espanto Zubiri comprendió que era el mismo instrumento homicida con que Ramón Mercader había apiolado a Trotsky.

Como un muelle flojo, la taladrada cabeza se fue doblando a un lado, centímetro a centímetro, hasta alcanzar el reposabrazos de la silla de ruedas. La sangre goteaba al suelo, cronometrando el gélido silencio que siguió al magnicidio. Un alarido inhumano lo rasgó en dos.

—¡Puta! ¡Será puta! ¡Mira cómo me ha puesto todo! ¡Perdidito! ¡Recién fregado que estaba el suelo!

—A mí me va —dijo el chulapo casi cantando, afilándose la gorra—. Ya te dije que en esta novela hacía falta sangre.

—Esto no es lo que yo quería —murmuró Zubiri, pálido.

—Lo que tú quieras o dejes de querer —dijo el chulapo, soplándole el humo a la cara—, nos suda el arco del triunfo. ¿Cómo vas a pararnos, calvorota? ¿Tachando párrafos? ¿Mandando un rayo destructor?

Zubiri tosió otra vez. Tenía gracia que aquel fantoche, el más antipático de los hijos de su imaginación, le hablara de rayos. Un rayo era el garabato de su firma, estampada ahora en aquel antro gracias a tres chorreones de sangre. Un rayo era el que le había dado el privilegio anormal de la imaginación. Un rayo había resucitado al monstruo de Frankenstein. Un rayo, el atributo de Zeus, el garabato burocrático de los dioses inescrutables que viven en las alturas.

—¿Rayos, buey? Yo te llevaré donde hay rayos.

Con un siniestro crujido de abrelatas, Aniela desclavó el piolet de la nuca del vejete. Después, sin muchos miramientos, agarró a Zubiri de un brazo y lo arrastró tras ella. Apabullado entre la insolencia madrileña y la fregona de doña Rómula, que seguía refunfuñando juramentos y maldiciones, Zubiri casi agradeció que lo sacaran de aquel esperpento. La escena se iba derrumbando, zarandeada desde varios campos de ficción: metaliteratura, terrorismo doméstico, costumbrismo histórico, fantasía sanguinaria. Maderos, cascotes y migajas de yeso llovieron desde el techo, sepultando la silla de ruedas. Incapaz de decidir por sí mismo, dejó que Aniela tomara el mando y lo arrastrara hacia otra fábula alpina donde el yeso tomaba la consistencia de la nieve y los cascotes apiñados formaban atalayas y montículos. Un frío feroz calaba hasta los huesos. Sin dejar de arrastrarlo, Aniela señaló hacia lo alto con el piolet pero su grito se perdió en medio de la ventisca. Zubiri alzó la cabeza y vio un águila gigantesca esculpida en bloques y, mucho más arriba, una vertiginosa fuga de líneas estallando en una cruz de piedra.

Vio también el toro, el ángel y el león, con sus jinetes evangélicos unánimes en su esplendor cuadrafónico, coronados por la nevada. Era una perspectiva insólita, imposible, tal y como la soñara el arquitecto que la diseñó siguiendo los sueños megalómanos de un general enano. Comprendió que Aniela quería llegar al ápice del Valle de los Caídos para clavar allí el piolet ensangrentado, una variación delirante de la hazaña que había realizado en la primera novela que escribiera, en la cima del pico Lenin. Comprendió que una vez más sólo estaba obedeciendo los sueños de su padre, el guión de una revancha quimérica. Cuando Aniela rebasó la cabeza del águila y el hombro de San Juan, empezaron a destellar los primeros relámpagos. Zubiri le gritó que lo dejara, que no merecía la pena, que volviera atrás, pero ella ya estaba demasiado lejos y el viento la envolvía con su aullido atroz. La perdió de vista durante unos minutos y luego, cuando divisó un punto diminuto escalando la base de la cruz, un ataque de vértigo lo obligó a apoyarse en las rocas.

Una garra eléctrica deslumbró el cielo encapotado y una de sus uñas golpeó la cabeza del águila, arrancando varias toneladas de plumas. Protegido bajo un saliente, Zubiri oyó el estrépito del trueno y del derrumbe como si fuese la voz de un dios borracho y camorrista que no toleraba competidores. Lo desafió, salió a la palestra de piedra solo para contemplar el águila chamuscada y, mucho más allá, a Aniela, a escala de hormiga, trepando por el poste inmenso, perseguida por los perros de la tormenta. Era una locura, pero ¿quién la había empujado hasta ahí arriba? ¿Quién le había dado el ansia por la escalada y ese piolet ensangrentado que no iba a soltar y que atraía a la jauría de rayos? ¿Era todo eso obra suya? Vivió la escena —la nieve, el vendaval, los relámpagos, el absurdo desafío alpino— como una revelación, una epifanía donde tal vez alcanzara a descubrir por qué, para qué escribía. Abrió los brazos para formar una segunda cruz, más modesta y humana, ofreciéndose como un Cristo calvo a la cólera eléctrica de los cielos.

Sin embargo, los rayos lo despreciaron. Uno de ellos pegó en la punta del piolet de Aniela. Vio su cuerpo cayendo, dando tumbos a todo lo largo de la inmensa cruz como un mosquito pulverizado de un manotazo. Más rayos perforaban las nubes en una caligrafía enloquecida; algunos olfatearon su sacrificio pero ninguno lo tocó, aunque estuvo un buen rato con los brazos abiertos bajo la nevada, igual que un niño castigado. Iban a lo suyo, tan díscolos como sus personajes, tan tercos como sus palabras: zetas frenéticas, rayajos, fogonazos, garabatos de un dios aburrido pintarrajeando todo el cielo.

29

—¿NO ES LO MISMO?

—No. No es lo mismo.

Peralta había tropezado con la muchacha en la entrada del Hospital de Madrid. Con el choque, a ella se le cayó el bolso en las escaleras y él se apresuró a recogerlo. Durante uno o dos segundos, mientras el bolso cambiaba de manos, Peralta dudó. Uno o dos segundos: lo suficiente para calibrar la extraña belleza de la muchacha —el pelo corto y liso, los *piercings* en nariz y labios, la ropa estrafalaria— y centrarse en aquel par de ojos claros y desenfocados. Le preguntó si tenía prisa, si iba a ver a algún familiar, si le apetecía tomarse un café.

—Café —repitió ella, y Peralta pudo ver la desconfianza y la duda merodeando por sus labios.

—No se preocupe —dijo, sonriendo—. Soy policía.

Galante como siempre, Peralta sostuvo la puerta de la cafetería del hospital mientras ella se deslizaba a su lado, dejando detrás una estela de perfume. El rollo de la placa funcionaba casi siempre: a algunas chicas les atraía el misterio del oficio, a otras la violencia, a otras les daba seguridad. Se sentaron en una mesa, al lado de la barra ocupada por unas cuantas enfermeras ruidosas. Peralta pidió dos cafés. Cuando se sentó de nuevo, la muchacha agarró su mano izquierda y la apretó con fuerza. Parecía aturdida, ensimismada, como si estuviera agarrando una barandilla y temiera caerse. Sin embargo, lo que de verdad le inquietó fue el tatuaje que ella llevaba en el antebrazo, festoneado de ornamentos góticos:

Canta, diosa, la cólera aciaga de Aquiles Pelida

—¿Es una canción?

No respondió, ni siquiera abrió la boca. Fue como si no le hubiera oído. «Aciaga» pensó Peralta. Era una de esas palabras raras que le gustaban a Rodríguez. Se rascó la oreja con la mano libre e intentó rellenar el silencio:

—Tiene gracia. Acabo de ver otro tatuaje en la sala de traumatología. Un Sputnik con las letras en cirílico.

Peralta percibió cómo una de las enfermeras los miraba de refilón y cuchicheaba con sus compañeras. De repente la muchacha le espetó a bocajarro:

—¿Un Sputnik? —Peralta asintió—. ¿Es verdad que es usted policía? —asintió otra vez—. Entonces tengo que denunciar una violación.

—¿Qué dice?

—Una violación.

Peralta reculó en su asiento. Miró de reojo a las enfermeras de la barra. Hablando en murmullos, tocándose las manos, debían de parecer una pareja de tortolitos.

—¿Cómo se llama?

—¿Él?

—No, usted.

—Julia.

—Bien, Julia, cuénteme cómo sucedió.

—Fue en casa de un compañero de trabajo. Mejor dicho, de un ex compañero, porque hace unos días tuvimos un incidente en la oficina, lo denuncié y lo echaron a la calle.

—¿Un incidente? ¿Y dice que lo denunció a la policía?

Ella negó con la cabeza. Hablaba en susurros y, mientras lo hacía, le seguía apretando la mano con fuerza. Peralta echó un vistazo de reojo a los dos cafés que se enfriaban sobre la barra.

—No. A la policía no.

—Debió hacerlo.

—Lo sé —repuso ella, soltando repentinamente su mano y atusándose los cabellos—. Esta tarde me llamó para que acudiera a visitarlo y entonces me agredió.

—¿La violó? —ella afirmó con la cabeza, dos veces—. Ha hecho bien en venir a un hospital enseguida. Así podrán examinarla y probar la agresión.

Ella negó con la cabeza. Dos veces.

—Escapé —dijo simplemente, sin dejar de apretarle la mano—. Pude escapar.

—Entonces —advirtió Peralta, tamborileando absurdamente sobre la mesa con su mano libre—, técnicamente no hubo violación. Fue un intento de violación.

—¿No es lo mismo?

—No. No es lo mismo.

Iba a añadir algo más pero en ese instante la jefa de enfermeras se cruzó entre los dos para dejar los cafés sobre la mesa. Peralta le dio las gracias.

—Julia, dice que el hombre que intentó agredirla la llamó. Y que luego usted acudió a la cita. Sola.

—¿Qué está insinuando?

—Nada, Julia. No insinúo nada. Sólo intento comprender, ayudar a establecer la secuencia de los hechos. Si quiere, la acompañaré hasta la comisaría para que ponga una denuncia.

—A la comisaría —repitió ella, levantándose de la silla—. Ande, pruebe ahora con una enfermera.

Dio media vuelta y se marchó, dejándolo solo frente a los dos cafés. Peralta removió uno de ellos con la cucharilla y lo fue bebiendo a pequeños sorbos. «Aciaga» murmuró. Tendría que preguntarle a Rodríguez qué quería decir exactamente, aunque a él le sonaba a algo así como «chunga». Intento de violación. Hay que joderse.

Mientras subía en el ascensor del hospital, Julia pensaba más o menos lo mismo. ¿Cómo se le ocurrió inventar de golpe lo de la violación? ¿Cómo era posible que odiara a Matas hasta el punto de querer verlo entre rejas? ¿No le bastaba con haberle jodido el trabajo, la familia, la vida? Cuando trepaba jadeando las escaleras hasta aquel cuchitril algo semejante a la lástima se instaló en su corazón. Las revistas tiradas por el suelo, los restos de comida en el fregadero, el pestazo a perro. Y luego el propio Matas, con aquel chándal de andar por casa y aquella calva, era como si hubiera envejecido de golpe veinte años. Parecía un jubilado entreteniéndose delante de la tele, antes de bajar a la calle y jugar un rato a la petanca. Al ver la película porno pensó que quizá le había sorprendido a mitad de una paja. Tal vez quiso compensarle por todo lo que le había quitado. Por eso se echó otra vez en sus brazos. La lástima primero, el deseo después.

No, no debía engañarse. No era lástima sino rabia. Ahí estaba el mismo tipo que la había ignorado minuciosamente durante años, daba igual lo que hiciera, daba igual que se vistiera de ejecutiva, princesa, puta o fallera mayor. El mismo tipo que le había hecho creer que respetaba sus opiniones y que luego se limpiaba el culo con ellas. El mismo tipo al que había amado y odiado en secreto desde aquel día de la entrevista en que leyó sobre la piel de sus brazos un verso de Catulo.

Odi et amo. El poema palpitaba sobre su piel como un escorpión clavándole su dardo venenoso, punzando su carne hasta el fondo. Odio y amo. La tinta viajaba desde su brazo hasta su corazón, bombeando sangre, compasión, ira. *Quare id faciam, fortasse requiris.* Quizá te preguntes cómo puedo hacer eso. *Nescio, sed fieri sentio et excrucior.* No lo sé, pero es lo que siento, y me torturo.

Los tatuajes cifran historias, almacenan secretos, guardan entre sus verdes arañazos años de condena, promesas de amor, adulterios, homicidios, venganzas, nombres, travesías. Forman una literatura pública, breve, urgente, a la vista de todos y cuyas claves, no obstante, permanecen cerradas al profano. Era la tercera vez que Julia se tropezaba con el jeroglífico del Sputnik: la primera en un manuscrito que desapareció de la editorial y que ella misma había reseñado. La segunda, en el brazo de un matón que había visitado la editorial junto a su hermano gemelo. Y por último en una sala de hospital, gracias a las indicaciones de un policía con ganas de ligar y la lengua demasiado larga.

No le costó mucho burlar la vigilancia de la enfermera, esperar que saliera y entrar en el ala de traumatología en busca de Sergei. Porque ya sabía que aquel tipo enorme, con la cabeza vendada y los pies que se salían de la cama, era Sergei, el protagonista de *Punto de fisión*, quien tal vez había acabado allí después de tropezarse con los dos gemelos. Estaba tumbado bocarriba, descansando sosegadamente mientras la sábana se hinchaba y deshinchaba al compás de su respiración. Julia se acercó para examinar sus brazos y, al hacerlo, sintió el desasosiego de estar rompiendo por primera vez el cristal, traspasando el muro de la ficción, adentrándose en las entrañas de un libro. Sin embargo, su fe se tambaleó al no encontrar el tatuaje, maldijo en voz baja a aquel poli chismoso y tuvo que rastrear en su memoria hasta recordar el pasaje de la novela. Ahí estaba, en el antebrazo, a un palmo de las venas de la muñeca. El contacto de su mano despertó a Sergei, que parpadeó varias veces antes de enfocar los ojos. Entonces sonrió como si la reconociera, una sonrisa que Julia no había visto nunca más que en películas empalagosas, en pésimas novelas de amor, en las ilustraciones de los cuentos de hadas.

—¿Katia?

El nombre de la estrella era Chernobyl. En el Apocalipsis el mundo se acaba en fuego y llamas, lluvias de sangre, bestias horrendas cubriendo los cielos. En cambio, el señor Vunin decía que era más fácil suponer que el mundo muriera de frío, casi en silencio, soles y estrellas apagándose una a una, como cerillas sopladas mientras una noche eterna caía sobre un océano de hielo. Cada vez que la veíamos, aquella película casera se iba estropeando y los cabezales del video se llevaban un trozo de esa precaria vida donde la señorita Katia aún conservaba su belleza. En el colegio, en otra vida, ella nos había contado la historia de Orfeo, un poeta griego que cruzaba el río infernal en busca de su amada muerta y se encontraba con que ella no era más que una sombra en pie, una fantasmagoría que no deseaba ni recordaba nada. Cantando, conseguía ablandar el corazón del dios de los muertos, pero le ponía la condición de que no podía mirar atrás hasta que volvieran a la tierra de los vivos. Orfeo, incapaz de resistirse, echaba un vistazo atrás y entonces ella se hundía para siempre en los infiernos. En clase se oyó bufar a Piotr: «Menudo payaso».

«¿Por qué?» preguntó la señorita Katia entre el coro de carcajadas.

«Ese Orfeo hace lo más difícil, baja hasta el fondo del infierno, ¿no?, y sortea a todos esos monstruos, incluso al perro de tres cabezas. Y luego, cuando sólo tiene que esperar que ella le siga hasta arriba, es incapaz de resistirse y la caga». Toda la clase se echó a reír de nuevo. «Con perdón, pero la caga».

«Sin embargo» dijo la señorita Katia sonriendo, «cuántas veces no es un pequeño error lo que lo echa todo a rodar. Una pequeña mentira, una distracción al volante. Así son las cosas».

Así eran las cosas, sí. Un pequeño error de cálculo fue lo que hizo que Chernobyl soltara su veneno por el mundo entero. Sergei y yo bajamos al reino de los muertos y rescatamos el espectro de la señorita Katia sin saber que traíamos un pedazo del paraíso dentro del infierno. Pero el dios de los muertos se llama Plutón y el plutonio era una de las sustancias radiactivas que escapó del reactor para impregnar una tierra muerta para siempre. Hicimos lo más difícil, desafiar el horror helado de Chernobyl para regresar con su alma, pero no pudimos resistirnos a mirar atrás. No sabíamos que ella moriría otra vez, que se iría volviendo más borrosa, más y más distante a cada nuevo visionado, mientras iba cayendo sobre su piel desnuda la nieve de la muerte. Allí, en las negras entrañas de la cinta de video, ella no volvía la cabeza, no nos hablaba, tan sólo respondía una y otra vez las instrucciones de aquel burdo guión pornográfico que su marido había preparado y que ahora estaba condenada a repetir por los siglos de los siglos. ¿Cuántas películas caseras como aquella había rodado el señor Vunin? ¿Cuántas más habría grabado encima de las cintas de cumpleaños, fiestas y viajes?

Sergei fantaseaba con la idea de una venganza póstuma, de matar al director del colegio personalmente o mejor aun, convencer a Boris para que le sacara las tripas. El señor Vunin la humilló, la violó en grupo, la obligó a protagonizar toda clase de depravaciones y vejaciones. Yo replicaba que, por lo que se veía en la cinta (y se veía bastante), ella parecía disfrutar lo suyo con todos aquellos jueguecitos.

«Cállate» decía Sergei.

«¿La viste llorar?» preguntaba yo, insistiendo. «¿Viste que lloraba en algún momento?»

«Porque estaba asustada».

«No parecía asustada, sobre todo cuando abría la boca».

«Cállate, joder. Cállate».

Después Sergei alegaba que el señor Vunin había pervertido a su esposa, había cogido a una mujer bella y buena, y la había transformado en una bestia hambrienta de sexo.

«Lo siento, pero eso tampoco lo sabemos» decía yo.

«Recuerda cómo era en clase» insistía Sergei. «¿Te la podías imaginar luego por ahí, bajándose las bragas ante el primer tipo que llegara?»

«Tampoco podíamos imaginarnos al señor Vunin con una cámara, pidiéndole a su esposa que se abriera de piernas, ¿no?»

Tesis: la señorita Katia en el paraíso del recuerdo. Antítesis: la señorita Katia en el infierno barato de aquella película casera. Síntesis: no había. No había ninguna síntesis, ninguna manera de superar la contradicción de esas dos imágenes en una fórmula que las englobara. Hasta el propio Lenin se hubiese dado por vencido. El mundo es algo difícil de entender, decía Boris. Y solía añadir que las mujeres son lo más difícil de todo.

«Creedme, con las mujeres es peor. Con ellas, el mundo es estrictamente incomprensible. ¿Para qué tuvo que inventar Dios a Eva? ¿No le bastaba con Adán? Evidentemente, el señorito estaba cansado y delegó en las mujeres la tarea reproductiva. Pero fue a Eva a quien se le ocurrió morder la manzana. Pensadlo bien, sin las mujeres estaríamos en el paraíso».

¿Os he contado ya que casi una docena de mujeres pululaban por el campamento gitano de Boris? ¿Que estaban todo el día por ahí, cocinando, lavando, entrando, saliendo, limpiando los mocos a los críos? Sergei decía que eran los mismos críos que luego iban a parar a la trasera de la furgoneta, hasta que un día se hacían demasiado grandes para seguir despertándose en su cama. Dios padre rodeado de sus hijos, llenándolos de besos y regalos, antes de expulsarlos del Edén de una patada.

«¿Cómo lo sabes?» le pregunté un día en que me hartó con sus acusaciones.

«Lo sabe todo el mundo, pero nadie tiene huevos para decirlo. Lo hace con todos los niños».

«Conmigo no».

«Conmigo sí. Muchas veces».

Me quedé helado. Creí que no había secretos entre nosotros. Íbamos juntos a todas partes, lo compartíamos todo, pero desde aquel día en que vimos la cinta de video en casa de Ilya comprendí que algo se había roto entre nosotros, una desconfianza, una grieta que se iba agrandando día a día. Ahora me daba cuenta que la grieta siempre había existido, ahí, en medio de la oscuridad, y que a través de ella respiraba Sergei, igual que un animal herido.

«Nunca me lo habías contado».

«Nunca quisiste enterarte. Ése es tu problema. Lo escribes todo en esos cuadernos, pero luego no quieres enterarte de nada».

No quiso darme detalles, pero podía imaginarlos. Ni siquiera me hacía falta la imaginación, al fin y al cabo, yo también vi la cinta varias veces. Sabía las cosas que podían hacerse con un cuerpo, la forma en que los adultos empleaban todos esos agujeros y colgajos. Había oído los gemidos de la señorita Katia, esos sonidos a medio camino entre el placer y el dolor, entre el cielo y el fango. De cualquier modo, cuando insistí para que me lo contara todo, Sergei me dijo que lo olvidase, que hacía tiempo que Boris había perdido el interés por él, que Pavel era el único que lo mantenía. Con su pelo rubio y sus ojos azules, seguía siendo el favorito del harén, tal vez porque su baja estatura permitía la ficción de que era más pequeño de lo que en realidad era. Boris lo llenaba de regalos —juguetes, ropas caras, zapatos nuevos— que Pavel lucía por el campamento y a menudo regalaba a los otros chavales, pero nada podía compararse al cariño que sentía por el álbum de su familia imaginaria. Eso era algo que no compartía con nadie. Más de una vez lo habíamos sorprendido mirando una foto que guardaba rápidamente en un bolsillo.

«¿Qué miras, Pavel?»

«Nada».

A nosotros también nos hacía regalos. Un día Boris me llamó mientras aguardaba a que se secara la ropa al fuego de la ho-

guera. Tenía dinero suficiente para instalar una cadena de lavadoras por todo Kiev pero no le gustaban los lujos. Decía que los lujos convierten a un tigre en un gato y él prefería seguir viviendo a salto de mata (¿se dice así, a salto de mata?). De manera que ahí estaba, sentado en un taburete, descalzo, desnudo de cintura para arriba, con su abrigo de cosaco echado sobre los hombros mientras una mujer escurría los calcetines y los tendía junto a la camiseta mojada. Cuando me acerqué, Boris rebuscó en el bolsillo de su abrigo y sacó una especie de caja alargada con una pantalla, botones y válvulas.

«Toma, para ti».

Lo examiné por un lado y por otro. Había unos números oscilando en la pantalla.

«¿Es una calculadora?»

«No. No es una calculadora.

«¿Un radiocasete?»

«Tampoco. Es un contador Geiger».

Añadió que era un aparato que servía para medir niveles de radiactividad. Me explicó su funcionamiento, que era bastante sencillo: las cifras de la derecha medían microroentgens, luego venían los miliroentgens, por último los roentgen.

«Mientras tengas un cero o un par de ceros a la izquierda, todo irá bien» dijo Boris. «Pero si los números empiezan a subir, entonces será mejor que des marcha atrás. Echando leches».

«Nunca se me dieron muy bien las matemáticas».

«Ya» Boris castañeteó los dientes. Se golpeó el pecho para entrar en calor. «Verás, necesito que me hagas un favor. El tipo que me ha dado este aparato es un ingeniero que trabajaba en Chernobyl. Necesita recuperar una cajita y una carpeta que se dejó olvidada allí. Dentro hay unos papeles muy importantes, ¿me sigues?»

«Sí».

«Bien. Están en un despacho del sótano, en el tercer reactor. Aquí tienes un plano de la central con todas las indicaciones,

lo ha dibujado él mismo. Tenemos un soldado sobornado que te llevará hasta la central y te ayudará a pasar los controles de seguridad. Lo de entrar en la central ya es cosa tuya, igual que lo de ir avanzando con el contador Geiger. ¿Te ves capaz?»

Cuando asentí de nuevo, me acarició la cabeza y luego me guiñó un ojo. Un signo de confianza que no me había mostrado nunca y que desarticuló por un momento las cicatrices de su cara. Como si Lenin bizqueara en medio de una borrachera.

«Escucha, esos papeles comprometen a mucha gente. Gente de muy arriba. Por eso debes ir solo. Nadie más debe saberlo. Quiero decir que, si te capturan, mi nombre no debe aparecer. ¿Te conté lo que les hacen en la cárcel a los chivatos?»

Sí, me lo había contado. Además, desde ahí tenía una buena perspectiva de su pecho al descubierto, un costillar tatuado con un castillo medieval donde cada torreón representaba un año de condena y cada buitre volando en círculos un alma en pena, un muerto a sus espaldas. Había doce torreones y nueve buitres, tres de ellos chivatos.

«¿Qué hay en esa cajita?»

Boris sacó su pipa y raspó la cazoleta con la uña. Después sopló en el interior y la fue llenando de tabaco. Apretaba con el pulgar, sacaba más tabaco de la caja, volvía a apretar, y mientras repetía la misma operación una y otra vez, no dejaba de mirarme.

«De acuerdo, hijo». Era la primera vez que me llamaba así. «Ya va siendo hora de que sepas cómo es el mundo».

Encendió la pipa y aspiró a chupadas cortas e intensas. Las hebras de tabaco chisporrotearon.

«Nuestro amigo el ingeniero llevaba las riendas de un negocio ilegal aunque muy lucrativo. Él y otros trabajadores de la central sacaban bajo cuerda material radioactivo y lo vendían a unos cuantos hospitales de Pakistán, Tailandia y Brasil. Cuando desalojaron la central a toda hostia, el muy imbécil se olvidó uno de los envíos en una cajita y además el cuaderno donde llevaba

toda la contabilidad. En los asientos hay varios nombres de generales y políticos. ¿Puedes hacerte una idea? Comerciando con uranio. Esa es la clase de hijoputas que ha hundido este país en la mierda».

Doblé el plano y me lo guardé en un bolsillo del pantalón. Boris sacó una cerilla, la encendió y mantuvo la llama en vilo protegiéndola con una mano. Luego habló, sosteniendo la pipa entre los dientes.

«Con el dinero que vamos a sacar de esto, podremos retirarnos».

«Me lo imagino».

«No, no te lo imaginas. No puedes. Ni yo mismo puedo imaginarlo». Apagó la cerilla de un soplo. «¿Sabrías encender una fogata con una sola cerilla en medio de una ventisca? ¿No? A mí me enseñó el truco un guardabosques estonio y yo te lo enseñaré a ti. Algún día podría salvarte la vida».

Esa misma noche llegó el camión del ejército. Le dije a Sergei que esta vez no podría acompañarme pero no quería ni oír hablar de ello y acabó por colarse en la trasera del vehículo en un descuido del conductor, cuando atendía las últimas instrucciones de Boris. El camino se me hizo más largo que nunca, respirando el hedor de una vieja manta militar mientras soportaba los baches del camino y las canciones que canturreaba el conductor gordo en un ruso desafinado y nostálgico. Después de una buena tira de kilómetros cambió la música por el tabaco y la cabina del camión se fue llenando de un humo espeso y coloreado. Empecé a toser y tuve que asomar la cabeza para pedirle que bajara la ventanilla.

«Hace mucho frío, tovarich. *Además, si te molesta el humo, no sabes dónde vas a meterte».*

Volví a cubrirme bajo la manta, temblando, y a aguantar una larga tanda de cigarrillos y de coros del Volga. Debí quedarme dormido porque al cabo de un rato me despertó una racha de aire helado. El gordo había bajado la ventanilla para airear un poco la cabina.

«Ni se te ocurra moverte ahora, tovarich».

Al poco el camión se detuvo y oí hablar al conductor algo sobre permisos y papeles. Le oí rebuscar en la guantera, luego un crujido de papeles y un gruñido de aprobación. «¿Tienes un cigarrillo?» El motor ronroneó para ponernos de nuevo en marcha y, al cabo de unos pocos kilómetros, volver a detenernos. Más preguntas, más cuchicheos, más papeles, más cigarrillos cambiando de manos. La operación se repitió varias veces hasta que el gordo detuvo el motor, se estiró para abrirme la portezuela y me dio una linterna.

«Tienes media hora, tovarich» dijo, señalándome el edificio del tercer reactor. «Ni un minuto más».

Encendí el contador Geiger pero los números aparecían descabalados: doses cojos, cuatros bocabajo, nueves disléxicos y otras cifras inexistentes. Lo sacudí un poco y la pantalla parpadeó en busca de una raíz cuadrada y luego se llenó de ochos.

«Eso aquí es un chiste» dijo el gordo, mientras encendía otro pitillo. «Lo mismo daría que llevaras un crucifijo».

Caminé hacia la masa negra del tercer reactor. El punto rojo y brillante del cigarrillo era la única referencia en medio de la oscuridad total. Detrás estaba el camión y mucho más allá, la mole del Sarcófago, guardando el fuego del infierno por toda la eternidad. La noche era cerrada y gélida. Recordé la voz de Boris preguntándome si sabría encender una fogata con una sola cerilla. Eso era Chernobyl: un fuego en medio de la ventisca, una cerilla que no se apagaría nunca. Al llegar a la valla de alambre, algo me tironeó del abrigo. Me agaché y vi a Pavel sonriendo, dando saltitos por el frío, otro número imposible bailando en la pantalla del contador.

«¿Cómo has llegado hasta aquí?»

«¿No lo recuerdas? Tú me subiste a la trasera del camión».

Maldije en voz baja a Sergei. ¿Por dónde andaba? Pavel se encogió de hombros, como si no entendiera mi pregunta. No pude convencerle para que regresara al camión ni tampoco tenía tiempo que perder.

«De acuerdo, sígueme».

«Es un juego, ¿verdad?»

«Sí, es un juego. Pero no me pierdas de vista».

Encendí la linterna y comprobé el plano de la central. Una línea roja señalaba el camino hacia el sótano. Pavel tenía razón: era un juego, como esos pasatiempos infantiles donde hay que unir la rata con el queso a través de un laberinto. Rompí un ventanal, retiré los cristales rotos y saltamos al interior del edificio. Para entretenerlo, le di el contador Geiger y le dije que fuera cantando en voz alta los números.

«No sé leer» dijo Pavel.

«No son letras, Pavel. Son números».

«Tampoco sé sumar».

No importaba que supiera o no: los números proseguían su alocada danza en la pantalla, más allá de las matemáticas. Estábamos en el epicentro del mal, la cuna de las brujas y las tinieblas, donde lo que nunca podría suceder sucedió. En los corredores sombríos, en los paneles, en los bidones marcados con calaveras, en las enormes turbinas silenciosas donde se había concebido y alimentado al monstruo. Donde el hombre se había empeñado en domesticar el infierno hasta que el infierno se soltó, el mismo día en que los números se volvieron locos. ¿Dónde andaba Sergei? Daba igual, con tal de que apareciese en el camión a su hora. Pavel andaba toqueteando todo de acá para allá y tenía que concentrarme para no perderle de vista mientras avanzaba tras las ráfagas de la linterna, siguiendo sobre el plano el rastro de miguitas de pan.

Descendimos dos tramos de escalera y llegamos a una especie de almacén abovedado, un garaje subterráneo cuajado de columnas tras las que se apilaban más bidones con más calaveras pintadas y cantidad de inscripciones amarillas. Quietos y polvorientos, parecían reaccionar al haz de luz como perros dormidos ronroneando en sueños. Al fondo, una puerta de metal con una claraboya de vidrio marcaba la equis con el queso, pero la palanca estaba atascada. Daba la impresión de que nadie la había mo-

vido en años. Le dije a Pavel que sujetara la linterna mientras intentaba abrirla. Lo intenté apoyando todo mi peso, pero apenas pude bajarla un poco. De repente Sergei apareció a mi lado y la palanca cedió con un crujido.

«Ya era hora» dije.

El interior parecía un trastero abandonado. Había un montón de muebles, mesas de despacho, lámparas, máquinas de escribir, un espejo de cuerpo entero con una raja de arriba abajo, un perchero, todo cubierto de pelusas y polvo. Leí las anotaciones del ingeniero en el plano y busqué la carpeta en el cajón inferior de uno de los archivadores. Lo dejé en el suelo, quité las gomas y descubrí un cuaderno de contabilidad, columnas, cifras, sumas, restas. Había cargos, apodos, el nombre de un hospital en Bangkok y el de otro en Río de Janeiro. El haz de la linterna se desvió y le dije a Pavel que enfocara bien. Fue un descuido, lo juro, sólo un descuido. Cuando giré la cabeza, Pavel, de rodillas en el suelo, ya había sacado del cajón la cajita de plomo y sostenía entre sus manos una especie de lápiz.

«No pinta» dijo, contrariado.

Intentaba escribir algo en el suelo y, como no escribía, se lo llevó a la boca para mojarlo. ¿Habéis tocado alguna vez un fuego capaz de derretir las piedras? ¿Habéis sentido en la lengua el poder ardiente de Dios? Dios no existe, según la teoría marxista-leninista, de modo que le arrebaté el cilindro de grafito y lo guardé otra vez en la cajita. Pavel chilló y protestó para que le devolviera el lápiz, pero yo sabía que no era un lápiz sino un trocito del infierno. También sabía que Pavel estaba muerto: no habría ducha química capaz de arrancarle el veneno de la boca. Los isótopos ya estaban trabajando en su saliva, entre sus dientes, bajando hacia el estómago.

«Nosotros también estamos muertos» dijo Sergei. «En cuanto Boris se entere de esto».

«Es culpa tuya. Tú lo trajiste, tú tenías que vigilarlo».

«Claro, lo que tú digas».

«¿En qué estabas pensando?»

«Ahora es culpa mía, como siempre».

«¿Con quién hablas?» preguntó Pavel.

Metí la carpeta y la cajita en la mochila y luego alcé a Pavel en brazos para sacarlo de allí. La linterna seguía en el suelo, regándolo todo de luz.

«Recógela, ¿quieres? No puedo estar en todo».

«¿Quién? ¿Yo?»

«No. Se lo decía a Sergei».

«¿Sergei? ¿Qué Sergei? Tú eres Sergei».

Me volví hacia el espejo. De la oscuridad surgía el reflejo de un chaval alto, fuerte y rubio: Sergei con un crío lloroso entre los brazos. No había nadie más. La raja en el cristal bajaba zigzagueando desde la frente hasta la cadera, un punto de fisión que partía mi rostro en dos mitades, un ojo en una, otro en otra, media boca de mi lado, media boca de Sergei. Una mitad callaba, otra escribía de noche en los cuadernos de ortografía. Una mitad miraba hacia delante, otra hacia atrás. Una mitad había crecido, la otra no.

Estaba solo y siempre había estado solo. En el largo viaje hasta Kiev. En los corredores del hospital, mientras mi madre y mi hermana se morían. En el patio del hospital, pegando balonazos contra la pared. En el comedor del hospicio, comiendo puré de patata con una cuchara vieja. En la furgoneta de Boris, echado boca abajo, llorando de rabia contra las sábanas. En la casa de Ilya, mirando una y otra vez la cinta de video de la señorita Katia, desnuda en los infiernos, sucia para siempre.

¿Y Sergei? Sergei había nacido para protegerme de todo. Del dolor, de la venganza, de la orfandad, de la pérdida. Tesis: Sergei uno. Antítesis: Sergei dos. Síntesis: yo. Una máscara que ocultaba la inutilidad esencial de la memoria, la inocencia de las hadas, el fango bajo la nieve, las flores en primavera. Sergei estaba ahí, siempre había estado ahí, la sombra del alfabeto cirílico detrás de todos los recuerdos, transparentándose igual que rayos X.

30

EN EL MOMENTO DE MORIR, RODRÍGUEZ RECORDÓ AQUEL cuento de Borges en el que van a fusilar a un hombre y entre la orden y la ejecución de la orden el universo físico se detiene, y él dispone de todo un año para pulir mentalmente una obra de teatro que ha dejado inconclusa. El hombre imploró un milagro a Dios y Dios le concedió un milagro secreto: un año entero de vida mientras permanecía inmóvil frente al congelado pelotón de fusilamiento. También él tenía un soneto sin terminar y su asesino le había encargado una oda a Eloy Gonzalo (¿quién cojones era Eloy Gonzalo?), pero no podía implorar a un Dios en el que no creía un milagro que no necesitaba. Ni siquiera podía armar en aquel momento un solo endecasílabo mientras el tic-tac del reloj iba mordisqueando sus últimos cinco minutos de vida.

Gastó buena parte de su primer último minuto muy poco borgianamente, forcejeando, intentando volcar la silla, tirando de las ataduras hasta descoyuntarse un hombro. Todo inútil porque estaba encajonado al estilo de una pieza del tetrix entre la puerta de madera, las cajas de cerveza y el techo bajo del sótano. Chilló, gritó, aulló: insultos, bramidos de pánico, berridos de auxilio, blasfemias inconcebibles, sonidos que ni siquiera sabía que existían dentro de su garganta. Todo aquel aire enlatado y etiquetado preconizaba su impotencia y su furia al haber caído tan tontamente en las manos de aquellos cuatro imbéciles. Cuando uno es policía y sueña con su futuro, generalmente piensa en su jubilación, en un chalet en la sierra o un apartamento en la playa, no en acabar atado a una silla en el sótano de un tugurio encima de un montón de dinamita. Cuando uno es policía y tiene la rareza de cultivar una afición poética desde la adolescencia, en ocasiones le da por imaginar muertes heroicas en el cumplimiento del deber —un tiroteo contra narcotraficantes, el desplome de un edificio mientras rescata una víctima de un incendio—, pero nunca piensa que acabará sus días a manos de un cuarteto de retrasados mentales aficionados a la zarzuela. Después de expulsar toda la rabia que le quedaba en los pulmones, el mordisqueo del reloj seguía avanzando terco, sosegado, imperturbable, por encima del zumbido del fluorescente al otro lado de la puerta. La rendija de luz le dejaba ver unos cascos de Mahou que había tirados al lado de los cartuchos y una rodaja del reloj en forma de huevo: sólo le quedaban cuatro minutos.

En su segundo último minuto de vida, Rodríguez intentó tranquilizarse, resoplar, regresar a Borges, rezar a un Dios en el que no creía por un milagro imposible. Que el reloj se detuviera. Que la dinamita no estallara. Que alguien entrara por casualidad y lo descubriera allí metido, atado de pies y manos a una silla. Que a Luisito Sanabria le diera por bajar a por una cerveza y le pidiera un cigarrillo desde el otro lado de la puerta. Sí, por favor, que entrara Luisito, le pagaría todas las copas y todos los cigarrillos del mundo, barra libre, coño. Pero si ya resultaba raro que un ángel acudiera al rescate, más inverosímil aún sería que adoptara la apariencia de Luisito, un ángel gorrón de greñas aceitosas y uñas sucias. Puestos a soñar (ya que era su penúltimo sueño), mejor que volviera Ana con sus pasos de bailarina a recoger una prenda de ropa olvidada, que le oyera pedir auxilio, abriera la puerta y lo rescatara. Improvisaría un soneto para ella, le escribiría una oda, un epitalamio, una epopeya en endecasílabos. La llenaría de besos, de sonetos, de hijos. Un proyecto matrimonial bastante improbable ya que el cierre metálico de La Caverna permanecía echado y el tic-tac seguía su curso.

Sin embargo, durante su tercer último minuto de vida (alcanzó a distinguir el movimiento fantasmal del minutero preparándose para el aplauso), Rodríguez fantaseó con el pasado y el futuro, los senderos cubiertos de fango seco por donde había dejado sus huellas y los turbios cruces de caminos que se abrían en un vértigo de posibilidades. Podía llamar a Ana. Salir con Ana. Casarse con Ana. Olvidar a Ana. Fue ofreciendo una a una todas esas opciones en un altar invisible a cambio de alguna modificación esencial de su hábitat. Pero las cuerdas continuaron atadas, el reloj repetía su responso, la etiqueta dorada de Mahou evocaba mañanas perdidas en el césped de la facultad, en el bar junto a la comisaría, en la terraza de aquella casa en las afueras que le arrancaron también en el proceso de divorcio.

Le jodía acordarse de Celia incluso ahora, en el puñetero momento de su aniquilación, desperdiciar con su ex el baile final cuando apenas le quedaban un puñado de segundos para despedirse del mundo y de su modesto papel en él. Al fin y al cabo, ¿qué había hecho? ¿Qué había dejado como señal de su paso entre los vivos? Poca cosa. Ningún hijo. Ningún libro. Un montón de cajetillas de Ducados vaciadas y arrugadas. Unos centenares de cascos de Mahou. Unos cuantos ladrones y media docena de asesinos entre rejas. Unos pocos versos superfluos que nadie iba a recordar. Había intentado ser un buen hombre y había acabado así, contando lo poco que le faltaba a la dinamita para hervir, víctima de una célula terrorista de zarzuela.

Tal vez por eso, en el cuarto y penúltimo minuto de vida, multiplicó los condicionales y las apuestas, como si el casino que presidía aquella divinidad sorda y ciega no pudiera conmoverse más que con los dados del absurdo y la desesperación. Si alguien lo salvaba, si el reloj se detenía, dejaría de fumar. O fumaría a mansalva, qué coño. Se dejaría otra vez el bigote. Se haría budista. Quemaría iglesias. Violaría a Ana. Se amputaría la polla. Perdonaría a sus asesinos. Votaría al PICHY en las próximas elecciones. Un ruido le sacó del tiovivo enloquecido de sus plegarias, un ruido de pasos arrastrándose al otro lado de la puerta. Ni siquiera sabía qué promesa insensata acababa de ofrecer cuando algo golpeó la puerta del sótano y una voz preguntó:

—¿Está ahí?

—Estoy aquí, estoy aquí —jadeó—. Deprisa.

Intentó apartar la vista del reloj mientras su ángel de la guarda trasteaba con la puerta. Aunque para ser ángel, resultaba un poco torpe. Rodríguez lo confirmó cuando el chulapo arrepentido consiguió apartar las cajas que bloqueaban la puerta y empezó a trabajar en sus ligaduras. Casi consiguió atarse él también a la silla.

—Perdone —dijo secándose el sudor de la cara.

Echó un vistazo al reloj: apenas treinta segundos para cocer el huevo. Le dijo al muchacho que rompiera una botella de cerveza y cortara las cuerdas. Obedeció, balbuceando, y Rodríguez lo apartó frotándose las muñecas abrasadas, restañando la sangre. Tuvo que sacarlo a rastras de allí, como si intercambiasen los papeles del rescate. Aun así, cuando subían las escaleras de caracol, el muchacho se giró, lloriqueando.

—Le juro que yo no sabía lo que iba a pasar.

—No, claro —repuso Rodríguez, empujándolo—. Cuando viste la dinamita pensaste que era para pescar truchas en el Manzanares.

—Tiene que creerme —insistió, tozudo—. Si no, ¿por qué habría vuelto a por usted?

—Te creo, chaval, te creo. Pero date prisa, joder.

Vio que el chaval abría la boca para replicar pero no llegó a oír nada, ni siquiera la explosión que desmenuzó el local, centrifugando astillas de madera, pegotes de yeso y trozos de ladrillo. La sordera prestó a la hecatombe una lentitud pasmosa, casi acrobática, cuando las paredes temblaron y la escalera se vino abajo.

31

CUANDO EL EDITOR COMENTÓ EN LA RUEDA DE PRENSA que publicaría hasta una factura que le enviara Zubiri, no sabía que muy pronto iba a arrepentirse de su decisión. En *No siembran ni cosechan*, el ensayo novelado sobre el Evangelio que un buen día apareció sobre su mesa, su autor estrella establecía una arriesgada tesis acerca de por qué Jesucristo decidía dejarlo todo y emprender una nueva vida de oración y renuncia. No solo sostenía, a través de enrevesadas interpretaciones de las Escrituras, que el mayor profeta de la Historia profesaba la vagancia y la mendicidad como forma de vida, sino que además dejaba entrever que fomentaba las relaciones homosexuales entre sus discípulos.

—Leo, ¿estás loco?

—¿Por qué?

—¿Cómo que por qué? ¿Tú sabes la que nos puede caer encima con este libro?

—No.

—¿Sabes quién es Salman Rushdie?

—Ni idea.

El editor suspiró.

—Toda la vieja guardia católica nos va a poner en la picota. Aquí no hay afán científico ni búsqueda religiosa ni nada de nada. No hay más que ganas de provocar. Joder, hasta yo mismo estoy indignado y ni siquiera soy cristiano. ¿Cómo te ha dado ahora por el Nuevo Testamento?

Era una buena pregunta pero Leo no estaba seguro de poder contestar. Cuando era un niño, a los pies de su cama, por las noches, su madre le leía pasajes bíblicos. Los domingos por la mañana, en el banco de la iglesia donde luchaba por no dormirse, le llegaba la voz de moscardón del cura: Yo soy la Verdad y la Vida. Quien cree en mí, vivirá eternamente. Mirad los pájaros del cielo, no siembran ni cosechan. Frases que se quedaban pegadas como cera en los oídos después de oírlas cien veces, y que él asociaba al brillo de los zapatos nuevos, al ahogo del último botón de la camisa abrochado al cuello, a un nudo en la madera del reclinatorio que recordaba una mancha de petróleo en un charco.

—No sé —comentó Zubiri, bostezando—. No sé por qué me ha dado por ahí.

—La escena entre Juan y Tomás es muy fuerte, Leo.

—¿Tú crees?

—Y lo de que Judas estaba enamorado de Jesús y le traicionó por celos... En fin, tú mismo. Pero ten por seguro que Pablo no fue uno de los discípulos.

—¿Ah no?

—Y en el siglo I no había discotecas en Antioquía. Ni en Antioquía ni en Roma ni en ningún otro sitio. No había discotecas, Leo. ¿Me oyes? ¿Leo?

Habían colgado el teléfono. Zubiri no encajaba muy bien las críticas. El editor sopesó la adaptación gay evangélica con la certeza de que tenía una bomba editorial entre las manos pero no se decidía a publicarla. Cualquier fundamentalista católico podía buscar a Zubiri y pegarle un tiro. O peor aun, podía buscarlo a él y además encontrarlo, ya que la dirección de Libros de la Nada no era difícil de rastrear, si uno ponía suficiente empeño. Hasta Zubiri había logrado encontrarlo, sin ir más lejos. Ya tenía suficientes enemigos y, además se le iban amontonando los manuscritos inéditos hasta tal punto que pensó si no estaba cometiendo un error estratégico al retrasar su publicación. La velocidad a la que escribía Zubiri podía colapsar fácilmente varias imprentas. De hecho, apenas le había dado tiempo a leer por encima una de las nuevas entregas de *Casa de vecinos* cuando el siguiente envío de correos hacía su aparición sobre su mesa. ¿Era una impresión suya o todo aquel exceso imaginativo se le estaba yendo de las manos? Había personajes muertos que resucitaban cientos de páginas más allá, tramas que no desembocaban en ningún sitio, incongruencias temporales, elipsis que se resolvían en patochadas.

No sabía qué le extrañaba más: que los lectores aceptasen sin rechistar aquellos disparates o que algunos críticos los alabasen sin reservas, como si Zubiri hubiese tomado el relevo del *noveau roman* y todas sus extravagancias y despistes formasen parte de un sutil arsenal de experimentos narrativos. «En la saga de Zubiri, el tiempo y el espacio, la vida y la muerte son sólo juegos malabares», escribió uno glosando la resurrección de Rómula en un pasaje delirante que culminaba en el Valle de los Caídos. «Zubiri reescribe la Transición a golpe de piqueta para recordarnos que Franco nunca debió morir en la cama».

Sin embargo, los disparates y anacronismos se sucedían sin orden aparente. De haber surgido en algún capítulo anterior, durante la época de Carlomagno o Napoleón, la reaparición de Rómula podía haber dado lugar a una interpretación historicista sobre las mutaciones del Imperio romano, pero la mujerona sólo servía para que un avatar del Caudillo, rescatado de las garras de la muerte y milagrosamente recobrado de su parálisis, la violara de pie en el portal con la ayuda de un taburete.

La violación duraba una eternidad, horas y horas, mientras los vecinos iban pasando camino del ascensor o de las escaleras, cada uno a lo suyo, excepto un par de estudiantes (italiano y ruso, respectivamente) que se quedaban animando a la pareja como si se tratase de un partido de fútbol, y un realquilado alemán que le echaba una mano al militar enano para subirse otra vez al taburete después de que Rómula lo desmontara de una patada. A Zubiri le llovieron elogios y reproches. Una revista feminista la calificó como la escena más repugnantemente machista jamás escrita (las ventas, lógicamente, se dispararon) al tiempo que un fanzine *underground* aseguraba que se habían escrito cientos de novelas sobre la guerra civil española, pero ninguna más provocadora e irreverente.

Al editor, en cambio, le preocupaba más que *Casa de vecinos* estuviera usurpando el resto de la obra de Zubiri como un sol demasiado brillante que devoraba todos sus planetas. Los desbarajustes se amontonaban unos tras otros, la alegoría desembocaba en el vodevil. En plena revolución industrial, llegaban unas cuantas emigrantes del este («altas y hermosas, como desplegables del Playboy») y montaban una casa de putas en el ático. La *madame* se llamaba Xenia y guardaba en la mesilla de noche una piqueta ensangrentada. El tipo gordo de las chinches iba a pedir habitación en la pensión de la señora Paca (cuarto piso, letra C) y se encontraba con que le abría la puerta un vejestorio incalculable con una tirita en la nuca. Iba montado en una silla de ruedas y respiraba oxígeno puro de una bombona. Al gordo le sonaba su cara de las monedas de peseta, terminaban por hacerse amigos y el viejo inválido le llevaba a su cuarto donde le enseñaba a *Morito,* su perro disecado, y una estantería donde flotaban órganos humanos en formol.

—En esta pensión hay que tener cuidado —musitaba el anciano—. Una vez sorprendí a doña Paca echando mano del frasco de mis riñones. Decía que para darle más sabor al cocido.

—Hombre —replicaba el gordo—, si era por eso.

—Pero sólo tengo cuatro. ¿No podrías darme uno de los tuyos?

Alarmado por lo que parecían serios indicios de una enfermedad mental, el editor intentó hablar con Zubiri pero fue su padre quien contestó. Dijo que no tenía ni la menor idea de dónde andaba su hijo. «Hace tres días que no aparece por casa» gruñó mientras de fondo se escuchaban los sollozos de su madre. «Ni siquiera ha llamado, el muy maricón».

El editor colgó, preocupado. Iba a iniciar una ronda de telefonazos a hospitales y comisarías cuando vio sobre su mesa, perdido entre el montón de sobres y facturas atrasadas, un paquete con fecha del día anterior. Apartó el teléfono y lo abrió, desgarrando el envoltorio. Era otro manuscrito, la última entrega de la saga, que empezaba con la llegada de un muchacho desorientado hasta las inmediaciones del edificio. Merodeaba frente al portal, sacaba una libreta, anotaba el teléfono de una casa en venta y la dirección de la pensión del cuarto C, pero no se decidía a entrar. Era la primera vez, en *Casa de vecinos*, que un personaje se quedaba fuera de la casa, observándola desde el exterior, vigilando el ir y venir de los protagonistas, sus vidas laboriosas, anotándolo todo en la libreta con la curiosidad de un entomólogo ante un hormiguero. El gordo de las chinches, el anciano inválido que coleccionaba órganos, las putas de largas piernas entraban y salían del portal mientras el muchacho sin nombre (en el manuscrito no tenía ningún nombre) los miraba camuflado tras el cristal del bar de enfrente; sentado en un banco, tres portales más allá; de pie en un teléfono público, fingiendo que hablaba con alguien.

No quedaba muy claro a qué se dedicaba el muchacho aparte de a vigilar la entrada de la casa. En una escena apenas le quedaba dinero para pagar el refresco que había pedido en el bar; en otra rebuscaba de noche en el cubo de la basura a ver si encontraba restos de comida. Cada vez tenía más pinta de pordiosero y una vez que intentó, al fin, traspasar el portal y subir en ascensor hasta el burdel del ático, las chicas ni siquiera lo dejaban pasar a causa del mal olor.

—No quiero acostarme con vosotras —dijo desde la rendija de la puerta—. Sólo quiero saber quiénes sois, si estáis aquí.

—¿Dónde íbamos a estar, guapo?

—¿Estáis aquí de verdad? ¿Sois de carne y hueso?

—No. Si te parece, soy una muñeca hinchable —dijo Xenia—. Otro día te enseño el enchufe.

Le cerró la puerta en las narices. El muchacho desdeñó el ascensor y fue bajando las escaleras del edificio despacio, acariciando las puertas de los vecinos como si intentara recoger algo en las manos, un perfume, una presencia. A estas alturas, el editor ya sospechaba que el nuevo protagonista no estaba muy bien de la cabeza, pero tampoco se esperaba que se pusiera a vivir en plena calle, junto al vestíbulo de una sucursal bancaria, envuelto en unos cartones. Las anotaciones en su libreta (incluidas en forma de diario) se volvían cada vez más extrañas, más descuidadas. Dejaba de apuntar las horas de entrada y salida de la portera y las observaciones sobre cada vecino para perderse en divagaciones metafísicas. Una noche que el frío lo despertó, mordiéndole a través de los calcetines mojados, escribió: «Todas las religiones y filosofías tienen razón. El otro mundo existe. Está aquí. Es el planeta Tierra».

Por la mañana, temblando de fiebre, mientras pedía limosna tumbado entre los cartones, la visión de los zapatos que pasaban frente a sus ojos le subyugó. Deportivas, playeras, tacones de aguja, botas militares, negros zapatos de ejecutivo iban sucediéndose como en una fantasía fetichista, una lenta fauna de podólogo. Desprovisto de cuerpo y de tobillos, aquel desfile repiqueteante e interminable tenía algo de hipnótico, un horrendo mecanismo de miembros amputados bailando al son de un titiritero. Con las manos ateridas, abrió la libreta y escribió: «La Tierra es el infierno, la cárcel donde van los seres de los demás planetas del universo cuando mueren y han sido condenados. Nosotros somos ellos: sus almas. Las almas de los muertos. Nuestros sueños son visiones, recuerdos de esos planetas, de esa otra vida».

El muchacho se levantó, recogió las monedas y fue hasta el bar para tomar un café. En el espejo, tras la barra, se reflejaba su cara: un par de ojos fatigados, una expresión vacía bajo una calva adornada con una cicatriz reciente. Con un respingo, el editor reconoció el autorretrato de Zubiri, que abría la libreta para anotar algo pero no acababa de encontrar el bolígrafo. «Lo he perdido» masculló. Le pedía algo para escribir al camarero, quien se lo entregaba con una mueca de asco. Zubiri se quedaba mirando aquel objeto ridículo, grueso y dorado como si le sonara de algo. Por el capuchón bajaban unas letras verticales de propaganda: CAFETERÍA DOMINGUEZ.

—No puede ser —jadeó el editor—. Es una broma.

Él mismo, en ese mismo instante, sostenía entre los dedos un bolígrafo gemelo con el que iba corrigiendo el manuscrito. Lo arrojó al suelo, asustado, pero fue incapaz de apartar los ojos de la página donde Zubiri pagaba la consumición, salía a la calle y se quedaba observando el escaparate del bar donde el editor desayunaba todas las mañanas, el letrero de pizarra con el menú escrito a tiza, la perpetua falta de ortografía en «sopa de berduras», la que siempre le daba ganas de borrar con la manga. Al cruzar la calle, alzó la vista arriba, al trozo de cielo recortado entre las dos hileras de edificios, y saludó a una bandada de golondrinas que cruzaban aquel jirón azul.

—Mirad los pájaros del cielo —dijo—. No siembran ni cosechan.

Entró en el portal, titubeando, esperando para evitar a la portera, que podía echarle a la calle sólo por sus pintas de vagabundo. Habían escrito a *spray,* sobre la puerta del ascensor, una zeta gigantesca cuyos bordes sobrepasaban el umbral y rozaban el techo. La misma letra final aparecía manchando la entrada de la portería y se perdía en una pesadilla de *grafiti*, escaleras arriba. ZZZZZZ. La última frase del manuscrito decía: «La estela de un sueño muy pesado».

El editor no salió a comprobarlo. Ya sabía que se trataba de su mismo portal, de los mismos vecinos cuya historia Zubiri había disfrazado bajo el ropaje de una farsa histórica. Lo comprendió todo, de golpe. Ahora ya sabía, también, por qué llevaba puesta una máscara.

Alguien llamó a la puerta.

32

LO DESPERTARON LAS VOCES DE DOMINGO SUBIENDO POR las escaleras. Lo traían dos mendigos a pulso, sentado en su silla de ruedas al estilo de un viejo cardenal bajo palio. No le era difícil reclutarlos en la plaza, entre la turba de desesperados que había acudido al reclamo de la civilización centrifugados por la miseria o la guerra sólo para acabar varados en la patera de un banco junto a la estatua de Cascorro. Domingo entró por la puerta canturreando en su silla de ruedas. Les dio unas monedas a los dos muertos de hambre que le habían izado hasta casa y que se fueron rezongando.

—¿Qué has hecho? —preguntó tras despedir a sus oficiantes.

—Limpiar un poco.

—No me jodas —Domingo bufó mientras rebuscaba entre sus películas—. Esto tenía un orden.

—¿Un orden? —preguntó Matas, que había escrutado aquel caos de arriba abajo sin encontrar el menor indicio de organización—. ¿Alfabético? ¿Por países? ¿Por colores?

—Por pollas. De menor a mayor. Ah, aquí está.

Sacó de la estantería una vistosa cinta con un melenudo enorme rodeado y adorado por un coro de tías en pelota. «La polla que vino del frío» leyó Matas. Al tipo le colgaba de la entrepierna una especie de badajo que tuvo que mirar dos veces hasta admitir que no se trataba de un badajo.

—Ahí lo tienes. Berkoff, Gagarin, el Trípode. Tenías razón, es el tipo que viste en el descansillo.

—¿El vecino?

—No es vecino —explicó Domingo, metiendo la cinta en el video—. Lo que hay ahí en el bajo es una especie de estudio casero. Me pasan bastantes encargos. Ya te hablé de Santi, el tipo que lo lleva. Me contó que Berkoff viene a veces a sacarse un extra.

Matas estudió atentamente la carátula. *La polla que vino del frío*, dirigida por Santiago Beltrán, escrita y protagonizada por Sergei Berkoff. Le resultó admirable no ya que aquel orangután melenudo supiera escribir sino que la sangre pudiera llegarle hasta los dedos. Domingo sacó el paquete de Ducados y le ofreció uno. Matas aceptó y ambos fumaron un buen rato en silencio, observando cómo las espirales de humo buscaban el techo. En los ojos de Matas aquellas nubes diminutas se agrupaban en mausoleos tétricos, cruces blancas, ángeles de la muerte. Ni rastro de camellos ni de erecciones fantasma. Sin embargo, el exilio y la agonía proporcionaban una perspectiva imprevista a aquellos remansos de tranquilidad. Nunca, ni siquiera los fines de semana, había disfrutado de tanta calma, no sin que viniera a perturbarla la musiquilla idiota del teléfono móvil. Pero ni uno solo de sus autores, que forzosamente habían tenido que enterarse de su desgracia, le había llamado para preguntarle cómo le iba (aunque, hasta cierto punto, eso era normal: como editor responsable, él rara vez respondía al teléfono). Ni uno solo de sus amigos, que al fin y al cabo eran también amigos de su mujer. Ni siquiera su mujer. Sólo una visita de su hija, cuando vino a traerle el Opel y otra de Julia, intentando extorsionarle por duplicado. Las llaves del coche le pesaban en el bolsillo del pantalón: ya iba siendo hora de emprender el último viaje. Montarse, dar un portazo, arrancar, rodar carretera adelante, encontrar un precipicio, saltar sin pensarlo dos veces. Conocía un par de puentes bien hermosos en Portugal, uno en Lisboa, sobre el Tajo, y otro en Oporto, sobre el Duero. Ambos tenían la ventaja de que estaban al final del camino y con un poco de suerte ni siquiera pescarían su cuerpo en el Atlántico.

—Domingo, nunca olvidaré lo que has hecho.

—Anda, no te pongas sentimental.

Era una forma de decirlo, al fin y al cabo no le quedaba mucho tiempo para recordar. Su amigo giró hábilmente la silla de ruedas y se dirigió hacia la terraza. Dio una última chupada al cigarrillo y lo arrojó al vacío. La musiquilla idiota de la película porno salpicaba la escena de un barniz meloso, como si los dos fuesen amantes a punto para la despedida. Desde el fondo del patio llegaban aromas de cocina y los chirridos de muelle roto de una cama: el infatigable resuello del amor.

—Ahí está de nuevo, dando el espectáculo.

Domingo empotró la silla en los barrotes de la terraza, hizo bocina con las manos y publicó su crítica a voces:

—¿Pero dónde has aprendido a follar, hombre? ¿En una carpintería, remachando clavos? ¿En una cadena de montaje?

El chirrido de los muelles se detuvo. Se oyó un juramento indescriptible que rebotó paredes arriba, desbaratando olores de fritanga. Luego un ruido de cristales rotos al que siguió un brazo desnudo que quedó colgando entre los barrotes. Una cabezota se asomó y miró hacia arriba. Domingo se apartó de la ventana, aunque no lo bastante rápido.

—Parece que no le ha hecho mucha gracia.

Lo dijo con una vocecita apagada que Matas no le conocía. Siguió una pausa expectante, un silencio tenso donde sólo faltaba un redoble de tambor. Las sartenes del patio enmudecieron. Domingo fue rodando hasta la entrada y entreabrió la puerta. En el televisor, los títulos de crédito de la película dieron paso a una pantalla en negro. Ambos se quedaron inmóviles, escuchando el terremoto que subía por las escaleras. Matas iba a decirle que cerrase de una vez cuando asistió al milagro: Domingo se levantó de la silla de ruedas, salió por la puerta y echó a correr trepando los escalones de dos en dos, a una velocidad del todo inapropiada para un inválido.

Demasiado estupefacto para reaccionar, Matas fue hasta la silla de ruedas y se quedó observando el asiento como si fuese el eyector de un cazabombardero. Doblado y caliente, con las arrugas adecuadas al culo escurrido de su amigo, lo mismo que una pizza que se fuese quedando fría. Oyó los zapatazos que se amontonaban a un piso de distancia y se apresuró a ocupar aquel trono vacante que reclamaba un sucesor. Los brazos le quedaban un poco altos y la espalda algo estrecha pero en conjunto estaba cómodo: no era un mal lugar donde pasar la vida. Algo le molestaba bajo la nalga izquierda; rebuscó y extrajo el mando a distancia que Domingo dejó olvidado en su carrera hacia lo alto. Como si hubiese accionado un mecanismo, la puerta se abrió de golpe y el umbral se nubló con la aparición de dos tipos de anchas espaldas, jadeantes e idénticos. Por un instante, Matas pensó que estaba borracho, luego, cuando los dos tipos se dividieron estilo cigoto, comprendió que se trataba de gemelos.

De un manotazo casi gentil, uno de los gemelos lo apartó a un lado y, mientras la silla de ruedas chocaba con una de las estanterías, empezó a revisar todas las revistas y carátulas de películas. El otro fue hasta la terraza, husmeó a un lado y a otro, como si algún enano pudiera esconderse entre las raquíticas macetas, y por último se volvió y se quedó mirando la tele, donde una pareja de lesbianas intercambiaba caricias sobre una colcha de ganchillo. Matas observó los dos pares de orejas despegadas, los dos pares de pupilas gélidas y azules y las dos rayas apretadas en lugar de la boca, y buscó algo con que distinguirlos. Al final se fijó en las manos, los dedos atiborrados de anillos y los nudillos tatuados con calaveras: uno tenía dos, otro cinco. Fue Cinco quien habló:

—¿Dónde iestá Sergei?

Al igual que su propietario, la voz venía enfundada en un envoltorio de violencia recién empaquetado desde el este de Europa. Matas pensó si la silla de ruedas sería suficiente protección.

—¿Sergei? ¿Qué Sergei?

—El tipo di abajo jiugaba mismo juego. Ahora tendrá que ir hospital.

—Le aseguro que no conozco a ningún Sergei.

Suavemente, Cinco cogió la silla de ruedas y la giró en dirección al televisor. Después, uno de sus dedos acicalado con calaveras apuntó la pantalla donde un bombero melenudo acababa de hacer su aparición.

—Ah —dijo Matas—. Ese Sergei.

Con la misma suavidad, la mano descendió hasta el regazo de Matas y solicitó cortésmente el mando a distancia. Pulsó el botón de acelerar hasta que la orgía filmada adquirió una velocidad ridícula. De repente, la pantalla se acalambró en una escena en la que Berkoff sodomizaba a una joven mientras tiraba de su larga cabellera rubia como si fuese una brida. Con la ayuda del mando a distancia, Cinco señaló la muñeca donde aparecía el tatuaje de un satélite cuyas antenas se doblaban ante el acero de las venas. Lo circunvalaba una leyenda en cirílico, muy breve, que podía ser un poema, quizá, o una marca de vodka.

—¿Vies eso?

—Sí.

—¿Sabes quié significa? ¿Está bien dicho así? ¿Significa?

—Sí. Quiero decir no. No sé lo que significa.

—Miejor para tú.

Cinco se remangó la chaqueta y le mostró el antebrazo tatuado, donde otro satélite rudimentario cruzaba otro cosmos de venas, pelos y tendones. ¿Era un experimento, una prueba? ¿O tal vez se trataba de una idea para una nueva campaña de promoción ideada por Julia? Personajes de ficción que salen a pasear al encuentro de los lectores. Lástima que hubiera elegido una novela tan rara. Debería haberla leído antes para saber con qué se iba a encontrar.

—Ieste tatuaje es símbolo de los Sputniks de Chernobyl —sonaba como un equipo de fútbol, pero Matas se guardó su opinión—. ¿Siabes lo que es Chernobyl?

—Sí.

—No —dijo Cinco, arrastrando el sofá y sentándose frente a él—. No lo siabes. Crees que lo siabes pero no tienes idea. Pior iejemplo, ¿ves mi hiermano? Juntos mi hiermano y yo hicimos siete viajes a la ziona de exclusión. Sólo Sergei hizo miás y vive para contarlo. Llegó a ientrar ien el tercer riactor.

Matas asintió, como si supiera de qué le estaban hablando, como si le estuvieran contando una película ya empezada y él siguiera el hilo por cortesía, aunque no le interesara un pimiento. Dos seguía revisando cintas de video una tras otra, sin prisa, de arriba abajo y de una estantería a la siguiente. Ambos trajes estaban rematados por la misma cabeza de muñeco de ventrílocuo: el pelo pajizo, la nariz chata, los ojos claros y muy juntos, la mandíbula inferior bloqueada por una raya imaginaria.

—Lie presento mi hiermano Zoylo. Yo soy Moylo.

Zoylo y Moylo. Parecía el nombre de una pareja cómica, de unos artistas de circo. También se guardó esa opinión.

—Su hermano no habla mucho.

—Niet.

—No conoce el idioma.

—Nio lo sé. Nio ha vuelto a hablar desde viaje que hizo al biosque rojo, cerca de Pripyat, hace mucho tiempo ya.

—¿El bosque rojo?

—La cueva de las tinieblas. La cuna de los monstruos. Ni siquiera a mí contó lo que vio en biosque rojo. Pior supuesto nio tienes idea lo que digo.

—No.

—Miejor para tú. Die verdad. Miejor para tú.

Dunkerque emergió desde algún sitio y se quedó mirando al visitante sentado en el sofá. Matas descubrió en seguida un parecido inquietante entre el bulldog y el traje de anchas espaldas con cabeza de ventrílocuo. La mano anillada e ilustrada con calaveras se acercó hasta la cabezota babeante y la palmeó.

—Bionito pierro.

—Gracias.

—Allá en pueblo nuestro, después de lio de Chernobyl, niació un pierro con tres cabieza —añadió algo en un idioma incomprensible, una ráfaga de sibilantes—. ¿Tie acuerdas, Zoylo?

Zoylo asintió sin dejar de revisar las cintas de video. Su hermano se echó a reír mientras estrujaba los mofletes del bulldog. Perros tricéfalos, hijos repetidos: debía de ser lo habitual en el pueblo. El botón de pausa saltó y la película puso de nuevo en movimiento su locomotora de gemidos y gruñidos.

—Tres cabezas —repitió Matas.

—Da, da, tres. Como el pierro ese del infiernos. ¿Está bien dicho, infiernos? Puede que fueran cuatro, no sé, no ieran tiodas del mismo tamaño y daba miedo mirarlo. No duró miucho, pobre animal.

Dunkerque lamió la mano de Moylo. Luego dio media vuelta y se alejó con su trote corto, camino del dormitorio.

—Sergei vio cosas más peores. Mucho peores. Como lo que vio Zoylo en biosque rojo. Está todo en libro.

—¿Qué libro?

—Entonces ¿no siabe nada de libro? Bien, bien. Esas son muy bien noticias para usted. Y para mí. Me gusta usted. Y también su pierro. ¿Cómo llamas usted?

—Cristóbal.

—Sergei, mal de cabeza —Moylo se dio un golpecito en la sien—. Muy mal. Su libro miuchas mientiras, molestan miucha giente de mi país y de otros países. Giente importante, ¿entiende?

—Entiendo —dijo Matas, que no entendía nada.

—Nosotros buscamos Sergei para ayudar a él. Pero Sergei aparece y desaparece. Aquí y allá —Moylo tocó el piano en el aire—. Hace piorno, películas, da nombres falsos. Buscamos en Rusia, buscamos en Deustchland, buscamos en Francia, pero Sergei ya nio está. Un día escribe el libro en riuso, otro día en alemán. No muy bien escrito, editoriales piequeñas, ¿entiendes? Hablamos con editores, lliegamos a un acuerdo, ellos retiran libro.

Las cinco calaveras revoloteaban como mariposas, de Rusia a Alemania, de una editorial a otra. Matas empezaba a entender. Eran los mismos tipos de los que hablaba Julia, los que habían visitado a Parrado pero, ¿por qué buscaban con tanto ahínco un simple manuscrito? Entre lo que oía y lo que adivinaba, Matas comenzaba a reconstruir el esqueleto de la historia. Los huesos que manejaba eran pequeños pero sugerían una bestia antediluviana. Carnívora con toda probabilidad.

—Espere, espere un momento. Hay algo que no encaja. Si ese Sergei se esconde para publicar el libro y luego huye, ¿por qué hace porno? ¿Para qué hace películas?

En el mismo momento de decirlo pensó que tenía que haber cerrado la boca, pero no podía evitarlo. Era un reflejo atávico de editor, la lógica profesional con que descubría las fallas de un argumento mal trabado para dejar en pelotas a su autor. Sin embargo, el cristal azul de las pupilas no se movió ni se quebró. Señaló al bombero de la pantalla, que reposaba bocarriba en la cama, tumbado entre un bocadillo de rubias.

—Porque no ies Sergei.

—No es Sergei.

—Aunque sí ies Sergei.

—Ah.

La fina línea de los labios se curvó en lo que podría considerarse una sonrisa.

—Sergei es como Zoylo y yo, dos hermanos en una sola persona. Uno habla, el otro calla. Uno escribe, el otro hace pielículas. Uno publica libros, el otro huye. Uno riecuerda, el otro olvida. Muy mal de cabeza, ya le dije.

El dinosaurio iba apareciendo, vértebra a vértebra, aunque Matas no sabía qué hacer con los trozos de hueso. También apareció de nuevo *Dunkerque* con unos cuantos folios mordisqueados en la boca y meneando el muñón del rabo con alegría. El perro sorteó la silla de ruedas, dejó los folios al pie de su nuevo amigo y se quedó babeando en espera de una caricia. Moylo le dio una palmadita, recogió los folios y leyó entre dientes. Luego se los pasó a Matas que se colocó las gafas y apenas pudo leer una frase suelta:

Lo que Zoylo vio en el bosque rojo

Dunkerque soltó un bostezo tan aparatoso que en la habitación pareció haberse ido la luz. Moylo bostezó por contagio y se levantó despacio, frotándose la nariz.

—Otra conciencia.

—¿Conciencia?

—Coincidiencia —dijo Moylo ahogando otro bostezo—. Uno la película. Dos el libro. ¿Dónde iestá Sergei?

—No lo sé.

Moylo repitió la pregunta y Matas la respuesta. Zoylo se interesó vagamente por el diálogo, igual que un juez de pista ante el peloteo preliminar de un partido de tenis. Moylo se agachó, acarició otra vez la cabezota de *Dunkerque*. Con un chasquido, las calaveras de sus dedos se cerraron sobre el cuello y el animal empezó a gemir. Aterrado, Matas observó las pupilas nublándose, espesándose en un temblor frío, hasta que Zoylo se acercó hasta su hermano y lo apartó de un empujón. Moylo cayó junto al sofá, riéndose.

—No piuede ver sufrir un pierro. Yo no puedo golpear un minusválido.

Zoylo consolaba al perrazo que boqueaba en busca de oxígeno, chapoteando en el engrudo de la muerte. Clavado en su silla de ruedas, Matas se tomó discretamente el pulso (120 pulsaciones) mientras repasaba frenéticamente todas las opciones escénicas. Francamente, no veía muchas posibilidades de publicación.

—No conozco a Sergei, se lo jiuro —dijo, contagiado por el acento—. Sólo sé que filmaba esas películas allá abajo. Lo oíamos. Por la terraza. Ya sabe.

Señaló la pantalla para ilustrar su argumento. En ese momento, una criada entraba en la habitación y fingía escandalizarse al ver a las dos muchachas plácidamente recostadas sobre el tórax del bombero. Sergei, los brazos bajo la nuca, fingía despertar y le guiñaba un ojo a la recién llegada con pésimo estilo actoral.

—¿Y esto? —preguntó Moylo esgrimiendo el cucurucho de folios—. ¿Cómo ha llegado aquí? ¿Por la tierraza también?

No es buena idea dar ideas. A Matas no le quedó más remedio que admitirlo cuando Moylo se levantó del suelo y, aprovechando el impulso de la arremetida, lo alzó en vilo junto a la silla de ruedas, llevándolo hasta la terraza abierta y colocándolo sin mayores esfuerzos al borde de la barandilla de hierro.

—¿Dónde iestá Sergei? —jadeó, furioso.

Balanceándose sobre un abismo de camisetas mojadas y cuerdas de tender, Matas podía ver a Sergei acariciando un muslo femenino, listo para otra maratón sexual. La tecnología había hecho posible el milagro de que estuviera al mismo tiempo fuera y dentro del televisor, repartido igual que esos dos gemelos en dos puntos diferentes del espacio y el tiempo. Por unos instantes él también estuvo dentro y fuera de la habitación, gravitando en una órbita inestable hasta que Moylo lo soltó, rechinando los dientes. Cuando la silla de ruedas se precipitó al vacío, el espacio y el tiempo se curvaron para darle en bandeja el suicidio glorioso con el que había soñado sólo que sin gloria, sin sueño, sin libro, sin coche, sin un gran río fatigado abajo, sin puente portugués.

III

Todo presente es subjuntivo

33

—Adelante, Leo.

El editor se apartó para dejarlo pasar y Zubiri atravesó el pasillo y la salita pisando un par de baldosas sueltas. Vio el toro de peluche con sus banderillas españolas, los platos de cerámica toledana, las vistosas antiguallas que solían albergar tantos hogares obreros de los sesenta y los setenta. Se detuvo frente al churrigueresco bodrio con la leyenda «recuerdo de Alicante» colgado en la pared, la reliquia de infancia cuya fealdad le atrajo desde el primer día que entró en las oficinas de Libros de la Nada. Lo descolgó, lo giró entre sus manos para descubrir lo que ya sabía que iba a descubrir: el desconchón irreparable, las grietas del pasado, las esquirlas pegadas con cola de contacto.

—¿Cómo es posible? —murmuró—. ¿Cómo?

—¿Qué? —preguntó el editor.

—Esto. Mi madre lo compró en la playa, mi padre lo odiaba. Un día mi padre lo tiró al suelo y mi madre lo arregló con pegamento.

Por toda respuesta, el editor se lo quitó suavemente de las manos y luego le hizo pasar a su despacho. Llevaba el mismo pasamontañas de lana negra del día en que se conocieron, el mismo burdo disfraz de terrorista trasnochado.

—Algunos de mis personajes también llevan máscara.

—¿Crees que soy uno de tus personajes?

—Ya no sé qué creer —suspiró Zubiri—. A veces pienso que me estoy volviendo loco.

El editor negó con la cabeza, despacio. Después extendió el brazo para ofrecerle asiento pero ninguno de los dos se sentó. Se quedaron de pie un momento en medio de la penumbra, separados por la mesa abarrotada de papeles.

—No estás loco, Leo. Eso puedo asegurártelo.

—¿Puede?

—De acuerdo, no puedo. Pero te digo que no estás loco, créeme. Todavía hay una oportunidad si regresas a casa y sigues trabajando.

Zubiri se derrumbó en la silla y la luz del flexo le pegó de lleno en la cara, tallando las ojeras, las manchas y arrugas de la ropa. El editor pensó en uno de esos vagabundos maltrechos que viven a salto de mata hasta que recordó las noches que había pasado durmiendo al raso, vigilando la entrada del edificio.

—Una oportunidad de qué.

—De seguir adelante con esto —dijo el editor señalando los sobres abiertos, los mazos de folios sobre la mesa.

—No puedo más. Le juro que no puedo más.

—Tienes que hacerlo, Leo. Es la única manera.

—Le digo que no puedo. Y deje de llamarme Leo, haga el favor.

El editor extendió las manos sobre la mesa, señaló el manuscrito de *Es el chulo que castiga,* las diversas entregas de *Casa de vecinos*, el borrador de *No siembran ni cosechan*.

—No sé de dónde sale todo eso —dijo Zubiri, señalando las montañas de papel—. No sé cómo ni por qué.

—No te preguntes nada. Ya te dije hace tiempo que lo mejor es no saber demasiado.

Zubiri se quedó mirando el pasamontañas desde muy lejos, desde años y años de distancia. Estaba harto de consejos, harto de órdenes, harto de mamarrachos que lo mangoneaban.

—Usted lo sabe todo. He visto las zetas en la puerta.

—Las zetas —repitió el editor, encogiéndose de hombros—. Y qué. Vuelve a casa, Leo. Es lo mejor.

Zubiri negó con la cabeza, como si en su interior hubiese algún resorte, algún muelle suelto, aflojado por la fatiga de la escritura, el hastío de las discusiones con sus criaturas, el frío de los días y las noches pasados en la calle. De pronto el resorte se tensó y Zubiri saltó sobre la mesa para arrancarle al editor el pasamontañas. Se quedó con él en la mano, contemplando sin creerlo a un joven ojeroso con una cicatriz reciente en medio del cráneo rapado al cero.

—¿Qué es esto? ¿Una broma?

—Te dije que te fueras a casa.

Con un gesto autoritario, su autorretrato le pidió el pasamontañas y Zubiri se lo devolvió, anonadado. Pero no volvió a colocárselo, se quedó con él entre las manos, repasando el tejido de lana negra, los agujeros vacíos de los ojos.

—¿Quién eres?

—Vamos, Leo, sabes quién soy. Lo sabes de sobra.

—¿Esto es un sueño?

—En cierto modo, si quieres llamarlo así. También podrías llamarlo una novela.

Las palabras le llegaron un momento antes de que las pensara. Comprendió que se estaba hablando a sí mismo, que llevaba mucho, mucho tiempo hablando solo, lo mismo que en esos sueños confusos llenos de personajes extravagantes donde, en el momento de despertar, el soñador alcanza a comprender que todo ha sido un sueño, que no hay ni nunca hubo nadie detrás de todos los espectros y monstruos, que siempre había sido él quien movía todos los hilos. Todo era cosa suya:

el escenario, las voces, el guiñol, la trama. Recordó a su padre jugando al ajedrez consigo mismo, el tablero puesto sobre un taburete, girándolo a cada nueva jugada. «Es inútil» decía, abandonando la partida a medias. «Así no se puede ganar ni perder. No hay forma humana de engañarse uno solo».

—Estás muerto, Leo. Estamos muertos. Clínicamente muerto, tumbado en la cama de un hospital, en la unidad de cuidados intensivos, enchufado a una máquina.

—Pero mis padres vinieron a buscarme. A buscarnos —corrigió—. Fuimos a casa.

—Te equivocas, Leo. Nunca salimos de este hospital. Nos operaron a vida o muerte, nos abrieron la cabeza —señaló la cicatriz en la calva—, pero no pudieron salvarnos. Ya no somos más que un pellizco de electricidad goteando por las venas, una línea en una pantalla.

—Mientes. ¿Y todos los libros que he leído? ¿Y las novelas que he escrito?

—Un médico dijo que era conveniente hablarte en voz alta. No sabían si escuchabas o no, pero por lo visto es bueno para los pacientes en coma. Por eso dejaban la tele encendida, por eso tus padres se quedaban aquí por las noches hablándote, te traían libros de casa. Procuraban entretenernos, nos contaban chismes de la comunidad de vecinos.

—¿Mis padres?

—Tu madre te leía la Biblia, revistas del corazón, recetas de cocina. Tu padre el periódico, libros de historia, cómics de superhéroes e incluso alguno de esos viejos números del Playboy que guardaba debajo de la cama. Pensaba que quizá el sexo te haría despertar.

—Mis padres nunca me hubiesen leído a Kafka ni a Mary Shelley.

—No. Eso fue una de las enfermeras. En sus guardias nocturnas nos leyó en voz alta *La metamorfosis* y *Frankenstein*. No hicimos más que combinar todas esas historias, ir mezclando las cartas de la baraja: recuerdos de la guerra civil, habladurías de vecinos, noticias del periódico, tebeos, novelas.

Mientras oía su propia voz, Zubiri miraba la penumbra del despacho del editor, las estanterías llenas de libros y papeles. Se levantó y examinó de cerca uno de los anaqueles. Ahí estaban algunos de sus viejos libros de octavo curso forrados de plástico, con los lomos combados y surcados de arrugas. Abrió el libro de Historia Contemporánea para ver los dibujos y garabatos que salpicaban las páginas, los bigotes primorosamente añadidos en los retratos de monarcas, las caricaturas con que se distrajo del tedio de las clases. Una de las carpetas guardaba apuntes de matemáticas todavía más antiguos, raíces cuadradas, ecuaciones crípticas, largas ristras de números escorándose hacia la derecha, como un barco que se hunde. Su mente había intentado protegerle de la verdad echando mano hasta de los últimos ladrillos de la memoria. Lástima que no hubiese funcionado.

—Entonces el rayo nos mató.

—No hubo ningún rayo. Acuérdate. Eso de la ventana y el relámpago sucedió cuando éramos niños.

Zubiri se volvió hacia su interlocutor en espera de otra revelación. La reconoció de golpe, igual que una de esas melodías perdidas que permanecen sepultadas en el olvido años enteros hasta que algo las hace despertar, se levantan y echan a andar como un resucitado, un enfermo dando sus primeros pasos. O un monstruo con las sienes remachadas. En cuanto empezó a oírla, Zubiri se puso a canturrear.

—Fue una explosión, Leo.

—Una bomba.

—Sí. El sótano reventó y las escaleras se nos derrumbaron encima.

—Volvimos para ayudar a aquel tipo, ¿verdad? No queríamos que muriera ningún inocente. Aunque fuese un policía.

—Aunque fuese un policía.

Es el chulo que castiga. No era una de sus novelas, sino el lema de aquella banda de tarados con los que se juntó sólo por divertirse, por hacer un poco de ruido. Para él todo empezó como una juerga, una borrachera con ínfulas de revolución. Se reunían las noches de los jueves en aquel sótano para hablar de un mundo mejor, de una sociedad más justa. Había chicas majas y tíos legales: era la primera vez que lo aceptaban en un grupo desde los tiempos del colegio. Se sentaban en el suelo, fumaban porros, establecían propuestas, votaban a mano alzada, organizaban acciones ciudadanas. Nada espectacular: teléfonos públicos estropeados, parquímetros rotos, papeleras quemadas, pintadas de protesta. Alguien sugirió lo de los disfraces y muy pronto descubrieron que el traje de chulapo les proporcionaba un tranquilizador anonimato, una especie de impunidad. La violencia no la ejercían ellos, sino que venía impuesta desde el exorcismo de aquel uniforme insensato, como si no fuese más que una obra de teatro representada por aficionados. Un día se sacaron de la manga aquel lema ridículo, el PICHY, y en la misma reunión, entre carcajadas, alguien comentó que sonaba igual que las siglas del Partido Comunista Italiano, el PCI. Poco a poco, las cosas se volvían más grotescas y, al mismo tiempo, más serias. Muchos abandonaron el grupo al oír hablar de colocar bombas, pero él se quedó únicamente para impresionar a una de las chicas. Mientras otros se encargaban de almacenar explosivos y planificar atentados, él compró una docena de máscaras de Lenin en una tienda de Lavapiés.

—¿Por qué Lenin?

Zubiri se encogió de hombros.

—Era una tienda china. Podía elegir entre caretas de Lenin o de Mao. Las de Lenin eran más baratas.

Sonrió, su reflejo le devolvió la sonrisa. Se sentó otra vez en la silla. Tenía frío, necesitaba descansar.

—No fue cosa nuestra. Lo del PICHY.

—No.

—Nunca quisimos hacer daño a nadie.

—Nunca hicimos daño a nadie, Leo.

—Así que se acabó.

—¿El qué?

—Esto. Esta historia.

—¿Quién puede decirlo? Si algo hemos aprendido de todo esto es que la vida sigue mientras haya historias que contar.

De eso iba la vida, sí. Las historias que los padres les cuentan a los hijos, las que los hijos les cuentan a los nietos, las que comparten los amigos, las que uno se cuenta antes de dormir, antes de que le rinda la fatiga y el sueño empiece a barajar más historias. Las células que repiten la hélice del código genético para formar réplicas de sí mismas, historias dentro de otras historias. Zubiri oyó un zumbido perezoso, el ruido sedante del frigorífico de la casa familiar en cuya puerta dejaba su padre las notas pegadas con imanes. Pero también podía ser el zumbido de las máquinas que lo mantenían vivo, el goteo del suero, la cadencia del respirador. Vencido de cansancio, miró al editor y recordó aquel tebeo en que el Capitán Marvel abre una puerta y se encuentra consigo mismo. Nunca supo cómo continuaba el episodio, nunca encontró el siguiente número.

34

AUNQUE LE HABÍAN PRESCRITO REPOSO ABSOLUTO, RODRÍguez cojeaba arriba y abajo por los pasillos del hospital rumiando su mal humor, perfeccionando el arte de saltar con muletas. Soldar huesos era cuestión de paciencia, una aburrida tarea de novelistas; los poetas se guiaban más por impulsos y arrebatos. El mismo impulso irracional que revoloteaba en sus sonetos lo había llevado hasta el sótano de La Caverna y de ahí hasta la sala de traumatología del Ramón y Cajal. Del sótano no quedaba más que una montaña de escombros y del soneto la ruina de dos cuartetos: ocho endecasílabos maltrechos que no quería continuar. No recordaba si la última promesa ofrecida por su rescate imposible había sido dejar para siempre la poesía pero prefería creer que sí. Prefería cumplir todas las promesas que había ofrecido cuando estaba atado a la silla y con una buena ración de dinamita bajo el culo. Las promesas razonables al menos. Gracias a ellas había salido indemne de la explosión, sin más daños que una lesión de cadera, un par de costillas rotas y una fisura en el hombro. Tal vez, si seguía cumpliéndolas, el chaval que le salvó la vida también obtendría su milagro.

Según los médicos, no había muchas esperanzas de que lo obtuviera. Se hallaba en estado de coma irreversible, erizado de cables y tubos, conectado a un montón de aparatos de los que dependían sus funciones vitales. Cuando no había nadie cerca, Rodríguez entraba en su habitación de la UCI y se sentaba a su lado. Se quedaba largo rato observando los ojos cerrados de su salvador, las jóvenes facciones cubiertas por la mascarilla de oxígeno, murmurándole al oído. Nadie podía asegurarle qué latía debajo de ese rostro impávido, qué mares, qué soles agitaban sus párpados. Unos médicos decían que se había dado el caso de pacientes que despertaban de improviso, después de años y años en estado vegetativo, y que aseguraban recordar las voces de los amigos que los habían visitado durante su estancia en el limbo. Otros decían que sí, pero que se trataba sólo de fantasías acústicas. Otros se encogían de hombros. El mismo desacuerdo flotaba entre el personal encargado de cuidarlos. Las enfermeras solían hablarles mientras los limpiaban y les cambiaban las sábanas. Oscar, el celador jefe, un tipo corpulento y chistoso, llamaba al ala de comatosos «la plantación de repollos».

Rodríguez juntaba las manos sobre la escayola mientras masticaba su rabia. «Aguanta, chaval, aguanta» susurraba en su oído. Era lo más parecido a rezar que había hecho desde la infancia.

—¿Crees que puede oírte?

—Quiero creer que sí.

—Ven. Te invito a un café.

Rodríguez se puso en pie cojeando, se calzó las muletas y siguió a Ana hasta el pasillo. La primera vez que la encontró en esa misma habitación no reparó en el uniforme de enfermera, sólo vio las coletas y los grandes ojos color miel y pensó que había venido a visitarlo.

—Yo también le hablo al oído. Durante las primeras guardias le leí libros en voz alta.

—¿Poesía?

—Novelas.

Ana sacó su monedero y Rodríguez rastreó en su bata en busca de unos céntimos perdidos. A eso se había reducido su labor de detective, a rastrear monedas. Rápidamente la máquina ordeñó dos sucedáneos de café.

—No me dijiste que eras policía.

—¿Te importa?

—Para nada.

—Imagina qué hubiera pasado si subo a recitar con la placa.

Ana sonrió pero Rodríguez no. Al principio se sentía ridículo con aquella bata verde que le dejaba medio culo al aire y con aquel bigote prematuro que apenas había adquirido una endeble apariencia de hormiguero. Pero ya no. Ya había tenido tiempo de acostumbrarse a ser sólo un fantasma.

—Dicen que te salvó la vida.

—Así es.

—Pero nadie da muchos detalles.

—No pueden darlos. Forman parte de la investigación.

La historia de la explosión ni siquiera había salido en la prensa. Lo único que se había publicado era la noticia del derrumbe de un edificio y, un par de días después, su propia esquela de defunción. Esperaba que los chulapos se hubieran tragado el anzuelo. Se le había pedido al personal del hospital relacionado con el caso que guardara silencio y toda la zona permanecía discretamente vigilada. Sólo un par de médicos conocían su verdadera identidad. Estaba muerto a todos los efectos, esperando a que soldaran sus huesos, acompañando a su salvador en su sigiloso viaje al más allá.

—Cuando subíamos por una escalera de caracol, el edificio entero se vino abajo. Yo tuve mucha suerte. Él iba primero y recibió toda la avalancha. Cuando los bomberos nos rescataron de entre los escombros, vieron que su cuerpo me había protegido, cubriendo mi pecho y mi cabeza.

Rodríguez sopló el vaso de plástico. Aflojó las muletas y apoyó la espalda contra la pared. Estar muerto resultaba muy fatigoso. Fatigoso e impúdico, exponiendo las vergüenzas a la vista de todos.

—¿Cómo has sabido que soy poli?

—Aquí los rumores vuelan.

No lo dudaba. Estaba en la plantación de repollos, la tierra de los muertos, donde los murmullos crecían en la enredadera del hilo musical y las oraciones se mezclaban con diálogos de teleseries. La barba le había crecido a la par que el bigote, tibia y desganada, al ritmo lerdo de la tumba, pero ni siquiera su costrosa pinta de cadáver lograba ahuyentar a Ana.

Una noche ella fue a buscarlo hasta su cama, aprovechando que al paciente de al lado le acababan de dar el alta, pero él la rechazó suavemente, pretextando que le dolía la pierna. Aquella excusa la dejó perpleja. Seguía igual de perpleja cuando se la tropezaba por los pasillos del hospital, en el ala de traumatología o en los alrededores de la UCI. A Ana no se le había ocurrido decir cómo es que la pierna no le molestaba para ir de acá para allá, avanzando a trompicones, y en cambio le dolía a la hora de echar un polvo. No se le había ocurrido pero llevaba la pregunta escrita en la cara. Desde aquella fallida noche de amor ella lo miraba como si fuera un rompecabezas sin resolver, intentando encajar las piezas. En sus encuentros junto a la máquina de café o en el rellano de la escalera de incendios, donde salían a fumar un cigarrillo, Ana le interrogaba hábilmente, dejando caer las preguntas al descuido, como ceniza al viento. Cuánto tiempo llevaba en la policía, tenía hijos, estaba casado, cuáles eran sus poetas favoritos.

—No sé. Miguel Hernández, Garcilaso, Quevedo —dijo Rodríguez—. No soy muy original, como ves.

—Todos grandes sonetistas —dijo Ana—. Me tiraste un limón.

—Y tan amargo —recogió el guante Rodríguez—. ¿Cuál es tu poeta favorito?

—Pessoa.

—¿Pessoa? Pessoa son cuatro poetas por lo menos.

—Cuatro tirando por lo bajo, sí. Me gustan los hombres complejos.

Era toda una declaración de principios. Quería decir, tal vez, que no pensaba rendirse, que había descubierto varios Rodríguez dentro de Rodríguez —el poeta dentro del policía, el monje dentro del poeta— y que pensaba llegar hasta el original costase lo que costase. Le había tirado un limón, sí, como en el soneto de Miguel Hernández, pero Ana pensaba exprimir todo el jugo.

Sin embargo, Rodríguez sabía que no había mucho jugo que exprimir. Al fin y al cabo, todo se reducía a una ronda de apuestas insensatas que alzó a Dios y al diablo en medio de la desesperación, una ronda que la incluía a ella, a su ex, al plasta de Luisito Sanabria. Casarse con Ana, olvidar a Ana, violar a Ana. La primera opción era demasiado complaciente y la tercera demasiado bíblica: sólo le quedaba el olvido. Pero no podía contarle que la había sacrificado en la creencia ciega de prolongar un poco más el juego, de que el chaval saliera del coma algún día. Ana le escupiría a la cara, le diría que, en vez de a ella, podía haber dejado el tabaco. El casino, como siempre, jugaba con ventaja. Aceptó todas las apuestas, pagó lo estipulado, pero se quedó con el chaval en depósito.

El chaval se llamaba Leonardo Zubiri López y, hasta donde había podido averiguar, no había nada en su biografía que explicase su afiliación a aquel grupo de terroristas chuscos. Era el clásico joven de barrio obrero, sin oficio ni estudios superiores, que con treinta cumplidos aún seguía ganduleando por ahí, aprovechando el refugio paterno. No tenía muchos amigos, era hijo único y los padres iban a verlo todos los días. Rodríguez los rehuía en cuanto los veía aparecer por los pasillos, él gruñendo mientras se encabalgaba las gruesas lentes sobre la nariz, ella bisbiseando, como si rezara el rosario. No se habría atrevido a irrumpir su dolor y menos aún a presentarse como el afortunado superviviente. Fue el comisario Muñoz quien les dio una versión alternativa de la explosión, asegurando que se había producido mientras su hijo manipulaba solo una bomba casera, pero no pudo sacar nada en limpio. Por su genuina reacción de estupor, Muñoz comprendió que no sabían nada de las compañías en que andaba su hijo. La madre: profesión, sus labores; únicas aficiones conocidas, oír la radio, ir a misa. El padre, mucho mayor que la mujer, combatió por la República y fue represaliado después de la guerra: dos años picando piedra en el Valle de los Caídos.

—Pero no cumplí toda la condena. Me indultaron. ¿Sabe por qué?

—Ni idea.

—Gracias a mi hermano. Descubrieron que los rojos le habían dado matarile. ¿Qué le parece?

—Hombre —dijo Muñoz—. Qué me va a parecer.

Las dos Españas batidas y diluidas en un par de pupilas grises, detrás de unas lentes de culo de vaso. Estaba claro que a aquel anciano canoso le daba asco la política. Por ahí no iban a ningún lado. Todo aquello, decía, pasó cuando era sólo un muchacho, ahora se conformaba con que lo dejaran en paz. Simplemente le daba vergüenza pertenecer a un país de salvajes donde se mataban unos a otros, un país de cobardes que había aguantado medio siglo los caprichos de un mierdecilla sádico y enano, un puñetero eunuco. Su hijo, en cambio, creía en esa tontería del comunismo, que ya había que ser tonto y crédulo. ¿No veía lo jodidos que estaban todos esos países donde no podía uno ni tirarse un pedo? ¿No veía lo que habían hecho los comunistas con su tío?

—Vaya tabarra que me ha dado el viejo. Deberían llevarlo a una tertulia.

Estaban fumando en el rellano de la escalera de incendios, aguantando las rachas de viento desprendidas de un oxidado cielo de primavera. Muñoz meneó la cabeza. No entendía la lógica ni los mecanismos mentales de Rodríguez pero sabía que de vez en cuando, ahí dentro, se producía un cortocircuito, una chispa que empalmaba los cables. La misma lógica inexplicable que lo llevó hasta las inmediaciones de La Caverna y que casi le cuesta la vida.

—¿Cómo coño pudiste encontrarlos?

—Tuve suerte, supongo.

—Sí, ya veo. Una suerte de cojones.

Pues claro que era suerte, joder. La misma puta suerte que le sonreía de oreja a oreja desde que leyó su soneto neptuniano en La Caverna y Ana se acercó para darle su teléfono. La misma por la que aquel chaval volvió a buscarlo y que le hizo salir vivo de entre una montaña de escombros. De no haber tenido reservas de suerte en cantidades industriales, deberían haberlo recogido con pinzas.

—¿Cuánto tiempo más tengo que quedarme aquí dentro?

—Hasta que pase San Isidro. No querrás levantar la liebre.

Muñoz tiró la colilla al vacío y le dio el paquete de tabaco. Se despidió tocándose la frente con dos dedos, un fósil de saludo militar de los tiempos del ejército. Rodríguez volvió a calzarse las muletas y regresó cojeando a la UCI. Fracturas y lesiones aparte, hacía mucho tiempo que no se sentía tan fuerte: los ejercicios de rehabilitación le estaban devolviendo la musculatura perdida. Merodeó por los pasillos como un insecto pisoteado, hasta que la sala se quedó libre del ajetreo de médicos y enfermeras. Tenía un par de horas, como mucho, luego la madre vendría a pasar la noche. Se sentó al lado del chaval, escrutando aquellas facciones rígidas, tapadas por el tubo de respiración. Primero la máscara de Lenin, ahora otra máscara. Apenas cambió tres frases con él, ni siquiera pudo ver su rostro en el sótano. No tenía la menor idea de quién era Leonardo Zubiri, el chulapo arrepentido, su salvador. Quitó el volumen de la tele, intentó sintonizar su cerebro en la misma longitud de onda. «Venga, no te rindas ahora. Ya has hecho lo más difícil. Aguanta, chaval, aguanta».

35

UN JODIDO MILAGRO. REFUNFUÑANDO, MATAS ESCRIBIÓ el título en su libreta. Le disgustaban los tacos, sí, pero es que no había una manera mejor de decirlo. Le disgustaba más aun la palabra milagro, pero eso es lo que había: un milagro y encima, jodido. Una sucesión de ellos. Cuando aquella bestia lo arrojó por la ventana con silla de ruedas y todo debería haberse matado contra el patio, pero las cuerdas de tender frenaron la caída. Una de ellas por poco le rompe la tráquea (estuvo sin hablar unas semanas) pero muchas colgaban lo bastante flojas como para ir rompiéndose y pasándolo de un tendedero al siguiente. También estaban cargadas de ropa mojada y una de las pinzas casi le deja ciego, aunque el azar (o mejor dicho, la puñetera física) quiso que se le clavara en el entrecejo, como si fuera a abrirle un tercer ojo, sabio y clarividente, entre los otros dos. Iba a necesitarlo si, según todos los cánones, su vida entera desfilaba a medida que caía: infancia, adolescencia, juventud, madurez (aunque de eso había más bien poco), amores, amigos, desengaños, temores, un montacargas de recuerdos relampagueantes descendiendo sin frenos, piso a piso. En realidad no hubo nada de eso, sólo vértigo, un alarido ridículo, un burdo y breve aleteo de hombrepájaro braceando entre camisas y bragas húmedas antes del aterrizaje.

Tumbado en la cama del hospital, enyesado de la cabeza a los pies, Matas recordó un libro de guerra donde había leído la historia de un bombardero inglés alcanzado por un caza alemán que cayó en picado sobre un bosque en las Ardenas. El único superviviente fue el radiotelegrafista, quien recorrió todo el aparato en llamas antes de lanzarse al vacío sin paracaídas y con los brazos ardiendo desde más de tres mil metros. El tipo contaba que la velocidad apagó el fuego y que mientras caía a plomo en la oscuridad de la noche tuvo tiempo de pensar mucho. Pensó en las cosas que había hecho, en las que no hizo por una razón o por otra, en las que le hubiera gustado hacer, en las que se arrepentía de haber hecho. Por hacer —escribía con humor típicamente británico—, hasta habría tenido tiempo de hacer testamento. Pero, aparte del miedo a la muerte inminente y el terror animal a despedazarse en un puzle contra el suelo, el radiotelegrafista no sintió gran cosa. No sucedió nada de excesiva importancia en su interior durante el tiempo (puede que un minuto largo) que invirtió en su caída. Ninguna revelación definitiva, ninguna conversión religiosa, ninguna experiencia mística: sólo el fragor del aire helado despeñándose a su alrededor, la constatación elemental de unas cuantas ecuaciones newtonianas. Cayó sobre un entramado de abetos enormes y cargados de nieve que lo fueron recibiendo de rama en rama hasta depositarlo en otro montón de nieve en polvo sin más daño que unos cuantos rasguños y magulladuras.

Cuando le preguntaron, el radiotelegrafista evitó usar la palabra «milagro». No tenía nada que ver, decía. Era una palabra que olía a Dios y Dios no tenía nada que ver en el asunto. Le parecía obsceno que Dios se preocupara por un tipo que acababa de bombardear una ciudad alemana, un Dios que se cruzaba de brazos mientras ardía, por ejemplo, un hospital de niños. No creía que Dios hubiera soplado en su trayectoria para alejarlo de las rocas, o que hubiera plantado a toda velocidad unos cuantos abetos gigantescos cubiertos de nieve.

Matas tampoco quería meter a Dios en su libreta. Siempre había dicho que Dios era un poeta extraordinario y un novelista mediocre. No entendía mucho de teología pero, en contra de la opinión general, le parecía que la vida, en cuanto novela, resultaba una fábula cargante y chapucera, llena de repeticiones, de tiempos muertos, páginas en blanco, adjetivos huecos y personajes innecesarios. Cuántos cepillados de dientes para no decir nada, cuantos viajes en autobús para no ir a ningún sitio. Y cuántos, cuántos secundarios que sólo aparecían para soltar una frase, tirar una caña en una cafetería, dejar una ráfaga de perfume entre una multitud, y luego esfumarse de su vida para siempre.

Por ejemplo, el portero que había sacado el colchón viejo al patio precisamente el mismo día en que lo arrojaron con silla de ruedas incluida. La fábrica de muebles le trajo el colchón nuevo que había encargado a eso del mediodía y el portero dejó el viejo en el patio con idea de no molestar a los vecinos. Pensaba tirarlo a la calle cuando terminara su turno, a las nueve de la noche, para que lo recogiera el trapero o el camión de la basura. Estaba harto de esa antigualla que heredó junto con el cargo; había dormido un año y pico entre sus mullidas lorzas de lana y se levantaba todos los días con dolor de espalda. Hasta que se hartó, ahorró lo suficiente, compró un colchón nuevo y sacó el viejo al patio sólo un par de horas antes de que Matas cayera atravesando todos los tendederos: justo a tiempo de amortiguar su caída y evitar que se cascara el cráneo contra el cemento.

Matas nunca había cruzado una sola palabra con el portero y jamás había visto ese apestoso colchón a rayas grises; sin embargo, ambos elementos combinados (cuya duración en su trayectoria vital equivalía a un vuelo vertical sin paracaídas) tenían mucha más importancia en su destino que su trabajo de editor, su mujer, sus hijos, su carrera de filología, su máster de edición en Londres. Sólo el espermatozoide heroico de su padre y el óvulo paciente de su madre podían comparársele. Sobre aquel mapamundi blando y abollado, entre los cristales rotos de sus gafas e imborrables manchas de sudor a guisa de océanos, había vuelto a nacer con varios huesos rotos y una contusión cervical: el dolor inédito del parto.

La palabra «milagro» implicaba una asombrosa suspensión de las leyes físicas. Al igual que el radiotelegrafista suertudo, Matas sentía que el concepto «Dios» sobraba en aquella discusión, pero no estaba tan seguro del concepto «milagro». Un milagro no tenía por qué ser necesariamente bueno. El suyo, de hecho, era jodido. Si algo se le había ocurrido durante su raudo descenso hacia la nada fue que aquel homicidio le ahorraba el engorro del suicidio análogo que había imaginado: los preparativos, la cautelosa elección de tiempo y lugar, las vacilaciones y tormentos de la espera, las dudas de última hora. Pensaba ahorrarse los dolores de la agonía y ahora, gracias a un estúpido y cochambroso colchón, se encontraba enyesado prácticamente de la cabeza a los pies, con dos piernas rotas y unas cuantas costillas fracturadas envolviendo sus pulmones cancerosos.

—¿Cancerosos? —preguntó el médico, sacando las radiografías.

—Carcinoma múltiple, ese fue el diagnóstico —susurró Matas con su tráquea dolorida y precisión de editor.

El médico —una cuarentona alta y de buen ver—, se caló las gafas y examinó la radiografía al trasluz. A Matas no le pareció un método muy ortodoxo, pero incluso desde esa distancia, y con la cara virada por la escayola, pudo vislumbrar el gotelé blanco salpicando sus cavidades gracias a la luz de la espléndida mañana.

—¿Se refiere a esas manchitas de ahí? Yo no me preocuparía demasiado.

—Claro —barbotó Matas, encajonado en su indignación—. Usted no las tiene.

—No. Yo pasé el sarampión de niña.

Al principio Matas no entendió. Ante su atontado estupor, ella le preguntó si los médicos que le habían diagnosticado el cáncer no pidieron otras pruebas suplementarias. A Matas le costó bastante ir sacando cada palabra.

—Sí. Un montón. Pero no llegué a hacerlas. Pensé que no soportaría la quimioterapia.

—Seguro que le tocó un jovencito recién salido de la facultad —dijo guardando otra vez la radiografía en el sobre—. En su vida habrá visto un sarampión de adulto, claro.

Matas ni se atrevió a chistar que había una mujer en el triunvirato que lo sentenció a muerte. No quería que la mujerona se cabreara, le devolviese su *status* de moribundo o le atizase una bofetada en la cara, prácticamente el único lugar que aún no tenía cubierto de yeso. Sobre el pecho imponente colgaba una placa que rezaba «M. HERRERO». Le iba bien el apellido. La doctora Herrero le preguntó si había padecido toses, estornudos y fiebre alta.

—Bastante fiebre, sí —reconoció Matas—. Y una tos de muerte.

—Ahí lo tiene —dijo ella, señalando la radiografía—. ¿No estuvo en contacto con un niño enfermo unos días antes?

—¿Un niño enfermo? No.

—¿Seguro? ¿Ningún enfermo en su familia? Me extraña que pillara el sarampión por correo.

En cuanto la doctora abandonó la habitación, su vecino de cama, un anciano iracundo, explotó:

—Ya estamos. Lista, que es una lista. Qué sabrá ésta de pulmones si es un médico de huesos.

—Bueno, lo que decía…

—Lo que decía era una mierda. Aquí me tiene usted a mí. Setenta y tres años, fractura de cadera, y va y me prohíbe el tabaco.

—La verdad...

—La verdad es que llevo fumando dos cajetillas diarias desde la mili y a mí el tabaco no me ha hecho ningún daño, ninguno. Y no hay más que hablar, coño. Ahora bien, su caso es distinto. Si tiene cáncer, pues tiene cáncer. Qué sarampión ni qué hostias.

Matas asintió, pensativo. No quería ni asomarse al abismo de la esperanza, sentir que ahí al lado había un asidero, que hacía pie en el mar de la muerte. Durante toda la mañana estuvo dándole vueltas a las palabras de la doctora, al diagnóstico que le picaba como la nariz que no podía rascarse. ¿Sería verdad? La mujer parecía totalmente convencida, pero también lo parecían los tres médicos que no vacilaron ni un segundo en desahuciarlo.

Entonces ocurrió. Cuando la enfermera le servía la comida, una cucharada de estofado que se escurría por la comisura de los labios le recordó, por consistencia y temperatura, el escupitajo que la mendiga rumana le lanzara a la cara. Estaba tumbada en la acera, adormilada por la fiebre, cubierta de ronchas rojizas. De improviso todo se articulaba en una estructura coherente: escupitajo-fiebre-radiografía. Presentación-nudo-desenlace. Pasó la noche en blanco rumiando la noticia de su absolución.

Al amanecer tuvo que admitir que la noticia no le hacía mucha gracia. No lograba entenderlo pero así eran las cosas. Con estupefacta resignación, comprendió que la doctora que le había salvado sólo le inspiraba antipatía, mientras que por el matasanos que le condenó sin pruebas apenas sentía un desprecio impersonal, una indiferencia remota. Había renunciado al matrimonio, al trabajo y a la vida, lo mismo que un actor que se quita el traje, el maquillaje y la peluca. Resignado a la idea de abandonar el escenario en breve, de pronto le decían que debía incorporarse de nuevo al elenco. Ahora entendía por qué los críos recién llegados al mundo estaban tan de mala leche. Él mismo, con su pañal de escayola, su collarín, su cuña y sus poleas, parecía un bebé atado a la cuna.

—No se preocupe, hombre —le decía su vecino de cama, dándole ánimos—. Seguro que es cáncer.

Pasó el tiempo, los huesos fueron soldando, las escayolas retirándose como nieve en primavera. En la del tobillo izquierdo, la más persistente, Domingo pintó a la altura de la rodilla la calificación que le merecía la doctora Herrero, dos pollas y media, bastante alta para sus cánones críticos.

Habían intercambiado sus papeles, ahora era Matas quien veía el mundo deslizarse a su alrededor y Domingo quien empujaba la silla de ruedas. Ya tenía bastante con su milagro, así que prefería no preguntarle por la historia de la curación instantánea. Fue Domingo quien sacó el tema mientras rodaban pasillo abajo.

—Chico, hay que ver cómo va. Qué fina, qué manejable. Y parece cómoda. Esto es un vehículo y no lo que me dejaste en casa.

—Vaya, siento tener tanta suerte.

—La pobre quedó peor que tú, parece una obra de arte abstracto. No sé si arreglarla o enviarla a una exposición.

—No me jodas, Domingo.

—En serio, no sabes lo mal que me apaño de pie. Hasta luego, guapa.

La enfermera se volvió y lo miró con cara de enema. Domingo le hizo un saludo alopécico. Se detuvo frente a la máquina de refrescos y le pidió suelto. Matas rastreó en su bata y encontró una moneda. En las entrañas de la máquina, un lejano borborigmo y un eructo metálico dieron a luz una lata jaspeada de rojo y blanco. Domingo tiró de la anilla y bebió un largo trago, un arañazo de burbujas. Matas suspiró. El mal humor de los primeros días había dado paso a una insatisfacción general, un ajuste de cuentas con el mundo y sus miserias. El libro que planeara en su período de agonía había cambiado de rumbo. Se estaba escribiendo solo y ya no hablaba únicamente de la hipocondría, la enfermedad y la impotencia física: se había convertido en un tratado sobre el miedo a vivir, la angustia de estar vivo. Ya no era una carta de despedida sino una hoja de reclamaciones. Quería contar cómo había vivido siempre adormilado, atontado, hasta que la muerte lo despertó de un codazo. Una súbita sucesión de desgracias lo había dejado grogui, incapaz de reaccionar, como un boxeador arrodillado esperando la cuenta de diez para el que inesperadamente suena la campana entre asalto y asalto. En el hospital, mientras la tráquea se recomponía y los huesos iban soldando, fue recobrando poco a poco la hombría, el orgullo, la autoestima, el segundo aliento necesario para reanudar la pelea. Sí, ahora quería pelea, iba a devolver los golpes uno por uno, renglón a renglón. Julia, Livia, Parrado. Pensaba relatarlo todo, volcar sobre el papel todo su rencor y su desesperación: la traición de Julia, el despido injusto, la mezquindad de su esposa, el mazazo del diagnóstico mortal, el breve exilio en casa de Domingo, el vuelo sin motor hacia un colchón cuántico, el renacimiento escayolado. Durante algún tiempo dudó entre varios de esos títulos («El colchón cuántico», «El renacimiento escayolado») hasta que una mañana de abril una brusca inspiración le dictó las rotundas mayúsculas en la tapa de la libreta. UN JODIDO MILAGRO. Sí, sí, eso era. Un jodido milagro.

Sin embargo, dudó del título en cuanto su familia vino a visitarlo al hospital. Aún no le habían quitado todas las escayolas y las calificaciones de Domingo decoraban el yeso a la altura de sus tobillos. Su hijo se dedicaba a pintar en las escayolas. Su hija Clara estudiaba las hojas de su libreta, distraída, como si leyera una novela. Livia permanecía parapetada detrás de los dos, mirando a la ventana.

No había mucho que decir y no lo dijeron. Clara bromeó acerca de su ortografía y de los tacos que salpicaban el texto.

—Has cambiado de estilo, papá.

—No lo sabes tú bien.

Livia hizo una seña y Clara guardó la libreta y arrastró a su hermano hasta el pasillo. El viejo de la cama de al lado roncaba suavemente, bocarriba. Su esposa se sentó y le cogió la mano. Tras el cristal se erguían cuatro esqueletos de rascacielos en diversos procesos de construcción. Domingo decía que parecían cuatro amigos compitiendo a ver quién la tenía más grande. Ahora, ante el desastre de su matrimonio, no parecían más que ruinas.

—Quiero el divorcio, Cristóbal.

—Todo tuyo.

Livia se quedó boquiabierta. Se había preparado para una larga lucha dialéctica pero Matas dijo que, al fin y al cabo, tenía razón. Le había pillado con un condón en el bolsillo. Aunque técnicamente el adulterio no se había producido, para el caso daba igual. Lo mejor era divorciarse. Le entregaría en bandeja la casa, los coches, el jardín. Se convertiría en un padre dominguero.

Livia cerró la boca y lo miró como si se hubiera dado otro golpe en la cabeza. Estuvo a punto de llamar a la enfermera. Matas conocía muy bien esa mirada de reproche, la había soportado durante demasiado tiempo.

—¿No quieres a tus hijos?

—Lo que no quiero es discutir.

—Ni siquiera has intentado arreglar esto.

—Has sido tú quien ha empezado hablando de divorcio, Livia.

De repente su mujer cambió de tono, empezó a despotricar sobre su hipocondría, su afición a irse de ambulatorios, la zorra de su secretaria, el cabrón de su jefe, el perro de los huevos, sus puñeteros condones, sus putos huesos. A medida que profundizaba en el rencor, su lenguaje se iba tiñendo de tacos pero Matas ya había pasado la fase de la censura. Cuando llegó a los condones, Livia se echó a llorar de pura rabia. Qué iba a hacer ella si la dejaba sola, si prefería quedarse leyendo manuscritos o hablando en reuniones de trabajo hasta las tantas. Que a saber lo que hacía él en aquellas reuniones. Matas suspiró. Cuánto le aburría aquel tono cansino y plañidero, con el cansancio anticipado de miles y miles de discusiones inútiles. Sus ojos revolotearon de la sábana a la lámpara y de ahí a la cama de al lado, donde el vecino seguía roncando a estertores fijos. Por último se posaron en la ventana, para comprobar que los cuatro esqueletos no se habían movido de sus últimas posiciones.

Cuando las grúas y filamentos de la primera torre rebasaron la mitad de la ventana, el viejo cascarrabias dejó la habitación y fue sustituido por un tipo desastrado que apenas se afeitaba y que se pasaba el día paseando en muletas. Casi nadie en traumatología ignoraba que era policía aunque intentara mantenerlo en secreto. También había varios escoltas de incógnito pululando por toda la planta del hospital pero hasta los empleados de la limpieza los tenían fichados y les pedían respetuosamente que levantaran los pies cuando pasaban la fregona. El primer día Matas preguntó a su nuevo vecino de cama cómo se llamaba y sólo obtuvo un gruñido. Matas escarbó en el gruñido y encontró: «Rodríguez». El segundo día le preguntó si era cierto que era poli y ya pudo atisbar un brote de conversación:

—¿Dónde ha oído eso?

—Por ahí.

—¿Por ahí dónde?

—Lo dice todo el mundo.

—Métase en sus asuntos.

Eso es lo que hizo, se sumergió en la escritura como si fuese parte de la terapia, uno más de los ejercicios de rehabilitación. Ya le habían quitado las escayolas de los brazos y la mano se le quedaba dormida de tanto escribir, tenía que agitarla a cada rato. Los esqueletos en alza competían con sus libretas por ir llenándose de formas, alcanzando más pisos, creciendo lentamente al estilo de un pastel al horno. Había una delicada ósmosis entre el proceso de su curación, el flujo de sus recuerdos y la cuádruple parafernalia que iba proliferando al otro lado de la ventana, como si las escayolas y los hierros que le iban retirando fuesen directamente a alicatar el cielo. Cuando la segunda torre alcanzó a la primera, le quitaron por fin el yeso de la pierna izquierda. Su hijo había firmado ahí, también algunos amigos de la editorial y Domingo había calificado a todo el personal femenino de la planta. Antes de abrir la armadura, la doctora Herrero examinó el catálogo de pollas adornado con nombres de médicos y enfermeras. Casi nadie pasaba de una y media.

—Ana merecía por lo menos dos, ¿no cree?

—No lo sé. Lo pintó un amigo mío. Es sólo su opinión.

—Muy riguroso, su amigo.

—Lo es. También es crítico de cine porno. El más duro de la profesión.

—Ya lo veo. ¿Y ésta de aquí? ¿La que pone «la borde»? Tiene dos y media. Debe de ser un bombón.

—Es usted —dijo Matas, y notó que una ola de rubor rompía en sus mejillas.

Ella se caló las gafas y señaló su pecho, donde danzaba la placa con su apellido en mayúsculas precedido por una M.

—Me llamo Mónica. Tiene usted una manera muy rara de soltar un piropo.

Matas fue a replicar algo, pero el frío de las tijeras al ir rompiendo la escayola lo dejó mudo. Su pierna fue naciendo tras el envoltorio de vendas, un trozo de carne blanquecina y aletargada, igual que al levantar una piedra de la tierra aparece un gusano desprevenido y enemigo del sol. La hostilidad de los primeros días se había ido transformando en una tibia simpatía, un resquemor agridulce.

—Todavía no le he dado las gracias.

—Guárdeselas, soy médico.

En realidad el piropo —si es que era un piropo— fue cosa de Domingo. La doctora le impresionó tanto que ahora hasta hacía el esfuerzo de arreglarse, llevar ropa limpia, peinarse un poco, limpiarse las gafas siempre que venía al hospital. Con una excusa o con otra le visitaba casi a diario, aunque se le amontonaba el trabajo, y las revistas y páginas de internet para las que trabajaba no dejaban de acosarle para que enviara las reseñas. Un día le dijo que había perdido el gusto a ver porno, que ya ni siquiera disfrutaba catalogando fraudes con leche condensada y tetas mal cosidas, que se sentaba al televisor y se sentía como si estuviera encadenado en una oficina. Pero cuando le confesó que estaba pensando seriamente en abandonar la masturbación, Matas pensó que, en efecto, se había enamorado. La primicia sentimental le daba un nuevo aspecto onomástico: con el pelo ralo apelmazado por la gomina y la raya en medio parecía un yonqui en domingo. Matas sabía, gracias a una larga tradición retórica, que el amor era una sustancia escurridiza, inexplicable, un dogma religioso como la virginidad de María o la gracia de Dios. El amor. Algún poeta quiso reducirlo al esqueleto de una fórmula química mientras que ilustres novelistas dedicaron tomos enteros a explorar su geografía, pero ninguno había sacado mucho en claro tras tres o cuatro milenios de literatura.

Alta, vigorosa, de pelo corto y manos que hacían honor a su apellido, la doctora Herrero era prácticamente la antítesis de las dulces doncellas, las zorras infernales y las pícaras diablesas que poblaban la filmografía de Domingo. Quizá por eso mismo le resultaba tan atractiva, porque no sabía dónde clasificarla, en qué casillero de la A a la Z. Aquella noche, Matas trató de traspasar el muro de las batas y las gafas de Mónica, imaginar los encantos que Domingo había captado de un solo golpe de vista. Privado de su penúltima escayola, como un caballero medieval despojado de su armadura pieza a pieza, Matas se sentía indefenso ante la señora del castillo. Aunque no fue más allá de sus gruesos labios, su voz grave y su brusco sentido del humor, despertó por la mañana con una hinchazón en la entrepierna que no sabía si atribuir a la intensidad de los sueños, a las ganas de orinar o a una enfermedad de la próstata. Hacía meses que no sentía una erección. De pie, mientras orinaba a la pata coja y a medida que el chorro golpeaba contra la loza, tuvo la sensación de recobrar un trozo de vida anestesiado, otro órgano que la muerte le devolvía envuelto en una costra de yeso. Cuando regresó a la cama y sacó la libreta del cajón de la mesilla, pensó que también podría haber titulado su libro «Teoría y práctica del gatillazo».

—¿Es una novela?

Matas se giró y vio a su vecino de cama que le dirigía la palabra por primera vez en semanas. La barba descuidada, el bigote a retales y los ojos inflamados no le daban aspecto de policía sino de todo lo contrario.

—Yo antes también escribía. Novelas no, claro. En mi trabajo veo demasiadas novelas como para ponerme a escribir una.

—¿Qué escribía?

—Poesía. Sonetos. Nada de verso libre, cualquier cretino escribe en verso libre. El verso libre es como las novelas, como el mundo, caótico, vivo, desordenado. Un informe policial es una forma cerrada, una autopsia, tiende al orden, busca causas, móviles, culpables. Los criminales hacen verso libre, los policías sonetos.

De repente Rodríguez calló o más bien se interrumpió, como si alguien hubiera desconectado un enchufe. Miraba el vaso que había sobre la mesilla: dos dedos de agua cansada, ebria de burbujas nocturnas.

—Es curioso. La cercanía de la muerte cambia mucho la perspectiva. Es como una experiencia religiosa. Antes, cuando escribía, jamás hubiera dicho esas cosas. Y ahora que he dejado de escribir, descubro que todo me importa un bledo.

—Yo no escribía antes de pasar por el hospital y eso que me dedicaba a la edición —Matas cerró la libreta y, animado por las mutuas confesiones, se atrevió a preguntar—. Lo suyo, ¿fue un accidente?

—¿No lo sabe? Creía que aquí ya era de dominio público.

Se levantó y le hizo una seña para que le siguiera. Las muletas y la silla de ruedas bailaron juntas por los pasillos, de camino a la UCI. Una vez allí, las muletas se detuvieron junto a una de las puertas y la silla de ruedas pasó al interior. Matas vio, tendido bocarriba en una cama, a un muchacho que, de no ser por los tubos que salían de su boca y de diversas partes de su cuerpo, parecía estar simplemente durmiendo una siesta. Una voz a su espalda le dijo que la siesta duraba ya meses.

—Vengo aquí cuando no hay nadie más —añadió Rodríguez—. No quiero conocer a sus padres ni a sus amigos. Entro cuando ha salido la última enfermera y me marcho antes de que acuda el primer médico. A veces le cuento cosas, dicen que puede oír aunque yo lo dudo. Le hablo como si fuese hijo mío, mi propio hijo. Por la edad podría serlo. ¿Usted tiene hijos?

—Sí —Matas asintió con la cabeza—. O quizá ya no. Es difícil de explicar.

Ciertamente lo era. Casi tanto como adivinar el vínculo que unía al durmiente y al policía. No preguntó si habían sobrevivido juntos a un accidente de tráfico, si se sentía culpable porque él conducía, si se habían caído juntos por una ventana. Lo único seguro es que abajo, esperando, no había un colchón cuántico.

36

HABITUADA A POLVOS FALLIDOS, A AMANTES INEPTOS Y a novios de una noche, Julia disfrutó de una eterna luna de miel entre las cuatro paredes de su apartamento. El sexo para ella siempre había consistido en una cuestión de poder, una forma de extorsión, una moneda de cambio: no estaba preparada para las proezas de una estrella del porno. Sergei apenas necesitaba reposo entre asalto y asalto, reponía fuerzas mientras se sumergía de cabeza entre sus piernas y Julia pensó seriamente que podía enloquecer de puro goce. Aquello debía de ser el amor, esa locura dulcemente carnívora, esa inmersión en la profundidad de otro cuerpo para tocar el fondo del propio. Se lo había tatuado por todas partes, tanteándolo en diversos idiomas, y sólo ahora comprendía que sobraban las palabras, que el amor era un braille elemental, un alfabeto infantil que Sergei iba deletreando sobre la pizarra de su piel, escribiéndolo y borrándolo a fuerza de caricias.

—*Portami il girasole* —leyó Sergei en italiano, señalando la cara interna de su muslo.

—*Portami il girasole impazzito di luce* —terminó Julia—. Es el final de un poema de Montale. ¿Lo conoces?

Sergei negó con la cabeza, sonriendo, y Julia le habló del girasol de Montale, la flor llena de rubias transparencias y trasplantada desde una tierra abrasada por la sal.

—Tráeme el girasol, enloquecido de luz —tradujo Julia—. Fíjate qué hermosa es esa palabra, *impazzito*.

Sentada en la cama, abrió los brazos e hizo el ademán de girar, de dar vueltas igual que la flor enloquecida del poeta italiano, buscando siempre la luz del sol. Sergei la atrapó de la cintura y ambos rodaron entre las sábanas, riendo. A veces Julia tenía que pedirle que se detuviera, asustada menos por el brío de sus acometidas que por la intensidad de sus abrazos. A veces, en medio del amor, Sergei se detenía y la miraba al fondo de los ojos, ansioso, desesperado, como si la buscara al fondo de sí misma.

—Viví tres años en Milán. Sé lo que quiere decir *impazzito*.

Una noche Julia dormía hecha migas, desmoronada de placer, plena y feliz por primera vez desde la infancia, cuando algo la turbó, una sacudida de peligro, algo semejante al vértigo de perder pie en los compases iniciales del sueño. Parpadeó, inquieta, y encontró a Sergei a su lado, recostado en la oscuridad, los ojos abiertos como faros, mirándola.

Sabía de sobra que no la buscaba a ella, sino a Katia. Una profesora muerta en un hospital de Kiev que regresaba desde un pasado muerto. ¿Tanto se parecía a ella? Mientras acariciaba su pelo, Sergei le explicó que la había buscado por todas partes, en Budapest, en Munich, en Marsella, mientras los perros de Boris le mordían los talones. Descendió hasta las entrañas del tercer reactor, escapó a la carrera, cruzó la frontera oculto en el vagón de un tren de mercancías, atravesó toda Europa escribiendo confesiones como mensajes en una botella, copias de la misma historia en ruso, en alemán, en español, llenas de faltas ortográficas y errores gramaticales. Hasta que Katia resucitó. Igual que en aquella fábula que ella les contaba en la escuela, la historia de Orfeo, que bajó a los infiernos para rescatar a su amada, ¿tampoco de eso se acordaba? Katia había perdido muchas cosas durante su estancia en el reino de los muertos: sus trenzas negras, la música del idioma ruso, todos sus recuerdos. Sergei le hablaba de Pripyat, de la escuela, del señor Vunin, y Julia iba recordando esos pasajes de la novela como si los llevara tatuados al otro lado de la piel, en el reverso de los brazos, los senos, el vientre, las piernas.

—Recuerdos del infierno —dijo Sergei.

—¿Qué?

—Esto —explicó, señalando las bellas letras góticas— no lo tenías antes. Te lo hicieron en el infierno, Katiuska, antes de rescatarte, cuando estabas muerta. Uno por cada uno de los amantes con los que tu marido te obligó a acostarte.

—Sí, uno por cada novio —dijo Julia.

Le sorprendió que, aunque fuese en medio de su delirio, hubiera sido el único en darse cuenta, en adivinar que no se tatuaba por gusto sino por castigo, que ahí, cifrados en tinta bajo la piel, estaban impresos todos sus pecados, todas sus historias fallidas. Empezando por aquel poeta imbécil de diecisiete años que adoraba a los simbolistas franceses y que le rompió el corazón, obligándole a tatuarse sobre él un verso de Baudelaire para no olvidar ese dolor nunca. Después hubo otros —otro poeta malo, un profesor de la facultad, un par de camareros, un aprendiz de actor— y con cada uno Julia obtuvo su porción de dolor, su verso correspondiente al final del romance, hasta que el castigo empezó a gustarle. A cambio, Sergei le enseñaba las baratijas destartaladas del imperio soviético que había traído consigo: las insignias militares, las matrioskas, su propio tatuaje en el antebrazo.

—Es un Sputnik, ¿no?

—¿No recuerdas esa palabra? —decía Sergei—. Ya sólo la usan los viejos. Quiere decir «compañero de viaje».

Entonces le hablaba de su Sputnik, su amigo inseparable, el siamés que llevaba pegado a la nuca, el que siempre miraba atrás y consignaba todas sus aventuras por escrito. Por supuesto Julia sabía que estaba loco, que el hombre que la besaba y el que la vigilaba por las noches no eran la misma persona, pero creía que su locura no era más que una especie de juego, un encantamiento del que despertaría en cuanto comprendiera que su búsqueda había concluido. Sergei ya no vivía un delirio ni una fábula, no necesitaba a ese escribiente en que se desdoblaba. Si en algo era una experta Julia era en manejar a los hombres y confiaba en poder manejar a aquellos dos. Los dividiría poco a poco, utilizaría el sexo como un bisturí para seccionar las hebras psíquicas que los unían, abandonando al hermano muerto para que Sergei pudiera vivir.

«No la que das, la flor que tú eres quiero». Enroscado en torno al tobillo, como un brazalete, llevaba aquel verso de Pessoa. Bueno, no era exactamente de Pessoa, sino de Ricardo Reis, uno de los muchos autores ficticios a los que el gran poeta portugués había prestado voz en un alarde poético a mitad de camino entre la ventriloquia y la esquizofrenia. Por muy distintos que fueran, subsistía, no obstante, una serie de tonos y de variables semánticas común a todos los heterónimos. Bastaba encontrar esa serie para hallar la personalidad original, el núcleo idiomático y psíquico de Pessoa. Del mismo modo, Julia pensó que podía llegar hasta el centro de la mente de Sergei, restañar aquella escisión que tuvo lugar en el momento del desastre de Chernobyl, poco antes de perder a sus padres y su hermana. Aunque no de forma consciente, Sergei también había creado un heterónimo, un amigo imaginario para reemplazar a su familia muerta, y luego había hecho de Katia, ídolo de infancia, la imagen misma de aquel pasado hecho trizas. En su locura, convirtió la búsqueda de Katia en la razón primordial de su existencia, y lo hizo precisamente porque la imposibilidad de encontrarla preservaba su locura intacta. Sabía que estaba muerta, la había visto sin pelo, sin dientes, carcomida por la radiactividad. Sin embargo, igual que en el desenlace de un cuento para niños, una vez hallada la princesa, el encantamiento se desvanecería, el otro se disolvería, solo Sergei quedaría en pie. No era más que un truco literario pero ella se había pasado la vida entera entre libros y conocía la magia delirante de las palabras, sabía de su poder para cambiar el mundo. Acostumbrada al aburrido trabajo de hacer correcciones y pulir argumentos, aquella era su primera experiencia como personaje de ficción.

Para empezar, ni Sergei ni su heterónimo necesitaban dormir. Apenas descabezaba un sueño de cinco minutos frente al televisor, bostezando mientras miraba algún programa idiota, y de improviso abría los ojos, preparado para otra sesión amorosa, otra tanda de recuerdos infernales, otra visita al frigorífico. Comía y bebía como si fuese a acabarse el mundo, rebañando los platos y vaciando las latas de cerveza de dos en dos, pero ni siquiera el alcohol lograba amodorrarle. Algo sucedió en el sótano del tercer reactor, decía, como si toda la radiación absorbida hubiese fulminado la diferencia entre el día y la noche.

—Recargué las pilas, ¿se dice así?

Julia, sencillamente, no podía seguirle el ritmo. Ni en la cama ni en la mesa ni en ninguna otra parte. Lo quería pero no podía corresponder a su amor, no podía devolverle esa adoración continua, esos ojos que la miraban sin descanso, como si al apartar la vista un solo segundo ella pudiese desvanecerse de nuevo, borrarse en la nieve de una vieja película, regresar como Eurídice hacia otro pozo del infierno. Empezó a darle miedo esa obsesión, el hecho de ocupar el sitio de una muerta, ser nada más el súcubo de otra mujer, una profesora perdida a veinte años y cuatro mil kilómetros de distancia de la que sólo quedaban unas cuantas fotos y una peli porno casera.

—Mírame bien.

Mientras él picoteaba de una ensalada, Julia se plantó delante del televisor con los brazos cruzados. La tele le fascinaba, podía pasarse horas y horas mirándola, y de hecho era su principal diversión cuando ella no estaba en casa. Mirando la tele había aprendido unos cuantos idiomas. Le hizo un gesto para que se apartase, pero ella abrió la bata y se mostró desnuda de arriba abajo.

—Mírame bien —repitió—. No soy Katia, ¿lo sabes, no?

—Yo lo sé, pero Sergei no.

Era la primera vez que oía al otro. No tenía una voz chillona ni un tono nasal, no hacía aspavientos ni guiñaba los ojos. De arriba abajo era exacto a Sergei sólo que no era él sino un hermanastro idéntico, un siamés escondido en los pliegues de su mente que aparecía de cuando en cuando. Julia había leído suficientes estudios y tratados de psicología como para saber que en materia de enfermedades mentales casi cualquier cosa era posible, pero le faltaba práctica. Había estudiado a Pessoa de arriba abajo pero no tenía ni la menor idea de cómo tratar a aquel monstruo de dos cabezas.

—¿Dónde está Sergei?

Sin dejar de masticar y de mirar la tele, Sergei hizo un gesto vago con la mano.

—¿Qué crees que pasaría si se enterase de que no soy Katia?

—No lo sé —se encogió de hombros—. Mejor que no lo sepa.

—Tú eres quien manda, ¿no? ¿O cada uno va a lo suyo?

Siguió pinchando trozos de ensalada y mirando la tele. Cuando habló lo hizo con la boca llena, fastidiado, como si respondiera a una pregunta obvia.

—Somos amigos, desde siempre. Nos guardamos las espaldas.

—Yo quiero a Sergei.

—¿Querer? Tú no quieres a nadie. Ni a ti. Mírate, vas pintada como la puerta de un váter.

Nunca le habían hablado de aquella manera. Julia, asombrada y furiosa, se tapó con la bata. Estuvo a punto de echarlo a la calle pero, claro, con él se marcharía su incomparable amante. Observó su cuerpo tatuado en el espejo del baño, apreciando la precisión metafórica de Sergei, que iba de la orfebrería infernal a la caligrafía escatológica. Masticó el insulto durante varios días, hasta que pensó que podía considerarlo una prueba de amor: el *alter ego* de Sergei parecía celoso.

No obstante, sin ningún precedente, los celos habían hecho su aparición en su propio bando, un día en que Sergei miró el reloj y empezó a vestirse a toda prisa. Julia le preguntó dónde iba y él respondió que había olvidado que tenía que actuar en una película.

—¿Una película porno?

—Claro.

Ella saltó de la cama, desmelenada, y se crucificó ante la puerta. Estaba loco si pensaba que iba a dejarle ir. Pero, Katiuska —dijo él, atándose las botas—, era sólo un trabajo, necesitaba el dinero, no podía dejar colgados a sus amigos. Que se despidiera por teléfono, se acabó el trabajar de semental. ¿Cómo pagaría el alquiler entonces? Ella lo pagaría hasta que encontrase otro trabajo, o mejor, que se trajera sus cosas y viniera a vivir con ella. El apartamento no era muy grande, cabían de sobra.

Así empezó su vida en pareja, sin caer en la cuenta de que en realidad se trataba de una pareja de tres e incluso de cuatro. Sergei y su siamés nunca estaban juntos, pero la sombra de Katia emergía por todas partes. Había momentos de armonía, sobre todo en la cama, pero la música que iba brotando de aquel cuarteto improvisado chirriaba disonancias. Sergei la humillaba a veces, cuando el amor desaparecía y su antipático doble asomaba la cabeza. Julia le había pedido que no volviera a llamarla Katia, pero no conseguía arrancarle de los labios el cariñoso diminutivo ruso. Era una tarea agotadora, como una obra de teatro en la que un par de actores copaban todos los papeles.

Si algo podía sacarse en claro de toda la literatura amorosa (desde cantos lésbicos hasta epopeyas hindúes pasando por novelones románticos y libretos de ópera) es que aquella pasión tricéfala era una especie condenada a la extinción, un ejemplar raro y precioso que no dejaría descendencia. Duraría lo que durara la locura de él o la paciencia de ella, pero mientras tanto era hermoso asistir al esmero con que cuidaba sus flores, regando las macetas y apartando los pétalos caídos, como si fuesen envoltorios marchitos del amor, perfumados cadáveres de las horas pasadas. Era hermoso contemplar la belleza de Sergei cuando ella abría los ojos por la mañana, dos metros de hombre recortado contra la ventana, esperando que ella despertase.

También iba a esperarla a la salida del trabajo, obediente y puntual, dos metros de novio con coleta rubia y botas militares. Una mañana en que salía a desayunar al bar de la esquina, lo descubrió paseando al otro lado de la calle, frotándose nervioso las manos, incapaz siquiera de cruzar a la otra acera y llamar al portero automático. Debía de llevar mucho tiempo así, dando vueltas sin decidirse a entrar. Desde la oscuridad del portal, conmovida por su fidelidad perruna, Julia vio cómo se sacaba la goma del pelo y se la colocaba de nuevo, extendiendo y recogiendo su cabellera rubia como el girasol de Montale. Él era el girasol enloquecido y ella la luz. Donde quiera que ella estuviera, él se giraría. Podía pedirle cualquier cosa: que se arrojara en medio del tráfico con los ojos cerrados, por ejemplo. Durante un segundo, mientras observaba su desamparo, la ahogó la compasión. Pensó en dejarlo ir, soltar la correa, deshacer el hechizo. Luego, de inmediato, su naturaleza práctica se impuso. Al fin y al cabo, Sergei era feliz así y resultaba agradable disponer de un esclavo, un perro amaestrado que la siguiera a todas partes, dispuesto a satisfacer todos sus caprichos. Ser una reina egipcia, una zarina despiadada, un trasunto de Leonor de Aquitania con un hermoso ejemplar de trovador rubio que acabaría convertido en una vitola de piel de oso, esponjosa y fragante, un bello recuerdo. Una materialización exacta del amor cortés con sus gotas de necrofilia y su misterio órfico. Julia cruzó la calle y se dejó adorar y besar. Cuando todo terminase, se haría un tatuaje circular en la base del cuello, en letras rúnicas, a guisa de colgante. Tendría que buscar un verso de algún poema provenzal lo bastante elocuente. Cuando todo acabara, por supuesto.

37

—CREÍ QUE HABÍA DEJADO EL TABACO, COMISARIO.

—Pero él a mí no, ya ves. Hace un frío del carajo.

Rodríguez asintió, encogiéndose bajo la chaqueta que le había prestado Muñoz. Ya se había resfriado tres veces a lo largo de la convalecencia, por eso mismo uno esperaría algo más de magnificencia del mes de mayo. Ya lo decía el refrán. Muñoz arrojó el cigarrillo a medio consumir al suelo y volvió al cálido refugio del hospital. Rodríguez lo imitó, cojeando.

Sentados en la cafetería, a la espera de sendos cafés, hablaron del dispositivo que habían montado en la glorieta de Quevedo y a todo lo largo de Eloy Gonzalo. Vigilancia las veinticuatro horas, casi medio centenar de policías divididos en tres turnos y apostados en los lugares clave, patrullas camufladas entre los transeúntes, cámaras, micrófonos. Un enorme cepo preparado para saltar en cuanto algún sospechoso se acercara por las inmediaciones. Llevaban casi dos meses trabajando a tope, aguardando que la trampa se cerrara. Todo era cuestión de paciencia.

—¿Tenemos bajo control las alcantarillas?

—Me ofende usted, Rodríguez. Fue lo primero que pensé. No se preocupe. Ni una rata pasaría por ahí.

—No me preocupan las ratas.

—Trincaremos a esos cabrones. No le quepa duda.

Sin embargo aún le cabían bastantes. Empezando porque todo el éxito de la operación dependía de la sinceridad de un terrorista en el momento de despedirse. Antes de encerrarlo junto a los explosivos, aquel esperpento con la careta de Lenin le había encargado una oda a Eloy Gonzalo y le especificó que tendría que estar lista para San Isidro. Comenzaron volando monumentos pero ya eran capaces de desmembrar personas de carne y hueso. De hecho, con él lo habían intentado, habían probado la sangre, aunque no tanta como ellos creían y ni siquiera la que ellos creían, pero estaba claro que el próximo espectáculo, como lo llamó Lenin, iba a ser sangriento. La estatua de Quevedo presidía la glorieta en la que desembocaba la calle Eloy Gonzalo: una rotonda, igual que en Cibeles y en Neptuno, un lugar lo bastante céntrico como para armar una carnicería prácticamente a cualquier hora del día o de la noche. Sin embargo, San Isidro estaba al caer y todavía no habían hallado el menor rastro de aquellos hijos de puta. ¿Y si se habían equivocado? ¿Y si habían pasado algo por alto? La Cibeles, Neptuno, Quevedo. Había algo extraño en esa progresión, un elemento heterogéneo, como en esos tests donde no hay forma de completar la serie. Más extraña incluso sería la ironía de que el penúltimo poeta de la lengua española (todavía se consideraba por encima de Luisito Sanabria) acabara salvando la efigie del primero, aquel genio iracundo con perilla y gafas.

—Coño, coño, esto es un café —alabó Muñoz tras el primer sorbo—. Estoy hasta los huevos de achicoria de máquina.

—Se lo cambio cuando quiera, comisario.

—Lo comprendo, hombre. Unos meses en este criadero de gripe desaniman a cualquiera.

—No se hace una idea.

Muñoz dejó la taza sobre el plato y buscó en la cartera que había colgado en el respaldo de la silla. Rodríguez observó las manchas de sudor que empezaban a extenderse por los sobacos.

—Ya sabe que los retratos-robot que nos proporcionó no nos han llevado a ningún sitio —dijo, sacando un ordenador de bolsillo—. Sin embargo, tenemos algo mejor. ¿Se acuerda de *Malajo?*

Cómo olvidarlo. El cabronazo experto en explosivos, el que contaba chistes de catalanes y vascos. Muñoz encendió el ordenador y tamborileó inquieto sobre la mesa mientras el cacharro calentaba motores. «Arranca, maricón, arranca» gruñó, como si fuese un coche resfriado tras una nevada. Suspiraba profundamente, hinchándose de paciencia, dándole tiempo a ponerse en marcha en lugar de desbaratarlo de una hostia. A Rodríguez la imagen de Muñoz con un ordenador se le antojó un oxímoron policial, igual que un centurión romano con una lupa.

—Al principio no encontramos nada —volvió a suspirar—. Ya sabe que yo no confío mucho en esos chismes. Y sin embargo al final resulta que sí, que sirven para algo.

Le explicó que uno de los informáticos había rebuscado entre los miles y miles de páginas que contenían la palabra «malajo». No fue a ninguna parte hasta que no se le ocurrió combinarla con todas las variantes semánticas derivadas de «explosivo»: TNT, dinamita, goma 2, etc. Por fin, en el laberinto de Youtube, localizó a un usuario que respondía al alias de «Rintintín» y que subía exclusivamente videos de perros explotando.

—¿Cómo?

—Lo que oyes.

Giró el ordenador para mostrarle una página donde había una media docena de videos de perritos de diferentes razas sentados sobre sus cuartos traseros. Un fox-terrier, un sarpei, un caniche, un yorkshire, un mil leches, un teckel. Le dio al video del yorkshire y contempló al simpático animalito, con su moño de pelo sobre los ojos, jadeando frente a la cámara. De pronto estalló un fogonazo y el chucho saltó hecho pedazos. Se oían unas carcajadas mientras trozos de entrañas palpitantes aún se movían por el suelo y luego el video fundía a negro.

—La cuenta estaba desactivada. La habían cancelado por tortura a animales, por eso nos costó tanto encontrarla.

—Qué hijo de puta.

—Les metía la dinamita por el culo, como si fuera un supositorio. ¿Te suena?

—Ligeramente —respondió Rodríguez—. Pero, ¿qué tiene que ver con nuestro *Malajo*?

—Malajo 72 era la contraseña que utilizaba el pájaro para cifrar la cuenta. Llevaba un año y medio inactiva. Aun así, tirando del hilo, los informáticos han localizado el servidor. Corresponde a Madrid, a la zona de Atocha.

—Eso no significa nada. El tipo podía haber subido los videos desde Jaén. O desde Noruega.

—Ya pero nuestro pájaro no es tan listo. Si te fijas bien, tres de esos perros llevaban chapa. Los otros podían ser vagabundos pero al menos dos se habían extraviado y los dueños denunciaron su desaparición.

—Déjeme adivinar. Eran de Madrid.

—El yorkshire desapareció en La Latina. El teckel en Moratalaz.

Aun así tampoco eso significaba nada. No era más que una evidencia suplementaria de que había escuchado bien mientras lo ataban a la silla, una prueba de que pensaban matarlo, de que, mientras hablaban, para ellos no era más que un cadáver anticipado, trozos de carne desmenuzada salpicando la pared, igual que aquellos pobres perros. Todo dependía ahora de que creyeran la farsa de su asesinato. No había bastado con la noticia del telediario y la esquela del periódico: Muñoz insistió en que tenían que montar el paripé de un entierro y lo montaron en la misma parroquia de Vallecas donde hizo la primera comunión, con la complicidad del mismo cura de barrio. Según Peralta, fue un responso extraordinario.

—Extraordinario, jefe. A muchos se les saltaron las lágrimas. Casi se me saltan a mí y sabía que todo era teatro.

—Hasta me concedieron una medalla póstuma.

—Se la merece, jefe.

—Espero que cuando todo esto acabe no me la retiren.

—De verdad —le aseguró Peralta—. No sabía que había hecho tantas cosas buenas.

—Tampoco yo, pero era mi entierro. ¿Qué querías? ¿Que se pusiera a recitar mis pecados?

La ceremonia estuvo trufada de policías de paisano, por si acudía alguno de los asesinos y lograban cazarlo gracias a los retratos-robot, pero ninguno acudió al reclamo, ni en la iglesia de Vallecas ni en el cementerio de la Almudena donde finalizó la representación: frente a un nicho familiar, con honores de héroe, cámaras de televisión, breve discurso del alcalde y presencia de varios concejales, políticos y altos mandos policiales.

—Yo quería que me quemaran —gruñó Rodríguez.

—No podía ser, jefe. Una cremación carece de solemnidad.

—Por eso. Me habría ahorrado al alcalde.

Tumbado en la cama del hospital, inmovilizado por diversas fracturas, Rodríguez había asistido a la retransmisión de su propio sepelio en una emisora local. Sorbiendo limonada con una pajita, fue pasando revista a sus amigos, vecinos y compañeros de trabajo; vio algún gesto suelto de dolor, varios de indiferencia y muchos de aburrimiento, y sonrió cuando la cámara cazó a su ex cuchicheando al oído de su marido, el musculitos de gimnasio. No se había puesto un pañuelo oscuro, la muy zorra, ni siquiera unas gafas de sol. Detrás de ella estaba su hermano, rígido dentro del traje oscuro, con pinta de enterrador y los ojos sinceramente enrojecidos. Pidió que le grabaran la ceremonia en una cinta de video y la reponía de vez en cuando, repasando los mejores momentos: los cuchicheos de su ex, el estupor de su hermano, el bostezo abisal del alcalde, la pericia del enterrador al añadir las paladas de cemento fresco, la actuación compungida de Muñoz manoseando su corbata de luto antes de sacarse un moco de la nariz. Se preguntó qué habrían puesto dentro de la caja para simular el peso de un ataúd cargado con restos mortales. ¿Huesos de pollo? ¿Informes policiales? De haber podido elegir, Rodríguez hubiese sepultado *El rayo que no cesa*, su libro favorito, un réquiem del oficio que había abandonado, de toda la poesía que ya no iba a escribir.

—Tiene que ser raro, ¿no? —le comentó Ana un día que le sorprendió contemplando la enésima repetición de su entierro.

—No demasiado. Te acostumbras. Es como un divorcio a lo bestia.

—¿Ésa de ahí es su ex? Es muy guapa —Rodríguez se encogió de hombros—. ¿Y ése de al lado es su pareja? Vaya tiparraco.

—Sí. Mi ex siempre se ha distinguido por su buen gusto.

—Parece el anuncio de un solárium.

Rodríguez iba a replicar que, de hecho, tenía un gimnasio cuando Ana se retiró con la bandeja de la merienda. No hablaban mucho últimamente pero tampoco él le daba motivos. Peralta se la cruzó en el umbral de la puerta y modeló los labios para lanzar un silbido.

—Joder, jefe. Vaya material. No me extraña que se haya quedado a vivir aquí.

—Sí. Estoy en la gloria.

—No lo dudo —dijo y echó un vistazo al televisor—. Ya veo que sigue con la repetición de las mejores jugadas. Ahora es cuando el comisario jefe se rasca la napia.

Vieron a Muñoz que hurgaba discretamente con un dedo en sus fosas nasales hasta extraer algo que no sabía dónde soltar. Miró a derecha e izquierda, cruzó las manos a la espalda, intentando despegarlo, hasta que finalmente sacó discretamente un pañuelo de papel del bolsillo. Peralta rebobinó para contemplar de nuevo el desprendimiento de moco. La vida era lo que era, una película sin guión, sin ensayos, sin posibilidad de mejorar una secuencia o de descartarla definitivamente en la sala de montaje. Fuese lo que fuese la película —un matrimonio, un entierro, una investigación—, no había forma de cortar los tiempos muertos, tirar a la papelera los malos momentos, empalmar todas las escenas de felicidad.

Peralta arrojó sobre la cama el periódico del día y una tableta de chocolate. Negro con nueces. Matas gruñó. No le gustaba especialmente el chocolate y menos aún con nueces.

—Mejor —dijo Peralta y se lanzó alegremente a desenvolver el chocolate.

Rodríguez echó un vistazo a la portada del periódico —un ejemplar gratuito de los que repartían a la entrada del hospital— y vio una fotografía de la plaza de Cascorro engalanada para los fastos de San Isidro. Había guirnaldas que bajaban desde el brazo del heroico guerrero y tarimas elevadas para la práctica del baile. Unos cuantos barrenderos recogían la basura de la noche anterior —envoltorios, vasos de plástico arrugado, charcos, vomitonas— mientras el titular hacía lo propio con el cabreo de los vecinos, que no habían podido pegar ojo hasta las tantas. Más adelante, se detallaba el programa de la fiesta que incluía una competición de chotis a media tarde y un concierto de madrugada con varios grupos locales. Al leer la noticia, Rodríguez, bostezando, recordó que se había cumplido el plazo de su amenaza y que los chulapos no habían hecho acto de aparición.

—¿Qué haces tú aquí? ¿No es hoy San Isidro?

—Es mañana, jefe. Traigo noticias frescas. ¿Se acuerda de mi amigo berlinés, ése que iba a echarme una mano con los tatuajes?

—Sí, el que estaba desaparecido en combate.

—Infiltrado entre la mafia búlgara. Regresó hoy mismo y se puso a contestar correos atrasados. Ya conoce la eficiencia germana.

—En Berlín no es fiesta. Sigue.

—Le llamó la atención la descripción del tatuaje. Me dijo que se trataba del Sputnik, el símbolo de una banda ucraniana muy peligrosa. Se forraron en la década de los noventa traficando con material radioactivo que vendían bajo cuerda a hospitales privados de Brasil y Tailandia.

¿Material radioactivo? ¿De dónde lo sacaban?

—No va a creérselo, jefe. De Chernobyl. Usaban niños para sacar las partidas de cesio y de uranio.

Peralta le pegó otro mordisco a la tableta y Rodríguez sintió un escalofrío al unísono con el crujido del chocolate.

—Y ahora lo mejor de todo. El jefe de la banda es un tal Boris Uriak, una mala bestia, fugado de la prisión de Kazan en 1983 con varios asesinatos a la espalda. Entre otras señas personales, lleva un rosario de calaveras tatuadas, una por cada muerto.

—¿Y qué tiene de especial ese Boris, aparte de la decoración?

Peralta extrajo un papel doblado del bolsillo de la chaqueta. Era una ficha de la Interpol con dos fotos, de frente y de perfil: un tipo calvo, con perilla, ojos achinados y una impresión general de manteca derretida, como una prueba desechada de un museo de cera bastante mediocre. A Rodríguez le cosquilleaba un nombre en la punta de la lengua, entre los costurones y las cicatrices, pero no supo cuál hasta que Peralta le sacó de dudas.

—Se operó la cara ni se sabe las veces para intentar parecerse a Lenin. La foto es la última conocida, hace más de veinte años, así que no hay que descartar que haya seguido operándose. Es posible que, ahora que puede permitirse un buen cirujano, se parezca más a Lenin.

—O a Mao. O a David Carradine.

—¿Tenemos localizado al tipo del tatuaje, al que le dieron la paliza?

Mientras remataba el chocolate, Peralta le explicó que no, que salió zumbando después de su visita. No estaba tan grave como creían los médicos. Por supuesto, dio un nombre falso en el registro.

—Mierda.

—En los hospitales dejan entrar a cualquiera.

Rodríguez pasó por alto la alusión y echó un vistazo a la cama vacía que había a su lado. Matas la había abandonado un par de semanas atrás y desde entonces no había tenido más que fugaces compañeros de esguinces y huesos rotos, simples aficionados. A Matas le dieron de alta después de una última operación en que le habían extraído no sé qué cartílago de la rodilla. Tumbado bocarriba en la cama, apenas salió de la anestesia empezó a murmurar una larga y somnolienta diatriba quirúrgica en que contaba cómo había ido donando su vida a pedacitos, cómo se había ido desprendiendo a lo largo del tiempo de trozos innecesarios e incómodos de sí mismo: el prepucio, el apéndice, un lobanillo de la oreja, lunares, hemorroides, protuberancias. La vida era una feria donde uno se iba rifando por porciones, compren su boleto, hay premios para todos, el hígado para el caballero, la próstata para el chaval del fondo, el corazón para la niña de las trenzas. La vida era la muerte en cómodos plazos, dijo. Añadió que con la colección de placas que había sacado de la caída tenía suficiente para completar un póster de sí mismo enteramente hecho de radiografías, un puzle en radiante blanco y negro que abarcaba varias décadas y que daba cuenta de su decadencia ósea. Después balbució algo sobre acróbatas húngaras y giró la cabeza hacia la ventana, donde la segunda torre había tomado ventaja.

Unos días después vino a buscarlo su amigo, un tipo cutre, soez y medio calvo que Rodríguez no podía tragar desde que le vio robando paquetes de galletas de las bandejas del desayuno. Sabía que no iba a ir a buscarlo su mujer: ambos llevaban sendos fracasos matrimoniales impresos en sus cuarteados esqueletos. Sentado en la silla de ruedas, Matas echó un último vistazo a la ventana como si fuese el paisaje de un hotel paradisíaco.

—Cuénteme cómo acaba la carrera, ¿de acuerdo? He apostado por la tercera.

Rodríguez asintió. Habían compartido muchas cosas en esa misma habitación: confidencias traumatológicas, charlas sobre mujeres, chismes literarios. Hablaron de Machado y su mala suerte con las mujeres, de Pessoa y la forma en que aterraba a sus novias. Matas le contó que la inmensa mayoría de poetas que conocía, sobre todo los buenos, eran unos auténticos ineptos en cuestión de relaciones amorosas. Los que no eran egoístas hasta la médula eran torpes por la universidad de Harvard, y los que no eran torpes eran homosexuales latentes.

—Quién sabe —bromeó Rodríguez—. Por lo que cuentas, tal vez yo hubiese sido un gran poeta.

Cuchicheando a altas horas de la madrugada, como un par de adolescentes, Matas le confesó su interés por la doctora Herrero mientras Rodríguez le confiaba que no sabía cómo quitarse de encima a Ana. ¿Ana? ¿La enfermera de las coletas? ¿La que tenía empalmado a todo el hospital, incluyendo a los zombis de la plantación de repollos? ¿Estaba loco? Era una promesa que no podía explicar, debía darse duchas mentales de agua fría cada vez que hablaba con ella.

—No sé si serás un gran poeta —susurró—, pero yo que tú me miraría lo de la homosexualidad latente.

Se echaron a reír a carcajadas. Unos golpes en el tabique les avisaron por vía telegráfica de que en la habitación de al lado intentaba dormir un enfermo insomne con muy mala leche. Tuvieron que posponer aquel diálogo nocturno y Rodríguez advirtió que no disfrutaba de tanta intimidad con alguien desde los tiempos del ejército. Miró la cama vacía, la almohada limpia, la colcha doblada y comprendió que lo echaba de menos.

—¿Se viene a bailar esta tarde, jefe? Podría inaugurar la modalidad de chotis con muletas.

—No, gracias.

—Venga, el chotis está tirado. Además le presentaré a unas chicas. Claro que no tienen nada que hacer al lado de su enfermera.

Pero Rodríguez ya no lo escuchaba. Estaba mirando la portada del periódico, donde la nitidez de la fotografía permitía leer las letras en la peana de la estatua:

EL
AYUNTAMIENTO
DE MADRID
A
ELOY GONZALO
1901

Eloy Gonzalo. Hostia puta. Rodríguez se levantó de un salto, fue hasta la taquilla a la pata coja y se vistió de cualquier manera. Se golpeó con la hoja del armario y soltó un taco, pero aguantó el dolor. Se lo merecía, por papanatas. No iba a poder enfundarse los pantalones con esas vendas, tendría que ir en calzoncillos.

—Hostia puta —repitió mientras se embutía un zapato en el pie libre.

—No corra tanto, jefe, ya le digo que no son gran cosa.

—Déjate de coñas y vete llamando a Muñoz. Dile que desmonte el operativo y que salga echando leches. Hay que desalojar a la gente, y que vaya enviando los artificieros.

—¿Pero dónde? ¿De qué habla?

Le estampó el periódico en la cara. Hostia puta, insistió Peralta, cómo habían sido tan gilipollas. Cascorro era el apodo de Eloy Gonzalo. No habían colocado la bomba en la glorieta de Quevedo: planeaban reventar el corazón del viejo Madrid, la médula del Rastro, en pleno día de San Isidro. La plaza de Cascorro, la única estatua autóctona cien por cien, el proletario héroe del pueblo que caminaba con un fusil al hombro y la dinamita a cuestas.

38

En la editorial, Julia le consiguió un trabajo de mensajero. Sergei aún conservaba la moto que había robado en Praga varios años atrás, una vieja BMW abarrotada de cilindros y lo bastante aparatosa como para que no desentonara con su estatura. Se trataba de un armatoste demasiado imponente para usarlo en un simple quehacer de recadero pero desde que dejó el porno no pudo encontrar otro empleo y además parecía lo que era: un piloto anacrónico, con su casco de aviador, sus botas militares y su zamarra de cuero. Iba y venía esquivando el tráfico ciudadano, transportando encargos de la editorial, pruebas corregidas, ejemplares enviados a críticos, periódicos y revistas. La BMW gris destacaba en el potaje de los atascos callejeros como un juguete antiguo construido a otra escala, un soldado de plomo en una época de frágiles y coloreados muñequitos de plástico.

Casi todas las mañanas Julia lo esperaba en la cafetería que había enfrente de la editorial para desayunar juntos. Le encantaba cuando la motocicleta aterrizaba ronroneando, petardeando humo, y Sergei la aparcaba en la acera al estilo de esos correos de la última guerra mundial que soltaban junto al manillar todo el cansancio y el barro del camino. Le gustaba más aún cuando él se quitaba el casco, se desmelenaba y entraba en la cafetería con una sonrisa rubia que hacía girarse a todo el mundo alrededor, como si realmente supieran que acababa de hacer su aparición una estrella del porno. Julia conocía la estela de chismes que iba provocando su flamante novio y saboreaba el complejo menú de emociones que, gracias a él, le ofrecían las mujeres de su oficina, un menú que iba del deseo a la admiración, todo ello regado con el vino de la envidia.

Sergei dejó el casco sobre la silla y se inclinó para besarla. Luego se sentó y se desabrochó la zamarra en un movimiento que exhibió la coraza de sus pectorales y la amplitud de sus hombros. La camiseta blanca de licra, regalo de Julia, se le pegaba a la piel como un baño de leche tibia.

—Dos cafés —le dijo Julia al camarero que se acercó contoneándose hasta la mesa—. Sin leche ni azúcar. Zumo de naranja, dos tostadas, un montado de lomo.

—Lomo no queda —dijo amaneradamente el camarero, con especial énfasis en el lomo, mientras escrutaba a Sergei de arriba abajo—. Tendrá que ser queso o salami.

—Uno de cada, gracias.

Julia disfrutó la mirada envenenada del camarero mientras salía de escena con la barbilla alta y la grácil dignidad de un bailarín recién despedido. Cerró el libro que estaba leyendo mientras verificaba de arriba abajo la ropa de su novio: camiseta blanca muy ceñida, vaqueros de marca, botas militares. Antes de conocerla, su vestuario se reducía a camisas de franela y pantalones de pana, un tributo a sus tiempos de vagabundo, pero ella lo había ido renovando para sacar partido a su hombría y para que conjuntara con sus repentinos cambios de humor. Apenas un mes atrás le había comprado un atuendo de parafernalia gótica —ropajes oscuros, estampados satánicos, abrigo largo de cuero negro repleto de hebillas— que no sólo le confería un temerario aspecto de cantante *death me-*

tal, sino que servía para engalanar los días más depresivos de su menstruación. A veces ella lo usaba como un maniquí, un modelo de pasarela, igual que uno de esos aburridos millonarios que contratan prostitutas sólo para decorar una cena, y él se dejaba usar. Le gustaba la imagen que le devolvía el espejo aunque su siamés se burlara de él y siguiera prefiriendo las camisas de franela y los pantalones de pana.

El camarero dejó la bandeja sobre la mesa y sirvió la leche y el café con un chorreón de envidia suplementario. Sergei se bebió el zumo de naranja de un trago mientras engullía de otro trago el bocadillito de salami. Julia estaba untando la tostada cuando vio a los dos gemelos al otro lado de la calle, merodeando a la entrada del edificio. Les prometieron otra visita y ahí los tenía, puntuales como un par de impacientes lectores que no pueden aguardar las últimas novedades de la editorial. La tostada se partió bajo la hoja del cuchillo. En cuanto desaparecieron en el portal, cogió a Sergei del brazo y le dijo que se iban.

—¿Por qué?

—Zoylo y Moylo —dijo Julia—. Acabo de verlos ahí enfrente.

Llamó al camarero, dejó un billete sobre la mesa y salieron a la carrera. La BMW arrancó a la segunda pedalada, refunfuñando porque ni siquiera se había enfriado el motor. Llegaron a casa y allí el momentáneo alivio se evaporó en cuanto Julia comprendió que en la editorial, a fuerza de golpes, acabarían proporcionándoles su dirección. Sacó una pequeña maleta del trastero, metió dentro ropa para una semana, otro par de zapatos y en el último momento embutió un neceser con crema dental, dos cepillos de dientes y una liliputiense bodega de geles y champús cosechada en diversos hoteles. Sergei la miraba hacer mientras vigilaba la ventana, jugueteando con las llaves de la moto. Diez minutos después subían otra vez a caballo, protegidos por el esférico anonimato de los cascos, justo a tiempo de ver cómo los dos hermanos brotaban de un taxi y se dirigían a la carrera hacia su casa.

Mientras el tráfico centelleaba a su alrededor, Julia barajó las opciones. Tendrían que ir a la policía, pero entonces deberían explicar la situación de Sergei, inmigrante ilegal procedente de un país no perteneciente a la Unión Europea, sin contrato de trabajo, sin documento de identidad, sin papeles ni más propiedades que una motocicleta robada, una personalidad escindida y un pasado más turbio que el humo del tubo de escape. Más difícil de explicar incluso sería el vínculo con los dos gemelos: en caso de que los detuvieran de inmediato repararían en la marca de fábrica que unificaba los tres antebrazos y no les costaría mucho averiguar que se trataba de un tatuaje de la mafia ucraniana.

Recalaron en un pequeño hostal de la plaza del Ángel que Julia conocía de los tiempos en que la llevaba hasta allí uno de sus novios. Aunque recordaba las habitaciones limpias y discretas, le sorprendió descubrir que también resultaban demasiado pequeñas, como tantos otros lugares magnificados por la memoria. La puerta casi golpeaba con los pies de la cama, que era enorme, exagerada, continental, con sábanas anaranjadas y una colcha de arabescos ilegibles. La luz venía filtrada a través de dos lámparas azules y se derramaba en sendos conos invertidos sobre la pared. Julia se arrepintió en cuanto cerró la puerta a sus espaldas, comprendió que no podría pasar mucho tiempo encerrada en ese cuarto a medio camino entre un burdel y un acuario. Sergei soltó los cascos y la maleta al lado del armario y la estrechó entre sus brazos, como si duplicara los barrotes.

—No te preocupes, Katiuska. Nunca dejaré que te hagan daño.

—Te he dicho que no me llames así. Y déjame respirar.

Se soltó del abrazo pero no había mucho sitio donde ir entre aquellas cuatro paredes. Una estaba ocupada íntegramente por un armario de puerta corredera; otra daba al baño diminuto, un moderno y audaz rompecabezas de retrete, lavabo y ducha de plato; la tercera limitaba con la puerta, la cama y la mesilla; la última se abría a una ventana que daba a un muro de ladrillos y a un patio interior, estrecho y angustioso como un paladar desahuciado. El zumbido del aire acondicionado prolongaba la ilusión de permanecer en un submarino, a mil brazas de profundidad. Julia echó las cortinas decoradas con los mismos arabescos de la colcha, que ya empezaban a parecerle grafías de un idioma extraño, thai o sánscrito tal vez, formas de una adivinanza.

Aparte de fornicar, no había mucho que hacer todo el día. Sergei se pasaba el rato tumbado en la cama, mirando el minúsculo televisor colgado en uno de los rincones, cambiando a cada rato de canal, preguntando a Julia por las palabras difíciles que cazaba al vuelo en los documentales.

—¿Qué es la clorofila?

—El sabor de un chicle.

—¿No tiene algo que ver con las plantas?

—También.

Julia se ahogaba. Tumbada al lado de Sergei, blanco perpetuo de sus atenciones y sus caricias, ahora comprendía el aburrimiento infinito de Dios, por qué se complacía en enviar plagas y guerras harto de que lo adorasen, por qué jugueteaba con maremotos y huracanes en un intento de animar un poco el cotarro. No se le había ocurrido echar ningún libro a la maleta, aunque hubiera sido una oportunidad perfecta para leer algunos clásicos rusos que siempre se le atragantaron. Sergei hubiese podido instruirla sobre ciertos toques ambientales de *Crimen y castigo* y *Ana Karenina* mejor que cualquier nota a pie de página. De momento tendría que conformarse con los periódicos del día y el magro repertorio de revistas y libros en oferta que abarrotaban los kioscos.

Por la tarde, harta del murmullo continuo del televisor, se aventuró hasta una librería de lance que había en un callejón y casi se le detiene el corazón al ver a la pareja de gemelos doblando una esquina, aunque sólo resultó ser un mozo bajito con el pelo corto duplicado en el espejo de una cafetería. Entonces pensó en abandonar a Sergei allí mismo, coger un taxi, escapar a cualquier sitio, dejarlo otra vez entregado a la quimera de una búsqueda imposible. Desde una cabina de teléfonos llamó a la editorial para avisar que no se encontraba bien y que se tomaba unos días libres aprovechando el puente de San Isidro: no contestó nadie. Marcó el teléfono de Marga, la secretaria de Parrado, quien le dijo, casi gritando, que aquellas dos bestias (¿se acordaba?) habían regresado esa misma mañana, destrozado el despacho de Parrado, reventado a patadas varios ordenadores y vuelto a romperle la nariz a Néstor. La editorial permanecería cerrada varios días, la policía estaba investigando el asunto. Julia colgó con la certeza de que era el momento de emprender la fuga, tomarse unas vacaciones, hacer un viaje, tatuarse en el cuello un verso provenzal.

Alzó el brazo, paró a un taxi, le dijo al chófer que la llevara al aeropuerto. Llevaba dos tarjetas de crédito y ni siquiera necesitaba el pasaporte para viajar a Francia. Compraría algo de ropa en el aeropuerto. Pensó en Niza, en Provenza, largos paseos al atardecer por los viñedos amarillos de Van Gogh, un hotelito al borde de un acantilado, quizá una visita al castillo del Leonor de Aquitania. Pero de repente se le presentó la tristeza de Sergei, su pelo de oro rubio, su fe religiosa. Los ojos verdes de Sergei, su manera de mirarla después del amor, de besarla centímetro a centímetro, echado a los pies de la cama. No podía abandonarlo. Era como dejar a un perro grande en un bosque al borde de una carretera, acelerar, verlo alejarse en el retrovisor, sentado sobre sus cuartos traseros, quieto, solo, cada vez más pequeñito, a merced de los coches y las fieras. Le dijo al taxista que volviera, que había olvidado algo en casa.

—Has tardado mucho, Katiuska —dijo Sergei, incorporándose de un salto de la cama.

Se levantó para abrazarla. No podía enfadarse porque tenía razón: no había vuelto Julia sino Katia. En la televisión había uno de esos concursos que tanto le gustaban a Sergei para aprender vocabulario. Con la M, decía la voz del locutor, proceso por el cual un gusano se transforma en mariposa.

—Metamorfosis —dijo Julia.

—¿Qué?

—Vámonos. Vámonos lejos.

—¿A dónde?

—A Provenza.

—De acuerdo.

—No, mejor vayamos al sur, a Almería o a Granada.

—¿Cuándo?

—Ahora mismo.

Sergei la alzó en brazos y, sin demasiado esfuerzo, logró convencerla de que salieran por la mañana temprano. Hicieron el amor toda la noche y hacia el alba se durmieron hechos un ovillo, agotados, envueltos en su propio sudor. Julia soñó confusamente con carreteras, con castillos al borde del mar, con una Alhambra en ruinas por cuyos patios ella caminaba desnuda mientras se oía de fondo el lamento de un perro abandonado. Julia se levantó asustada pero decidió interpretar su desnudez como entrega y el aullido rebotando melancólicamente por los jardines solitarios como una señal de remordimiento tardío. Siempre consideró los sueños como un recurso narrativo demasiado fácil, un mecanismo obsoleto del que ya abusaron bastante los poetas bíblicos y los cronistas imperiales romanos. La destartalada Alhambra terminó de resquebrajarse con la primera tostada mojada en café con leche.

—¿Iremos en tren? —preguntó Sergei y Julia vio que tenía la mirada de un niño impaciente.

—Si tú quieres.

Asintió y volvieron arriba para hacer el amor otra vez antes de abandonar el hostal. Mientras hacían el equipaje, Sergei insistió en que esta vez quería pagar él el viaje pero Julia replicó que aún no había cobrado su primer sueldo de mensajero. No importaba, todavía le debían el sueldo de una película que había protagonizado. No era mucho dinero pero sí suficiente para los billetes y el hotel. Julia asintió y se giró para que le anudara a la espalda las tiras de un vestido de flores quizá demasiado ligero para aquel mayo alocado. Le dejaba al descubierto varios tatuajes en los brazos y en las piernas, versos sueltos en francés e italiano y la florida traducción de Pessoa enroscada a un tobillo. Demasiadas flores encima, teniendo en cuenta que ni siquiera llevaba sostén y que el tanga sólo era un presentimiento a través de la tela casi translúcida. Era como ir vestida con la primavera. Sergei no pudo resistirse a la alegoría, le arrancó el tanga de un zarpazo y la arrojó de nuevo sobre la cama.

Eran más de las cinco cuando dejaron el hostal, de manera que tuvieron que pagar otra noche más por la demora. Cuando subió a la moto, sintió la entrepierna desnuda en contacto con el cuero. Sergei podía proporcionarle todo el sexo que quisiera pero nada más. No era amor lo que sentía por él sino lástima, un sentimiento demasiado frágil para soportar los interludios entre polvo y polvo. Un cambio de escenario no significaría nada, seguiría ahogándose en cuanto subieran a la habitación del hotel granadino y descubriera la cama encajonada entre cuatro paredes. Sería igual que la terraza diera a la noche litúrgica de La Alhambra o que alquilaran un motel plantado en una angosta playa de guijarros, con un alfanje de luna rajando el cielo y la promesa ardiente de África cabrilleando sobre las olas. Podía dar varias vueltas al mundo y siempre habría algo que nunca cambiaría en el tiovivo de paisajes: ella misma. Conocía demasiado bien a los clásicos, había leído a Kavafis, sabía que no había barco capaz de arrancarla de Julia.

Tuvieron que aparcar la moto en una callejuela de La Latina y luego acercarse culebreando entre el gentío que ya rebosaba las calles. Aún sentía el frío de la velocidad acuchillando sus brazos, a pesar de que Sergei le había prestado su cazadora para el trayecto y de que la seguía abrazando para protegerla de los vaivenes de la multitud. Había guirnaldas tendidas de farola a farola y de árbol a árbol, tarimas dispuestas para el baile, puestos de bebida donde se acodaban jóvenes borrachos. Uno de ellos se volvió para farfullar alguna grosería a Julia y se encontró con un enérgico codazo de Sergei en las costillas. Desde los altavoces se desperdigaba una jauría de músicas que luchaban por prevalecer y que se fundían en ladridos de rock duro, canciones románticas y melodías de organillo, igual que más abajo los alegres caracteres chinos se intercalaban con el alfabeto occidental. Mientras un comerciante chino la increpaba, una muchacha se dobló en dos y vomitó frente a la puerta de una tienda de ropas: el chorro casi les salpica los pies. Sergei se detuvo en un portal frente a la estatua de Cascorro y llamó al portero automático. Con un zumbido la puerta se abrió y Julia reconoció las paredes leprosas y mugrientas al primer golpe de vista.

—¿Es aquí?

—Sí.

—¿No será en el tercer piso?

—No. ¿Por qué? ¿Conoces a alguien?

Julia no dijo nada aunque al asomarse por el hueco de la escalera sufrió algo así como un acceso de nostalgia. Había visitado a Matas sólo unos meses atrás pero ya le parecía otra vida. Sergei dejó atrás las escaleras, giró a la izquierda y empujó la puerta del bajo. Estaba entreabierta y un perro emergió, babeando, la cabezota rozando el suelo. Era el mismo bulldog que masticaba papeles en el apartamento de Matas. Julia debería haber descifrado la referencia infernal pero las tres cabezas estaban amasadas en una sola y además el perro no aullaba y a duras penas lograba toser. Sergei se agachó para acariciarlo y el animal respondió a la caricia con una compleja pedorreta que incluía incisivos, colmillos, belfos y medio kilo de lengua amoratada. Lo siguieron en una breve y renca caminata que desembocó en un caos de cables enmarañados, estanterías volcadas, videos desparramados y focos estrellados en el suelo. Había una cama en el centro del caos y la claridad que entraba por la terraza abierta iluminaba las sábanas salpicadas de sangre.

—¿Aquí rodabas tus películas?

—No esta clase de películas.

La película se animó con la entrada de un hombre gateando desde la habitación del fondo. Al ver a Sergei alzó hacia él una cara terriblemente golpeada, casi abstracta a fuerza de puñetazos. «Santiago» murmuró Sergei, agachándose para ayudarlo. El hombre herido fue a hablar pero tropezó con un diente roto y lo escupió al suelo. Fue a dar contra una reproducción barata del *Guernica* de la que él mismo parecía haber salido a rastras.

—Iestábamos hablando de tú —dijo una voz desde la habitación—. Lleviamos un buen riato habliando.

Moylo se había quitado la chaqueta y arremangado las mangas de la camisa para hablar más a gusto. Los tatuajes que se retorcían desde los nudillos hasta el codo y las gotas de sangre en su pechera certificaban el diálogo.

—Ies la segiunda vez que vemos tu amigo. Igual que a la seniorita.

Sergei se giró sólo para ver a Zoylo detrás de Julia, una manaza tapándole la boca y la otra sosteniendo un cuchillo de cocina que apuntaba a su cuello.

—Iemos tiardado años en encontriarte, Sergei. Iemos atravesado media Ieuropa y hasta iemos aprendido idiomas.

—No muy bien.

—Niet. Niosotros no iescribimos libros —dijo Moylo, bajándose las mangas de la camisa—. Sólo los riecogiemos.

Le hizo una seña a Sergei para que se pusiera cómodo mientras él mismo tomaba asiento en el borde de la cama. Después le pidió excusas a Julia por pasar al ucraniano pero dijo que tenían asuntos privados que tratar, recuerdos de Boris, un viejo amigo. Mejor que no se moviera ni chillara. Aunque su hermano no soportaba ver sufrir a un perro, no tendría el menor problema en abrirla en canal de una cuchillada.

La conversación fue breve, inescrutable, salpicada con ráfagas de *niets* y *das*. De vez en cuando Julia captaba el centelleo de un nombre propio, Boris o Chernobyl, pero de inmediato todo volvía a hundirse en una áspera cacofonía eslava. Más que la mano en la boca, era el miedo lo que apenas la dejaba respirar. De pronto vio a Moylo que se subía el cinturón, descubriendo la culata de una pistola, y supo que no saldrían vivos de allí. Miró a Santiago, que seguía a gatas, jugando con el charco de sangre que iba cayendo de su boca en el suelo. C-O-R-R-A fue dibujando con el dedo. Lo borró y luego dibujó F-U-E-R-A. Era un buen consejo pero no pudo seguirlo. A una seña de Moylo, el cuchillo cortó las tiras de tela y el vestido quedó hecho un guiñapo en sus tobillos. De un empellón brutal, Zoylo la arrojó sobre la cama y empezó a quitarse la camisa. Su hermano le dijo a Santiago que preparase la cámara y luego se volvió hacia ella con su sonrisa crispada y sus azules ojos de muñeca.

—Lo siento, seniorita. Tiodos iemos leído libro y sabiemos cuál es la esciena principal.

Tras levantarse a trompicones, Santiago se enjugó la boca con el puño de la camisa y empezó a armar el trípode. Como se le desmontaba a cada poco, Moylo le ordenó que lo dejara y sostuviera a pulso la cámara. De pie contra la pared, Sergei apretaba los puños de rabia pero tampoco podía hacer más. El filo de metal repasaba el pubis y los pezones, deteniéndose en los diversos tatuajes como un puntero sobre una pizarra. Llorando en silencio, Julia intentaba cubrirse pero no podía abarcar una selección de casi treinta siglos de lírica en varios idiomas tan sólo con dos manos. A horcajadas sobre ella, luchando con sus pantalones, Zoylo parecía más interesado en la poesía que en el sexo: por primera vez en mucho tiempo movía los labios, silabeando sin emitir ningún sonido mientras seguía el trazado de las letras, fascinado, como si fuese a recobrar el habla a punta de cuchillo.

Tan fascinado que no alcanzó a prever el movimiento de Santiago cuando se arrojó contra él. La cámara le dio de lleno en la mandíbula al tiempo que Julia, de un manotazo, apartaba el cuchillo que le rajó la palma de la mano y que dejó clavado en el *Guernica* de saldo como una banderilla tridimensional sobre el caballo aullante y eternamente dislocado. Zoylo gruñó; Moylo fue a sacar la pistola del cinto pero Sergei se lanzó contra él y ambos rodaron por el suelo, forcejeando, hasta que el arma acabó deslizándose bajo una de las estanterías. Escupiendo sangre y dientes en lugar de palabras, Zoylo y Santiago se enzarzaron en un breve intercambio de golpes en el que al ucraniano no le costó nada imponerse, aunque a costa de soltar a Julia que se escabulló chillando hacia el pasillo.

Zoylo dudó entre perseguirla o ayudar a su hermano, que intentaba contener a Sergei a puñetazos y patadas, pero que no pudo evitar que su rival, mucho más alto que él, reptara y se estirase bajo el mueble palpando el suelo con la mano. Al fin Sergei se alzó en pie, sonriente, empuñando la pistola, y se volvió para recibir una limpia cuchillada en el hígado. Lanzando un grito que llevaba decenios encerrado en su garganta, Zoylo hundió el cuchillo hasta la empuñadura, hasta que al fin Sergei soltó el arma, dejando resbalar contra la estantería sus dos metros de muerte. La estantería volcó y una montaña de películas se desparramó sobre él, un batiburrillo de títulos que cruzó ante sus ojos —porno húngaro, porno holandés, sado alemán, una copia de *La polla que vino del frío*— lo mismo que el vertiginoso tobogán de recuerdos que dicen acompaña a la agonía: mangueras chorreantes salpicando sobre fuegos fatuos, cabelleras en llamas, botas de cuero hasta la rodilla, mujeres desnudas, mujeres en éxtasis, mujeres tatuadas en los brazos, las piernas, el culo, mujeres atadas a la cama. Todas eran Katia.

Pero Katia, desnuda y tatuada de arriba abajo, iba corriendo por la calle agitando la mano ensangrentada. El gentío se abrió para dejarla pasar; un muchacho silbó encabritado; otro soltó un piropo; una pareja la admiró boquiabierta; una anciana la increpó; un comerciante chino en alpargatas tradujo el insulto a una maldición en cuatro tonos mientras salía a limpiar con su pañuelo el escaparate manchado de sangre en donde Julia había apoyado la mano. Porque también era Julia, al fin, libre ya del íncubo de Katia, del fantasma de Katia, de los fuegos del infierno y la seda agujereada de la mariposa. La metamorfosis se había completado. Corría descalza, cortándose la planta de los pies, mostrando al mundo versos en distintos idiomas —nieves de antaño, flores primaverales, girasoles enloquecidos, estrellas—, todo lo desnuda que podía estar sin los disfraces de la moda, los trajes y peinados indecisos, vestida sólo con palabras.

39

MADRID HERVÍA. AUNQUE TODAVÍA FALTABAN VARIAS horas para que empezaran los festejos, ya había calles enteras colapsadas por los embotellamientos, largas hileras de automóviles atascados en el bullicioso hormiguero humano. Un orfeón de chillidos se superponía a la disonante sinfonía de cláxones y bocinas. Derramándose desde la Plaza Mayor, cuadrillas de chulapos y manolas paseaban del brazo, camufladas entre una levadura de figurantes sin diálogo. Un guardia de tráfico intentaba poner orden en todo aquel caos con los mismos gestos de un director enloquecido al que el coro, la orquesta y la música se le han escapado de las manos. No era nada fácil atravesar el espesor de la muchedumbre y menos aún con el lastre de una silla de ruedas. La gente es que ya no tiene respeto por nada, dijo una mujer mientras sacudía irrespetuosamente y a deshoras una alfombra sobre el río de cabezas que pasaba bajo su terraza. Diga usted que sí, señora. Domingo gritaba a pleno pulmón pero nadie le oía y, si le oía, no hacía mucho caso:

—¡Dejen paso a un tullido!

Era un berrido perdido en medio de una ópera mastodóntica y sólo Matas, situado dos palmos por debajo del tenor, podía apreciar sus esfuerzos. Se sacudió la oreja ensordecida y le dijo a Domingo que lo dejara.

—¿Qué?

—Que te calles.

Llevaban un buen rato atascados a media docena de pasos de un semáforo, el tiempo suficiente para admirar la vetusta chatarra de una carrocería abandonada desde años atrás y que quizá el Ayuntamiento había decidido respetar como curiosidad arqueológica. La suciedad la había trabajado tan a fondo que su color oscilaba entre el azul y el verde, aunque en algunas zonas predominaba el naranja jaspeado del óxido. Arduas generaciones de dedos dejaron escritos mensajes sobre el polvo del capó y los cristales, chistosos jeroglíficos que habían borrado lluvias inmemoriales y arduas generaciones de manos. Sobre el polvo lúgubre del parabrisas añadió Domingo uno de su propia cosecha:

OJALA MI NOVIA FUESE TAN GUARRA

Cuando por fin llegaron al semáforo, una chica gordita y con gafas les pidió una firma contra el cambio climático. Domingo dijo que estaba a favor pero la muchacha, maniobrando sus grasas como un defensa de rugby, le cortó el avance y le advirtió que pensara en el peligro de que se derritieran los hielos de la Antártida. Domingo lo pensó un momento, balanceando témpanos de hielo sobre su cabeza, y luego le pidió el papel y el bolígrafo.

—Trae acá. Pobres focas.

—En la Antártida no hay focas, señor.

—¿No? Deben de estar todas aquí, de vacaciones.

Le devolvió bolígrafo y papel ignorando la atónita mirada de estupefacción enmarcada entre dos trenzas rubias. En el recuadro de nombre había firmado como «Jacques Cousteau» y en el de profesión había puesto «amaestrador de focas en paro». El semáforo cambió a rojo y de repente pudieron progresar en medio de la riada de gente como mocos en una nariz congestionada. Exactamente como se sentía Matas, que tascó el freno de la silla de ruedas y se giró hacia su amigo:

—Eres un hijo de puta, Domingo.

—¿Por qué? ¿Me he pasado con las focas?

—¿Tú te has mirado bien?

—Claro. Soy feo. ¿Y qué?

Matas explicó que no se refería a su fealdad ni a su calvicie ni siquiera al hecho, comprobado empíricamente, de que sólo se duchaba cuando llovía. Sino a su comportamiento, su crueldad, su manera de tratar a la gente, de soltarle tales burradas a la cara. Por lo menos decía lo que pensaba, era sincero, siempre lo había sido. Pero la sinceridad no tenía nada que ver con el sadismo, no podía ir por ahí calificando a la gente por pollas como si el mundo fuese otra película porno. Precisamente eso era el mundo, replicó Domingo, porno, porno duro, no había otro modo de hacer crecer la población y de marcar el compás a la economía. Fíjate en esos anuncios de coches, relojes, helados. ¿Qué es lo que vendían en realidad? Tías buenas, tíos cachas, sexo, sexo, sexo. De repente el tráfico volvía a atascarse, varios racimos de personas se pararon a escucharlos formando grumos, remolinos y corros de opinión. Fíjate en este montón de gente que nos rodea. ¿Qué andan buscando todos, jóvenes y viejos? Un buen polvo, uno que les escopete el culo y les vuele los ojos. Desengáñate, coño, la gente va vestida sólo por exigencias del guión. Por supuesto que el mundo era una película porno.

—¿Y el amor? —preguntó una anciana marchita vestida de luto.

—No viene en el guión, señora.

—Sobreactuamos —explicó un señor canoso con gafas.

Matas suspiró, soltó el freno y rodó hacia delante. Domingo le siguió tras apretar algunas manos, agradeciendo felicitaciones y críticas. El coloquio continuaba sin ellos. En la esquina de la calle Maldonadas, echando suavemente el freno para enfrentar la cuesta de la plaza de Cascorro, Matas volvió a la carga. ¿No se daba cuenta de que ya no iba en una silla de ruedas, de que si seguía hablando así cualquier día iban a romperle la cara? Domingo alzó la barbilla con dignidad profesional.

—Lo siento. Soy crítico de cine.

—De cine porno —especificó Matas.

—Más a mi favor.

Para darle la razón, una tesis en forma de mujer desnuda se abalanzó sobre ellos. Chocó contra la silla de ruedas, cayó al suelo y Domingo la puntuó en dos pollas, polla y media como mucho. Lástima de tatuajes, masculló mientras la ayudaba a levantarse. Matas reconoció la piel labrada con versos de Catulo, Homero y Villon, y tuvo que admitir que, como argumento, Julia era irrebatible. Pensó que en su tercera agresión sexual la muchacha se había ahorrado la ropa, el diálogo y todos los preliminares, pero no tuvo mucho tiempo de pensarlo porque como en una pesadilla vio detrás de ella al mismo forzudo de circo que intentó asesinarlo. Subía la cuesta apartando gente a manotazos, avanzando con un cuchillo de cocina en la mano. Le dijo a Domingo que le empujara con todas sus fuerzas y él mismo aceleró impulsando el vehículo al estilo paralímpico. En los tres o cuatro segundos que invirtió en el recorrido, Zoylo podía haberse apartado para que se estrellara contra la verja de la estatua pero se quedó clavado, atónito al contemplar el regreso de un fantasma en silla de ruedas que chocaba contra él. Diversos huesos crujieron, Zoylo cayó al suelo sin un gemido, Matas rodó chillando de dolor al sentir el tobillo recién operado tronzarse en una fractura inédita. Atontado, Zoylo fue rastreando el suelo hasta dar con el cuchillo mientras Matas, entregado al arte del alarido, apenas pudo contemplar cómo el otro hermano se materializaba a su espalda.

—Así que siabes violar —dijo Moylo.

—¿Violar? —logró articular Matas.

—Pierdona. Quisie diecir volar.

En un reflujo instintivo, la muchedumbre se apartó lo suficiente para dejar sitio, alzando un círculo alrededor del grupo escultórico que formaban la estatua de Cascorro, los dos gemelos armados y el inválido tirado junto a su silla de ruedas. Rugiendo de dolor, Matas veía cómo Moylo montaba la pistola al tiempo que su mudo reflejo se acercaba gateando, dispuesto a trincharlo con el cuchillo, sin que les importara gran cosa la abundancia de testigos. «Ayúdenme», pidió Matas entre gemido y gemido. Algunos espectadores rieron ante su pésima actuación, otros rebuscaban en el bolsillo unas monedas, Cascorro seguía alumbrando el escenario con su tea de bronce. No podía reprocharle a la multitud ni la pasividad ni la cobardía ante la comisión de un asesinato que más bien parecía un chapucero montaje teatral, un espectáculo callejero tan burdo como para que lo estropeara un bulldog babeante que renqueaba cuesta arriba. *Dunkerque* surgió de golpe entre un bosque de tobillos, llenándolos de babas y enseñoreándose de la escena.

Entonces, en la partitura del tiempo se entrelazaron varias líneas de fuga simultáneas: *Dunkerque*, feliz por el reencuentro, lamía a su amo en la cara; brotaron carcajadas a ráfagas y matojos de aplausos; un coche de policía llegó a la plaza abriéndose paso entre la multitud con un moribundo maullido de sirena; Zoylo bajó el cuchillo, incapaz de apuñalar a un perro; su hermano apuntó cuidadosamente mientras empezaba a sonar un redoble de tambor que Matas tomó por marcha fúnebre y que en realidad era el preludio de *El tambor de granaderos*. Amortiguados por golpes de percusión, estallaron dos o tres petardos que todo el mundo tomó como parte de la banda sonora hasta que un espectador cayó de rodillas sujetándose el muslo y Moylo, alcanzado de un balazo en el cuello, soltó la pistola y se fue deshinchando como un globo pinchado.

Aullando, la multitud se desparramó en todas direcciones. Arrodillado junto al coche patrulla, Peralta seguía empuñando el arma humeante, apuntando a Zoylo que se arrastraba hacia el lugar donde se desangraba su hermano. Le dio el alto varias veces pero era difícil que pudiera oírle entre el griterío ensordecedor de la plaza y la absurda tonadilla de zarzuela.

—No dispares —ordenó Rodríguez, que salió del coche cojeando, empuñando las muletas—. Hay mucha gente.

—Pero va a coger la pistola.

—Te digo que no dispares.

Interponiéndose en la línea de tiro, Rodríguez cojeó apoyándose en una muleta, alzando el brazo en son de paz. En calzoncillos y con una pierna vendada, no daba mucha imagen de autoridad, pero Zoylo no lo miraba, sólo estrechaba el cuerpo de su hermano intentando taponar con sus dedos los borbotones de sangre en la garganta. Lo acunó, lloró, le susurró al oído, lo sacudió como para despertarlo y cuando por último comprendió que estaba muerto, le arrancó la pistola de las manos y chilló, chilló, lanzó un bramido de dolor que se elevó sobre todos los demás bramidos, los ruidos del tráfico, las palabras de Rodríguez, la impúdica alegría de la zarzuela. Hablaba al fin, después de tanto tiempo decía lo que vio en el bosque rojo, lo repitió a gritos para que el mundo se enterara mientras montaba el percutor pero no había nadie que pudiera traducir. Moylo se adelantó en el parto, apenas un minuto o minuto y medio que el médico de pueblo aprovechó para enjuagarse las manos y echar una calada al cigarrillo. Desde entonces, siempre habían ido juntos a todas partes pero ahora, treinta y tantos años después, su hermano mayor volvía a adelantarse para precederle también en la línea de meta: unos pocos segundos de ventaja que Zoylo intentó acortar. Se metió el cañón del arma en la boca y se pegó un tiro.

—Jesús —dijo Peralta al apagarse el eco del disparo.

—Amén —musitó Rodríguez.

Entonces comprendió que había estado todo el rato apretando las mandíbulas, rechinando los dientes mientras aguardaba el balazo. Cojeó hasta la verja de la estatua, el lugar donde se abrazaban los gemelos caídos y examinó los tatuajes en manos y brazos.

—Mafia ucraniana —dijo Peralta—. De la banda de Uriak.

—Podías haber tirado a las piernas.

—Apuntaba a las piernas, jefe. Es que era bajito.

Para corroborarlo, Peralta se acercó a ayudar al herido que gimoteaba en el suelo, con el muslo agujereado y los pantalones empapados de sangre. «Tranquilo, hombre, parece una herida limpia». Se quitó la cazadora para hacerle un torniquete y cuando terminaba de apretar, algo le golpeó en la nuca. Rodríguez, perdido entre calaveras y Sputniks, alzó la cabeza y descubrió a Peralta desmayado en el suelo y a un chulapo con la careta de Lenin y un bate de béisbol al hombro.

—Usted por aquí —Rodríguez reconoció la voz que le hablaba en las pesadillas—. ¿Tiene lista la oda que le encargué?

—Se me dan mejor los sonetos. Será mejor que lo dejes, hombre. En unos minutos llegará aquí toda la policía de Madrid.

—En unos minutos la plaza entera será un recuerdo. Mire bien.

Señaló a otro chulapo enmascarado que había saltado la verja de la estatua, trepado hasta el pedestal y colocado una carga de explosivos entre las botas de Cascorro.

—*Malajo* —gruñó Rodríguez al comprobar la pericia con que insertaba los cables.

—Hubiéramos preferido que explotara mañana, día de San Isidro, para subrayar el simbolismo del asunto. Pero ya sabe lo que decía Lenin.

—¿Que la religión es el opio del pueblo?

—No. Que un buen revolucionario debe aprovechar las oportunidades.

Empuñó el bate y barrió la muleta de Rodríguez. Con un quejido de dolor, Rodríguez cayó al suelo. Intentó escapar a gatas pero Lenin agarró el cuello de su camisa, lo alzó y lo desgarró contra una de las lanzas de la verja que protegía la estatua. Atrapado como un conejo, Rodríguez fue a desabotonarse pero el bate le golpeó las manos.

—Mire bien, inspector. No se lo pierda. Más de un siglo después, Cascorro va a terminar el trabajo.

Rodríguez no replicó, estaba muy ocupado intentando apagar el incendio en sus dedos. Entre las lágrimas de dolor vio cómo se abría uno de los portales de la plaza y aparecía una especie de gigante que avanzaba a tumbos hacia ellos. Mientras le daba la mano a su compañero para que saltara otra vez la verja, Lenin se volvió y descubrió unos ojos que lo miraban desde muchos años atrás, desde una infancia rota, unos niños violados, ciudades arrasadas, terneros con dos cabezas. Unos metros más arriba, abrazada a Domingo, Julia ahogó un sollozo, pero Sergei ya no podía verla. Muerto en pie, regresaba al pasado, decía palabras que nadie podía entender y que flotaron un instante a un palmo de ese Lenin de plástico y vestido de carnaval que lo invitaba a ingresar por fin en la cofradía de los héroes soviéticos. Miró arriba tambaleándose, recibiendo por última vez la caricia del sol, y vio a Boris desdoblado, haciendo equilibrios sobre la verja, sujeto al otro Boris por la cadena de un brazo igual que aquel niño que siempre le guardaba las espaldas. Estaban bien así, uno al lado del otro: Zoylo y Moylo, Julia y Katia, Boris y Boris disfrazados de chulapos. No supo si fue él o Sergei quien se derrumbó sobre ambos.

Malajo cayó de culo sobre una de las lanzas de la verja que se le hincó en el ano casi un palmo. Lo detuvo el arabesco de hierro y la mano de su compañero, que quedó empalada bajo su entrepierna al estilo de un pincho moruno. Ambos gritaron al unísono, justo en el tiempo y el tono exactos para incorporarse a un pasaje del preludio. Cascorro alumbraba la escabechina con su estoicismo épico, como en los viejos tiempos de la guerra de Cuba, ignorando la carga de dinamita que aguardaba entre sus piernas.

La música cambió, por los altavoces empezó a sonar un chotis. Para no complicar las cosas, *Malajo* se movía lo menos posible mientras que Lenin intentaba quitárselo de encima empujando con el hombro. Gruñeron, forcejearon, maldijeron. Al fin Lenin se rindió, se arrancó la careta y Rodríguez contempló otra vez el mismo rostro de niño bien con sus cabellos rubios y su barbita recortada. No sintió rabia ni odio, más bien pensó algo extraño. Pensó que aquel idiota bien podía haber sido su hijo.

—Vamos a morir, inspector —anunció, fingiendo un coraje que se le deshilachaba en muecas de dolor—. La carga estallará en cinco minutos. ¿No le parece una música apropiada?

—No mucho.

—¿Sabe que a Nietzsche le encantaba la música de zarzuela? Una vez puso a Chueca por encima de Wagner.

—Está feo citar a Nietzsche. ¿Cómo te llamas, hijo?

—Pablo —el muchacho titubeó. Tal vez pensó que ya no merecía la pena mentir—. Paolo.

—Un nombre madrileño de pura cepa.

—Soy de Madrid. Mis padres eran italianos.

—¿Sabes lo que está sonando ahora, Paolo?

Ambos se quedaron callados un momento, escuchando la chulería del organillo que desgranaba la machacona melodía de *Madrid, Madrid, Madrid*. *Malajo* seguía aullando en contrapunto.

—Un chotis.

—¿Sabes de dónde viene la palabra chotis? Del inglés, *scottish*. Es una danza de origen escocés.

Percibió el malestar del muchacho, un desconcierto que iba mucho más allá del dolor por la mano atravesada. El gemido de una sirena se fue entrometiendo a los lejos.

—Nunca lo había pensado —murmuró.

—Qué cosas, ¿eh?

Rodríguez se recostó contra la verja, alzando las manos que se le adormecían entre punzadas de dolor. Contempló el caos a su alrededor: los chulapos empalados, los gemelos muertos, el gigantón atravesado sobre ambos, Peralta que empezaba a despertarse, Matas echado en el suelo, haciéndole carantoñas al bulldog. Lo saludó con las manos chascadas, de inválido a inválido. En la cabeza le empezaba a latir un soneto, uno que hablaba de héroes y de estatuas, de símbolos que cobraban vida, de muertos que danzaban por parejas. No había manera de evitarlo: podía dejar la poesía, pero la poesía no lo dejaría a él, nunca. Fea, cojitranca, desgraciada, su musa era su musa y lo acompañaría allá donde fuese, jamás lo dejaría tirado a la primera de cambio como una vulgar esposa. Una melodía de once sílabas burlona y descarada se fue organizando al tiempo que husmeaba una rima zarrapastrosa para los cuartetos: Cascorro, ahorro, socorro, tintorro. En un movimiento inverso a la fuga de Dafne transformándose en árbol, Cascorro regresaba a la lucha. El ritmo trocaico que pensaba imprimir a los endecasílabos se mezclaba con el aire festivo del chotis. También su musa empezaba a vestirse, se pintaba los labios, se abrochaba la bata, llevaba coletas. No era tan fea como pensaba.

Un coche de policía aparcó junto a la estatua, un agente le gritó casi a la cara, Rodríguez se identificó y luego salió Muñoz y preguntó qué ocurría. Nada, comisario, que a Cascorro le ha dado por repetir su hazaña. Que salgo vivo de una bomba y me meto en otra. Sacudiendo los dedos rotos como manojos de espárragos, a Rodríguez le dio por echarse a reír, una risa tonta, una carcajada en verso. Cascorro fue a la guerra, qué dolor, qué dolor, qué pena.

—¿Cómo dice?

—Me fallan los acentos, comisario.

—¿Está loco? ¿Qué coño hace en calzoncillos?

La pregunta no era menos absurda que la situación, pero Paolo la interrumpió a gritos para preguntar si había forma de desactivar el explosivo. *Malajo* se quitó la careta y empezó a farfullar algo sobre cables y colores. Dos agentes saltaron la verja y siguieron las instrucciones del chulapo empalado. El bulldog se acercó a husmear en un charco de sangre y el gentío empezaba a imitarlo tímidamente, asomando la nariz por todas las esquinas. Los chinos salían de sus negocios, las señoras de sus balcones. Rodríguez no podía parar de reír. Lo siento, comisario. Sin sonido, la sirena destellaba en ráfagas azules y trocaicas: corta, larga, corta. La luz pegaba en la antorcha de bronce como si Cascorro tuviese problemas para encender el mechero. Corta, larga, corta. De pronto se apagó, tan bruscamente como el chotis en los altavoces y sólo quedó el rumor habitual de la plaza, voces, pisadas, gritos, risas, el ladrido intermitente de un perro.

Eso fue todo.

40

—Eso fue todo.

Rodríguez miró el perfil de Leonardo Zubiri, bocarriba, los ojos cerrados, erizado de cables y tubos. Parecía como si acabara de dormirse otra vez en la penumbra de su sueño de meses, que estuviera repasando en silencio las oscilaciones del encefalograma y el cardiograma, las pulsaciones de la trama, los armónicos de la respiración y el pulso fluyendo con las diversas líneas narrativas. Era una historia compleja y Rodríguez la susurró despacio mientras estrechaba las manos de Ana, los dos sentados junto al lecho del durmiente, respondiendo a las preguntas de ella, rellenando los huecos, estableciendo eslabones e hipótesis.

—¿Tú crees que puede oírnos?

—No lo sé —Ana se encogió de hombros—. Nadie lo sabe.

El pronóstico no daba lugar a muchas esperanzas pero aun así Rodríguez se levantó y le murmuró su nombre al oído. «Me llamo Francisco Rodríguez. Soy el hombre al que salvaste la vida». Siempre lo decía al final de sus charlas pero esta vez pensó que se despedía por última vez: No tenía nada más que contar, la historia había llegado a su fin. Ana también se levantó y los dos salieron al pasillo en silencio. Tres ucranianos muertos, dos terroristas malheridos, una muchacha desnuda con un corte en la mano y en estado de *shock*. Peralta necesitó un escáner para descartar lesiones cerebrales y Matas, su antiguo compañero de cuarto, otra escayola. A él habían tenido que vendarle las manos, una de las pocas partes de su cuerpo que aún no había probado yeso. Casi nadie había salido indemne de la historia excepto aquel perrazo tontorrón y Cascorro, que seguía en pie de camino al desastre.

—Conozco a ese Paolo. Una vez me tiró los tejos en La Caverna.

—A lo mejor todo es culpa tuya, por no hacerle caso.

—No creo. Paolo ya era idiota de fábrica.

—Por lo que hemos podido averiguar, no es más que un niñato, un cretino medio italiano que se aburría en el chalet de sus padres y que montó todo esto para divertirse.

No le costó mucho contactar con *Malajo* (un experto en explosivos descerebrado y rebotado del ejército cuya principal diversión era reventar chuchos callejeros) y menos aún atraer a su órbita a unos cuantos perdularios, hijos de papá y golfos callejeros. Ahora *Malajo* esperaba su turno para entrar en la cárcel con una curiosidad anatómica que sería muy comentada en las duchas mientras que Paolo descubría una nueva vocación de profeta gracias al estigma abierto en la palma de su mano derecha. Un amigo, funcionario en la prisión de Soto del Real, le contó que se pasaba el día leyendo la Biblia y reclutando apóstoles en el patio. Se había tatuado una cruz en el pecho y el rostro martirizado de Cristo en la espalda, pero todavía le faltaba mucho para igualar la marca de los gemelos cuya autopsia llegó a sorprender a los curtidos forenses policiales. Con la piel de los dos podía decorarse una iglesia.

—Sigo sin ver qué pinta la mafia ucraniana en todo esto. Paolo asegura que no los conoce de nada.

—¿Y tú le crees? A mí me dijo que dirigía una revista de poesía.

—Ahora no le interesa mentir. Tiene muchos años de condena por delante y todo lo que sea ayudar a la policía podría reducir la pena —Rodríguez chasqueó la lengua—. Además, está su nueva profesión de evangelista, la verdad y la vida y todo eso.

Salieron fuera del hospital, donde un absurdo sol de primavera incendiaba el césped y los árboles. Ana andaba cabizbaja, las manos hundidas en los bolsillos de la bata, mientras Rodríguez aún necesitaba las muletas. Cuando gesticulaba, las vendas en sus manos le daban el aspecto de un cocinero que fuese a retirar el *soufflé* de un horno. Todo había terminado, sí, pero aún quedaban muchos cabos sueltos. Estaba el asunto pendiente entre los gemelos y ese gigantón alto que se dedicaba al porno. ¿Por qué lo habían matado? ¿Dónde se incubó esa venganza? Estaba Santi, ese productor de videos caseros con las costillas rotas. Su testimonio sobre el apuñalamiento coincidía más o menos con el de la mujer desnuda y tatuada de versos en varios idiomas, aunque no ruso ni ucraniano. ¿Y qué hacía ella en ese estudio de mala muerte si no iba a rodar una película guarra? Resultó que tenía un trabajo respetable en una editorial de prestigio, pero ¿a qué tantos tatuajes? Calaveras, sputniks, crucifijos, endecasílabos. ¿Qué pintaban en esa historia? Rodríguez iba lanzando las preguntas al aire como un malabarista lisiado.

—Nunca me gustaron los tatuajes —dijo Ana, sentándose en un banco—. Tienen algo siniestro.

Rodríguez se sentó a su lado. Estiró las piernas y dejó las muletas apoyadas en el banco. Ana le contó que fue durante su turno en urgencias cuando llegó la mujer apuñalada y que le tocó atenderla durante la noche. Julia le agarró la mano cuando ya se iba y le pidió que esperara, que tenía algo que contarle. En su oficio de enfermera no era raro que confundieran la bata con una sotana. Según el termómetro sólo tenía unas décimas pero sus ojos hervían.

—Yo no lo maté —dijo Julia mirándola a los ojos—. No lo maté pero quería que muriera. Quería que desapareciera de mi vida.

—No se torture. Descanse.

Julia le apretó la mano mientras seguía desenvolviendo sus remordimientos, un delirio febril que hablaba de abandonos, de profecías cifradas en pasajes bíblicos, de niños que bajaban al infierno, de hombres que se desdoblaban en dos y de asesinos que cambiaban de cara. Le dijo que ella era el zombi de una mujer muerta muy lejos y mucho tiempo atrás, una mujer llamada Katia. Ana le aumentó el goteo y esperó a que el sedante hiciera efecto. Vio en el antebrazo izquierdo el verso de Catulo y en el derecho el hexámetro homérico. Pessoa, su poeta favorito, se enroscaba en el tobillo izquierdo.

—Parece que ha sufrido mucho —concluyó Ana—. Parece que llevara todos esos versos encima como si fuesen cicatrices.

La muleta resbaló entre sus manos vendadas, estropeando el dibujo. Rodríguez alzó la cabeza y vio los cuatro rascacielos alzándose por encima de la línea de árboles, hacia el celeste cielo madrileño. La tercera torre seguía en cabeza: Matas hubiera ganado la apuesta. Se sentía increíblemente torpe con aquellas gasas entre los dedos, un viejo oso de peluche al lado de una niña que ya no tiene edad para mascotas. Le habría gustado acariciarla, rozarle el pelo, permitirse un gesto de confianza, pero no sabía si Ana lo aceptaría después de tantos rechazos. Necesitó que lo apuntaran con una pistola y que lo ataran a otra cuenta atrás para comprender. Necesitó otra oportunidad para apreciar en su justa medida la luz del sol, el fuego rubio de los cabellos de Ana, sus labios cerrados. El silencio se prolongaba minuto a minuto y él era incapaz de romperlo. Ana iba a levantarse en cualquier momento, eso estaba claro, y no sabía si volvería a verla. Si lo hacía, todo empezaría de nuevo. Habría heridas, habría dolor, habría pérdidas. Tenía un miedo atroz pero no a la muerte. Era la vida lo que acojonaba.

—Tengo que volver al trabajo —dijo Ana.

Le dio un beso en la mejilla y luego echó a andar, las manos en los bolsillos, ensimismada. Con la quemadura del beso apagándose sobre su piel, Rodríguez admiró las piernas, los tobillos, las pantorrillas magníficas que se alejaban de vuelta al pasado. Vaciló, titubeó, perdió unos segundos pensando si la seguía o no. Fue a coger las muletas pero se le cayeron otra vez sobre la arena. Se puso en pie como un tentetieso, las manazas bamboleándose a los lados.

—Ana.

No lo oyó a la primera voz y tuvo que dar una segunda. Intentó extraer de la garganta seca la voz de los interrogatorios pero en lugar de ello le brotó un falsete adolescente muy poco seductor. Ana se giró sobre sí misma y lo miró divertida.

—¿Sí?

Matas hizo un gesto idiota con los brazos, un gesto que quería decir «nada, ya hablaremos», y que le quedó doblemente idiota con las manos vendadas. Ana le respondió con las manos enfundadas en los bolsillos de la bata. Luego dio media vuelta y siguió andando.

Matas se sentó otra vez y hurgó torpemente en su pantalón hasta que logró sacar el mechero y el paquete de cigarrillos. Encenderlo con la punta de los dedos fue un acto de malabarismo. Pegó una calada honda y luego sacó un papel doblado de entre el plástico.

Si el inglés del Avón dijo a su amada
que la quería sólo por ser ella,
a mí, que soy del foro y de paella
los domingos me basta tu llegada.

Y si guardó Petrarca la mirada
que Laura derramó en una botella,
yo en tus coletas colgaré, doncella,
la luna de Madrid y su alborada.

Si Quiroga la capa al charco arroja
yo al suelo me echaré, pa' lo que petes:
písame a fuego, marca bien tus huellas.

Y si Cuenca a su novia la sonroja
diciendo que sus piernas son cohetes,
yo digo que las tuyas son estrellas.

Leyó el soneto en voz baja un par de veces, forzando los acentos y las rimas. No estaba mal, no estaba nada mal. Arrimó el cigarrillo y fue quemando palabras al azar, llenando el poema de agujeros, hasta que los catorce versos se vinieron abajo. Después cogió el mechero y le pegó fuego.

41

En la terraza del Círculo de Bellas Artes vio a Matas rodeado de una nube de admiradores. Iba de chaqueta y corbata, muy elegante, y a su lado una mujer alta, de pelo corto y llameante, con un vestido de noche color verde libélula que quitaba el aliento. Todavía seguía en la silla de ruedas pero la proximidad de aquella hermosura casi le hacía levitar. Rodríguez tuvo que mirarla varias veces hasta convencerse de que se trataba de la doctora Herrero. Matas lo descubrió al fin y se abrió paso entre el gentío hasta que logró estrecharle la mano.

—¿Cuánto te queda en ese cacharro? —preguntó Rodríguez.

—Pregúntale a mi médico.

Rodríguez tuvo que limitarse a saludarla de lejos, ya que la doctora Herrero no había podido atravesar su propia corte de admiradores junto a la barra. Matas aparcó, Rodríguez se acodó contra la barandilla y juntos observaron la lenta llamarada del crepúsculo madrileño, un derroche de brochazos rosas, azules agónicos y nubes flameando entre tejados puntiagudos y falsos minaretes.

—Dicen que tu libro es todo un éxito.

—Sí. Por lo visto ya va por la cuarta edición. Pero ya sabes —Matas le guiñó un ojo—. Nunca te fíes de los editores.

—Ni de la policía.

Una mujer les interrumpió para pedirle a Matas que estampara un autógrafo en su ejemplar. Matas accedió, entre halagado y azorado.

—No logro acostumbrarme a esto —dijo, cuando la mujer se marchó—. Yo solía estar del otro lado.

—Pues vete acostumbrando.

—Es raro. Solía publicar buenos libros que no vendían casi nada. Por aquel entonces creía que un gran éxito editorial siempre es fruto de un malentendido.

—Puede que el tuyo lo sea.

—¿Lo has leído?

Rodríguez negó con la cabeza y Matas le dijo que esperase, que intentaría conseguirle uno. No sabía para qué podía interesarle su opinión pero se quedó aspirando el aire primaveral, oyendo el latido de la música que brotaba de los altavoces, disfrutando de la noche inminente. Un tipo flaco se desgajó de los círculos de la muchedumbre y vino hacia él apartándose un mechón grasiento de la cara.

—Hombre, hombre, hombre, ¿tienes un cigarrito?

—Veo que aquí dejan entrar a cualquiera.

—No hay sarao donde yo no pueda colarme. ¿Cigarrito?

Resignado, Rodríguez sacó uno del paquete de tabaco y aprovisionó el mechero antes de que pidiera fuego. Luisito hizo pantalla con las manos y Rodríguez pudo ver que llevaba, encajado en el sobaco, un ejemplar bastante manoseado.

—Se me hace raro imaginarte comprando un libro.

—No lo he comprado —replicó Luisito, ofendido—. Me lo enviaron para que escribiera una reseña.

—¿Así que lo has leído? Eso se me hace más raro aún.

Sin inmutarse, Luisito le explicó que era fácil entender su éxito. Desde los clásicos ejemplos de San Agustín o de

Rousseau, la autobiografía resultaba un género muy dado al autobombo. Era raro encontrarse con un autor lo bastante masoquista como para despellejarse vivo y lo bastante hábil como para colgar su piel de un clavo, sin desgarrones, y exhibirla a los ojos del público. El truco era apartarse lo suficiente como para que el yo del narrador desapareciera de la narración, igual que en esas fotografías donde el propio fotógrafo emerge reflejado en un espejo: hay que tener mucho cuidado para evitar las luces del *flash*.

—Creí que lo tuyo era la poesía, Luisito —comentó Rodríguez, devolviéndole el libro.

—Este tipo ha tenido los cojones de hacer un *striptease* al ritmo de una marcha fúnebre. Empieza con un gatillazo y termina con una erección. En el medio le pasa de todo y casi nada bueno. Pierde el trabajo, le echan de casa, le diagnostican una enfermedad mortal. Un día descubre que todo lo que le rodea, desde su matrimonio hasta su enfermedad, es un bulo.

Rodríguez hizo como que saludaba a alguien y logró zafarse camino de la barra, donde Matas lo esperaba con un cubata y un libro. Rodríguez lo abrió y leyó la dedicatoria: «A mi amigo Paco, un recuerdo de cuando resucitamos juntos». Observó la portada con una tenebrosa radiografía de tórax y las letras estampadas en blanco. *Un jodido milagro*.

—Gracias —masculló Rodríguez.

Alzó el cubata y ambos bebieron. Rodríguez vio que el círculo de admiradores de la doctora Herrero se había reducido a un solo acosador. Reconoció, por la calva a retales y la chaqueta andrajosa, al amigo gorrón de Matas.

—Si no andas listo, vas a quedarte sin novia.

—Uno no elige a sus amigos —dijo estoicamente Matas y pegó otro trago al cubata—. En realidad, uno no elige nada. Ni la cara, ni la piel, ni la familia en que nace, ni lo que le gusta, ni lo que le deja de gustar. Ni por supuesto la hora, el lugar y el modo de la muerte.

—Amén.

En la terraza del Círculo de Bellas Artes, entre bocetos de atletas, custodios y victorias aladas, Madrid se estiraba en una ilusión arquitectónica, una perezosa sucesión de plazas, bulevares, puentes tendidos, caminos cruzados. Desde allí parecía una ciudad vivible, acogedora, civilizada incluso, una fantasía publicitaria que olía a polen, a luz artificial, a bohemia y vino tinto, a postales antiguas. Rodríguez encendió un cigarrillo, el humo ascendió en una fugaz cerámica de arcángeles y samotracias. Sabía por experiencia que la miseria se esconde en los pliegues de la Gran Vía y la Plaza de España, en esas calles sucias por donde nunca pasa el alcalde, donde las princesas de la llanura africana taconean con sus medias rotas y la muerte va escribiendo a navaja versos malos y líneas de teletipo. Sin embargo, a Neptuno le reconstruyeron la nariz y la Cibeles recobró su dignidad y su cabeza perdida. En cuanto a Matas, aseguraba que dentro de poco podría ponerse en pie y que le regalaría a Domingo su silla de ruedas. Le ofreció un cigarrillo a Matas, que denegó con una sonrisa.

—Gracias. Ya tuve mi milagro.

—Y te has liado con tu médico. El sueño de un hipocondríaco.

—Llevo casi dos semanas sin tomarme las pulsaciones —dijo con orgullo Matas—. Mi editora quiere una segunda parte de las memorias, pero le he dicho que tendrá que esperar.

—¿A qué?

—A que vuelva a morirme.

Muertes y resurrecciones. Eso era todo. Dicen que las células que conforman el cuerpo humano (órganos internos, huesos, neuronas) tardan unos nueve años en renovarse de arriba abajo. En términos físicos, el cuerpo muere y resucita varias veces a lo largo de la vida. Pero el alma (ese pesado fardo hecho de ideas, convicciones, prejuicios y amarguras) no suele mudar de piel. Rodríguez sentía que el hombre que fumaba en la terraza del Círculo no tenía mucho en común con el poli desengañado que se afeitó el bigote después de una resaca.

—Mucha suerte con el libro —dijo, estrechándole la mano.

—¿Te vas ya? Quería presentarte a mi editora.

—Mejor no la pongas en un compromiso. Ya sólo relleno quinielas.

Apagó el cigarrillo contra un cenicero, dio media vuelta y buscó la salida. Matas lo vio abriéndose paso entre los últimos nudos de gente, saludando a la doctora Herrero con un beso en la mejilla, quitándose de encima a Luisito Sanabria. Mónica se acercó hasta él con una copa de vino blanco en la mano. Estaba impresionante enfundada en su luz de libélula: el contraste entre el verde del vestido y el rojo fuego de su pelo era de los que quemaban la vista. No podía reprocharle nada a Domingo.

—¿No hay otra para mí?

—Ya has bebido bastante.

—El alcohol cicatriza.

—Y escuece.

Mónica se agachó y le susurró al oído que además lo necesitaba en perfecto estado esa misma noche para una revisión médica. Matas sonrió. Sobre la terraza se quemaban las últimas conversaciones y unas pocas parejas bailaban cabeza con cabeza. Del orfeón literario sólo quedaban unos pocos borrachos incordiando a los camareros que iban retirando las copas vacías y unos cuantos invitados aferrándose a los rescoldos de conversación. En un rincón, Domingo acaparaba las sobras de los canapés que enmohecían sobre las bandejas. Mascaba a dos carrillos cuando Luisito Sanabria se acercó a pedirle tabaco.

42

NO SABÍA EXACTAMENTE QUÉ LO HABÍA LLEVADO DE REgreso al hospital. En un primer momento pensó que buscaba a Ana, que tal vez la encontraría haciendo la ronda en urgencias o en el ala de traumatología. De madrugada, las salas de espera vacías recobraban su aura de zozobra y fiebre, esa espesa penumbra donde las luces de emergencia prendidas en los pasillos señalaban el camino. Era como una de esas pesadillas agobiantes en las que hay que regresar a la escuela treinta años después para presentarse otra vez a un examen. La pierna chirriaba levemente pero los huesos soldaban bien, el examen estaba aprobado. Preguntó en la ventanilla de urgencias si habían visto a Ana.

—¿Ana? —dijo la muchacha mientras descolgaba el teléfono—. No la conozco pero, si quiere, pregunto a ver si tiene turno esta noche.

—No hace falta, gracias.

—No me cuesta nada.

Rodríguez negó otra vez y se alejó pasillo adelante. Al fin y al cabo no sabría qué decirle ni si ella querría hablar con él ni si tenían algo de qué hablar a esas alturas. Tomó un ascensor, desembocó en la UCI, vio el resplandor de los monitores al otro lado de las puertas, las pantallas sin voz que albergaban espíritus y fantasmas, como el sueño de los durmientes que custodiaban. Tamborileó sobre el mostrador pero el celador debía de haber acudido a atender alguna llamada. Traspasó las puertas de la sala, pasó entre las cortinas y descubrió al viejo Zubiri sentado en un sillón, agachado al lado de su hijo, leyendo en voz baja un libro. Era un hombre muy mayor con una voz cascada, poco acostumbrada a la lectura, que desgranaba las sílabas una a una, tropezando en las palabras demasiado largas. Hablaba algo del imperio español, de reyes y navegantes, de océanos y carabelas. Al descubrirlo a los pies de la cama, el anciano se caló las gafas que se le descolgaban sobre la nariz y cerró el libro. Rodríguez señaló el pequeño ajedrez magnético abierto sobre la colcha, congelado en medio de una batalla.

—¿Le apetece jugar?

—Hace muchos años que no juego.

—Yo tampoco —dijo Rodríguez recogiendo las piezas—. Así iremos igualados.

El viejo se encogió de hombros, esperó a que Rodríguez dispusiera las hileras, golpeó sin ganas una de las manos que le tendía.

—Blancas. Sale usted.

Jugaron unos diez o quince minutos, torpemente, amontonando sin ton ni son peones, caballos y alfiles, sin decidirse a comer ninguna pieza, malgastando trampas, dejando pasar celadas y ventajas, como dos luchadores que en realidad no quieren hacerse daño. A un lado, bajo la máscara de respiración, el muchacho en coma parecía simplemente dormido, un sueño liso, inerte, sin temblores ni miedos. Al fin el viejo cogió uno de los peones negros y fue a cambiarlo por uno de los suyos. Pero se quedó con ambos peones en la mano, sin decidirse a terminar la jugada y barrer dos contendientes del tablero.

—Usted es el policía ese, el que estaba con mi hijo cuando se le cayó la casa encima, ¿verdad?

Rodríguez asintió con la cabeza y el viejo retiró el peón negro y dejó el peón blanco en su lugar, iniciando las hostilidades.

—Me han dicho que usted venía a verlo todos los días.

—Cuando estaba ingresado. Era lo menos que podía hacer.

—Los médicos no nos dan esperanzas. Lleva meses así.

—Lo siento.

El viejo se quitó las gafas y se frotó la cara, intentando arrancarse el cansancio a manotazos.

—Mi hijo es un tonto. Un tonto y un irresponsable pero tiene una excusa. Le viene de familia. A mí me pasó lo mismo durante la guerra civil. Tenía quince años cuando me pusieron un fusil en las manos. ¿Cree que me fijé mucho qué bando me lo daba?

—Me imagino que no.

El viejo se abismó otra vez sobre el tablero. Contempló la marabunta de blancas y negras durante un buen rato hasta que al final se colocó de nuevo las gafas y miró a Rodríguez directamente a los ojos.

—¿Usted tiene hijos?

—No.

—Desenchúfelo.

Rodríguez pensó que había oído mal. Luego pensó que el viejo no sabía lo que decía. Hizo como que no había entendido y volvió a enfrascarse en la partida. La grieta abierta en su defensa no le daba muchas opciones. Estaba obligado a comer el peón de rey negro, luego el caballo negro se le echaría encima, cambiarían caballo por alfil, alfil por caballo, un par de peones más, en fin, una matanza. Transcurrió un minuto largo antes de que el viejo Zubiri hablara de nuevo.

—Desenchúfelo.

—¿Sabe lo que me está pidiendo?

—Claro que lo sé. Mi hijo nunca despertará del coma. Y si despierta, en el mejor de los casos, será todavía peor. Quedará hecho un vegetal. Yo moriré muy pronto y mi mujer no tardará en seguirme. ¿Quién va a cuidarlo entonces? ¿Usted?

Alzó la cara y vio al anciano que lo miraba sin parpadear, un rostro arrugado de donde colgaba entero el siglo veinte. Apenas pudo soportar aquel par de pupilas vitrificadas que se clavaban a él sobre el parapeto de las gafas.

—Hágalo, se lo ruego.

—¿Por qué no lo hace usted?

—¿Yo? Yo soy su padre. Usted es la ley.

—Por eso mismo —replicó Rodríguez.

—Le salvó la vida. Hágase a la idea de que se lo pide él.

Rodríguez examinó el laberinto de luces, pantallas y cables del que dependían las funciones vitales. Un entramado inextricable, tan frágil como la estructura mordisqueada del tablero. Luego vio el perfil de Leo, el ojo cerrado, el dibujo del pómulo lúcido y tranquilo.

—¿Lo ha hablado con su mujer?

—No hablamos de otra cosa.

—Está bien. Vaya al servicio y dígale al celador que necesita su ayuda.

—¿Ayuda? ¿Para qué?

—No sé, dígale que se le ha atascado la cremallera. Deme un par de minutos.

El viejo Zubiri se irguió y lo aplastó en un abrazo seco que olía a limpio, a loción para afeitado. Rodríguez vio el tubo de espuma y la maquinilla sobre una servilleta de papel. Acababa de afeitar a su hijo.

—Usted ni me ha visto ni me conoce. Yo no he estado aquí esta noche.

—Dios lo bendiga.

—Gracias, pero preferiría que me ayudase.

El viejo se agachó y besó la frente de su hijo. Luego salió y Rodríguez se enfrentó a la maraña de tubos y luces como si intentara aprender las reglas de un juego nuevo, otro ajedrez donde sólo se podía perder. Esperó unos segundos a que el viejo llegara hasta el mostrador, luego oyó la voz rota diciendo algo de la próstata. Les dio el tiempo necesario para llegar a los servicios y fue desconectando los cables uno a uno hasta que los números y las pulsaciones se borraron. Varias luces parpadearon, un pitido lúgubre inundó la sala. En contraste con toda aquella agitación mecánica, el rostro de Leo permanecía impasible bajo la máscara. Rodríguez intentó no mirarlo. Mientras vigilaba su reloj, rezó para que el viejo hiciera bien su papel, para que hablara bien alto. Cuando calculó que había pasado un minuto o tal vez más, colocó otra vez los cables, se cercioró de que una línea horizontal llenaba el monitor y salió sin mirar atrás, manoteando entre las cortinas. Se equivocó y en lugar de la puerta encontró a una mujer de mediana edad dormitando en uno de los sillones. Nadie lo había visto, no era más que una pieza desorientada en un tablero de ajedrez, un espectro circulando entre un revoltijo de sueños rotos. Salió al pasillo y giró a la derecha, buscando las escaleras. Descendió a toda prisa. Al otro lado de los cristales, más allá de las ventanas iluminadas, la masa de los rascacielos inconclusos se perdía en la oscuridad. En lo alto de uno de ellos se adivinaba el resplandor de una autógena, pero de noche no había forma de saber cuál de ellos ganaría la carrera.

43

LENTA, INTERMINABLE, SOLITARIA, LA CARRETERA PARECÍA un espejismo. Hacía cuatro horas que se cruzó con el último vehículo, un camión militar detenido en el último control. El conductor, un joven de uniforme, bajó la ventanilla y le gritó algo, tal vez un piropo, tal vez una advertencia. Uno de los soldados comprobó sus permisos mientras otro pasaba un contador de radiactividad encima de la moto, del casco y de su traje.

—*All right* —dijo, llevándose un dedo a la visera de la gorra. Y luego añadió algo en ucraniano o en ruso. Tal vez «buen viaje». Tal vez un piropo o una advertencia.

A medida que se adentraba en la zona de exclusión cada vez encontraba menos signos de vida. Señales de tráfico herrumbrosas, casas abandonadas, largas grietas en el asfalto. Sin embargo, al cabo de un rato vio una vaca pastando en una colina. El animal levantó la cabeza para mirarla con curiosidad rumiante, como si mascara chicle. Unos kilómetros más allá, en medio de la desolada carretera, apareció un perro vagabundo, un húmedo felpudo de ojos tiernos que la obligó a parar la moto y buscar un trozo de pan en su mochila. El viento empujaba torpes rebaños de nubes grises sobre un cielo metálico.

Había esperado, después de que se apagara el ruido del motor, un silencio inédito, el vacío cerniéndose sobre aquella tierra devastada por siempre y para siempre. Le sorprendió el crujido de una chicharra brotando de un matojo cercano y los lametones del perro al dar cuenta del pan. Sacó el contador Geiger y lo pasó por el lomo del animal: apenas unas décimas más que ella misma. Le dio una palmadita en la cabeza y consultó el mapa. Todavía faltaba un buen trecho para Pripyat.

No fue nada fácil acostumbrarse a la BMW. Era demasiado grande para ella y además sufría caprichos de pura sangre. Al pasar por una callejuela de Praga, cerca del cementerio judío, se encabritó como si recordara a su antiguo dueño. En París tuvo que quitarse de encima a un tipo que la abordó en la terraza un café con la excusa de comprobar el modelo. Llevaba un sombrero Stetson de cuero y una bufanda de seda roja. Dijo que llevaba años buscando esa misma moto, que pusiera precio, uno cualquiera, que la invitaba a cenar y lo discutirían.

—*Desolée* —dijo Julia, levantando la vista del libro que estaba leyendo—. *Je ne parle pas français.*

De inmediato, el tipo trasvasó al inglés, arrastró una silla y se sentó junto a ella. Julia llamó al camarero, pagó la cuenta y mandó al tipo a la mierda en tres idiomas.

Inevitablemente la moto parecía atraer problemas. En Munich salió de la pensión y se encontró a un hombre palpando la rueda delantera. Explicó que era mecánico y que la veía floja de aire. Ahí mismo tenía su taller, no le cobraría nada. Julia arrancó sin despedirse. No tuvo tanta suerte en Lodz, donde un jovencito con la cartera del colegio a la espalda se le colocó delante al ir a entrar a una rotonda y, antes de que pudiera reaccionar, dos compañeros aparecieron y la zarandearon hasta que la hicieron volcar. La moto casi la aplasta pero pudo dar un salto a tiempo. Un peatón iracundo los ahuyentó a patadas. En un inglés tosco, le preguntó si estaba bien y la ayudó a levantar la BMW. Le dijo que nunca había visto una matrícula como aquella. Le preguntó de dónde era. ¿Sí? Nunca había visto a una española. ¿Era verdad que en España nunca nevaba? ¿Le gustaba su país? Al final le deseó buena suerte y le pidió que perdonara a los muchachos. No eran malos chicos. Sólo estaban jugando.

Fue la conversación más larga que mantuvo Julia en varias semanas. Lo demás fueron cruces de palabras con los recepcionistas de hotel, pedidos a las camareras, preguntas de los aduaneros. La primera persona con la que había hablado después de la muerte de Sergei fue la enfermera que la atendió en el hospital. No supo si fue la intimidad de las cortinas que separaban unas camas de otras, el dolor de la pérdida, los remordimientos, la cara angelical de Ana. Sí, había deseado la muerte de Sergei, quería que desapareciera. Bajo el efecto de los sedantes le contó todo lo que podía recordar de la historia, como si ella misma fuese a morir y necesitara pasar el testigo a alguien. Pero los análisis están bien, la tranquilizó Ana, no hay ninguna infección, descanse. Unas horas después se despertó en medio de la noche, sentía mucha sed, recordaba entre telarañas una pesadilla horrenda en la que ella corría desnuda y Sergei caía apuñalado al pie de una estatua. Tardó un rato en comprender, en encajar las piezas, la luz del fluorescente, las cortinas, el sabor pastoso del sueño en la boca. Cuando acudió la enfermera con un vaso de agua bebió deprisa, con ansia. El líquido bajó por su garganta como un cuchillo.

—Yo no lo maté —murmuró entre trago y trago—. No quería que muriera.

—Tiene un poco de fiebre. Por la mañana se encontrará mejor.

Ana la consoló, le acarició la mano, leyó en voz alta el tatuaje del brazo. *Odi et amo.*

—Catulo —dijo.

—Catulo era un imbécil.

—Debería descansar.

—Yo no lo odiaba. Tampoco lo quería.

Al fin y al cabo, ¿qué era el amor? Apenas se conocían. Sergei la confundió con un fantasma del pasado y ella lo utilizó como trofeo. Eso no era amor sino más bien un ejercicio de ficción, literatura, un baile de máscaras. Sergei se había enamorado de una máscara y ella la adoptó porque le gustaba más que su propia cara. Ni odiaba ni amaba. Ése era su problema.

—Ojalá no hubiese muerto. Daría lo que fuese porque volviera.

—Bueno —Ana sonrió. Le quitó un mechón de pelo en la cara—. He visto sus análisis. Tal vez él no se haya ido del todo.

Entonces lo supo. Había otra vida latiendo en su interior, algo que era ella y al mismo tiempo no lo era. Salió del hospital con una torpeza inédita, caminando despacio, bajando cuidadosamente los escalones, paladeando entre dientes la belleza de la palabra «gravidez». Cuando llegó a su apartamento lo encontró todo destrozado tras la visita de los dos hermanos: la puerta de entrada desencajada de los goznes, mesas volcadas, libros desparramados, cristales rotos por el suelo. Estuvieron buscando el manuscrito hasta el último momento. Pero el manuscrito la esperaba encima de la cama, fotocopiado junto con su informe de lectura, con mordeduras de perro en algunas páginas. Había una nota escrita junto al título: «He dejado la edición. Creo que esto es tuyo. Cristóbal».

Julia se sentó en la cama y leyó otra vez la novela de principio a fin ahora que sabía que no era exactamente una novela ni una autobiografía ni siquiera la crónica de una disolución sino, tal vez, un testamento. Cuando terminó, supo de golpe, con ese instinto biológico que se adueña de ciertas madres primerizas, que lo que llevaba en sus entrañas era un niño. También supo su nombre: Sergio.

En el lapso que invirtió el cerrajero en llegar y cambiar la puerta, Julia barrió los principales desperfectos, cogió un puñado de ropa, unos cuantos libros y guardó el manuscrito enrollado en un tubo de plástico. Lo metió todo en una mochila, revisó el pasaporte y las tarjetas de crédito, pagó al cerrajero y recogió las llaves del candado y la motocicleta. Antes de ir a buscarla, pasó por una librería para comprar varios mapas de carretera; encontrar uno de Ucrania a una buena escala no le fue nada fácil. Haría el viaje siguiendo las huellas de Sergei, lo que podía recordar de todo lo que él le había contado, un desordenado ramillete de ciudades: Marsella, París, Milán, Salzburgo, Praga, Munich, Cracovia, Lodz. Fue a la embajada de Ucrania donde un amable funcionario con pinta de profesor contestó a todas sus dudas. Al final se atrevió a preguntarle qué riesgos entrañaba recorrer en una moto las inmediaciones de Chernobyl.

—¿Usted sola, señorita?

—Sí.

—Nuestros soldados. Será difícil que no intenten invitarla a cenar.

—Me refería a riesgos para la salud.

—Ya lo suponía —dijo, sonriendo burocráticamente—. No demasiados, siempre que lleve un contador Geiger y obedezca los controles de carretera. El mayor peligro está en el polvo que puedan levantar los coches que la precedan. Pero no creo que vaya a encontrar mucho tráfico.

El tráfico era un peligro mucho más palpable que la radioactividad. Lo comprobó en Milán, cuando un neumático resbaló sobre la calzada mojada y estuvo a punto de perder el control de la moto. Le temblaban las manos al aparcar: ahora tenía que preocuparse por alguien más aparte de ella misma. Para serenarse dio un paseo por los aledaños de la catedral. Plantada bajo la lluvia parecía un navío gigantesco en medio de una tempestad. Encajonada entre un café y un puesto de recuerdos vio una pequeña tienda de tatuajes. Apoyada en el quicio de la entrada, la dueña, una hippy cincuentona, se dedicaba a ver llover. Julia le preguntó si tardaría mucho en tatuarle unas palabras en el cuello, rodeándolo como un collar:

—Eso depende —dijo en un italiano con fuerte acento napolitano, y señaló la caligrafía gótica de su antebrazo—. Si busca algo como eso, puedo tirarme un buen rato.

No, no buscaba eso. Prefería algo más simple, al estilo de las letras de una máquina de escribir. La mujer le pidió que pusiera en un folio exactamente lo que quería. Julia escribió: «Es difícil comenzar una historia por el fin».

—¿Es un poema? —preguntó la mujer preparando el instrumental.

—Más bien una oración.

Más que la ruina desolada que había imaginado, Pripyat parecía una ciudad donde todo el mundo jugaba al escondite. El petardeo de la moto sonaba por las calles vacías como una profanación. Contempló el óxido lamiendo las farolas, los desconchones picoteando las fachadas, la vegetación que había tomado por asalto patios y jardines. Se detuvo en el puente desde el que la multitud se agolpó para ver los resplandores del incendio del cuarto reactor. Se quitó el casco y murmuró: «Mira, Sergio». Pero desde allí apenas se veía nada y menos la coraza del Sarcófago sepultada en la distancia y las brumas de la mañana. Ahora los números del contador Geiger iban creciendo a medida que se internaba hacia el centro, pero todavía bailaban en el límite de seguridad. Llegó hasta un edificio con vallas metálicas y ventanas rotas a pedradas. Sobre el cemento del patio, cruzando las desvanecidas líneas del campo de balonmano, había grietas viejas y unos pocos hierbajos creciendo entre las grietas. No estaba segura pero en cualquier caso acarició su vientre y dijo: «Mira, Sergio, aquí jugaba tu padre».

Los números la advirtieron a unos pasos del desvencijado parque de atracciones. Dejó la moto y avanzó paso a paso por la destartalada pista de los coches de choque sin dejar de vigilar el contador Geiger. Unos cientos de metros más adelante se alzaba la rueda de la noria, chirriando en la frontera de la muerte. Más allá estaba el bosque rojo. Julia sacó el tubo de plástico con el manuscrito de *Punto de fisión* y lo dejó sobre el asiento de uno de los coches de choque. Uno rojo, medio comido por la herrumbre. Luego dio media vuelta y regresó hacia donde había aparcado la BMW. Por el suelo, entre las hierbas, vio cascos de botellas rotas y señales de hogueras. Tal vez vagabundos, tal vez niños jugando. Había también un espejo desmenuzado, con trocitos de Julia repetidos mirando hacia el cielo. Tenía que darse prisa si quería volver a Kiev antes de que se hiciera de noche.

NOTA FINAL

Aunque se trata de una catástrofe sin parangón en la historia (o tal vez precisamente por eso) no hay demasiada bibliografía sobre Chernobyl. Debo buena parte de la información sobre el accidente y sus consecuencias al magnífico libro *Chernobyl* de Frederik Pohl, y a la página web de Elena Filatova (www.elenafilatova.com), que visitó Pripyat en 2004 y realizó un impresionante reportaje fotográfico de la ciudad y sus alrededores junto a un detallado relato de sus viajes.

Los dos sonetos incluidos en el libro son en realidad obra de Jesús Urceloy, que los compuso a pie forzado en un par de horas sin más guía que unas escuetas indicaciones, a saber: que el autor era un inspector de policía no muy culto, que la estatua de Neptuno había perdido la nariz en una explosión, que había una rima obligada con «cerveza» en los tercetos y que la musa del poeta gastaba unas piernas interminables.

Mi amigo Pablo Yuste, Director de la Oficina de Acción Humanitaria de la AECI, me contó un día la inverosímil odisea de la radiografía pulmonar, y mi doctora y sin embargo amiga, Emilia Fernández de Navarrete, no sólo disipó pacientemente muchos de los temores morbosos sufridos durante la escritura de la novela, sino que rastreó el manuscrito original en busca de incongruencias médicas. Hubo muchos errores, gramaticales y de estilo, que fueron subsanados bajo la atenta mirada de varios amigos y colegas: Álvaro Muñoz Robledano, José María Mijangos, Vanessa Montfort y Javier

Blanco Urgoiti. Mis editores, Miguel Ángel Matellanes y Charo Cuevas, rastrearon más fallos y gazapos, de modo que todos los que subsisten son exclusivamente culpa mía. Por último, Begoña Faura probó que la novela era legible. A todos ellos (Frederik, Elena, Jesús, Pablo, Emilia, Álvaro, José María, Vanessa, Javier, Miguel Ángel, Charo, Begoña) quiero darles las gracias.

A Beatriz Faura le debo mucho más: la paciencia por soportar mi desesperación cuando las palabras se torcían, el buen humor con que se toma siempre mi pesimismo y mi hipocondría y, sobre todo, la ternura con que amuebló mis ausencias durante los dos años y pico en que anduve perdido entre Pripyat y Madrid. Por eso, amor mío, esta novela es para ti.

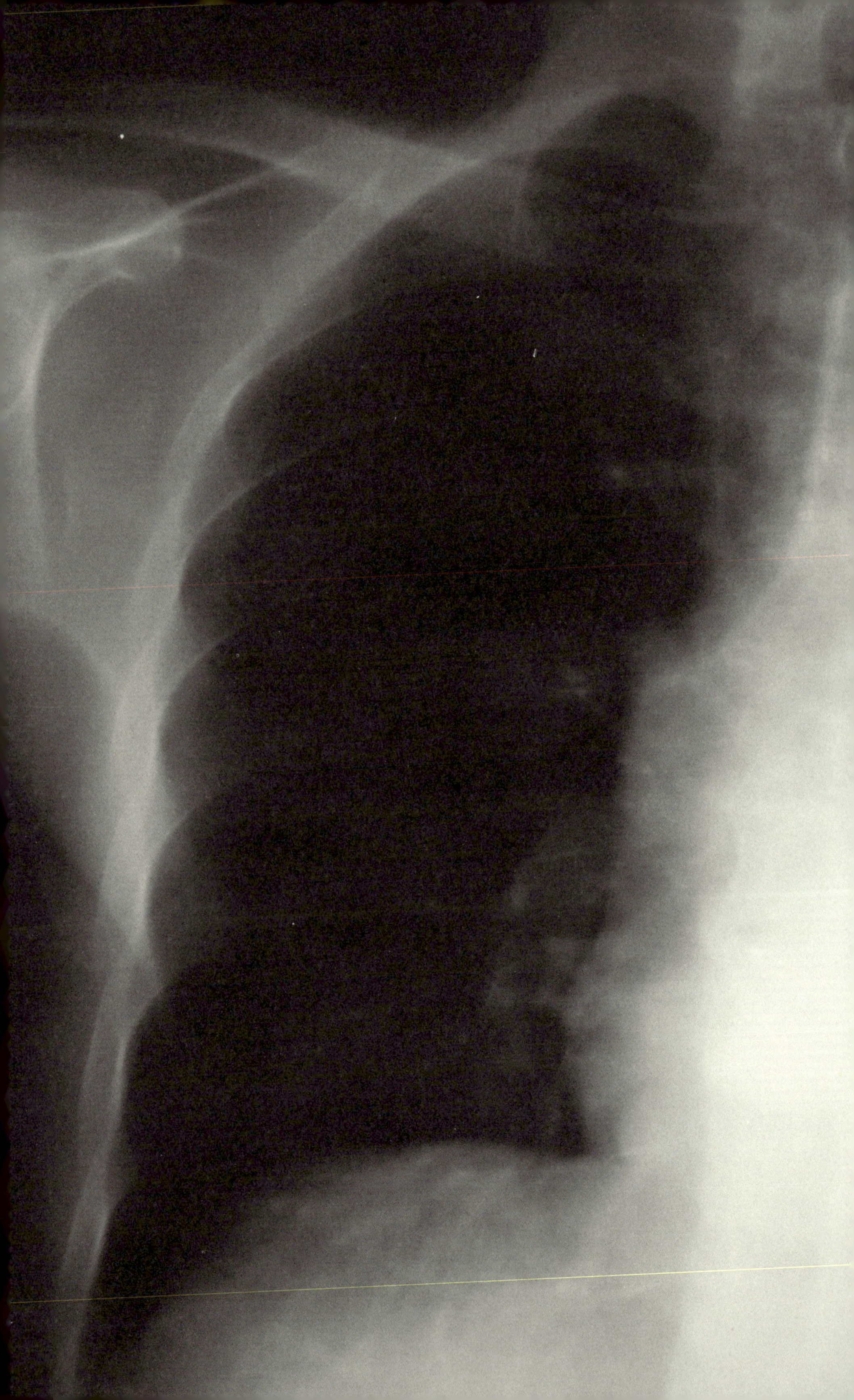